Best Time

白马时光

暗黑之湖

[澳] 莎拉·贝利 著　　吴超 译

百花洲文艺出版社
BAIHUAZHOU LITERATURE AND ART PRESS

图书在版编目（CIP）数据

暗黑之湖 /（澳）莎拉·贝利著；吴超译．— 南昌：百花洲文艺出版社，2018.7
ISBN 978-7-5500-2848-7

Ⅰ．①暗… Ⅱ．①莎… ②吴… Ⅲ．①长篇小说—澳大利亚—现代 Ⅳ．① I611.45

中国版本图书馆 CIP 数据核字（2018）第 108497 号

江西省版权局著作权合同登记号：14-2018-0072

暗黑之湖 AN HEI ZHI HU

〔澳〕莎拉·贝利 著　　吴超 译

出 版 人	姚雪雪
出 品 人	李国靖
特约监制	王　瑜
责任编辑	游灵通　程　玥
特约策划	王俊艳
特约编辑	王俊艳　孙惠芳
封面设计	林　丽
版式设计	王雨晨
封面供图	图虫创意
出版发行	百花洲文艺出版社
社　　址	南昌市红谷滩世贸路 898 号博能中心 I 期 A 座 20 楼　邮编 330038
经　　销	全国新华书店
印　　刷	三河市金元印装有限公司
开　　本	880mm × 1230mm　1/32
印　　张	10.5
字　　数	285 千字
版　　次	2018 年 7 月第 1 版第 1 次印刷
书　　号	ISBN 978-7-5500-2848-7
定　　价	45.00 元

赣版权登字：05-2018-229

发行电话 0791-86895108　　网　址 http://www.bhzwy.com
图书若有印装错误，影响阅读，可向承印厂联系调换。

谨以此书

献给我的儿子

奥克斯福德与莱纳斯

他们让我的世界越来越大，又越来越小

这种狂暴的快乐将会产生狂暴的结局，
正像火和火药的亲吻，
就在最得意的一刹那烟消云散。

——莎士比亚《罗密欧与朱丽叶》第二幕第六场

如今

每当回想起那个夏天，我的大脑就会莫名其妙地短路。仿佛脑袋忽然间变成了一台弹球机，里面有颗弹珠在跳来跳去。我努力让它平静下来，可当我这么做的时候，头就开始晕乎乎的，嗓子也好像被堵上了，就连点咖啡或者给本系鞋带这样普通的事情也无法应付。我知道我该忘掉过去，继续向前。换作别人处在我目前的位置，我同样会如此劝他们。也许我该换个地方，离开史密森，但重新开始从来都不是我的强项，我这个人有点恋旧。

白天还好，顶多在我做事的时候忽然走神想到她，弹球机里的弹珠跳上几下，害我在与人说话的时候突然停顿，或者绿灯亮了的时候仍牢牢踩着刹车。不过，我通常都能轻松克服这种疏忽，该做什么继续做什么，不会引起任何人的注意。

人是很奇妙的动物，当你不希望别人看出你的心思时，你总能想到各种各样掩饰的方法。

但有时候，尤其在深夜，我就任凭思绪飞翔。我一遍又一遍地回想过去的事，真正地去回忆。我想起那躁动的热情，想起头脑中的疯狂和在我胸口悸动的恐惧。当然，我更会想起罗莎琳德。我怎么可能忘了她呢？我平躺在床上，她的影子出现在我卧室的天花板上，像在无光的黑夜中播放幻灯片。画面一幕幕浮现在眼前：一年级，她穿着高高提起的长筒袜；她沿着艾尔斯路走向公交车站，肩上的背包有节奏地耸动；她在学校板球场的边上偷偷抽烟；她在凯茜·罗珀家的派对上喝得烂醉如泥，眼睛上涂着重重的黑色眼影。

她在我们的社交舞会上，一袭白衣。

她亲吻他。

她躺在尸检台上，露出被剖开的躯体。

我已经分不清这些画面是来自我的记忆，或来自我在查案过程中看到的场景。片刻之后，所有的画面开始模糊在一起。有时我的意识甚至会出现混乱，天花板上竟冒出本的形象，他躺在尸检台上，胸膛被大大地剖开。每到此时，我就会心惊胆战地爬起来，打开走廊里的灯，到他的卧室里查看一番。

虚惊过后，我每每发誓要重新开始，要放下过去的负担，可这做起来很难，难得超乎想象。那个夏天发生了太多的事，它们深深地刻在了我的心里，像头野兽一样时时翻滚扭动。

说来也怪，我不得不承认的一点是，我竟有些怀念她。

我怀念许许多多的人。

有一段记忆我印象深刻，而且确定无疑它真实发生过。那是我们上高中英语课的最后一年，当时天气还很暖和，教室两边的窗户全都敞开着。我依旧能感觉到从我们中间拂过的微风，弗里斯克太太一边在教室里转悠，一边用连串的问题对我们狂轰滥炸。我们当时正在学习莎翁的《罗密欧与朱丽叶》。从氛围上说，这门课与早年间的英语课已经截然不同，能够坚持到现在的都是认真的学生。就连男生们也一个个全神贯注，讲到男欢女爱的情节时，不会再有人像几年前那样吃吃偷笑。

罗莎[1]总是坐在前排，多年的芭蕾舞训练使她的后背永远挺得笔直，她浓密的焦糖色头发像瀑布一样垂在脑后。我通常坐在教室另一侧靠近门的位置，从那儿看得见她，可以悄悄关注她优雅的一举一动。

“莎士比亚说‘这种狂暴的快乐将会产生狂暴的结局’，大家认为他想借这句话表达什么呢？”弗里斯克太太的额头上缀满汗珠。她徘徊在教室里，身体不时走进走出金色的阳光。

“大概是种暗示吧？”凯文·惠特比说，“谁都知道他们两个肯定不

① 罗莎是罗莎琳德的昵称。

会有好结果。莎士比亚希望读者能提前明白这一点。他喜欢在每场戏的前面加个友情提醒。放到今天，他一定能写出最牛逼的禁毒广告词。”

像池塘里投进一颗石子，教室里响起一阵嘤嘤嗡嗡的轻笑声。

“是提醒没错，但我觉得莎士比亚并没有希望他们放弃的意思。”

所有人都被罗莎甜美的声音吸引过去，就连正在踱步的弗里斯克太太也停了下来。

罗莎低头看着她的笔记本：“我是说，莎翁随后还有一句话，‘正像火和火药的亲吻，就在最得意的一刹那烟消云散’。说白了就是凡事都有它的后果。他未必想说那样做不值得，我觉得他的本意恰恰是想表达，有些事不管结果如何，都值得我们义无反顾地去做。”

弗里斯克太太赞赏地点点头说：“罗莎的话很有道理。莎士比亚对结果偏爱有加，他所有戏剧中的主人公都有一个共同的特点，他们喜欢权衡利弊，而后根据自己的判断做出相应的行为。”

“但大多时候他们的选择都不怎么明智，”凯文说，“他们的判断力实在不敢恭维。”

“我不赞同，”罗莎以一种很难用友善或讨厌加以区分的眼神看着凯文，“罗密欧和朱丽叶从一开始就是真心相爱，尽管他们知道这段感情很可能会无果而终，”她冲弗里斯克太太微微一笑，接着说道，“我觉得这种信念是值得赞扬的。况且，他们在一起的时间虽然短暂，但他们体会到的快乐却比在一起哪怕一辈子所体会到的快乐都要多，”她优美地耸了耸肩，“当然，这只是我个人的看法。”

我时常想起这一天的情景。芬芳怡人的空气钻进窗户，我们热烈地讨论着一对年轻男女的爱情悲剧。罗莎沐浴在明亮的阳光里，美丽的脸庞上看不出任何表情。她漂亮优雅的手灵巧地记着笔记。她俊秀的字体与我涂鸦一样的笔迹相比，简直一个在天上，一个在井里。甚至在那个时候，她在我眼中就是一个谜一般的存在，而我渴望解开它。

在解剖室我曾与她单独待过几分钟。我心乱如麻，甚至有些茫然无措。在我能阻止自己之前，我已经俯身贴近她的耳畔，把一切告诉了她。藏在胸中的千言万语如洪水决堤般倾泻而出。她躺在那里，湿漉漉的长发从冰冷的不锈钢尸检台上垂下去。她依旧美艳动人，即便死了。

那个早晨，我们的秘密充满了那间白得亮眼的解剖室。我站在她跟前，身体不由自主地来回晃动。我早就知道她的死会给我带来怎样无情的冲击，甚至毁灭。我最后一次望着罗莎琳德·赖安，深深地吸了一口气，稳住心神，任由她将我拖回她的世界。我不断下沉，越来越深，直至回忆将我完全彻底淹没。

第 1 章

12 月 12 日，星期六，早上 7:18

康纳·马什沿着桑尼湖东岸不紧不慢地跑着步。他瞥了一眼手表，此刻的感觉刚刚好。能够从屋里出来，在沁人心脾的空气中跑上一阵，实在叫人神清气爽，浑身舒坦。这天早上，孩子们也不知道搭错了哪根弦，六点钟就全醒了。一个小时前他离开家门时，他们还在兴奋地闹个不停。他家那房子，同时养两个小孩，尤其是男孩，显然太小了。而妻子米娅的心情最近又极度易燃易爆。他简直不敢相信，她对他下个周末想去钓鱼的事也是一肚子意见。他已经好几年没有放松过了。两年多来，他几乎每个周六的上午都要带孩子们去踢足球。想到这里，康纳一脸苦楚。他对米娅的蛮横无理已经快要忍无可忍了。

双脚踏在尘土遍地的小径上，发出平稳的节拍：一、二，一、二。康纳经常发现，当他努力不去想跑步的事时，就会不自觉地开始数拍子。双腿的酸痛感比以前强烈了许多，脚踝自从几年前干活的时候从梯子上跌下来就再也没有恢复到过去的状态。但即便如此，他的身材仍足以使他傲视许多同龄人，更何况他还依然保持着一头浓密的头发。所以呢，实在没什么好抱怨的。

天开始正儿八经地亮了。康纳从桉树参差不齐的树梢中瞥见了太阳的影子。又是一个大热天。睡眼惺忪的鸟儿们在枝头婉转啼鸣，湖面上的朦胧薄雾开始消散。康纳叹了口气。十点钟他要带孩子们去参加另一个小朋友的五岁生日派对，下午还有一个七岁的生日派对。周末对现代人来说已经完全变了味。要是能让他喝着啤酒安安生生地看一场板球赛，叫他放弃什么他都愿意。

康纳一脚踩在一根树枝上，树枝弹起来，划到了他的小腿。

“该死的！”他趔趄了几步方才重新站稳。划到的地方火辣辣的，皮肤上很快出现了一道细细的红印。他放慢速度，大口呼吸。这会儿他已经打消了再跑一圈的念头。该回家了，他得帮孩子们为今天的派对马拉松做好准备。他变跑为走，双手扶着后腰，心跳已经平缓下来，但嘴巴依旧呼哧呼哧喘着气。

一只野鸭张开翅膀，几乎贴着水面从湖上飞过。湖边漂着乱七八糟的垃圾，石头缝里和插在水中的树枝丛里困着不少薯片袋和可乐罐。由于天气炎热[①]，水位下降，湖岸边留下一道清晰的水渍，树根像电线一样裸露在外。康纳望着湖面，他真该经常到这里来跑跑步，最好形成习惯。他还记得多年前为了锻炼，他每天上学之前都会到这里跑上几圈，大腿酸痛的感觉至今记忆犹新。目光无意间扫过雨水渠，在波光粼粼的水面的映衬下，黑洞洞的排水管道出口几乎消失在湖边的泥墙中。稍远处，康纳注意到靠近岸边的水中似乎有什么东西，远看像某种织物。他眯起眼睛仔细看去，发现掩映在芦苇丛中的竟是一团毛发，他顿时僵在原地。那东西越看越像人的头发，女人的金发。他的心脏再度剧烈地跳动起来，四肢感觉软绵绵的。上前两步，他终于确定湖水中果真是一个脸朝下趴着的女人，她裸露的白色手臂在湖水轻柔的波澜中时隐时现。在她溺毙的水面上，漂着一朵朵鲜艳的长茎红玫瑰。

一群天鹅在古老的木桥下望着康纳，其中一只发出一声低沉的、令人毛骨悚然的尖叫。

他扑通一声跪在地上，有那么一刻他担心自己会吐。他的呼吸先是趋于平缓，接着又忽然变得急促。他望了一眼尸体，随即迅速望向别处。未加思索，他掏出手机连拨了三个零[②]，举到了耳边。

---

① 澳大利亚地处南半球，气候分布与中国相反，12 月到 2 月为炎热的夏季。

② 澳大利亚的火警、匪警和急救电话为 000。

12 月 12 日，星期六，上午 7:51

我站在花洒下，头抵着墙，下身不时往外流着血。我推断自己已经怀孕六周，但具体时间无法确定。我在想这样的结果是否因我的自欺欺人所致，或者是因我的极度缺乏认可所致。我渴望这一切都不是真的，为此我深感绝望。血和水混在一起，消失在排水孔中。我紧闭双眼，企盼自己变回童年时的那个小女孩，蜷缩在床上，妈妈噘起柔软的嘴唇在我的额头印下一个吻。

天哪，我好想念她。

为了避免堵车，斯科特今天一大早就出了门。他要前往史密森以东三十公里外的帕克斯顿，该镇北部有一个大的住宅开发项目，混凝土浇筑工作能让他稳稳当当地干上几个星期。本在我爸爸那儿，昨晚就送去了，因为今天我和斯科特都没空照看他。此刻爸爸应该被他缠得喘不过气吧，本在早上特别黏人。

听见手机响，可我无动于衷。凉丝丝的瓷砖给我坚实可靠的感觉，我伸手摸摸两侧脸颊，努力集中精神，寻找正常的感觉。几分钟后，我抬起头，眼睛用了几秒钟才重新找回焦点。我肚子疼，痛感的位置靠下且深入。

我累坏了，感觉肉体已经与我分离，而我又和精神分离。

我知道，也许我该去趟医院，但我同样知道，我多半不会那么做。

卫生间里蒸汽腾腾。出血似乎没那么厉害了，我认真地冲洗干净，关掉水龙头。墙体内嘎嘎吱吱，那是管道在颤抖。我走出淋浴间，扯了一条深灰色的浴巾裹在身上。我望向水汽迷蒙的镜子，只看见一个隐隐约约的影子。来到卧室，我把被褥丢到床的另一头，将一只拖鞋踢到了床下。一阵剧烈的疼痛袭遍全身，我停住动作，弯腰喘息。缓过来后，我迅速穿上衣服：普普通通的灰色 T 恤，黑色低筒靴，提上黑色的牛仔裤之前，我在内裤里垫了一片卫生巾。气温在稳步上升，可房子里昨天的余热还没有散尽。我倒了杯水，吞下两片布洛芬。茫然地盯着墙，想起今天的工作依然千头万绪：一些文书需要处理，有几份报告尚未写完，另外琼斯还请我审查一桩疑案。眼前浮现出警局办公区里我那张小小的办公桌，唉，要是有间自己的办公室该多好。手机又响了，我用毛巾擦着头发，扫了一眼屏幕：是菲利克斯。我盯着他的名字，思绪万千。

“嘿，你好。”我尽量轻声说道，“马上就到，我正要出门呢。”

“杰玛，直接去湖边。”他说。我喜欢他叫我名字时的口音。

我琢磨着他的话：“为什么？出什么事了？”

“有人发现一具尸体。是史密森中学的老师，名叫罗莎琳德·赖安。”

刹那间天地倒转，我一屁股坐在床上，一只手抚着喉咙，强迫自己呼吸。菲利克斯当然看不到我的反应，他继续说道：“她以前也在史密森上学，而且和你同龄，说不定你还认识她。”

这座名叫史密森的小镇位于几座大山之间的开阔地带。它的周围是一望无垠的黄褐色的澳大利亚农田，地处其间，这里俨然一座小小的绿洲。史密森以多雨闻名，雨水来自山区，可讽刺的是，真正需要雨水的却是周围的农田。过去几十年，史密森发生了天翻地覆的变化。二十世纪九十年代末，卡林罐头公司在小镇郊区建起一座加工厂，那时我即将毕业。如今，庞大的银色厂房看上去已经破旧不堪，但里面却依然是一派热火朝天的繁忙景象。这座工厂就像一台吸力强劲的真空机，几乎榨干了周围的土地。树上的果实、地里的蔬菜，全都归于这里，而作为回报，它每年奉出数以千万计的水果和蔬菜罐头。因为这座工厂，史密森的人口缓慢而稳定地持续增长着，从最初的不足一万五千人，到现在的接近三万人。工厂工人、卡车司机、工程师、食品专家、营销人员，到处都是新面孔。突然之间，史密森，曾经因为所有东西都成对存在而被他们自豪地称之为诺亚方舟般的小镇，如今所有东西都疯了似的翻倍增长。仅仅在镇中心，现在就已经有五家面包店。有人说，卡林公司在全世界都采取这种模式：扎根土地廉价、政策相对宽松的偏远地区，将企业植入社区，彻底改变那里的风景和文化。平心而论，像史密森这样不思进取的地方，大概确实需要在它屁股上踢上一脚。

但看着怪物一样的卡车拖着滚滚浓烟在我们这个小小的世界中横冲直撞，马路在它们庞大沉重的身躯下呻吟发抖，这多少会让人感到隐隐不安。

从镇中心往东有座大湖，四面丛林环绕，近旁有个很受欢迎的社区公园。桑尼湖，本名应该叫作史密森湖，只是谁都不这么叫。个中原因我也说不清楚，总之自打我有记忆起它就叫桑尼湖，就连路标上也写着：此路通往桑尼湖。二十世纪七十年代，我的父母曾在那里举办过波西米亚式的婚礼，至今我的床头柜上还摆着一张妈妈婚礼当天的照片。那是妈妈和爸爸刚刚说完结婚誓词之后拍的。妈妈的头发上插着雏菊，手里端着一杯潘趣酒。

桑尼湖背靠本镇的重点中学。上小学时我就经常跟着妈妈到那里喂野鸭，在草丛里寻找四叶苜蓿，我们叫它幸运草。上中学时，湖畔更是我们的圣地：我们在那里抽烟，喝偷来的酒，亲喜欢的男生。水上有座小桥，桥上有座古老的露台，那里最适合搞各种各样神神叨叨的迷信活动。而附近空地上那座年代久远的木塔就是最好的瞭望塔，从它上面远远就能看见是否有人靠近。当你踩着吱呀作响的螺旋楼梯登上塔顶，整个湖面，包括临近的主干公路和通往学校的小径尽收眼底。那里也是藏身的好地方。雅各布死前，我和他经常一连数个小时躲在塔中，聊天、亲热。我闭上眼，回想起他年轻时的音容笑貌。如今他给我的感觉无比遥远。

因此若非迫不得已，我一辈子恐怕都不会再次踏足这个地方。

桑尼湖边已经聚集了大量警察，他们拉起隔离带，阻挡看热闹的路人。夏季，湖边是大多数人喜欢去的地方。大概两年前，本地议会在公园北边又兴建了一座更为现代、设施也更为完善的游乐场，以弥补旧公园（如今只占据偏西一隅）硬件上的诸多不足，但我从来没有想过要带本去那里玩。仅仅为了周日下午的亲子时光，不值得挑起那么多回忆的神经。

我走上前时，几个穿戴慢跑装备的人正聚在一旁窃窃私语。这时我看见了他——我的搭档，侦缉警长菲利克斯·麦金农。平静的心头禁不住泛起一丝涟漪，一如既往，他在我心里引起的这种反应每每令我惊讶不已。

他正蹲在地上皱着眉头和一名法医说话，后者在路边的地上划拉着什么。稍远的芦苇丛中铺着一条白色的防水布，我们的刑侦摄影师凯西正站在防水布左侧忙着拍照。

我让自己慢慢消化着罗莎琳德·赖安已经死亡的事实。我突然感到震惊，如今的我已经是个地地道道的成年人了。我还记得我们的夏季校服配上她那女人味十足的婀娜身段是多么楚楚动人。而同样的衣服穿在我身上却不伦不类，窝窝囊囊，我不得不用别针别住腰线和裙摆才能稍稍接近她的效果。我深吸一口气，慢慢呼出。走向湖边时，我尽量不动声色。我努力克制，不让罗莎琳德那不安分的往昔身影从脑海深处冒上来。我试着屏蔽一切。天高云淡，阳光照在地上，像火一样。空气很热，很干。我们得提高效率，尽快带她的尸体离开这里。

“嘿。”我打招呼说。

“嗨，”菲利克斯冲我笑笑，阳光下，他不得不眯起眼睛，“你没事吗？”

一片片白色在眼前飞舞，模糊了我的视野。我嗯了一声，耸耸肩算是回答。随后我指着白色的防水布问：“你怎么看？”

“很难说。我们从她衣兜里找到了一个零钱包，里面装了一张学校图书馆的借书卡，由此才确定了她的身份。除了钱包，她身上只装了一串钥匙，别的就再也没有了。我们还没有发现手机或手提包之类的物品，”他擦了擦额头上豆大的汗珠，“真热，”菲利克斯仍在试着习惯每个圣诞节前后都会袭击史密森的热浪，“报警人是在水里发现的她，但安娜认为她并不是溺亡。她怀疑死者是被掐死的。不过死者头上也有一处伤。除此之外，尚未发现明显的刀伤或枪伤。当然，我们还要把尸体带回去做进一步的检查。”他摇摇晃晃地站起身。他的两鬓已经斑白，眼睛周围也布满细纹。我们的目光碰撞在一起，我连忙扭头，免得春心荡漾起来。

“你认识她吧？还记得她跟你是同学吗？”菲利克斯问。

我点点头，但眼睛望着湖面。两只野鸭肩并肩游在水上，它们脸上美丽的斑纹就像舞台上的面具。

“她可不是那种会让人轻易忘记的人。”

“嗯，我想也是。你们是朋友吗？”

“那可是高中！每个人都是朋友，直到我们不再是朋友。你也是过来人，应该知道那个年龄的事。”

他忽然扬起眉毛，似乎有别的话想说，我连忙打断他：“菲利克斯，这个案子归咱们管吗？”

他依然好奇地盯着我，但嘴上说道：“八九不离十。接到电话时我正在局里，琼斯让我给你打电话。马修斯可能会有意见，不过有也没用，所以我推断应该是咱们的。”

我顿时来了精神，多么熟悉的感觉。新的案子。我的大脑瞬间开始运转起来，关于案子的各种可能性一下子飞到眼前等我筛选。可躺在水中的死者是罗莎琳德·赖安啊，我心里想，是她。我一贯可靠的头脑在她那张令人过目难忘的面庞前居然宕了机。凯西在我们身后有节奏地按着快门，咔嚓咔嚓的声音不绝于耳。我特意深吸了几口气，然后才说：“那就好，因为我很想接这个案子，你别多心——”我终于扭头看着菲利克斯的眼睛，“——我们是同学不假，但这不会影响我秉公办案。真的，”我尽力忽视腹部的悸动，接着问道，“是谁发现的尸体？”

“和吉米在一起的那个人。他也是史密森中学的毕业生，不过感觉年龄比你大些。他吓得不轻，他老婆待会儿要来接他。他姓马什。”

我看着那个体格健壮、一身运动装的男人。他正和我们的巡警吉米坐在一张公园长凳上。我觉得此人很可能是菲利普·马什的哥哥。我们应该从来没有说过话。

“我去和他谈谈。”

“好，别耽搁太久。走之前我们还得去看一眼尸体。”

我走向我们的目击证人，边走边想他叫什么名字。斯宾塞？库珀？总之这一类吧。

“你好。”

吉米和那人同时抬起头。

“我是侦缉警长杰玛·伍德斯托克。”

吉米冲我淡淡一笑：“这位是康纳·马什先生。今天早上是他最先发现的尸体。当时他在围着湖晨跑。”

“你好，康纳。”我说。

“说实在的，我本来打算只再多跑一圈，就一圈，我的身材已经大不如前了。”康纳说话的时候并没有看我。他眼睛盯着双脚之间的一根棍子，用脚把它踢来踢去。

“说说你发现尸体的经过吧。”

他又踢了一下棍子：“天哪，实在太邪门儿了。你能明白吗？”他抬头看了我一眼，他眼睛里有种似曾相识的感觉一闪而过。我可以肯定，毕业之后到图书馆后面的健身房锻炼那段时间，我绝对见过他在那里练习举重。他眯眼望向湖面，继续说道：“我当时正在跑步，就在弯道那边，”他指了指距离尸体大约二十米的小路弯曲的地方，“我一点心理准备都没有。你懂我的意思吧，我是说我并没有想过会遇到什么特别的事，我只是跑步而已。跑到这里的时候，我决定不再跑了，就开始慢慢减速，这时我就看见了水里的尸体。”他长长地出了一口气，“起初我也没看清是什么，心想大概是垃圾或别的东西。可也就多看了一眼的工夫，我就认出它是什么了，那一刻我真是吓坏了，”康纳将头发从眼前捋向脑后，随后又说，“我听一个警察说，死的是学校里的一位老师？”

我迎着他的目光，但什么话也没说，脸上也不露声色。

“我知道这个老师，她和我们一样也在这所学校上过学，她是个大美女，”康纳注视着我，“我猜跟你很可能是同一个年级。”

吉米猛地朝我扭过头。我就当没看见。

“康纳，今天早上你还留意到别的人吗？附近有没有人在闲逛？或者你仔细想想有没有任何可能帮上我们的线索。”

他的视线又回到地面。我注意到他短袜的翻口处露出一截文身，看着像史密森圣人足球俱乐部的徽章。

“我不记得看到什么人。在停车场停车的时候倒是见过一个姑娘，我记得她好像正在车上打电话。”

“其他的呢？”我追问。

“其他就没了。哦，等等。我跑步的时候好像在什么地方见过一个遛狗的，是个男的，年龄偏大。真不好意思，我没怎么注意，况且时间也太早。”

“没关系。如果你想起什么，请务必告诉我们。”

“那些花代表什么意思？”

“花？”

康纳点头：“是啊，她尸体周围的水面上漂了很多花，看着像玫瑰。”

我和吉米对视一眼，他不易察觉地耸了耸肩。

“现阶段我们还不能妄加揣测，但我们会调查每一个细节的。”我勉强保持着平静，可周身的血液却仿佛已经沸腾。

“我可以走了吗？我妻子要来接我，可她带着孩子呢，我想我最好到停车场附近去等她，”他又朝尸体的方向扫了一眼，大热天的居然打了个哆嗦，“在这儿我瘆得慌。”

“可以，伙计。我陪你过去。”

吉米的冷静总能起到抚慰人心的作用。倘若他给保险公司做广告配音，效果一定很棒。

“哦，对了，康纳，还有一件事，”他们起身的时候我又说，“你没有碰过尸体吧？”

“开玩笑，当然没有！我连走近一点都不敢。不怕你们笑话，我这个人胆子很小的。”

“那就好，伙计，那就好。”吉米说着，领着康纳去了。

我也转身回去，又观察了一番现场。两三个年轻女孩脚蹬霓虹跑鞋，身穿黑色莱卡运动服，手拉着手，脸色苍白。她们多半是史密森中学的学生，我想，但心里却有种说不出的滋味。游乐场里有几位妈妈，有的小心翼翼地推着荡秋千的孩子，有的心不在焉地照看孩子滑滑梯，可她们的眼睛无一例外地望着湖边。我听到直升机低沉的轰鸣慢慢靠近，嗜血如命的记者来了，我们得抓紧时间了。

菲利克斯见我过来，立刻撇开那群技术人员，用扬起的眉毛询问我谈话的结果。

“那人没问题，”我告诉菲利克斯，“什么也没看见，什么也不知道。今天晚些时候或者明天，我们请他到局里做下笔录，再找他妻子核实一下他不在场的证明，但我觉得他帮不上什么忙。”

“我不觉得。”菲利克斯说，“不过这个先放一边，走，咱们去找安娜聊聊，赶快把现场的事处理完好确定下一步的工作。”

“想到一块儿去了。”

我们相视一笑，随即踩着石头来到芦苇开始生长的地方。看到雨水渠黑洞洞的排水口，我忍不住有种奇怪的感觉，说不定有人正躲在里面盯着我们呢。

“喂！”我甩掉这偏执的念头，对菲利克斯说，“花是怎么回事？康纳·马什说尸体周围有很多花。”

“没错，”他冲我扭过头，免得我听不见，“她身边漂着一大片长茎红玫瑰。真奇怪。”

我想象着当时的画面，想象着罗莎琳德在不同情境中被玫瑰包围的样子有多么完美迷人，但双脚仍紧紧跟随着菲利克斯。这时，我突然一阵心慌气短，使我不由得担心自己会跌进水中。这不可能是真的。我强迫自己站稳脚跟，双眼盯着菲利克斯的后脑勺，一连深吸了几口气。

混浊的湖水轻轻拍打着脚下的灰泥，我看见了：防水布下露出一只脚，它苍白、缥缈。我想起学校游泳比赛那天，罗莎站在泳池一头的起跳台上，深深弯下腰，戴上护目镜，一双纤纤玉足紧紧并在一起，准备随时跃入水中。

“嘿，杰玛！”安娜的脑袋从防水布的另一边探出来。

“你好，安娜。”我说。我用手挡住照在脸上的阳光，跨过一个脏兮兮的塑料袋，像螃蟹一样横着沿湖岸向她走去。

安娜身穿防水衣站在齐膝深的湖水中，看上去像个宇航员。不用说她一定热得不行，她的脸红扑扑的，刘海儿湿答答地一绺绺贴在额头上。

“好了，”当我离她足够近的时候，她开口说道，“伙计们，你们知道程序。死者是女性，年龄二十八岁。根据她的证件，也就是史密森二级学院教师图书馆的借书证，她的生日应该是圣诞节当天。初步推断她已经死亡至少五个小时，也可能是八个，因为尸体被水泡过，暂时很难做出准确判断，确切时间要等稍候做进一步的检验。正如之前我对麦金农所说，我认为她是死亡之后才被投入水中的。死者头颅一侧有处较大的伤口，初步推断是被石头或钝器所伤，具体情况我们会在尸检时搞清楚，伤口中可能残留有泥土或石屑，便于我们确定凶器类型。根据死者脖子里的痕迹，我认为她死前可能被大力掐过。当然，我还要做一个毒物检测。目前我在考虑是否为情杀，或者随机性袭击，因为她的手提包至今还没找到，”安娜挑开垂在眼前的几绺湿头发，继续说道，“不管哪一种情况都不妙。而且死者生前似乎还遭到了性侵，她的内裤不见了，大腿和上臂均有瘀青。我重申一遍，更多细节需要把她带回基地做进一步检查之后才能得知，但目前至少可以排除自杀和意外死亡的可能性。这确定无疑是一桩凶杀案。”

我看看菲利克斯，他正盯着罗莎琳德的尸体，陷入沉思。

安娜示意法医小组过来收拾罗莎的尸体。记者们已经到了，他们像一群饥饿的狮子在警方的警戒线外转来转去。不大的人群中，黑色的话筒在头顶晃动，摄像机镜头闪闪发光，电视记者把头发整理得一丝不乱，做好了上镜的准备。

好极了，今天我最不愿意看到的就是和那个说起话来咄咄逼人的大记者坎迪·法伊夫争论个没完没了。

安娜双手叉腰：“好了，伙计们，我的活儿干完了。照片都拍了，证物也收集了。我看有价值的东西并不多。你们自己瞧瞧，这里到处都是该死的垃圾，水里真麻烦。”

“那是，要是每个杀人犯都会挑个好日子在操场上动手，咱们就省事多了。”罗杰快活地说。他是我们这里资历最老的法医，在史密森警局已经干了将近四十年。罗杰是典型的乐天派，什么事都影响不了他的好心态。我经常联想他在家里兴高采烈地和他妻子聊案子的情景：“对，那姑娘是被掐死的，凶手很残忍。把盐递给我一下，亲爱的。”

罗杰和弗雷德——我们的另一个法医——拉起防水布，把担架小心翼翼地放在罗莎身体左侧下方的位置。直升机在离我们头顶不远的地方盘旋，我走到右侧，替尸体挡住远处围观者的视线。罗莎被抬上白色的担架。她的脸和我印象中一模一样，美得好似迪士尼童话里的公主，标致的五官正耐心等待着某个王子的深情一吻。几年前，当听说她要回史密森任教时，我很失望。我对她有更高的期待。

她的头发垂在一边，弗雷德把它们撩起来，贴着脸颊归置在一侧肩膀上，甚至盖住了一截胳膊。他看着她，仿佛她是个正在酣睡的孩子。我想起弗雷德的妻子几个月前才生下他们的第一个宝宝，不知道此刻他心里在想些什么。

罗莎琳德的脚指甲上涂了碧蓝色的指甲油，手指上戴了几枚银戒指。她的皮肤格外苍白，反衬出乌黑的眉毛和睫毛。当年我在卧室里曾想偷偷复制她的眉型，尽管我的眉毛比她的还要黑，却永远画不出她那样清秀可人的效果。

弗雷德和罗杰把她装进运尸袋。她脖子上的印痕接近黑色，乌溜溜的眼睛毫不退缩地瞪着烈日。随着一阵拉链的声音，她在我眼前消失了。

“好啦，那咱们回头见吧。”安娜说着已经一边查看手机一边向停车场走去了。

我们指挥现场勘查小组对周围展开搜索。

“从湖边开始，”我对勘查小组的组长查理说，“然后扩展到游乐场和树林。把那些看热闹的人都赶走。这简直是噩梦。”

几名军装警员[①]开始驱散围在警戒线外的人群。罗莎琳德的尸体被塞进一辆救护车时，我看见一个十几岁的小男生若无其事地举着手机拍照，随后救护车呼啸着朝镇中心驶去。

显然在这个案子上，我们已经失去了先机。

---

① 军装警员是英美警察体制中对穿制服的警察的一种称呼，和军队无关。中国香港亦有类似叫法，口语中常用军装指代穿制服的警员，他们一般只有处置权，没有调查权，晋升之后方可进入办案部门，也就有资格穿便衣了。

我朝湖面转过身，平静的湖水没有给我丝毫的暗示。

侦破工作全面启动，我们开我的车返回警局。菲利克斯正在听电话中的留言信息，他伸手过来，在我的手上轻轻捏了捏。我浑身一颤，立刻抽回手，顺势打开广播好盖住我耳朵里的嗡鸣。疼痛已经集中到腹部靠下被安全带勒住的地方，我扭扭身子，尽量给它一点抚慰。我不知道下面流了多少血，总之我迫不及待地想要回到警局，一头扎进洗手间再也不出来。我想一个人待会儿。

红灯，我一脚踩下刹车，车头往前栽了栽，停住了。菲利克斯瞥了我一眼，但我只管盯着路面。罗莎琳德・赖安死了，罗莎琳德・赖安死了，我在心里一遍又一遍地说着。可转念一想，这样的结果不是我早就料到的吗？

12月12日，星期六，上午11:36

“你确定可以参与这个案子的调查吗，伍德斯托克？”琼斯问。他的小胡子上还沾着咖啡沫，肚子从裤腰里凸出来，手漫不经心地在上面摸来摸去，“麦金农说你认识死去的那个姑娘。”

我们站在紧挨警局办公区的一间小小的办公室里。肯・琼斯是我们这儿的总警司，他显然认为像罗莎琳德这样性质恶劣的谋杀案离了他是不行的。我都不记得他什么时候在周末来过警局。

罗莎琳德在学校操场上活跃的面容历历在目。在更衣室里，我曾忍不住偷看她凝脂般细嫩的皮肤，而她明亮的眼睛也故意回望着我。多年后，看到她拎着沉重的购物袋走在路上，我会不由自主地降低车速。她优雅的长裙几乎盖住了脚面。高中年鉴上她那张模糊的照片，因为我时常抚摸已经斑驳褪色。

课堂上，她会毫不回避地凝视我，直到迫使我的目光转到别处。

我熟悉她脸上的每一寸皮肤。

于是我轻咳两声，说道："没错，局长。我是认识她，可那算不上什么问题。坦白地说，我们连朋友都算不上，而且自从毕业之后我们就没见过面，已经很多年了。"

我心慌意乱。我讨厌对琼斯撒谎，可我有什么办法呢？罗莎琳德的事根本没可能解释清楚。

"那就好，因为我希望你能全心投入。你和麦金农，你们紧紧盯着这个案子。这可是个大案，"他呲溜呲溜地吸了一大口手里的外卖咖啡，"今天能干多少是多少吧，去搜查她的家，然后好好睡上一觉，明天就得开足马力了。"

"明白，局长，没问题。"

"经过上周的事你还愿意办这类案子？"

"对。"

"很好。这类案子太可怕了。"

我整了整背包，带子勒得肩膀疼。回想起上个星期天的晚上，拉开一扇掉漆的浴室门后看到的景象我至今心有余悸。那个绝望的年轻姑娘先是在浴缸里淹死了她襁褓中的儿子，然后又抱着孩子的尸体割破了自己的手腕。她宁可死掉也不愿提心吊胆地多活一个晚上，她的前男友是个暴戾成性的浑蛋。

"如今这世道本来就很可怕啊。"

"有时候感觉确实如此。好了，开始做事吧，"琼斯在我背上用力拍了拍，刚好此时他的手机响了，"哦，该死的修理工来了，办公区的空调又坏了。"说着他已经转身走开，并从口袋里掏出手机。《粉红豹》的曲调戛然而止，他开始对着手机嚷嚷起来。

我盯着饮水机旁边墙上的画：绿色的山脉头顶模糊的蓝灰色的天空。我想起了装在运尸袋中的罗莎琳德，只觉得浑身像发条一样上得紧紧的，仿佛所有的器官忽然间膨胀起来，身体再也容纳不下。我急得直跺脚，祈祷菲利克斯快点到来。此时此刻，我不想一个人面对这纷乱的思绪。

菲利克斯从拐角处闪身出来，手里端着两杯咖啡。看到我，他微微一笑，说道："给，你大概需要这个。"

"谢谢。"尽管明知道喝咖啡可能会让我肚子疼，但我还是从他手里接过了杯子。

"我刚和查理聊了几句，他们在停车场找到了死者的车子，学校和湖中间的那个停车场。"

"查理给你打的电话？"我问。

"是啊。"

"我以为你在跟你老婆通话。"

菲利克斯干巴巴地瞥了我一眼："是我老婆，杰玛。她挂了之后查理就打来了。要看我的通话记录吗？"他磁性的嗓音充满共鸣，让我有种想吻他的冲动。

"别闹了。"

"不过她的车子显然不是主犯罪现场。安娜过去勘查了一遍，车子锁得好好的，没什么异常。在他们拖走之前我们可以去看看，如果你觉得有必要的话。"

"好的。"

"既然她的车停在湖边的停车场，也许她知道自己昨天夜里会去湖边？"他说。

我想了想："我记得学校里的停车场面积很小，老师们习惯把车停在湖边的停车场，因为那儿离学校不远，走路只要五分钟。也许她平时就停在那里。"

"也许那种情况已经变了呢？"菲利克斯说。

"我看未必。我偶尔会开车从学校经过，看上去那里和从前没什么两样。"我说话太快，不得不停下来喘口气。

菲利克斯在我肩膀上轻轻拍了拍，随后注视着我的眼睛。我的胸口顿时如小鹿乱撞。

"杰玛，你真的没事？看到自己的同学出了这种事，任谁都不会好受。"

"我没事，真的。可能一时半会儿还无法接受吧。"

“喂，你们两个，”琼斯已经接完了电话，“过来，开始干活啦。把马修斯和金斯顿也叫来。我想让他们也参与这个案子，以防人手不够。”

我翻了个白眼，但菲利克斯已经执行去了。格里·马修斯和马克·金斯顿，两人都是奔五十的年龄，和我一样均为侦缉警长，但他们仗着资格老，从来不把我放在眼里，当然，这种感觉是双向的。

我们五人挤进琼斯凌乱不堪的办公室，开始汇报各自掌握的情况。

“死者为女性，二十八岁，名叫罗莎琳德·赖安，是史密森二级学院的老师。她一个人生活，住在与公路相邻的一个小地方。尸体于今天早上七点半被发现在桑尼湖中，死者生前遭受过重击和掐喉，而且还疑似遭受过性侵。”菲利克斯像读分类广告一样大致介绍了案情。我假装不认识死者，假装看不见她浮在水中了无生气的尸体。

“是谁发现的尸体？”琼斯问，“你说是晨跑的人，伍德斯托克？排除嫌疑了吗？”

“排除了，我觉得他和案子关系不大。他对死者的了解也仅限于表面，毕竟死者在本地长大，又在史密森中学教书，所以这并不奇怪。”我的声音听起来怪怪的，仿佛来自另一个房间。

“那好，给他做份笔录，这事就完了。别的呢？死亡时间？”

“安娜推断为昨天深夜或今天凌晨。”我说。

“她到湖边干什么？有线索吗？”

马修斯清了清嗓子：“昨天晚上学校里有大型演出，好像是话剧。我老婆去了。我刚刚才跟她通过话。她说演出结束时死者还上台接受献花并发表了致谢词，演出显然很成功。”

我记得临毕业那年罗莎就演过话剧，她是扮演迷倒众生的美狄亚[①]的不二人选。当她在舞台上抱怨自己的困境时，她狂野的目光犹如投向观众席的一把匕首。

“她热爱表演。”我说。

---

① 美狄亚：在希腊神话中，她是科奇斯岛会施法术的公主，太阳神赫利俄斯的后裔，也是古希腊著名悲剧《美狄亚》的蓝本。

“伍德斯托克和死者是同学。”琼斯替我向其他人解释说。

我低着头，不敢与任何人有目光接触。

“很好，”琼斯继续说道，“立刻将学校视为二级犯罪现场，她离开学校后似乎没有回家。封锁学校，马上展开调查，另外也要查一查她的住所。”

“已经派人去了。”我说。金斯顿给马修斯递了个眼色，我只当没看见。

“很好，”琼斯说，“法医那边结束后，你和麦金农再核查一遍，该问谁就去问谁。家属的工作谁做？”

“我愿意……”

“不，”琼斯冲马修斯摆了摆手，“我希望由麦金农和伍德斯托克去做家属的工作，”他盯着我的眼睛，继续说道，“死者父亲在商界是个有头有脸的人物，所以一定要注意分寸，他和科登市长可是熟人。我需要你们马上提交身份确认报告。人们已经开始议论纷纷，我们今天就要确认死者身份，给公众一个交代。明天尸检，安娜已经知道了。等这些事全做完之后，我要你们把学校昨天晚上的事调查清楚。和平时一样，时间、地点、人物、事件一项都不能少。记者们已经快把我们的电话打爆了。不过让我意外的是，伍德斯托克，你那个好姐们儿棒棒糖倒还没给我打过电话，不过我想那也只是时间问题了。”

“局长，她不是我姐们儿。”

“反正她是个讨厌鬼，要不了一时三刻，她和其他那些耗子党们就会像苍蝇一样扑向这个案子。毕竟这是个大新闻，又赶上圣诞节，简直是噩梦。”他向后捋了捋稀疏的头发，揉揉眼睛。抬起头时，看到我们依然在办公室里，他似乎非常惊讶。几秒钟的尴尬对峙后，他终于吼了起来：“还愣着干什么？快做事去啊！去去去！”

我们纷纷逃离。

当了警察之后我才算站稳脚跟。之前那些年，我浑浑噩噩，无所适从，是警队重新给了我安全感，让我终于可以再度挺直腰杆。爸爸说警服让我看上去很威武。我想那可能是因为穿上警服之后我不再整天耷拉着脑袋。从警之初的日子无聊至极，每天被一堆鸡毛蒜皮的琐事缠着：交通事故、小偷小摸、失物招领，连打破窗户那样的小事都要管，可以说没有半点技术含量。好在后来我也开始干一些技术活，比如追踪罪犯，分析他们的作案模式，摸索他们的思维方式，试着预判他们的行为并加以预防。我们有很多校友从市里下来，和我们一起工作。通常，年轻警员需要到偏远地区工作一段时间，但这种做法却不是相互的。我在市里只待了短短几周，培训之后就再也没回去过。我的天地始终仅限于史密森及其周边地区。

史密森离悉尼有整整四小时的车程，这里夏季炎热，冬季寒冷，但我很快就发现犯罪活动是没有季节之分的。乡村空气虽然甜美健康，但从中却依然能嗅到烈酒的气息，还有无聊的气息和暴力的气息。那时菲利克斯刚从伦敦调来，他说我们在这里用得上的警察技能和在伦敦没什么两样，只是尺度稍有不同罢了。我不相信，我怀疑他只是不想让我感到失落，但不管怎样，我相信不会有人怀疑，我是个不错的警察，这一行很适合我。

从一开始我就喜欢追捕，喜欢没完没了地解谜，喜欢心无旁骛地思考。也许这可以算作一种职业上的自我主义。几年下来，即便周围充满了不同声音，我也能大大方方地表达我的一己之见，能潜心钻研，能找到不与人说话的理由，能堂而皇之地维持我的神秘，不会感到紧张和不安。

身为女警，在史密森这样的地方不可避免地要面对许多挑战，但我能做到在挑战中狂欢作乐。它们给了我可以奋起抗争的冷酷与真实，一种我可以战胜的、活着的、呼吸着的障碍，一种与悲痛的深井所带来的朦胧和虚无截然相反的东西。所有的蔑视与轻侮只会使我更加坚毅、更加专注。

琼斯从一开始就对我青睐有加。能够从事男性占绝对统治地位的职业本身就让他另眼相看，而我面对惨不忍睹的交通事故、自杀现场或暴力冲突时所表现出的沉着冷静与独当一面的能力每每令他赞赏不已。值得称道的是，他似乎有意忽视或弱化我的女性身份，当所有人都认为死者家属需要女性特有的温柔加以抚慰时，他却故意派其他人把噩耗传达给家属。几个月前，我曾听到他和别人通电话时提起过我的任命问题，他对电话另一头的人说我是个“巾帼不让须眉的霸王花”。他并没有成为我人生中的父亲角色，虽然这是我所缺少的。琼斯从未逾越我在自己周围小心构建起来的那道栅栏，对我而言他更像一个叔父般的存在，而且不得不承认我对此并无排斥。警察局里多是些粗野的家伙，他对我的支持并没有公然到引起别人嫉妒的程度，相反，他是我隐秘而又强有力的盟友——尽管在人前又不得不装模作样，因此我渴望有所作为，能让他为我感到骄傲。

骄傲，多么遥远的感觉。围绕在我和爸爸之间的忧伤不允许出现这种正常的父女关系。我们关心的焦点永远只有一个——生存。爸爸从来没时间放松身心，享受哪怕片刻的育儿之乐。我们曾经有过短暂紧张的欢乐，但通常情况下，他都在提防隐隐逼近的危险。我从十三岁开始便与爸爸相依为命，因此在工作之初，我发现那么多人的接近，尤其是男人，倒压得我喘不过气。他们的气味充斥着整个警局，他们持久不变的欲望令我心神不宁。他们的玩笑粗鄙而残忍。我咬紧牙关，吞下所有的失望以及偶尔的恐惧。我的盟友很少，不仅仅因为我是女性，还因为我年轻、敏锐、犀利：一个危险的组合。

大概在入职第一年的头一个月，我参与处理发生在本地一家汽车修理厂的盗窃案。当时我的搭档是基思·布莱特，那是个思想保守而且极为大男子主义的老家伙。在他眼中，警察根本就不是女人干的活儿。他认为我该拿上挎包到最近的美容院去打发时间。修理工已经抓住了窃贼：一个骨瘦如柴、满脸痤疮、几乎每隔一分钟都要朝地上吐一次痰的背包客。到达修理厂，我首先掏出手铐，没想到那贼眉鼠眼的家伙竟朝我傻笑，还和布莱特心照不宣地使了个眼色，而后者竟也照单全收。他们都把我看成一个笑话、一个菜鸟，一个把警察这份工作当成过家家的小女孩。我没说什么，因为我知道任何不满或反应都将被视作情绪化的表现，那样就正中了他们的下怀。按着背包客油乎乎的脑袋把他塞进警车时，我的脸热辣辣的。我一肚子火左冲右突，仿佛随时都能化作一声怒吼呼啸而出。

接着，几个月后便发生了罗比案，一切都随之改变。

12 月 12 日，星期六，下午 1:46

史密森大部分地方草木葱茏，而乔治·赖安的房子无疑又坐落在镇上最绿意盎然的地带。史密森始终有一片我们其他人从不染指的富人区。卡林公司建厂之前，那些个体商店老板、银行经理、成功的家庭农场主通常居住在小镇边缘起伏的群山脚下，桑尼湖的另一端。如今，不管在家或上班，人们似乎不可避免地要和卡林公司的高管们做邻居了。

“地方不错。”菲利克斯低下头，透过挡风玻璃望着远处罗莎琳德家的老房子。

“是。”

“这在以前恐怕会成为派对中心吧？”

“可惜不是。罗莎琳德不喜欢热闹，”我试着解释，“她人很受欢迎，但其实性格比较内向，去过她家的人恐怕寥寥无几。”

“为什么会这样？”

“我也不清楚。她很与众不同。”

“好吧，但愿她和以前不一样了。”

“但愿吧。”我说，尽管我深表怀疑。

我也抬头望着那栋房子。我知道她以前的卧室就在二楼左侧：从街的另一边，我偶尔能在窗户里看到她的身影。

我强行把思绪拉回现实，把手机调成了静音。

“好啦！”菲利克斯说，“咱们去吧？”

我们同时下车，同时重重地关上车门。我不在乎乔治·赖安对我们突如其来的造访是否会感到气愤，反正我们也没有任何办法缓解他即将遭受的打击。除非他已经得到了消息，我心里暗想。

向死者的家人和朋友通报噩耗是件不讨好的苦差事。一方面，父母的反应通常是最强烈的，他们的悲痛最纯粹，也最难以抑制。即便死去的子女是成年人，这一刻在父母眼中也顿时变为儿时的模样。歇斯底里的母亲仿佛一下子回到生产的那一刻，张开她们的双臂扑向空空的摇篮，哪怕生产之事已经过去了六十年。而另一方面，死者的子女往往表现出出人意料的坚强，他们意识到自己有了新的责任，而所处的位置也上升到了食物链的顶端。况且他们还要忙于各种各样操心劳力的大人们的工作：处理法律事项，安排葬礼，通知亲戚。死者的兄弟姐妹心情则更为复杂，除了悲痛，还有一种奇怪的争强好胜的心理根深蒂固。他们想象着自己与死者对调位置的情景。倘若死的人是自己，别人会有怎样的悲痛与反应？即便在死亡这件事上，人的攀比之心也能异常强烈。

而凶杀案的家属通报工作则更为棘手，我们能做的似乎只有保持完全开放的心态。我们必须能受得了家属伤心欲绝的凝视，受得了他们痛苦挣扎的表情和紧握的双手。凶手也是人，很多时候他们对受害者的不幸也能流露出真实的悲痛，尽管他们就是不幸的制造者。

根据资料，乔治·赖安是罗莎琳德最近的血亲。但我可以确定她还有三个哥哥。

“我只记得其中一个，”走向门口时，我对菲利克斯说。车道旁有一行栅栏，阳光照在上面，明晃晃的一片金色，“是个很自大的家伙，另外两个年纪好像比我们还大些。”

“没有妈妈？”菲利克斯问。

“不知道，”我说，“我不记得有。”

就在我准备按门铃时，前门忽然打开了。

“什么事？”一个身材矮小、胡子刮得干干净净、头发梳得一丝不乱、肤色严重缺乏日晒的男人站在我们面前。他身后飘出一股空调的凉气，小小的眼睛在我们两人中间转来转去。

“你好，很抱歉没有提前通知就前来打扰，但我们有事要找乔治·赖安。”

男子轻轻点了几下头：“哦，他刚起床，这会儿心情可不漂亮。”

“这样啊，不过，我们恐怕还是要找他谈一谈。我是侦缉警长伍德斯托克，这位是侦缉警长麦金农。”

男子一头雾水：“那你们进来吧。我叫马库斯，是乔治的儿子。”他让开一步，示意我们进屋。我们左边是一道擦得亮晶晶的楼梯，右边是走廊，天花板很高，墙上挂着一幅看起来很重的油画。

“赖安先生身体不舒服吗？”我们跟着马库斯向里面走去时，菲利克斯问。

“他昨天刚做过手术，”马库斯说，“但他恢复得还不错。”

我和菲利克斯对视一眼，我们很可能要给他的恢复进程踩一脚刹车了。

“请走这边，”马库斯说，“大家都在这儿，我的弟弟们也在。”

他领我们走进屋子后方一间开放式的大客厅。

客厅右墙前摆着一张硕大的奶油色沙发，上面坐着三个男人。他们全都目不转睛地盯着已经调成静音的电视里正在直播的板球比赛。电视很气派，恐怕是我见过的最大的高清电视之一。他们的头顶就是天花板，周围开了若干窗户，一道道阳光照在他们脚边的地板上。壁炉架上摆满了照片，其中一头大相框里的那个女人格外引人注目，她头发乌黑，蓝色的眼睛炯炯有神。厨房里传来收音机的声音，节目与电视中一样，也是板球比赛。

外面，一座小型泳池在灿烂的阳光下闪闪发亮。

“你们好，”我开口说道，“我是侦缉警长伍德斯托克，这位是侦缉警长麦金农。”

三双眼睛木然地望着我。

“请坐吧，”马库斯从身后走来，把我们让到椅子上，“这位就是我爸爸，乔治·赖安。那两个是我弟弟，布赖斯和蒂莫西。”

即便布赖斯和蒂莫西认出了我，不过他们也没有表现出来。乔治·赖安端着一个热气蒸腾的杯子，他是所有人中体型最大的：肩膀宽阔，体重超常，但看上去又不会显得臃肿肥胖。他皮肤苍白，把茶杯放在膝盖上时，双手有些微微发抖。两个年轻一点的儿子分别坐在他的左右。蒂莫西和布赖斯是典型的现代澳大利亚人，而马库斯看着却像刚从二十世纪早期穿越到现在的。两个弟弟皮肤黝黑，穿着脖领松松垮垮的T恤，下身是冲浪短裤，粗壮的双腿上像常春藤一样爬满浓密的腿毛。牛仔蓝色的眼睛，整齐洁白的牙齿，五官端正。

我先把他们挨个儿打量了一番，才对乔治·赖安说：“很抱歉，我们有一个非常不好的消息要告诉您，”我深吸一口气，闭上眼睛，又睁开，继续说道，“今天早上我们发现了您女儿罗莎琳德的尸体，我们认为她是被谋杀的。”

收音机里传来击球的声音，听起来犹如枪响。众人几乎同时惊呼，我小心观察着他们的脸一个个变了颜色。

马库斯目瞪口呆地望着他的爸爸和弟弟，随后又转向我：“什么？”

乔治·赖安挣扎着坐起来——显然他身上还有疼痛的地方：“罗莎琳德死了？”

蒂莫西和布赖斯不知所措地盯着各自的大腿。

“对，非常抱歉。”

马库斯冲进厨房关掉了收音机，屋子里顿时一片死寂，我觉得不舒服极了，忍不住打破沉默说：“我们认为罗莎琳德被害于昨天夜里或今天凌晨，总之是在学校演出之后。”

“出了什么事？”乔治·赖安洪亮的声音像一团黏稠的糖浆卡在喉咙里。

菲利克斯探身上前：“我们目前还不清楚，赖安先生，但可以确定是一桩凶杀案——您的女儿遭遇了袭击。我们深感遗憾，但可否允许我们问几个问题？为了尽快破案，我们需要知道得越多越好。”

乔治·赖安重重地叹了口气，那气息仿佛来自灵魂深处。俯身把杯子放在茶几上时，他的脸痛苦地扭曲在一起。我不敢想象，刚刚经历手术的折磨，而今又听到爱女遇害的消息，这对一个人的打击能残酷到怎样的地步。

“我的乖女儿死了？”他的脸剧烈地晃动着，目光仿佛失去了中心。他转向我，希望进一步确认他听到的噩耗是否属实。

鉴于他的反应，我迅速点了点头。

他用手指按压双眼，并停顿了片刻。“尽管问吧。”他对着地板说。

“我去倒点水。”马库斯说着从椅子上跳起来。他眼睛里闪着泪花，嘴唇不住地哆嗦。

“不用麻烦了。”

“不，不，别客气，”他坚持说，“天这么热。”

我感觉马库斯只是需要找点事做，于是说道：“那就谢谢了。”

“给我也倒一杯，马克，”马库斯走出房间时，乔治轻轻说道，“把我的药也拿过来。”

菲利克斯始终不动声色。

“我们非常理解你们此刻的沉痛心情，但有些事我们又不得不做。也许咱们可以先谈谈你们最近一次见罗莎琳德时的情况。蒂莫西，不如从你开始？”

蒂莫西有双大眼睛，他盯着电视机里无声的板球赛，下巴不由自主地哆嗦：“呃，昨天晚上我去了他们学校的演出现场。罗莎很看重这场演出，”他的视线从我身上跳到菲利克斯身上，又跳到地板上，“但我从头到尾都没有机会和她说上话。”

布赖斯猛然抬起头：“我都不知道你去了。”

乔治同样惊讶地看着蒂莫西。

蒂莫西耸耸肩说：“自从爸爸的生日之后我就没见过她，”随后他向我扭过头，擦掉眼角的泪水，解释说，“是这样的，爸爸生日那天晚上我们闹了些不愉快。都是我不好，惹罗莎生气了。我知道昨晚的演出对她来说非常重要，所以我想到现场支持她。”

“最近她确实经常提起演出的事，”这是马库斯的声音。他用一个银色的托盘端了几杯水，一脸茫然地走回房间，“上次见面时我就发现她特别激动，”他递给我一杯水。他说话似乎有气无力的，我只好向前倾着身子，“我住在悉尼。因为爸爸昨天的手术，我提前回家过圣诞。我和罗莎基本上每隔两周通一次电话，不过自从十月份爸爸生日之后，我们只见过一次面。”

我扫了一眼蒂莫西，恰巧看到他眼角不易察觉地抽动了一下。

我扭头问马库斯：“你也去看演出了吗？我看你也是提前回来的。”

“我今天早上才到，”他的嗓音有些沙哑，说完把头扭到一边，抬手擦了擦脸，“本来打算下个周末就走的。”

我的视线回到沙发上：“你呢，布赖斯？你最后一次见罗莎琳德是什么时候？”

“和他们一样，在爸爸的生日宴上，也就是十月十七号，”他直盯着我的眼睛，“从那之后我们几乎没说过一句话，我们平时话不太多，现在想想真不应该，”他喝了一大口水，继续说道，“可这已经无法改变，我现在还无法接受她已经死了的事实。她干什么了？”

“你指什么？”我问。

“为什么会有人袭击她？她惹了什么人吗？”

“你怎么会这么想呢？”我进一步问。

布赖斯有些腼腆，显然他已经后悔说了这样的话：“我也不知道，只是觉得也许她做了什么事惹怒了别人。”

“她经常和人闹矛盾吗？”菲利克斯直截了当地问。

蒂莫西盯着地板。布赖斯的嘴巴张了张，又闭上了。菲利克斯冲他扬了扬眉毛。

“呃，她有时不太好相处。”布赖斯弱弱地说。

“不太好相处？”我惊讶地问。

布赖斯看了一眼蒂莫西，希望得到他的附和：“对，她是个直肠子，说话一向开口见心，所以很容易得罪人。”

“她最近提到过和什么人有过节吗？或者争执？”

现在轮到布赖斯盯着地板低头不语了。蒂莫西缓缓摇了摇头。

乔治·赖安清清嗓子，打断了我们的对话：“我无法想象会发生这种事。这太难以置信了，谁会想伤害罗莎啊？”

“这件事确实匪夷所思，赖安先生，”我对他说，“也许我们一辈子都想不通，但我们需要你们提供尽可能多的线索，好让我们能够尽快破案，”我放下水杯，继而问他，“您最后一次见她是什么时候呢？”

“也是在我生日那天。从那之后我就基本不在家了，你也看见了，为了手术，我需要做大量的准备，这身体……”话没说完他便止住，仿佛突然意识到自己跑了题，“周四那天她给我打过电话，预祝我手术顺利。我们聊了演出的事，你们也知道，她很看重演出，也非常自豪。”他低下头，无助地默默啜泣。

“他们的话剧是根据《罗密欧与朱丽叶》改编的，对吗？”来这里之前我在学校的网站上查过。

他抬起头，眼泪汪汪地看着我说：“对，对，她喜欢那些。她是费了很大的劲才争取到演出机会的，因为学校今年并没有演出计划。可能是资金的问题或别的，所以时间一推再推。为此她懊恼不已，可她热情不减，几次三番地去找校长，逼他同意演出的事。罗莎琳德是个非常执着的孩子，不达目的誓不罢休。”

布赖斯、马库斯和蒂莫西一动不动。乔治·赖安从马库斯给他的包里倒出几颗药片，随后就着凉水服了下去。

接着他继续说道：“那些十一二岁的孩子全都跟着她，虽然学校已经放假，他们还是同意回来演出。她一定深受他们的爱戴。”

我赞同地点点头，心想我们需要尽快找这些学生谈一谈。我甚至开始担心起这出话剧的命运了。

太阳悄悄移动，阳光从地板爬上了我的脚面，我把脚挪到了阴影里，“也就是说，马库斯，昨天夜里你在悉尼；蒂莫西，你去看了演出；那你呢，布赖斯？”我问。

“我就在这里。昨天下午我坐飞机去了高兰，到医院看了爸爸，但因为他的意识还没有清醒，我也就没有长时间逗留。”他似乎喘不上气。

“晚饭之后呢？”我追问道。

“我接了一个工作上的电话，后来在这里吃的晚饭，期间我还跟我女朋友通过话。她住在史密森和悉尼之间，昨天也来了这里，在她租出去的一个地方，不过因为她身体不舒服，我落地之后她取消了我们见面的计划。”

菲利克斯扭头问蒂莫西：“演出之后你有没有做过别的事？”

“直接来这儿了。当时布赖斯在家，就在他的卧室里。”

布赖斯点头确认。

我总觉得有点不对劲。蒂莫西和布赖斯滴水不漏的应对似乎太过完美无缺了。可当我审视他们时，从他们的眼睛里又确确实实看到了悲伤，我只好换了个方向提问：“罗莎有男朋友吗？”

“男朋友？没有，没有，她没男朋友。”乔治说。

“好吧，那之前呢？之前有没有交过男朋友，比如说今年早些时候？”

“没有，没那回事。上中学和大学的时候她倒是交过几个男朋友，可那也只是小孩子过家家一样，从来没有认真过。她的心思全在工作上，她有很强的事业心，不像如今社会上那些女孩子，天天到处乱跑。”

蒂莫西和布赖斯在沙发两端意味深长地对望了一眼。马库斯起身，在我身旁站了一会儿。他的焦虑已经不言而喻，他双手紧紧地握在一起，清了两次嗓子才开口说道：“你们要点儿吃的吗？我记得我们还有饼干，也许还有蛋糕。”

“你经常回这里吗？”菲利克斯硬生生地问。

他结巴着回答：“看……看情况。一年大概三次。”

“你呢？”菲利克斯问布赖斯。

“差不多，可能会稍微频繁一点。现在我女朋友几乎隔周就要来这里一趟，有时我会跟她一起来。”

“你住在帕克斯顿？”菲利克斯问蒂莫西。

“是，我在那儿有套房子。呃，按照律师的说法，是半套。我目前正在办离婚，所以暂时住在这儿。明年我就有自己的地方了。”

我注意到蒂莫西正盯着我看，双腿顿时感觉像针扎一样。

菲利克斯转向乔治：“赖安先生，我不得不冒昧地问一句，罗莎还有别的亲属吗？她妈妈呢？”

“我妻子奥利维亚早就过世了。生下罗莎没几天就死了，大出血。”

“我很抱歉。您一定非常难过吧？”

“是啊，和今天一样，对我打击很大。当时孩子们还小，需要照顾。不过说句实话，奥利维亚生前也算不上是个好妻子或好妈妈。幸亏马库斯格外懂事，里里外外都能帮忙，尤其是在奥利维亚去世之后。”

外面，一只小鸟忽然飞向泳池，从水面上一掠而过。屋里，我唯一能听到的动静是空调发出的轻柔的嗡嗡声。

“你们还能想到别的可能有价值的线索吗？”我问，“比如她说过什么话？哪怕看起来微不足道的小事？”

布赖斯和蒂莫西再度对望了一眼，但却同时摇了摇头。马库斯咕咚一声咽了下口水，乔治·赖安只是茫然地盯着自己的双手。

“那好吧，谢谢你们，我们就不再打扰了！”我站起身，向菲利克斯使了个眼色，“我们真的非常抱歉，请你们一定要节哀顺变，照顾好自己。这种事放在任何一个家庭都难以承受。我们会尽快查明真相的。”

他们不约而同地站起来，除了乔治。他注视着我，脸上尽是岁月与悲伤留下的痕迹：“请你们务必查出是谁杀害了我的女儿。”

马库斯送我们到门口。

“我们会调查她的电话记录，搜查她的住所，还有案发当晚发生的事，每一件事，”菲利克斯握着马库斯的手说，“总之我们会竭尽全力查个水落石出。”

马库斯握着他的手迟迟不肯松开。

菲利克斯又补充说：“今天你们需要去一个人到警局，把确认身份的事处理一下。你爸爸可能去不成吧？”

“哦，要去的。我和我爸爸说一声，看他要不要去……或者我去。他的身体可能还不允许，他要一直休息到星期一呢。”

“要不过一个小时我给你打电话？到时候你再告诉我。”菲利克斯说。

“好的，没问题，”他的脸几乎皱成了一团，随后才渐渐舒展，“天哪。”他仿佛在对自己说。

“马库斯，尽早通知亲戚朋友吧，”我轻柔地说，“这件事今晚可能就要上新闻了。”

他茫然若失地点点头。

我们走进蒸笼般的室外。

菲利克斯好像忽然想到了什么，他再次转身面对马库斯，问道：“罗莎琳德中学毕业之后还住这儿吗？”

马库斯站在门口，我看见他爸爸此刻已是老泪纵横。

“哦，没有，她想学很多东西。况且作为家中唯一的女孩……也许对她来说并不好过。我觉得她在家里会感到失落，仿佛这里根本就没有她的容身之地。总之她中学毕业后就搬到了悉尼，在大学里读文科，偶尔也去旅行，并没有什么特别的。”他止住话头，我们等待着，都以为他有别的话要说，可他只是站在那里冲我们眨着眼睛。

过了一会儿，菲利克斯苦笑一下说：“那就这样吧，你多保重，好吗？还是我刚刚说过的，待会儿我给你打电话。但如果有需要，或者想起什么别的事情，你随时可以联系我们。”

马库斯不自然地笑了笑，轻轻关上门，随后走廊里便传来渐行渐远的脚步声。

“哇哦。”沿车道往外走时，菲利克斯吹了声口哨。

“哇哦什么？”

“不知道，但我总觉得他们不简单。”

我们回到车上：“你能说得具体点吗？”

“呃，我也不知道该从何说起，”菲利克斯一边系上安全带一边说，“我是说，这么可怕的消息对于普通家庭来说无异于重磅炸弹，可他们的反应好像有点古怪，难怪她不愿待在这个家里。”

“说说‘古怪’在什么地方。”

“那个。”菲利克斯故意瞪得眼球都快要掉出来，我忍不住笑出了声。

“蒂莫西看我的眼神很奇怪，”我说，“好像戒心很重的样子。”

“那家伙看起来就怪怪的。他们全都怪怪的，尤其是那两个年轻人。”

“毕竟家里突遭变故。”

菲利克斯不屑地摆摆手：“他们就是怪，像一群纸人，而马库斯恐怕是天底下最尴尬的家伙了。我要查他们每个人，而且要尽快确认他们不在场的证明是否真实有效。”

“当然，”我表示赞同，“我只是不想太草率地下结论。遇到这样的事恐怕谁一时都会不知所措，有些古怪的表现可以理解。”我发动车子，驶离路肩。

“我什么时候能约你？”菲利克斯忽然问。

“啊？”

“我什么时候能约你？正式约会。”他的语气很迫切，我挪了挪身体作为回应。

我双眼紧盯着前面的路，想起早上在浴室里那些乱七八糟的念头，感觉像是很久以前。我眨眨眼睛赶跑当时的情景，心里却想着下面还有没有流血。我能听见他近在咫尺的呼吸，可我假装什么都没听见，只顾开车朝警局的方向驶去。菲利克斯抓住我的大腿，手指越收越紧。

“周一晚上。”我说。我依然目视前方，但剧烈的心跳声恐怕已经传进了他的耳朵。

12 月 12 日，星期六，晚上 7:03

我走进来时，斯科特正在炉子上煎着什么。他抬起头，看到我愁眉紧锁的脸和一双让人捉摸不透的“警察眼”。那是他的叫法，他说我的眼睛仿佛时刻都在寻找犯罪的迹象。

“不顺心？”他不紧不慢地说。

我正欲回答，不承想却被电视里一组桑尼湖凶案现场的航拍镜头给吸引住了。我认出了自己的头顶。镜头中还穿插着罗莎琳德近期的面部特写以及她在我们的社交舞会上身穿白裙笑颜如花的照片。那天晚上她看起来就像个天使，但我的衣服却让我感到难堪。记得在我们家的门廊下，雅各布笨手笨脚地给我别上胸花，而爸爸则难为情地为我们拍照。整个舞会期间我几乎都在调整裙子上恼人的带子，结果那晚的每张照片上我都是一脸不高兴的样子。我的粉底太暗，唇膏颜色太深。如果说那是我迈向女人的第一步，那我不得不承认，这一步我输得可谓惊天动地。

本从走廊冲进来，一头扎在我两腿之间，抱着我喊道：“妈妈！”

“嘿，小宝贝。”

“我和外公放风筝去了！”

“太好了，亲爱的。”

“你在查这个案子？”斯科特朝电视机歪了歪脑袋。

“对。”

“查案，查案。”本不满地抱怨说，我瞪了斯科特一眼。

“嘿，小家伙，还不快把外公送你的贴纸画拿给妈妈看看？”

我看着本黑色的小卷发一颤一颤地跑进走廊，去拿他近来最喜欢的礼物。

“你认识她吗？她也是史密森中学毕业的，对吧？”

“是。她和我一个班。我认识她。”

“天哪。”斯科特关掉煤气，开始用勺子把煎好的东西铲进两个备好的碟子以及本的彼得兔小碗中。

这时，本拿着他的新贴纸画跑了回来。

“快看，快看，妈妈，你瞧！我有忍者神龟哦！全套都有！”

“哇，亲爱的，太棒了。我提议咱们先吃晚饭，然后你再慢慢让我看，好不好？”说完我领着他来到桌子前。

我们坐在热气腾腾的晚餐前。本吃得有滋有味，每咽下一口胡萝卜都会发出咕噜咕噜的声音。斯科特低着头，一叉子接着一叉子，吃得有条不紊。斯科特无论做什么都一丝不苟，如果他说几点钟会到某个地方，那他一定会准时到达；我们的账单从不拖欠；我们的垃圾永远提前一晚摆在门外。我一直在想，与其做水泥工，他做法医分析或许更合适，他一定能够做得得心应手。斯科特偏爱线性思维，他喜欢一切事都按部就班，毫不逾矩。爬行、走路、奔跑，谁先谁后必有讲究。因此我们未婚生子这件事简直让他抓狂。

本叽叽喳喳地说着他的风筝和忍者神龟。斯科特刷洗餐具，收拾厨房，而我则临时成了儿子的爬竿。我能听到新闻主播报道罗莎琳德死亡细节的声音，他们把这个案子称为“史密森中学教师被杀案”。

“好了，小家伙，该上床睡觉了。”斯科特挠挠本的肚子，小家伙快活得尖叫连连。

“晚安，小男子汉。”我说着在他额头上吻了一下。

他喜滋滋地跑开了，一边拿身体撞着墙壁，一边发出低沉的电子音。

我拿了一瓶啤酒坐在沙发上，心不在焉地看着电视里的板球比赛，脑子里却思绪万千，难以平静。不合情理的地方实在太多了。从各个方面看，罗莎昨天晚上情绪高昂，首场演出是件大事。显然，她中学时便顶在头上的神秘光环一直戴到了成人时期。“她不善交际”“她貌美如花”，这是我们和有限的同事在最初的查访中所收集到的最常见的两条评论。在我们问过的人当中，没有一个人知道她是否有男朋友或情人，当然，我们目前还没有开始大面积调查。

我在脑海中翻来覆去地回想着赖安一家人的反应。他们的悲痛总让人觉得不自然。菲利克斯说得没错，他们确实古怪。

我发现了一项针对蒂莫西·赖安的人身侵害指控：半年前他在酒吧与人发生争执后出手打了对方，但该项指控还未进入审判阶段便宣告撤销了。据说受害人是他前妻的新男友。于是，蒂莫西自然而然成为我们调查的主要对象。我派几个军装警察调查了他的个人财务状况和电话记录，并希望尽快确定他的不在场证明是否有效。

离开赖安家之后的几个小时，马库斯到警局认领罗莎琳德的尸体。乔治来不了，马库斯也没有多说话，只是当盖着尸体的白布单掀开一头，露出他死去的妹妹的脸时，他倒抽了一口气。他连续点了几次头，语无伦次地说：“是，是她，我的天哪。”

眼下还没有任何眉目，我提醒自己，破案就像一场马拉松，而非百米冲刺，这也是琼斯经常叮嘱我们的，尽管他也希望我们越快破案越好。

我匆匆给菲利克斯发了条短信：明天与我在罗莎住所会面，9:30 如何？刑侦组干完活我们可以检查一遍，随后在汇报之前就可以开始尸检和背景调查了。

我的手机几乎立刻就收到了回复：收到，老大。非常浪漫。做个好梦。

我喝掉瓶里最后一点啤酒，这时走廊里回荡起一串咯咯咯的笑声。这声音来自浴室，本觉得刷牙是件非常好笑的事。时间过得真快，如今的本再也不会像从前那样小鸟依人地缩在我的怀里，我甚至都已经快抱不动他了。我想过给他添个伴儿，也许是另一个本。从我坐的位置可以看到书架上他的婴儿照。记得刚生下他时，我闻着他身上的味道，简直不敢相信他就是我的孩子。

斯科特从走廊里走出来，我起身又拿了一瓶啤酒。他给自己倒了杯波旁威士忌，也在沙发上坐下。他把我的脚抬到他的腿上，心不在焉地替我按摩。我扫了一眼他的侧影，但电视里的板球赛似乎更吸引他。他该刮胡子了，胡楂让他的脸看起来黑乎乎的。我心想他会不会又提结婚的事，他几周前的提议如今依旧悬而未决，我真希望这件事能不了了之。我喝光啤酒，把瓶子放在茶几上，目光呆滞地盯着电视里的画面，不知不觉竟打起了盹。睡了不知多久，我忽然浑身一颤苏醒过来，但头脑有点昏沉。

“你没事吧？”斯科特问。

“没事，就是有点累。我看我还是到床上去吧。明天一大堆事情等着呢。”

“你们又要忙得脚不沾地了，对吧？”

我站起来，伸伸懒腰，背上的骨头发出令人不安的嘎吱声。我回想着湖水中罗莎琳德的脸，她瘀青的脖子和空洞无神的双眼。

我想起今天早上洗澡时从脚下淌过的血。

在车上时，菲利克斯抓了我的大腿。

还有乔治·赖安眼睛里强烈的痛楚。

斯科特仍然一脸关切地看着我。他的手指轻轻摩挲着酒杯的边沿，等待我的回答。

“对，”我说，“可以肯定。”

12 月 13 日，星期天，上午 9:24

罗莎琳德的住所是一栋简朴的农舍，它与另外七栋同样简朴的农舍并排矗立在罗斯高速公路旁。从住所沿公路往前五百米是史密森公立医院，而她房前车道的对面是一家 7-11 便利店。住所往右隔两户是一片空地，一张旧床垫靠在栅栏上，地上的野草足有一米高。这些房子皆用灰白色的石棉水泥建造而成，而且全都有着蜕皮霜一样明亮的窗棂。车道与车道之间的公共花圃上马马虎虎地种了些绿植，但远不及野草茂盛。土壤中东一片西一片像补丁一样分布的锯末，论年头恐怕要上两位数。

相对而言，罗莎琳德的小屋是最整洁的。她的门廊下铺了一块新门垫，门两旁各有一列花盆，不知名的小花从盆里探出小脸。门口一侧整齐地摆放着一双人字拖鞋。门廊下的一个石制窗框上吊着一个鸟浴盆，在微风中轻轻晃动。公路上的噪音吵得我们耳朵疼，和吉米打过招呼，我们在犯罪现场登记簿上签了名。

“好家伙，老师的工资难道比咱们还要低？”菲利克斯一边感叹，一边穿上鞋套，戴上乳胶手套。

“说不定哦，”我也穿戴好鞋套手套，“可鉴于她的家庭条件，住在这里似乎不太正常。”

“也许乔治是那种对子女苛刻的家长，他觉得孩子就该自力更生？”菲利克斯猜测说。

“也许吧，可他显然很乐意让蒂莫西与他同住。”

菲利克斯耸耸肩：“有道理。”

刑侦组的同事昨天已经仔细检查过罗莎琳德的房子，并带回去部分样品送实验室检验。他们认为罗莎琳德演出结束之后并没有回到这里，如此她在离学校那么近的地方遇害也就说得通了。来到她的住所，我非常好奇，仿佛这是一个能够窥视她私人世界的千载难逢的机会。

我们弯腰从警戒线下钻过。我打开房门，走进屋时，嗓子里还充斥着公路上的尾气味。

进屋第一眼看到的是厨房，里面有张小餐桌，桌子中央的花瓶里插着一束白色的雏菊。虽然天气炎热，可雏菊并没有弯腰打蔫儿，说明是近几天才插上去的。碗碟架上只有一个碟子和一个咖啡杯，另有几把勺子和叉子。水槽旁边规规矩矩地挂着一条褪色的抹布。冰箱不大，里面的搁板上散放着几个调味瓶和一小盒牛奶。冰箱门上的瓶槽里插满了白葡萄酒。

菲利克斯拿起一个半瓶的，看了看标签："酒不错。这一瓶抵得上我一个多星期的日常开支了。"

我对酒不太了解，但只看标签我也能猜出那绝对不是便宜货。水槽下面有个垃圾桶，里面没什么东西，但旁边却放了五六个空酒瓶，菲利克斯确定它们都是高档货。冰柜里堆了一堆装着某种酱的特百惠盒子，旁边躺了一瓶伏特加。

"她绝对是个懂酒的人，可我并不觉得她要经常请客，你说呢？这里没条件。"他向我示意那狭小的房间。

"你的意思是她酗酒？"我问。

"那只是我的猜测。"

我蹲下来查看抽屉和橱柜。它们大部分是空的，只有几个用旧了的罐子和平底锅，还有一个浑身尘土的破搅拌机。我站起身，因为起得太猛，眼前一黑，竟有些头晕目眩。一股淡淡的花香味忽然钻进我的鼻孔。

"她就像某些老太太一样，"菲利克斯说，"有专喝好酒的嗜好。"

我点头表示赞同，手指轻轻抚摸着插着雏菊的花瓶边沿。屋里没有照片，却贴满了电影海报：卧室、客厅以及客房。厕所门后用蓝丁胶粘了一张旧式的公告《教父》首映的电影海报。不同的戏剧场面从各个角度将我们包围，无论面朝哪个方向，总能看到熟悉的好莱坞明星的脸孔。冰箱门上粘了许多磁贴，多数为摘抄的名句或诗歌。

"她一定是个铁杆影迷，"菲利克斯缓缓转动身体，将全部海报尽收眼底，"同时还是个书虫。"注意到客厅的书架后，他又补充说。

那是整个屋里最像样的家具了。深色桃花心木书架直接嵌在墙体中，长度与房间相当。一排排书挤满了架子上的每一寸空间，目测至少有几百本。我清楚地记得罗莎琳德每每在班级当众读书或表演话剧时如痴如醉的样子，她永远那么深不可测，我经常纳闷儿她心里都在想些什么。

"毕竟她是英语老师，我想阅读应该是必不可少的吧。"

"我以为她教戏剧呢。"菲利克斯一脸迷惑地说。

“我想她应该两样都教吧，”我说，“很多时候这两门课程是密不可分的，至少我们上学时是那样。”

还记得可怜的弗里斯克太太经常在课堂上嚷嚷说，我们要把身体也看作是一种道具，可随后看到校园剧中必要的情爱场面时，她却表现得比谁都难为情。

“我猜你对戏剧也很在行吧？”菲利克斯几乎眉飞色舞地看着我。本就狭小的房间仿佛更小了。

我不止一次萌生过和他私奔的疯狂念头。远走高飞，坐在沙滩上喝鸡尾酒，用海上漂来的浮木搭一栋小屋，劈柴烧火，再也不回来。我想用我的身体紧紧缠绕着他，永远不分开。可每当此时，本的小脸就会浮现在我面前，迫使我抛掉那些可笑的幻想。

“正经点，”我说，“赶紧做事，我们好早点回去找安娜。”

我走向浴室，努力集中精神。罗莎琳德的卧室里原本有扇门可以通到浴室，但现在那里摆了一个置物架，所以我只好从走廊上的那个门进去。来到浴室，首先映入眼帘的是一个小浴盆上面的淋浴器，水龙头在滴着水。褪色的灰毛巾挂在门后廉价的金色钩子上，一张满是小孔的防滑垫折叠着放在浴柜上。我站在镜子前，想象着罗莎琳德每天早晨站在这里，精心梳理她金色的长发，往白皙的皮肤上扑粉，可我总觉得她美丽的形象与这里格格不入。

拉开柜门，我的脸从眼前消失。小橱柜就像通往另一个世界的入口。最下一格摆满亮晶晶的瓶子，里面装着洗发水、润肤霜。往上一层放着昂贵的牙齿美白产品以及价值至少数千美元的化妆品，欧莱雅、雅诗兰黛、香奈儿，其中有一半以上的东西我甚至不知道它们的用途。我拿起一个避孕药盒，翻过来调过去地查看，心里琢磨着这是否意味着她在和什么人约会。我一直坚持服用避孕药，但两个月前，有一次因为上早班忘了服，紧接着休了一天假，然后又上了一个夜班，结果又忘记了一次。几周后我就意识到，我怀孕了。乳房胀痛，胃部不适，这些早期症状与当初怀本的时候一模一样。

小橱柜中间一格随便放了几个发夹，一把造型梳上缠了几条扎头绳。尽管有这么多高档货，我依然无法相信像罗莎琳德那样迷人的女人会在如此简陋的浴室里打扮自己。

最上一格是些白色的药盒。我把它们全都拿下来。两种品牌的抗抑郁药，两副安定处方药，日期在九月到十一月之间。

“你到底怎么了？”我低声念叨。

“你说什么，杰玛？”

“我怀疑她有药物依赖。”我大声说。

菲利克斯把头伸进浴室：“谁没有呢？嘿，我没找到日记或性爱录像之类的，但我的确找到了非常奇怪的东西。你瞧！”

我放下药，跟他进了卧室。

他说的是块石头。一块被时间和自然打磨得光滑圆润的石头，它最有意思的地方在于形似一颗心。石头背面用黑色的马克笔画了一个X。

“我在她最底层的抽屉里找到的。”

我长出一口气，心里也想不出个所以然来：“她抽屉里还有别的奇怪东西吗？”

菲利克斯把石头放进证据袋，他这个动作让我想到了把鸡蛋打进一个碗里：“不知道诗集和一堆邦兹内衣算不算。”

我轻轻打了他一拳，环顾小小的卧室，她的生活与我想象中的样子有着天壤之别。脚下的地毯已经褪色，我惊奇地发现她铺的床单是凯马特超市几年前卖过的，我有一条蓝色的同款。看到床上悬挂的那幅巨大的艺术品，我不由双手叉起了腰。画上只有孤零零的一棵树，给人的感觉十分诡异。我不由得端详起来。

“这里太奇怪了。酒、电影海报，还有这画，”我指了指墙上，“她的化妆品全是高端品牌，可是其他东西却又这么寒酸。”

“没错，这很不正常，”菲利克斯正在手机上发短信，“我实在搞不懂这个女人。”

狭小的房间令人窒息，我挣扎着吸口气，感觉肺部收缩得厉害。我踩着脚，突然想不顾一切逃到外面。菲利克斯似乎也有些坐立不安。

“走吧，”我说，“咱们找邻居们问问，看看他们对她是什么印象。”

我们走到车道尽头，我去了第一家，他去了第二家，大概四十五分钟之后，我们又进了另外两家。意想不到的是，七户人家，家家都有人，显然老天也在帮我们。但另一方面，走访的结果也相当一致：罗莎是个非常完美的邻居，也许有点腼腆，但向来友善。

第三家一个身上生了疥疮的年轻人告诉我说，几周前罗莎曾请他帮忙修理电灯，第二天便在他门口放了啤酒以示答谢，“我纯粹是帮忙，没指望她报答我。冲她那迷人的微笑我做什么都愿意。就这样，我时不时地会帮她干点活，都是些鸡毛蒜皮的日常小事。以前她偶尔会在车道尽头晒日光浴。我当然会忍不住多看几眼，她有时会冲我挥挥手，非常友善，”他揉揉通红的眼睛，又挠了挠胳膊肘，“我会想她的。”

第五家的老太太相对谨慎一些，显然她还没有看新闻：“她出什么事了吗？昨天我看见警察来了，还拉了警戒线。”

“是出了点事情。”

于是她抿着嘴说：“哦，像她那么漂亮的姑娘是很容易出事的。”

如果不是因为我没心情，我很想告诉她丑姑娘也会出事。只不过丑姑娘出了事也很少会占据头版头条，上《时事新闻》[①]的概率更是小得可怜。

“她死了吗？”

“对，她确实死了。请问您怎么称呼？”

“叫我墨菲女士就行，我没结过婚，”她言语之间透着一股自豪劲，仿佛没有结婚无异于躲过了比死亡更可怕的厄运，随后她继续说道，“哦，天哪。可怜的孩子。”

“是啊，非常遗憾。”我说。

“唉，都怪我不看本地新闻，”她淡淡地说，但下巴却在发抖，“我只看 BBC[②]。”

① 澳大利亚一档新闻电视节目，相当于中国的《焦点访谈》。
② BBC 指英国广播公司的节目。

“很抱歉，墨菲女士。我知道作为邻居您一定也不好受，但我想问您几个关于赖安女士的问题。您有没有见过其他人出入她的家？”

她双手扣在一起，忽然正色道：“没有，我每天都在家，而且我平常很留心周围的事。我就坐在靠窗户的那张椅子上。”

我看了看那张几乎被一堆小山似的毛毯埋住的椅子。大概一米开外的地方分别放了一台电扇和一台加热器，像两盏探照灯一样正对着椅子。

“没发现什么异常的情况？”我问。

“我没发现什么异常的。她家里很少来人，我觉得对于她那样的女孩子，这才是不正常的。有一个年轻小伙子倒是来过几次。从他们在一起的样子，我猜应该是她的哥哥或弟弟吧。几个星期前，有个开豪华轿车的男人来找过她。我记得这么清楚是因为那天电视剧《街区》里的路易斯死了，哦，愿上帝保佑他，我心里难过，就到门口去透透气，于是就看到了那辆车。他们就站在外面说话，关系看起来不像太亲近，你明白我的意思吧？”

我点点头，记在笔记本上：“这个情况对我们很有帮助，还有别的吗？”

“别的就没了。你不知道，住在这里真的很无聊。”

“您还记得来找她的人长什么样吗？”

“大约记得。开车那人很有派头。穿的衣服很体面，脸上挂着笑，年纪稍大，可能有四十来岁？举止也很得体。另一个很年轻，黑头发，高个子，样子挺俊，就是无精打采的，仪态也没法说，站没站相，坐没坐相。”

“多大年纪？”

“这个还真不好说，如今的年轻人啊。二十五岁？可能大点，也可能小点。说实在的，我也拿不准，毕竟我又不是监视他。”

“那当然啦。好吧，谢谢您了。”

我和菲利克斯在罗莎琳德的住所外会合。

“问到什么了吗？”我说。

“没。全是夸她多漂亮的废话。有个家伙明显暗恋她，我本想深入查一查，可结果发现几乎每个人都暗恋她。你那边呢？”

“有几个来找过她的男人需要调查，但没什么有价值的线索。就算马普尔小姐[1]在这儿恐怕也会一筹莫展。”

“嗯。”

我们又看了看罗莎琳德的家。防蚊纱门外的盆花像迎宾的仪仗，插在最大一个花盆中的风车在微风中慵懒地转着圈。

“唉！”我说，“看来就这样了。邻居是指望不上了，毕竟这不是希区柯克的电影。”

“是啊。”菲利克斯注视着我，刹那间，其他的一切都不存在了。能与他朝夕相处既幸又不幸。我真想扑过去抱住他，像正常的情侣那样。

我不情愿地打破了这美好的瞬间：“咱们回去吧，安娜现在应该准备好尸检了。”

我们沿着短短的车道走回车子。我看见一个拿照相机的家伙从一辆破旧的霍顿轿车里钻出来，我一眼便认出他是本地报社的记者。罗莎琳德被杀害的消息才刚刚在史密森传开，但不管出现什么情况，这件事将是本地新闻中的常见话题，可能要持续几个月，甚至几年。自从警以来，我只参与过几个大案要案。我见那人举起相机拍摄我和菲利克斯上车的瞬间，一种熟悉的战栗从脊梁骨由上而下袭遍全身，我下意识地低下了头。我经手过各种各样的案子，有些让我恨得咬牙切齿，有些却也让我上报纸出名，可没有一个案子像这次一样掺杂如此多的个人感情。

罗比案是我机缘巧合碰上的。起初那只是一桩普普通通的汽车盗窃案。报案的是车主的女朋友，她进警局时，我正好经过接待处。那是个年轻瘦弱的姑娘，说话时每隔三个音节就要飙一个高音。她向我的同事陈述说那天早上她发现车子不见了，她和她男朋友都没有听到任何动静，他们推断窃贼应该知道怎样在没有钥匙的情况下发动车子，还有，他们庆幸自己买了保险。

我假装在长凳上整理文件，背对着她听完了陈述。也许是职业习惯使然，我立刻便从她的话中听出了几个疑点。为什么男朋友的车子丢了来报

---

① 马普尔小姐是“侦探小说女王”阿加莎·克里斯蒂小说中的一位乡村侦探，阿加莎·克里斯蒂笔下的第二号侦探，也是为数不多的女侦探之一。

案的却是她？——“他要上班啊，还得赶公交车呢！”——为什么他的男朋友开得起奥迪，而她用的染发剂却是典型的从超市里买来的便宜货？还有她说她在伍迪餐厅当服务员。她的男朋友沃伦·罗比二十四岁，是个砖瓦匠。是，如果需要的话，他明天可以再来报一次案，但他们认为警方一定希望能尽早接到报案。接案越早，抓到偷车贼的可能性不就越大吗？况且警察有她陈述的这些情况不就足够了吗？

接待她的同事是戴尔·莫顿，他记下了她提供的情况，并告诉她说，沃伦·罗比本人需要亲自到警局做一个正式说明，不过他会先把报告提交上去，看看会有什么反应。

女子看上去十分不安，把她细细的马尾辫攥在手里绕来绕去。

“通常情况下，被盗车辆四十八小时之内就能找到，但多数情况是被烧毁在树林里，”莫顿解释说，“这年头惹是生非的熊孩子到处都是。不过像你们那样的豪华车，偷车贼可能会希望据为己有。但我可以告诉你，车是藏不住的。”

那姑娘——后来我知道她叫史黛西·波特——涂着厚厚的睫毛膏，抬起头，鼓励似的冲莫顿笑了笑。

“你和你男朋友在一起多久了？”莫顿问她。

“三年。太久了，你知道我的意思吗？”她叮叮咚咚的笑声响彻警局大厅，但又忽然停住。我猜她平时大概是个有点神经质的姑娘吧。她警惕的样子就像一只挨打的狗，“现在的我们跟两个好朋友差不多。”

“哦，这样啊，我同意。嗯，啊哈。”

莫顿一反常态地格外认真，他记下了更多细节，然后姑娘就离开了。起身时，她带起一股廉价香水的味道。

当天我一直在想这个史黛西和所谓的偷车贼的事。凭直觉我认为车子并没有被偷，但这并没什么稀奇之处。如今这年头，碰瓷保险公司简直成了我们的国技。让我觉得有问题的是那个姑娘。我怀疑史黛西如此性急地前来报案是在隐藏什么更可怕的东西。我敢打赌她一定受过男朋友的殴打或虐待，她上臂的瘀青就是最直接的证据。当然，这也没什么稀奇的。因为很不幸，我们接到的报案中，半数以上都涉及家庭暴力，可让被自己殴打过的女朋友到警局报案显然是不合常理的，难道他就不怕女朋友借机举报他的暴行？

史黛西走后，我也离开警局到本地购物中心巡逻。说是巡逻，还不如说是锻炼我的忍耐力，因为整个下午我都不得不听巡警托雷多没完没了地唠叨他的姻亲们如何如何。下班后我没有回家，而是去警局查找沃伦·罗比的资料，只可惜收获甚微。他不到十七岁就辍学，十八岁生日当天拿到了驾照。此前一年他申请了税号（ABN），随后又在他跟着学艺的泥瓦匠那里讨了份工作。除了工作，他业余时间还接私活。他那辆奥迪车是两个月前办理的保险，而车子则购于四个月前。据我推断，他购车用的应该是现金。因为我没有查到付款记录，也没有证据表明他能从其他地方得到这么一大笔资金。也就是说，他买车的钱显然不是他做泥瓦匠的工资收入。

稍候开车回家时，我特意绕道从罗比租住的房子前经过。他的房子坐落在史密森郊外，是一栋深色的小木屋，离我家大约五公里，紧邻公路，周围是茂密的灌木丛。木屋外面孤零零地亮着一盏灯。我在车里坐了差不多半小时，观察屋里移动的身影。

第二天上午，我一早就去上班，并故意在接待处逗留了许久。大约八点钟，沃伦·罗比来了。我认出了他，是因为前一天我查看他的资料时见过照片，只不过现在他留了长长的一道小胡子，头发也长了不少。他左眼上有一大块瘀青，尽管外面的气温已经超过三十度，可他仍然穿着一件长袖上衣。他风度翩翩，首先报告了汽车被盗的事，而后打趣自己在这么热的天还要赶公交，最后又礼貌地问他是否可以联系保险公司，启动理赔程序。

“这样的天气穿长袖一定热得要命吧？”我从办公区后面说。

他抬起头，在刺眼的日光灯下，我能看出他化了妆，目的是为了遮掩脸上严重的瘀伤。

沃伦·罗比似笑非笑，目光如炬，倒看得我不由自主地扭转了头。我的身体进入了飞行模式，我与生俱来的雷达系统发现此人绝非善类。

“大概我还没有热到那个份儿上。一起床我就直接来这儿了。”

莫顿看看他，又看看我，显然对我多管闲事的做法很是不满，但一时间他又不知道接下来该干什么。“好吧，”他瞪了我一眼说，“谢谢你能来，罗比先生。我对那个姑娘说——呃，史黛西——你得亲自来一趟，因为文件上都是你的名字，所以需要你的签字。喏，请在这里签名，签完你就可以走了。”

莫顿干笑几声，罗比也只能尴尬地附和。临走之前，他朝我的方向瞟了一眼。

“谢啦，戴尔，跟你打交道真愉快。”

随后几天，我渐渐把罗比和他失踪的奥迪车淡忘掉了。我曾开车从他门前经过几次，但并未发现任何异常。他来警局报案大概一周后，我在他门前的车道上看见了一辆崭新的蓝色福特 UTE 皮卡车。说句实话，我当时觉得罗比身上大有文章，只可惜分身乏术，没有工夫去深究。我要准备庭审，要值班，我和斯科特刚刚同居，还有很多地方需要磨合。以前我从未和任何人一起住过，所以每天早上醒来看到身边的斯科特时都觉得特别意外和新鲜。他躺在我旁边，呼吸可闻。那时恰好我怀了孕，但自己还不知道，只是身体上的反应感觉就像挨了镇定枪。可尽管忙得不可开交，沃伦·罗比却仍像幽灵一样缠着我，挥之不去，逃之不离。令我耿耿于怀的并不是保险诈骗，而是当史黛西·波特发现自己将不得不告诉罗比要他亲自跑一趟时眼神中所流露出的恐惧。从罗比深邃的双眼中，我感觉到一种不动声色的邪恶。

大概又过了两周，在一个特别闷热的晚上，我在史密森郊外拦下了一辆尾灯坏掉的 UTE 皮卡。车窗降下时，我一眼便认出了他们。史黛西长长的黄色马尾辫与未系的安全带平行垂在肩膀一侧。她似乎刚刚哭过，一侧脸颊红红的。我装模作样地向他们提出尾灯的问题，开出罚单，并查看了罗比的驾照。他的气场很强大，他是第一个让我感觉在他面前有压力的人。他怒不可遏，当场发飙，倒搞得我手足无措。我不想放他走，我想深入调查，想看看他究竟是个什么样的人。我想把罗比关起来，关他一辈子。

我有理由相信他能做出非常恐怖的事情。

尾灯事件后，我像着了魔一样。接下来的两周，我每晚辗转反侧难以入眠，每天下班，我依旧开车从他家门口经过。我去找了琼斯，说罗比身上有重大嫌疑。

“马尔茨·罗比的儿子？”琼斯说。

“对。我记得他爸爸以前有一座加油站？”

“没错，他现在已经死了。不管你信不信，反正他是几年前和朋友打猎时意外中枪死的。真是交友不慎啊。他好像有三个儿子，沃伦年纪最小，但我没觉得他们有谁不老实啊。也许脾气暴躁了点，但工作都很努力。你怀疑他什么，伍德斯托克？”

“我也说不准，局长，类似于第六感吧，”琼斯的下巴垂了下去，我看他又准备给我上课，赶紧补充说，“但我可以肯定他之前报告的汽车被盗案是假的，而且我怀疑他暴力殴打他的女朋友。来报案的时候他自己也是鼻青脸肿的。我可以肯定他这个人不老实得很。”

琼斯重重地向后靠在椅背上，双手枕在脑后，不住地上下打量我。我猜他一定觉得自己是个精明强干的老侦探，也许像《蝙蝠侠》里的那个一样，可他的姿势却只让我看到了他腋下的两摊汗渍。

“伍德斯托克，你是个出色的警察，到目前为止你还从未让我失望过。你让你身边的同事都感受到了压力，这我很满意。前几天晚上我还对露西说你是个优秀的孩子，”最后一部分他说得粗声粗气，我眼角居然莫名其妙地有点湿润，“但我还是要奉劝你，凭感觉是破不了案的。我们警察讲求的是事实。如果你怀疑那个罗比小子，那就给我拿出证据来。只要你有证据，我就百分百站在你这边，不管他干了什么我们都会把他绳之以法。但是记住，你首先要做好手头的工作，这里有很多家伙都在等着看你的笑话呢。”

“明白，局长。”我感受到了莫大的鼓励，心里十分感动。

“别遂了他们的愿，我的小姑娘，知道吗？”

“知道，局长，我不会让你失望的。”我斩钉截铁地回答。

12 月 13 日，星期天，上午 11:31

史密森方圆百公里内只有一座真正的停尸房。这倒便利了我们，可以一网打尽本地所有的死亡与毁灭。“死亡中心”，安娜喜欢这样说。我和菲利克斯并不是每次都去看尸体解剖。有些侦探排斥尸检，有些认为尸检会影响他们的客观判断。因此有时候我们需要轮流去，而有时候愿意去的人又寥寥无几。不管活人还是死人都离不开后勤，除了走过场似的日常行政和每周的披萨之夜，我们还要面对没完没了的组织和安排工作。最近我和菲利克斯更乐于派军装警员去代劳，而我们只在事后看一看报告，或者让他们给我们讲一讲要点。毕竟在我们这样的小地方杀人案是不多见的，普通警员需要积累点经验。但这一次我是不会把机会拱手让人的。除了具体指导，我更希望解剖尸体的时候能在现场，感觉这样做最起码能向受害者表达我的尊重。我从没对人说过类似的想法，但如果受害者是个孩子，我一定亲临尸检现场。我总是一厢情愿地认为，在那个密不透风的恐怖房间里，他们一定会感到孤独和恐惧，因而需要一个女人提供一点类似于母性的安慰。然而这次尸检与以往我参与过的任何一次都截然不同：我认为自己理所应当要在罗莎琳德永远离开之前再看她一眼。我想象着那些藏在她身体当中等待被发现的线索，感觉有股无形的力量拖着我走向那个被我们称之为“生命的终章”的房间。

在蒸笼一样热的警局里闷了这么多天，我以为空调房会让我高兴起来，但这里的空调温度太低，我胳膊上居然起了一层鸡皮疙瘩。我和菲利克斯坐在等候室里的破沙发上，一声不响地喝着从外面买来的咖啡。沙发里的弹簧在二十世纪九十年代末就没了弹性，因此坐在上面和坐在水泥墩上没什么区别。我想大概是来这里的人没有必要追求舒适吧。

菲利克斯望着我，我能看见他绿色眼眸中黄褐色的斑点。“你没事吧？”他问。

我还没来得及回答，他的手机就响了。他不好意思地看了我一眼，起身推开沉重的大门，走到了外面。一股热浪顿时席卷而来。“嗨，亲爱的。”

我听见他说。

我漫步来到窗前，望着空旷的停车场。外面起风了，塑料袋飞舞着飘过水泥地面，直至撞上远处的灌木丛。菲利克斯一边打电话一边来回踱着步。我看见了安娜的车，所以知道她已经来了。我喝了一口咖啡，难喝得差点吐掉，干脆扔进了垃圾桶。我想象着那几乎一整杯咖啡溢出来，漫过其他垃圾，就像环绕在罗莎琳德白皙皮肤周围的肮脏的湖水。我连忙摇摇头，赶跑那些胡思乱想的念头。

“嘿，杰玛！”安娜的声音犹如一道阳光照进昏暗贫瘠的走廊。

她这样的女孩，怎么看都不像是天天和尸体打交道的人。早上起来健健身，傍晚来杯龙舌兰似乎才更像她的风格。

我们这里的谋杀案并不多，死人的情况通常来自家庭暴力和酒后斗殴。朋友打死朋友，丈夫打死妻子。从警时间越长，我就越发认识到爱与恨、生命与死亡之间的界限其实非常模糊。安娜解剖的尸体，死因多是药物过量或者自杀。

安娜的能干有目共睹，同事们尊敬她，将她视为我们警局不可或缺的宝贵财产。她还年轻，只比我大三岁。她没有离开我们这穷乡僻壤到大城市去发展简直是个奇迹。琼斯过去对我也有同样的担心，但自从有了本，他究竟对我放心了些，认为我跳槽的可能性已经大为降低。我们之前的验尸官叫菲尔普斯，为人虽然粗野，但工作能力却极为出众。他是典型的汉尼拔式人物，喜欢古典音乐。我们经常在警局开玩笑说，还好他的病人都是死人，要不然他就要下岗了。幸运的是，作为他的徒弟，安娜继承了他全部的技能，但并没有继承他古怪的性格。

“嘿，安娜。”我脸上挂着苦笑，跟她沿着走廊向解剖室走去。痛苦一波接一波地袭来，比我预想中的更为强烈。

安娜打开电灯。解剖室里阴森憋闷。“哎呀。”她出声道。

“怎么了？”

“有东西忘在办公室了。你等我一下。”说完她转身离去，房间里只剩下我和罗莎琳德。她浑身赤裸地躺在解剖室中央的金属台上。除了脖子里的伤和大腿上的轻微瘀青，她简直完美无瑕。她无与伦比的乳房比我想象中的还要丰满，尽管微微偏向两侧，但依旧傲然挺立，足以满足各种各样的肮脏幻想。她的血管像埋在皮肤之下的一张优雅精致的网。她的手腕和脚踝像孩子一样可爱。她的睫毛又黑又长，呈扇形优美地分开，眼睑之上涂着淡淡的眼影。我想象过很多次她裸体的样子，但从没想到会在这样的情况下看到真容。我走上前去，站在她旁边。我看着她的眼睛，很想知道她临死之前看到了什么。我低声对她说着不敢对任何活着的人说的话。一句一句，千言万语，我宣泄着心中的秘密，忽然有种被抽空的感觉。挂在墙上的时钟，在头顶发出嘀嗒嘀嗒的响声。

“好了，咱们开始吧。”安娜突然闯进来，边走边戴上乳胶手套。

我后退一步，心怦怦直跳，全身的皮肤顿时收紧。我不自觉地抱住自己，又急忙把手放下。

安娜走过来，抬起罗莎琳德垂在桌沿的胳膊，放在台上。

“要等其他人吗？”我问。

“我跟他们说过时间，他们迟到了，”安娜回答，与此同时，她按下手机上的录音键，开始记录她的验尸报告，“死者是女性，名叫罗莎琳德·伊丽莎白·赖安。年龄二十八岁。尸体发现于十二月十二日，星期六，早上7:30左右。地点在新南威尔士州史密森镇的桑尼湖中，发现时尸体面朝下趴在水中。初步怀疑是谋杀。头部有外伤，脖子里伤痕，怀疑被掐过，”她看着罗莎苍白的脸，“目前尚未锁定嫌犯。”

菲利克斯和琼斯联袂而入。菲利克斯站在我旁边时，我能感觉到他身上的热量。安娜礼貌性地冲他们微微一笑。

“发现者的资料？”安娜问。

“本地一名晨跑的男子，”我说，“名叫康纳·马什。我们已经排除了他的嫌疑。”

“乖乖，跑步遇到这种事，恐怕他要去健身房续费了。”琼斯被自己的玩笑逗乐了。他叉开双腿，重重地靠在墙上。

菲利克斯轻轻碰了碰我的手。我忽然感觉莫名的兴奋，胸口热烘烘的，嗓子也一阵干痒。

“好了，我要继续了。”安娜戴上口罩，调整好手套，像准备打拳一样前后转了转肩膀。

“多美的姑娘啊，”琼斯感慨道，“凶手太不懂得怜香惜玉了。”

安娜首先从罗莎琳德的伤处开始。她左侧太阳穴上丑陋的伤口像一朵绽放的红花。

我注视着她，直到双眼变得模糊，直到她变成一团无法辨认的像素。各种乱七八糟的念头纷至沓来，我想到要把钱转进我的储蓄账户，想起新年我要为一桩强奸案出庭做证，想到下班要去给车子加油，想到要为爸爸的生日准备礼物。任何事，只要能让我忽略锯开罗莎琳德身体的声音。胸骨打开的那一刻，藏在里面的气体喷薄而出。整个过程最让我感到冲击的就是开胸这个部分。我也不知道为什么，但大脑又似乎总能自圆其说：这么大的动静是任何活人都受不了的，显然这个人已经死了。

“她尸体周围的玫瑰花有什么说法？”安娜问。

“我们认为那是她在演出结束后收到的鲜花。她是那出剧的编剧和导演。也许散场后她还拿着花。”

安娜点点头，继续在罗莎的伤口处戳来戳去，“身上盖着花，这可有点诡异，感觉像是葬礼。”

我点头赞同。我和菲利克斯已经讨论过花的用意，也许它们代表着某种意思，也许是道歉？或者是告别？

我看着罗莎，尽量忽略那些可怕的临床标记和死亡工具。死亡真是一种神奇的现象，仿佛死神抓住了一个身体，并占有了它。迄今为止，我至少已经观摩过五十次尸体解剖过程，每一次都以一种不同的原因在我脑海中留下深刻的印象。最暴力的，最怪异的，最直接的，最年轻的。曾经有个三岁的小女孩被她的继父残忍杀害，她的尸检经过我至今仍历历在目。她躺在解剖台上时，我拉着她的手。安娜和我全都哭得一塌糊涂。

安娜一边工作一边做出评估。她详细记录下了她的发现和罗莎琳德的总体健康状况：“初步判断，她平时不抽烟，但肝脏状况较差。死之前她吃过晚饭，”检查罗莎的胃部和肠道时，她紧皱着眉头，“还吃了某种甜点，可能是草莓。根据消化程度判断，她死前几个小时绝对喝过酒。”

安娜进入检验的下一个阶段。她像个机器人一样有条不紊，熟练地汇报各种发现，感觉就像在读教科书。琼斯不时画蛇添足般发表些评论，后来他抓住我的肩膀说：“真抱歉，伍德斯托克，我忘了她是你的好朋友。”

我耸耸肩，甩掉了他的手。解剖台旁人声话语不断，我早已习惯，甚至到了充耳不闻的地步。

安娜继续：“她死前绝对挣扎过，虽然看起来并不激烈。我推断她并非反抗，而只是想从地上爬起来逃走。喏，这是泥土，不是皮肤的碎屑。”她在检查罗莎的指甲，并轻轻削掉一点碎片装入袋子，“大腿上的瘀青是近期造成的，但看不出和死亡有直接关系。”随后，安娜开始检查罗莎的下体，寻找性侵的迹象。

我觉得尴尬，故意回避了这个环节，索性低头数地板上的橡胶划痕。

直到安娜说：“嗯哼，这倒有点意思！”我才猛然抬起头。

“怎么了？”

我们全都伸长了脖子。

“死者怀有身孕。”

12 月 13 日，星期天，下午 3:43

我打电话给斯科特说我会晚点回家。随后的整个下午我都在调查罗莎琳德的社交网络账号、电话记录、病史档案和财务信息，但由于是周末，很多资料我暂时还无法拿到。出现场的同事正在学校进行拉网式排查，寻找可能存在的搏斗或凶杀现场。但到目前为止，他们还一无所获。下午刚过四点，查理打电话告诉我们，他们在板球场后面的草丛里找到了一个小提包，里面有罗莎琳德的手机、钱包和润唇膏。

“东西全湿了，”查理对我说，“起初大概和尸体一起被丢进了湖里，但后来我估计是凶手觉得不保险，就把它捞上来丢到了这里。”

“你们搜查过雨水渠没有？”我问他，“离抛尸现场不远的那个？”

“当然搜过了，”查理说话的声音听起来像在吃苹果。我能想象出他布满雀斑的大红脸，我中学母校的校园肯定没有他想象中那样充满阳光与乐趣，“最先搜的就是那里。但没什么发现，除了水就只有一些动物的尸体，还有大量的涂鸦。”

“那也就是说没发现什么不寻常的地方？”

他笑起来：“杰玛，这可是学校啊，奇奇怪怪的玩意儿多了去了，不过都和案子扯不上关系。我们还在寻找。”

“辛苦了，查理。”

“那倒是，这里可比不上外出野餐。外面能把人热死，莫西热得受不了了，他正坐在一棵树底下拿个薯片袋子当扇子扇呢。”

“跟他说他太没用了。”

“一定传达。”

今天上午我们又派了一队人去搜索湖边和停车场，但目前还没有传回任何消息。我开始查罗莎琳德的通话记录。

“有什么发现吗？”将近五点，菲利克斯来到我的办公桌前，在桌沿上放了一杯看起来像牛奶一样的咖啡。他正细嚼慢咽地吃着一根能量棒，我忽然意识到自己也饿了。

“没有，”我说，“她没有脸书账号，只有照片墙[①]，发的也全是些漂亮照片。各种各样的鲜花、可爱的动物、彩虹以及抄录的名人名言，主要是莎士比亚的名句和我在历史课上听说过的一些著名诗人的诗句，没什么特色。但有张照片是你找到的那块心形石头。她发照片的时候附了一个‘爱’字，时间为两个月前。其他可能有点意思的东西就是两张比较有艺术感的照片，一张拍的是一个腐烂的苹果，另一张是两片红嘴唇的特写。我觉得那嘴唇是她自己的。”我把手机举给他看。

菲利克斯匆匆扫了一眼，随即冲照片扬起了眉毛。我们提取了石头上

① 照片墙（Instagram）：一款运行在移动端上的图片社交应用。

的指纹，但只发现了她的，除此之外便是些模糊的残缺的指纹，对我们没什么用处。

“家人和朋友呢？”他盯着那两片嘴唇说。

“零。照片里根本没出现过人。不过她的粉丝中似乎有些学生，也许值得查一查。”

我想起菲利克斯的写字板上就贴着他的家庭照片。而我家里到处都是本和我爸爸的照片，斯科特也有他父母兄弟的照片。就连我们古怪的老验尸官菲尔普斯，以前也常在他停尸房的办公桌上摆一张照片——他和他妻子在万圣节派对上化装成僵尸的合照。

“和她家一样，”菲利克斯说，“你有没有注意到她家里一张照片都没有？”

“嗯，没错，大多数人总会在家里放一两张自己满意的照片的。还有，她的通话记录是我见过的最少的，一共也就五六个号码，”我把打印出来的结果让他看，“而且她没有座机，只有一部手机。她与照片墙账户绑定的电子邮箱几乎是空的。”

“也许她还有别的秘密的电子邮箱。”菲利克斯说。

“我也是这么想的，”我拉开抽屉，掏出一盒葡萄干，捏几个放进嘴里嚼着，继续说道，“星期五晚上刚过 10:30，有人给她打过电话。那个时间演出应该已经结束，或者刚刚结束。”

菲利克斯微微睁大了眼睛：“嗯，好，然后呢？”

“可惜这条线是个死胡同。她没有接到这个电话，而且那还是个被屏蔽的号码。对方用的很可能是预付费 SIM 卡，只知道是本地号。所以基本上可以说我目前仍一无所获。”

“而且我们还不知道去找过她的男人都是谁。”他补充说。

“对，”我说，“要是能查出开豪车的那个人是谁就好了。”

我的办公桌上放着一个马尼拉信封，有张犯罪现场照片从里面露了出来，菲利克斯盯着它，看得入了神：“一方面她看起来特别简朴，尤其考虑到她家里的情况，可另一方面，那些昂贵的酒和化妆品又难以解释。”

“是啊。”

我的大脑一片混沌，实在理不出个所以然来。罗莎琳德血红的嘴唇不停地在我眼前飞舞。

“你还不知道吧，”我说着又吞了一把葡萄干，“她的包在学校找到了，被人丢到了草丛里。所以凶手要么是跟踪罗莎去了湖边，要么是把她领到了湖边，先杀人，再抛尸湖中，然后拿走了她的包——也许是想拖延我们确认她身份的时间，或者凶手以为包里可能会有钱。不管怎样，凶手在罗莎死后应该又回了趟学校。我总感觉凶手一整晚都在监视她。也许他们计划好了演出结束之后碰面，也许他们原打算见面，但中途出了变故，也许她遇到了跟踪狂，我也不知道。但可以确定的是，这件事无论如何都跟学校脱不开关系，你觉得呢？”

“有道理。明天我们就去学校，”菲利克斯说，“我们需要找其他老师和学生们了解些情况。查一查周五晚上都有哪些人参加或观看了演出，看看有没有人在演出结束之后看到了罗莎。如果学校装有监控，我们也得调出来看看。但愿能有所收获。”

他又张了张嘴，仿佛还有话说，但最终却只冲我微微一笑。

“怎么？”我问。

“没什么，”他充满渴望地看着我，“我打算查一查那个蒂莫西。哦，对了，马库斯没问题，他的不在场证明真实有效。他的确是周六上午离开的悉尼。布赖斯的女朋友阿米莉亚·珀森也向我们证实，她因为身体不适取消了他们的计划。她说周五晚上他们通过电话，这与布赖斯的说法相吻合，但却不足以帮他摆脱嫌疑。不过我依然觉得蒂莫西有很大嫌疑。”

我点点头，重新抖擞精神：“我会查一下乔治·赖安。”

他也点点头，我看着他走回到自己的办公桌前。尽管肚子隐隐作痛，但我还是有股想要亲吻他的冲动，我想把他拉到我身上，让他进入我的身体。这欲望势不可挡，有时甚至折磨得我痛不欲生。

但我保持了最大的克制，开始通过网络和警局档案搜集罗莎琳德父亲的资料。琼斯所言果然不假，乔治·赖安在商界的确小有名气。关于他和他的公司的报道不下三十篇。多年前他针对医疗行业中低层人力需求开办了一家中介公司，当时在澳大利亚尚属首家，那主要得益于突然涌入劳动市场的大量女性和移民。二十世纪八十年代末，他以超过一百万美元的价格卖掉了公司，转而进入房地产开发领域。他的生意很成功，公司名字就叫赖安，在悉尼和史密森都有办事处，项目遍及新南威尔士。

想起罗莎琳德局促的住所：几乎空着的冰箱和廉价的凯马特床单，我忽然觉得我们有必要再找乔治·赖安谈谈。我拿钢笔漫不经心地敲着电脑机箱，心里琢磨着罗莎哥哥们评价她的话。

马蒂·皮尔森从隔墙的另一侧勾头看着我。“你能别敲了吗？”他粗声粗气地说。

“啊？哦，不好意思。”我说着放下钢笔。眼睛刚从屏幕上离开，看什么都觉得亮。我靠在椅子上，伸了伸腰。马蒂瞪了我一眼，深感无奈地摇摇头，随即又消失在隔墙外。要是马蒂这样的人当了一把手，恐怕四十五岁以下的人谁也别想当警察。

前台接待处突然一阵骚动，随后隐隐约约的哭声和骂声也传进了办公区。有人打开了接见室里的广播，里面传出邦乔维[①]的《致命毒药》。我把目光重新投向电脑屏幕，继续看其他介绍乔治·赖安的文章。我发现马库斯曾短期参与到他父亲的企业中去，但蒂莫西和布赖斯乃至罗莎琳德的名字却极少被提及。网上有几张乔治和儿子们参加各种本地行业聚会的照片，但除了一篇有关学校演出的报道，其他地方从来没有出现过罗莎琳德的影子。

正在我打算关机的时候，我忽然发现 1985 年 1 月发表在本地报纸上的一篇小文章，内容和奥利维亚·赖安的去世有关。文章配的是他们婚礼当天的照片，赖安家壁炉架上的那个女人从照片上直勾勾地盯着我。她浓密的黑头发将她心形的脸颊围在中间，水晶般明亮的双眼就像极红之时的伊丽莎白·泰勒。报纸上说她的死是个悲剧，时年三十三岁的奥利维亚产下她的第一个女儿罗莎琳德两天之后突然发生大出血，因失血过多陷入昏迷，两天后

---

① 邦乔维：美国歌手，1983 年组建同名摇滚乐队，以主流硬摇滚、金属摇滚见长。《致命毒药》是其代表作品之一。

不幸去世。文章引述乔治·赖安的话说，失去爱妻对他是个毁灭性的打击，但他会振作起来，竭尽全力照顾好他的三个儿子和刚刚降生的小女儿。

12 月 14 日，星期一，早上 7:32

琼斯郑重其事地把我们召集起来，宣布调查工作全面开始。可我们资源有限：周六下午，离帕克斯顿几公里远的地方发生一起谋杀绑架案，整个地区所有可以抽调的警员全都被派出去寻找那个刚刚没了妈妈的七岁小女孩和她残暴的爸爸。幸运的是，昨天夜里她在一条漫长的乡间公路上被找到了，当时她在她爸爸的皮卡车上，毫发无伤。而她的爸爸则倒毙在五十米开外的灌木丛里，脑浆迸裂。

罗莎琳德的死给史密森盖上了一条厚厚的毯子，混合着没完没了的高温，形成一张像蒸汽一样缓缓蠕动的盖子，笼罩一切。报亭旁、邮局外，人群在窃窃私语。怀疑的眼神四下游逛，仿佛在寻找凶手的影子。罗莎琳德的住所门前、湖边、学校，承载着爱与悲伤的鲜花堆成了小山。大家说得没错，她的死让我们团结了起来，尽管这种原始的团结是我早就预见到的，我想大家之所以拉近距离也许是想让彼此知道，我们并不是心口不一的伪君子，我们正努力寻找造成目前这种可怕现状的症结。

人们热情高涨，争相传递着发生在身边的真实谜案，毕竟这样的感觉不可能轻易碰到。残酷的现实便是，死者背后一定大有故事。我们侦探的职责就是填补这个空白：我们拥有了结果，但是缺少开端和过程。我们需要倒推事情的真相。我通常很喜欢这个阶段，解决问题的满足感能让我的灵魂引吭高歌。可这一次情况不同，我感觉力不从心，甚至还有些恐惧。我害怕在罗莎琳德的人生中做逆时光旅行，免得忽然之间它与我的人生出现危险的重合。我的过去，我希望它静静地待着，最好永远无人问津。

特洛皮①会议室里坐了大约十五名身穿便服的军装警员，天花板上的吊

① 特洛皮：是一种澳大利亚落叶灌木，能开出形状独特的花朵。

扇有气无力地转着。马修斯、金斯顿和皮尔森也在场。军装警员主要来自高兰和芒特莱尔，虽然有两个来自科尔本，还有两个是从城里来的。他们渴望获得处理凶杀案的经验，因此我断定晚间新闻上刚一出现凶案的报道时他们就已经摩拳擦掌、跃跃欲试了。琼斯腆着肚子在房间最前面踱来踱去，偶尔停下来，踮着脚跟前后摇晃，看得出来他烟瘾犯了。他身后的写字板上贴满罗莎琳德的照片，死后的和生前的都有。有几张中，她迷人的黑色眼睛望着房间里的众人。其中一张照片上，她身穿柔软的淡紫色夹克，头发扎在脑后，露出精致可爱的喉咙。她的脸上则带着一种忧伤的、会心的笑。我强忍着才没有对照片回之以微笑。

一名军装警员拨弄着百叶窗，试图把它们放下来，哗哗啦啦的声音渐渐把我从遐想中解脱出来。我低下头，发现自己正紧握着双拳。今天早上我和本连面都没见上，我出门时他还搂着他的救火车公仔玩具睡得正香。斯科特递给我一个装着吐司的碟子，并问我晚上回不回去吃饭。我说还不知道。

我想喝点咖啡。正在我准备出去倒一杯时，琼斯忽然一拍桌子，喊道：“好了！”

我只好回到门口我自己的位置上站定。我不想坐下，那会让我浑身不自在。

“给你。”菲利克斯出现了，并在我手上塞了一杯雷吉餐厅的外卖咖啡。但他目视前方，不动声色。我们在工作中是很注意的，但因为我们是搭档，一定程度上的亲密也同样可以接受。况且我们两个都是有孩子的人，而我们的大部分同事还不至于太有想象力，会认为我们在工作之余仍有闲心顾及风花雪月。

“谢谢。”我低声说，并拿指关节轻轻碰了碰他的手。

琼斯开始了，“好了，现在你们应该都已经知道，周六早上我们在桑尼湖发现了罗莎琳德·赖安的尸体。死者生前遭受过殴打和掐脖子，怀疑还遭受过性侵。她今年二十八岁，是本地中学的老师，而且据说很受欢迎。本案没有目击者，没有明显的作案动机，也没有明确的嫌疑人。根据目前我们掌握的情况，死者没有配偶，也没有和什么人发生过争执。媒体现在就像看到屎的苍蝇，一窝蜂全扑到这件事上了，”琼斯顿了顿，用拇指反过来戳了戳罗莎琳德的照片，“原因自然是显而易见的。”

他忽然一阵咳嗽，不得不扶住板架稳住自己，“所以我们需要尽快破案。因为她是老师，学校和家长们肯定也都盯着呢，我们可不能让他们在咱们屁股后头议论几个月。市长刚刚打过电话，他也在催问，”他提了提裤子，但却只是更加突出了他腰部的赘肉，“我从没觉得这会是一桩连环杀人案，但你们也都清楚，这种事不能心存侥幸。如果我们不尽早把凶手绳之以法，说不定真会搞出又一个开膛手杰克，到那时咱们就等着被人骂死好了。”

他又咳嗽了几声，“还有一个情况，受害人死亡时已经怀有身孕，安娜推断为十周左右。我们暂时还不知道这和案件的发生有没有关系，但你们心里得明白，另外就是要做好保密工作，”他在房间里扫了一圈，在我看来那已经是要结束的意思，“这个案子由伍德斯托克和麦金农全权负责。你们有至少一周的时间，也许更长，但最好不要久拖。好了，散会。另外不准超时加班，我说真的。”

说完他转身向门外走去，却一不留神踢到了一个垃圾桶，险些撞在墙上。他骂骂咧咧地回自己的办公室去了。房间里响起一阵偷笑声，至少有一个人低声骂了句“白痴”。

我向房间前头走去，菲利克斯紧紧地跟在我身后。

“好了，伙计们，接下来几天的工作是这样的，”我的声音清晰而有力。马修斯翻了个白眼，我毫不客气地瞪了他一眼，“我们每天早上八点和下午三点准时开碰头会。如果谁无法到场，最好有充分的理由，而且要提前把工作进展电话告知给我或麦金农，不得有误。我们俩至少会有一个到场。”

有人点头，有人掏出手机在记事本上标下时间。

“每次碰头会我们首先整理当天的热线电话，然后再决定下一步的计划。我们已经做完了基础工作，但需要跟进的还有很多。初步搜索已经结束，但我们至今还没有搞清楚死者在周五当天的确切活动有哪些。我们只知道她晚上不迟于七点的时候已经在学校，目的是为了晚上的演出，她要带领孩子们表演改编后的《罗密欧与朱丽叶》。受害人是这出剧的编剧和导演，显然这是一出让人耳目一新的话剧。演出对学校来说是件大事，听说公演历程颇为波折，死者或许碰了不少钉子。我们现在不能放过任何一个细节，所以大家要时刻保持警惕。”

“桑尼湖并不是她回家的必经之地，我们暂时还没找到她需要绕道湖边的确切理由，初步推断，她可能要去见什么人，或者她是被某个她信任的人引过去的。还有一种可能是她受到了胁迫，但根据尸检结果，这种可能性并不大。况且如果有人想强行带走她，学校里一定会有人注意到。”

一些警员双眼放光地看看我，又看看罗莎琳德的照片。我在想她到底比我美多少个等级，底下的这群人是不是也在想着同样的事。

“到目前为止我们只和死者的直系亲属谈过。我和麦金农马上要去学校，找她的校长和同事了解情况，但愿学生也能提供点线索。我希望坐在房间这一边的同事——”我抬手示意我的右侧，“——开始着手调查演出当晚的观众。从学生开始，对待未成年人时，态度要谨慎。凡是十八岁以下的学生，如果需要正式问讯，必须首先征求他们家长的同意。你们知道该怎么做，不知道的要快速进入状态。同事之间该帮助的时候要尽量帮助。”

我停了停，感受着弥漫在房间里的高昂热情。同事们已经迫不及待地要把那挑战法律的凶手逮捕归案了。

“遇到不好对付的孩子，就让他们来找马修斯和迪克森。我相信他们会乐意帮忙的。”我冲马修斯亲切地笑笑，而他却在用指甲专心致志地剔牙，完全无视我的好意。

菲利克斯上前一步说：“干活都放聪明点，外出尽量几个人结伴，免得把时间浪费在等车上。”

我点点头：“好啦，周四之前我们需要解决以下事情：走访死者的朋友、前任男友、同事、学生、亲戚、医生，以及任何能够提供实质性线索的人，同时还要包括发现她的那个人，以及上周见过她并能证明她精神状态的人。

“我们还要尽可能调取周边的监控视频，凡是能查到的都要做好备份。我们已经做了一部分工作，但还远远不够。牙科、急诊、心理医生、电话、网络、财务，乃至宗教，方方面面都要覆盖。”

一名军装警员缓缓举起一只手："目前你们认为是哪种可能？随机杀人，还是谋杀？"

"谋杀。"菲利克斯说，我随即附和。我们对视一眼，又双双扭转头去。马修斯一脸奸笑。

"但案情还不明朗，"菲利克斯淡淡地说，"我们需要加把劲。"

跟踪史黛西这件事，我并不觉得羞耻。虽然那样做有点不近人情，但我相信她肯定知道一些关于罗比的事情，能够帮我找到新的角度。正如琼斯所言，她知道真相。因此在上班和经营我与斯科特的恋爱关系之间，我制订了一个计划。我看得出来，史黛西虽说不是天才，但也十分精明，与罗比在一起的生活最初充满了新鲜刺激，如今大概已经走到了一个令她感到绝望和恐惧的节点——她虽然迷恋罗比，但和他在一起并没有给她带来真正的快乐。

一个周六的上午，我跟踪她来到了她工作的伍迪餐厅。那是位于史密森和芒特莱尔之间一个看起来破败不堪的路边餐厅。我走进去，选了个靠窗的位子，点了杯咖啡，端上来一尝，一股令人作呕的洗洁精味，喝了几口便再也喝不下去了。

"史黛西。"当她过来问我要不要别的东西时，我叫住了她。她穿着黑色紧身牛仔裤、黑T恤，竭力展示性感的同时，也暴露了她的恐惧。

她惊讶地望着我，双眼下面各有一道新月形的淡紫色。

"什么事？"她的声音中间柔软，边沿锋利，像家里做的馅饼。

"跟我说说沃伦·罗比吧。"

"什么？"她眼睛来回转了几圈。

"他有没有伤害过你？"

"什么？"她的声音忽然高了一个八度，并眯起眼睛打量我。

"你的男朋友有没有伤害过你？"

"你谁啊？"

看来我在尾灯事件中并没有给她留下什么印象。

"我是警察。咱们打开天窗说亮话，我想咱们应该都知道，你那男朋友可不是个谦谦君子。”

她不屑地轻笑一声，翻了个白眼，陡然间信心倍增：“也许他确实不怎么样，但他也不怕警察，他谁都不怕。”

“你怕他吗？”

她没有回答，只是拿脚跟戳着地板，又翻了个白眼。

“我想你肯定希望过得更好些，你值得拥有更好的生活。他那些钱来路不正，你知道吧？而你一分也没见着，对不对？”

她下巴紧绷，死死地咬着牙。

“接下来呢？你打算和他生孩子吗？”

史黛西忽然转身向厨房走去。她马尾辫的末梢细得可怜，扎在上面的皮筋倒显得硕大无比。

第二天，史黛西来警局找一个“浅棕色头发的女警察”。

我并不难找。

“出去走走？”我提议说。

她点头答应，双手局促地抓在一起，看着就像在涂护手霜：“他最近有些变本加厉了。”

我领她去了滑板公园。我指了指一堵水泥墙，示意她靠在上面，我也一样。

“怎么变本加厉了？”

“就是脾气越来越差，”她咬着嘴唇，“暴躁，动不动就发火。”

“汽车被盗的事，报假案是他的主意吗？”我说得云淡风轻，仿佛老早就知道那是谎话。

“对，”她从袖子上扯下一根松脱的线头，“他表弟把车开到城里卖掉了。你想啊，这样大家都有得赚，”她用手背碰了碰鼻子，接着说道，“他对生活感到厌倦，一门心思想找刺激。昨天夜里他把我叫醒，开车带我去了德怀尔的小牧场，拿枪打人家的奶牛。”

“他打了人家的奶牛？”

她点点头：“我跟你说过，他经常干些疯狂的事。”

“他有没有打过你？”

“有时会打。”

“你不能离开他吗？你的家离这儿远吗？”

“不行。我是几年前离家出走的。我和家人从不联系。不过我在城里有个朋友。今天早上我给她打电话说我可能要去借住一段时间。她在上大学，我也想上大学，可罗比说我们没钱，上不起。”

后来史黛西确实离开了罗比，直到最终审判时我才又见过她一次。她走之后，我一有空就去调查罗比。我开车经过他的住所，偷偷监视他上班时的表现。我跟踪他去酒吧，坐在角落里看着他喝啤酒，和女人眉来眼去。他掷飞镖的本事无人能及，可怕的准头让在一旁喝酒的我都感到不安。我不知道为什么我没有因为奶牛和车子的事把他请到局里去，大概是我预感到会有更大的事情发生吧。对我而言他是条大鱼，我希望通过他来向所有人证明，除了查违章和抓小偷，我还能胜任更重要的工作。

史黛西离开两周后，我从车里监视罗比和几个男的坐在他家的门廊下喝啤酒。一小时后，他跳上他的皮卡车，前往附近一个既是酒吧又是脱衣舞俱乐部的地方。我小心翼翼地开车跟在后面。在家的时候他兴致极高，说说笑笑，生龙活虎，而且喝了不少酒。所以到了俱乐部时，他明显已经有了醉态。他又点了酒，女侍者从旁经过时，他就放肆地把人家拉到跟前，在她们耳边悄悄说些不三不四的轻佻话。

又过了一个小时，我正打算撤了——手机上已经有好几个斯科特的未接来电——突然，罗比像只蜘蛛一样跳出去，抓住一个女孩拉到了他的大腿上。我在几米开外的地方看得清清楚楚，他的动作十分粗鲁，尽管那女孩强装笑脸，实际上却非常害怕。我紧握着空空的酒杯，看他又在女孩耳边窃窃私语。紧接着，两人同时起身钻出门外。等我跟到外面时，他的皮卡车已经啸叫着冲出了停车场。我的心提到了嗓子眼儿上，随即也毫不迟疑地跳上车紧追而去。我担心他已经醉得很厉害。我亲眼见他喝掉了至少三瓶啤酒，另外还有三杯波旁威士忌。我祈祷他不要出什么意外害死那个女孩。我最怕的就是拐了一个弯却发现女孩已经横尸街边，而他却还活着，像只疯狗一样徘徊在现场。

还好，那样的场景并没有出现。他回到了住所，而我把车停在街的一头，熄掉大灯，透过树木的间隙观察他的一举一动。只见他把女孩推到靠近门口的墙上，她叫了一声，但罗比按住了她的脸。我意识到他在堵她的嘴，防止她尖叫。他按着她的头在墙上撞了几次，我心里七上八下的：天哪，他要杀了那女孩，我担心的事情正在真真切切地发生着。女孩兴许是被撞晕了，头向后仰去，身体也软了下来。罗比猛地拉开门，两人同时消失在屋里。

我立刻打电话请求支援，随后拿起枪便跳下车。屋里的灯亮了，我能看到他在屋里走动。我站在门廊暗处，心里矛盾万分。我知道单枪匹马冲进去是很危险的，我甚至不清楚屋里还有没有别的人，但我确信他会杀了那女孩，结果到头来满脑子就只想着这件事。我溜进屋内，循着声音找去。我注意到厨房的一张破木桌子上放了几包白色的粉末状物品。空气中弥漫着陈腐的酒味、汗味和恐惧的气息。我心想，不知他曾把多少无助而又惊恐的女孩带到过这里。

我赶到卧室时，罗比正准备强奸那可怜的姑娘。她已经昏迷，躺在床上不省人事。昏暗的灯光下，她肿胀的嘴唇像颗草莓，一只眼睛上也开始显现黑色的瘀青。她的乳罩上印着许多小小的微笑的卡通太阳。我举起枪，把警方的例行说辞大声念了一遍。那一刻，我真想一枪崩了他，但我克制住了。我盯着他，冷静地命令他站起身，提上裤子，举起双手站到墙边。

“你这个浑蛋！”我对着他满是痘痘的后背说。

罗比咕哝了一声，接着厚颜无耻地笑起来，并缓缓转身面向墙壁。

女孩仍旧一动不动。我查了查她的脉搏，发现人没事，便小心地拉起一张被单盖在她身上。

搜查发现，罗比房子里隐藏的秘密比我预想中的要多得多，虽然我坚信还有更多的秘密我们将永远无法知晓。厨房里的毒品只是冰山一角，原来他的花园小屋里隐藏着一个秘密的制毒作坊。随后我们又搜到了武器：四支没有执照的霰弹枪和一把古董匕首。房子下面还藏着伪造的身份证和成捆的现金。但真正改变我命运的发现是他后院一口废井中的两具尸体。其中一名死者和史黛西一样，于五年前离家出走，从此杳无音信；另一名死者是个意大利背包客，根据其整齐摆放的背包，人们普遍以为她是跳下山谷自杀身亡，谁也没想到她竟然死于罗比之手。枪支和毒品牵出了罗比的几个朋友，但谋杀案却是罗比一人所为。

那天晚上罗比试图强奸的女孩名叫安妮·查尔斯顿，是一名十八岁的学生。她的伤很快就复原了，至少身体上如此。审讯之后她的家就搬走了。我不知道那天晚上罗比会不会杀了她，但当我站在他的卧室里，高举起沉重的手枪，我知道自己身体里沉睡已久的某种东西突然间复活了。热血在流淌，它赋予了我制止罪恶的力量。那种感觉实在妙不可言。

抓住罗比的第二天，我接受了媒体界的明日之星——坎迪·法伊夫（警局送她绰号“棒棒糖”）的采访。

那天上午我九点多才醒来，只觉头脑昏沉，身体慵懒不堪。斯科特递来一杯水，充满关切地抱怨说我不该只身犯险，尽管我的表现非常了不起。我表面上唯唯诺诺，心里却另有主意。倘若每天都有那样的机会，我照样会义无反顾。

在坎迪老板的办公室里，我和她对面而坐。她近乎完美的深色皮肤闪闪发光，满嘴姐妹情谊和女权主义。我知道，我看上去似乎冷冰冰的，很难相处。我当然没必要得罪她。可我忽然觉得恶心和焦虑，还有难以形容的慌乱，那是过去几周我因为一门心思调查罗比而忽略的感受。

“单枪匹马抓住一个连环杀手是种什么样的感觉？我是说，你从警才一两年，而有些警察可能一辈子也没有做过一件这样的事。你是个明星啊！”

听她的语气，似乎很希望我锦上添花地多说几句，就像在本来就很可口的松饼上撒一点肉桂。

“我只是很高兴能把他抓起来。他是个危险人物，就像一把上了膛的枪。”

“一把上了膛的枪，说得太好了，”她用钢笔轻敲着牙齿，“这个比喻十分贴切。我觉得写文章和画画是一样的，画面感很重要。”

她冲我笑笑，乌黑的眼睛仿佛洞悉一切。我忍不住望着她那两片明亮的橙色嘴唇之间洁白的牙齿。坐在她身旁，我竟有种自惭形秽的感觉，仿佛我身上所有的光彩在她面前刹那间黯然失色。我真希望自己能消失在我那灰色的裤腿和早已走了样的长袖衬衣里。

“你现在可能要成为警界红人了，也许你可以写本书或者别的什么，有考虑过吗？”

我呆呆地望着她：“没有。我还会和从前一样继续当我的警察，这就是我的本职工作。”

那天我的表现令坎迪大失所望。我没有展现出一个强悍、自信和充满女权力量的女警形象，那才是她想要的。她写的那篇关于我的文章带着一种居高临下的优越感。她已经竭尽所能地恭维了我，说我是一个孤胆侦探，是史密森警局的骄傲，而与此同时她又暗示这一切都是运气使然。这显然说到了点子上，因为内心深处我也有着同样的焦虑。

那天下午走回警局，我一路上都忐忑不安。我知道自己做了正确的事，甚至是勇敢的事，但我也知道自己打破了某种无须言明的潜规则。我搞个人英雄主义，而且成功了，这让其他人显得既无能又懒惰。琼斯把我叫进了他的办公室，他兴奋得像条哈巴狗。办公区里所有人都像定住了一样，我也纹丝不动，站在他办公室的中央。门开着，饮水机不早不晚恰在这时冒出一个巨大的泡泡，咕嘟一声，仿佛在嘲笑我翻腾不休的肚子。我感觉像被当众扒光了衣服。

玻璃门关上之后，我感到安全多了。琼斯说：“你是怎么知道的，伍德斯托克？”

“我跟您说过，局长，只是预感罢了。”

他吹了声口哨：“不管怎样，你做得很好。这会改变你在局里的地位，伍德斯托克。你的处境不会更轻松，只会更艰难，不过你大可不必在乎其他人的看法。居然还是连环杀人犯？真不敢相信。”他拍了拍我的后背，向玻璃墙外投去轻蔑的一瞥，仿佛外面那些同事是一群等着换尿片的讨厌的小孩子。

“谢谢您，局长。”

“好了，伍德斯托克，具体的我们明天再谈，但我可以保证对你来说绝对是好事。”

“局长，有件事我需要向您汇报。”我忍住想呕吐的冲动。

“说吧，不会又有什么预感了吧？”

“不，局长，是我怀孕了。”

12 月 14 日，星期一，上午 8:37

乔茜·普里查德看见杰玛·伍德斯托克正趴在学校图书馆的窗户上向里面张望，与她一起的那个男的正在打电话。她已经多年不见这位伍德斯托克小姐，除了不久前在报上看过与罗比案有关的文章。真是不可思议，她居然是位警官，还是侦探！乔茜眯起眼睛。杰玛比她想象中的样子要娇小瘦弱许多。她小时候就是一副弱不禁风的样子，如今她身上那套炭黑色的西装并没有替她掩饰多少身材的缺陷。衣服做工差劲，肩膀更是奇怪。还有她脚上那双鞋。恐怕就算乔茜八十岁的老母亲也宁死不会穿上吧。她没有妈妈，所以没人教她穿衣打扮。乔茜责备自己说。多年前，内德·伍德斯托克重新整修了普里查德家的洗衣店，当时乔茜就很好奇，这样粗野无知的一个男人是怎么把女儿养大的呢？说实在的，杰玛看上去就像廉价的地下商场里的人形模特。

那个相貌堂堂的高个儿男人回到杰玛身边，他们简单说了几句，随后便走向尼克尔森的办公室。乔茜从车上拿下最后一个特百惠密封盒，盖上后备厢，朝餐厅走去。今天学校里多了不少学生家长的身影，他们显然都是听说了罗莎琳德·赖安的事才来的。乔茜自己的孩子们不知道跑到什么地方玩耍去了。他们也很好奇，但似乎并没有受到凶杀案的影响。早上她也只是随便给他们弄了点营养麦片、果汁和葡萄干吐司就应付了一顿。

可怜的姑娘，乔茜一边咋舌一边想。她的大女儿蕾切尔去年的英语课是罗莎琳德·赖安教的，但乔茜的其他孩子都没有上过她的课。乔茜和罗莎琳德并不熟，但不争的事实是，她不喜欢罗莎琳德。家长会上，罗莎琳德建议蕾切尔写作文的时候放慢速度，用心感受文字，但这样的鼓励并没有让乔茜感受到任何信心。

“我觉得她有点心不在焉。”开车回家的路上她对丈夫布莱恩抱怨说。

“哦，我可没觉得，她挺用心的啊，”布莱恩边笑边摇着脑袋说，“该死的，当年我要是有她那样的英语老师，现在可能也会喜欢看点书的。”

“别胳膊肘往外拐了。”乔茜气呼呼地说了一句，便不再看她的丈夫，显然他不愿讨论女儿老师的缺点。

“她总是充满幻想，”第二天当乔茜进一步问蕾切尔时，女儿这样评价她的赖安老师，“但她很酷，而且她真的好漂亮。”

乔茜也不知道该如何评价这位年轻的老师。她有着公主般美丽的秀发，但穿衣打扮却又落伍得不可思议，而且她总是喜欢瞪大眼睛看人，能把人看得心里直发毛。男人们一提到她，脑子似乎就跟不上趟。而那些十二三岁的傻小子们就更不必说了，天天像一群流着哈喇子的小狗一样跟在她后头摇尾乞怜。还有凯·布莱克斯的问题。就连他们那位沉闷无聊的校长约翰·尼克尔森似乎也拜倒在了她的石榴裙下。他经常望着她发呆，还大力支持她那些无聊的话剧。不过话说回来，蕾切尔最终的考试成绩相当不错，这说明那个女人在教学上还是有一套的。可即便如此，凶案的发生似乎还是证明了她的生活并非像她的外表一样纯洁无瑕。乔茜禁不住有种幸灾乐祸的感觉，很奇怪，也很卑鄙。她早知道这个女人有问题：看来她的第六感是很灵的。

“早上好！”乔茜推开餐厅后门，把包挂在门边的架子上。屋里很闷，炉子上冒出的蒸汽把这里的空气变得像汤汁一样浓稠。

“唉，赖安老师的事太可怕了！”艾米·帕森斯抓着露西·霍尔伯特的手，另一只手拿手帕捂着嘴说，“我老想这件事。可怜的女人啊。”

“太可惜了，”露西拍拍艾米的手说，“尤其在演出刚刚获得成功之后就死了。”

乔茜拖着笨重的身躯坐到一张空椅子上，打开了其中一个密封盒。随后她一边吃着苹果麸皮松饼，一边看着面前的两个女人：“星期五你们两个都去看演出了吗？”她问。

艾米盯着她的双手，把一张纸巾在手指间绕来绕去。露西伸手到包里翻找起什么，艾米迅速地点了点头。

“嗯，”乔茜咽下最后一口松饼，也暂时抛开心中的气愤，“星期五晚上我妹妹来我家，我做了肉菜饭，从杰米·奥利弗[①]的《半小时大餐》里学的，好吃极了。”

“听起来不错。”艾米说。

“我估计演出也要停了吧，”乔茜说，“太可惜了，我还有这周五的票呢。”她撒谎，但某些情况下她大概也不会拒绝，比如带蕾切尔一同去，作为她要求买新衣服或化妆品的交换条件。

“真的特别好看，”露西说，“她把那些孩子们教得太棒了。罗德尼·梅森和玛姬·阿彻的表现太精彩了。他们显然都很爱戴她。你真该看看演出结束时他们送她的玫瑰花，简直美极了。”

定时器发出急促的嘟嘟声，三个女人几乎同时跳了起来。艾米和露西急忙把一盘盘待烤的饼干放进烤箱。

乔茜又拿了一块松饼，她嘴里嚼着，心里却莫名其妙地冒出一个画面：罗莎琳德·赖安躺在一个雪白的棺材里，双眼睁着，像《美国丽人》[②]中的女演员一样性感迷人，簇拥着她的是一堆像血一样鲜红的玫瑰花。乔茜想着想着就笑了，约翰·尼克尔森校长摇尾乞怜的样子倒是挺适合凯文·史派西那个角色。

---

① 杰米·奥利弗：英国著名厨师。

② 《美国丽人》：美国梦工厂出品的一部电影，萨姆·门德斯导演，凯文·史派西、安妮特·贝宁、索拉·伯奇等主演。

第2章

12月14日，星期一，上午8:41

重回史密森中学有种恍如隔世的迷离感。如今这里甚至已经不叫史密森中学，那些对新校名钟爱有加的人经常提醒我这个事实。牌子上“史密森二级学院”几个字仿佛在冲我吼叫，把我们指向学校的不同科室。所有垃圾箱上都贴了新的标志。过去的痕迹比比皆是，但看上去又处处焕然一新。我甚至害怕看到自己当年的影子和一帮童年的伙伴笑着闹着从我身旁跑过。毕业以后我只回来过两次。一次是参加雅各布的追思会，那一个小时的经历至今仍是我心中可怕的梦魇。另一次是追一个小毛孩，他从学校抄近路要逃到湖边。今天与前两次截然不同，这一次感觉很迟钝、明亮、真实。我们蹚着滚滚热浪穿过铺着石子的停车场，经过挂着澳大利亚国旗的旧旗杆和一片过去被人们叫作、“小妞”的教室。

“为什么叫小妞？”记得刚进这所学校时，我曾问我的朋友珍妮特。在这方面她是个万事通，因为她有两个哥哥。

“因为，”她眼珠一转说，“墙上的漆掉皮了，看着就像在脱衣服似的，而房子靠下部分颜色不同，看着很像皮肤，所以男生们就说它们像一群没穿内裤的性感小妞。”

菲利克斯的手机响了。他扫了一眼屏幕说：“我得接一下，不会太久的。”

我点了点头，他阔步走到一旁接起了电话。我看见一只乌鸦试图把一张汉堡包装纸从垃圾箱中拽出来。停车场另一边，一个身材肥硕的女人正弯腰整理她的靴子，里面似乎进了什么东西。

“哎哟，这就有点奇怪了。”菲利克斯咕哝着走了回来。

“怎么了？”我抬头望着老图书馆。过去深灰色的外墙最近被重新刷成了浓重的奶油色，但大门左侧的窗户上依旧贴着褪色的鼓励人读书的海报。

“罗莎十年前把她住的地方给买下了。”

“是吗？”

“是。而且没有一分钱贷款，实打实的全款现金。她在那儿住了几个月后就租出去了，四年前才又搬回来。”

我抬脚踢开一个瘪了的可乐罐：“想想她爹是谁，也许就不会觉得奇怪了。我估计是她爸爸替她给的钱。呃，那房子当年值多少钱？十万？十二万？”

“实际上是十一万左右。”

我冲他扮了个鬼脸：“你看。”

“真有你的，杰玛，行家呀。”

我作势要踢他一脚，但却只是在他小腿上蹭了蹭：“那时她才十九岁，不是他爹出钱还能有谁。我们该查一查乔治·赖安是不是在每个孩子身上都有类似的支持。”

“可我还是觉得不可思议，她居然过那么清苦的日子。”菲利克斯说。

“别忘了她那些好酒，”我提醒他说，“还有名牌化妆品、油画。”

另一只乌鸦警惕地看了看我们，随后才大步走到它同伴跟前，加入垃圾箱大扫荡的行列。

“这不合情理啊，你觉得呢？我知道老师的工资不高，可也不至于这么寒酸吧？”

我喜欢阳光照进菲利克斯双眼的样子，那使他的眼眸闪烁着美丽的绿色：“我也同意这很不正常。”我回想着罗莎琳德坐在教室前排的情景，她神情忧郁，可每当她发现我在偷看她时，她的目光总会变得顽皮有趣。我永远猜不透她的心思。

“跟钱有关的事向来说不清楚！”菲利克斯轻快地说，但我知道钱在他家是个大问题。他的爸爸因为赌博挥霍掉了半数家产，几乎什么也没有给他妈妈留下。他的妻子是个牙医，几年前他们还在英国时被人告了一次，于是不得不卖掉房子举家搬到这里。我不知道具体情况，但菲利克斯对我说过，他们基本上等于从头再来。他不喜欢谈论钱的事，这一点和我投缘，我也一向不会把钱看得很重。

“咱们再找乔治·赖安谈谈吧，”菲利克斯说，“也许他能帮我们解开些疑问。现在先去找校长吧。”

我点点头。经过一间间教室时，一种奇怪的久违的战栗忽然传遍全身。一张张充满稚气的脸从各个角度向我们投来好奇的目光。此时已经是上午8:45，学生们已经陆陆续续来到学校。如今的校服与我当年相比已经有所改进，但大体仍然相似。深蓝色套头衫，裙子上是金色与蓝色的方格。我至今还记得，混合纤维的面料总是磨得我手腕和脖子发痒，但夏季的裙子却格外自由畅快。

“你瞧。”菲利克斯指了指前面。

主办公楼外的墙上贴着一张罗莎琳德话剧的海报。

“现代版《罗密欧与朱丽叶》，”他读道，“这事巴兹·雷曼[①]不是已经干过了吗？”

我冲他嘘了一声，继续看海报，心里却好像被什么戳了一下，说不出的伤感。我忽然理解了为什么首场演出对罗莎琳德如此重要。这是一个历久不衰的经典故事，她爱这个故事，而看着它经过自己的再创作重新搬上舞台无疑是了不起的成就。海报很引人注目，两个主人公的剪影彼此对视，一道闪电将他们从中隔开。与罗莎琳德充满阳光的照片墙相比，它的格调却令人感到意外的阴暗和抽象。

“别看了，走吧。”菲利克斯不耐烦地催促说。

三个同样打扮的女生——牛仔毛边短裤、人字拖、吊带衫——迎面走

① 巴兹·雷曼：澳大利亚籍电影导演、编剧、电影监制。曾执导《罗密欧与朱丽叶：后现代激情篇》，由莱昂纳多·迪卡普里奥和克莱尔·丹妮丝主演。

来。她们胳膊腿全都晒成漂亮的古铜色，嘴上搽了唇膏，头发散乱披在肩上。看来短发已经不流行了，我心不在焉地撩了撩自己垂到肩上的发卷儿。三个女生全都红着眼睛，面带忧伤之色。

“十二岁的小姑娘，”她们走远后，我喃喃说道，“学校已经放假了，她们一定是相约回来的。”

“是，她们看上去和梅西没什么两样。”

我扫了一眼菲利克斯，他目视前方，不知道在想些什么。他的女儿们于我是个极为陌生的概念，大多时候我甚至不相信她们真的存在。他清清嗓子，挺了挺胸。

我也昂首挺胸。约翰·尼克尔森阴着脸从主办公楼里走出来。他穿着一件海军衫和一条奶油色裤子，头发比我印象中稀疏了些，眼角也向两侧微微松弛。他的步态依然和从前一样，慌里慌张得像个女人，走路的时候脑袋晃来晃去。这时他看到了我们，脸上顿时露出既宽慰又惶恐的表情。

“杰玛，哎呀，我们好多年没见啦。”

他看着我，三个人居然尴尬地沉默下来。

“呃，不管怎样……”他话说了一半似乎才想起改口，“哦，天哪，学校出了这么可怕的事情，我都不知道该怎么办了。可又一想，反正这种事也没有前例可循，只管硬着头皮来吧。”他双手在一起扭了扭，随后抓住我的手。

菲利克斯插进来握住他的手：“尼克尔森先生，我是侦缉警长菲利克斯·麦金农。要不咱们去您办公室谈谈？”

“好啊，当然可以。苏珊说你们到啦，我就连忙出来了。待会儿我还要和市长一起开个新闻发布会，不过那要到十点了。时间还够用，对吧？”

菲利克斯点头说：“对，足够了。我们只是简单了解一些情况，不会耽误您太久的。”

“那好，走吧，这边。杰玛，你还记得我的办公室吧，一直都没换，我这个人不习惯改变。”

我们跟着他穿过学校办公楼。接待处的一个女人正气呼呼地冲着电话嚷嚷："不行，不行，"她说，"他现在不方便说话。不行，我们现在还什么都不知道。"

"记者，"尼克尔森无奈地对我们说，"一大早就开始打电话了。我们现在没什么可向媒体说的，但他们还是不停地打。"

"毕竟是个大新闻，"菲利克斯说，"很残酷，但他们也只是为了工作。"

"你说得没错。天哪，我到现在还不敢相信。"

果然，尼克尔森的办公室仍然和我记忆中的一模一样。左侧墙上挂着一幅学校二十世纪的老照片，画面已经有些模糊。后墙上贴满了学校近二十年来的历届运动会、音乐会和各种演出的照片。我看到其中一张是罗莎琳德在带领一群人排练舞蹈。她站在舞台一侧，双臂伸开，笑容灿烂，两眼闪闪发光。

"请坐吧，"尼克尔森指了指两把看着怪难受的椅子，而后他绕到桌子后面，和我们面对面坐下，"天哪，真是失礼。你们要喝点什么？咖啡还是茶？"

我差点笑起来。从行为举止上看，迄今为止我们走访过的每一个人都无可指摘。

菲利克斯抢在我前头开了口。有些事可能不便明说，但我看得出来，他担心我和尼克尔森过去的交情可能会使问题复杂化。"不用麻烦了，"他说，"尼克尔森先生，我们想和您谈谈罗莎琳德·赖安。"

他靠在椅子里："没问题。从何说起呢？罗莎琳德是个……啊，她是个出类拔萃的年轻姑娘。"

他的下巴哆哆嗦嗦，我一度以为他会哭起来。眼前忽然就浮现出一个画面：罗莎琳德在集会上唱歌，尼克尔森惊奇地注视着她。我记得雅辛塔·怀特趴在我身上和我另一边的珍妮特说笑。冬季长筒袜带来一阵阵瘙痒的感觉，长长的辫子重重地压在后背上。记得当时他看罗莎琳德的眼神让我感觉特别不舒服。妈妈去世之后，他对我关怀有加，我认为他是个好人，很不愿意把他往坏的地方想。

“咱们先谈些最基本的情况，好吗？”菲利克斯掏出笔记本，尼克尔森也让自己冷静下来。他深吸一口气，双手放在大腿上。

“好的。”他的声音听起来格外辽远。

“罗莎琳德在这里当老师多久了？”菲利克斯提出了第一个问题。

“四年了。她也是这里的学生，”他顿了顿，无力地冲我笑笑，“她特别聪明，英语尤其好。她喜欢一切和文字有关的东西，而且也极具舞台天赋。”

前台接待依旧在外面应付着一通接一通的电话，尖锐的电话铃声几乎持续不断。我的头都开始疼了。

尼克尔森继续说道：“来这里之前她还在别处做过老师，悉尼的某所学校。不过她在那里的工作并不顺心，她和校长闹了点矛盾，校长说了些很难听的指责的话，让她颜面扫地，最后她决定回来。在我看来这是好事，她来这里求职的时候我激动坏了。她上学的时候就是个好孩子，”他换了个姿势，椅子在身下发出一阵吱吱呀呀的声音，“我知道她会是一个出色的教师。”

菲利克斯问：“那个校长都指责她什么？”

尼克尔森又把双手握在了一起：“我也不太清楚。他的意思好像是说罗莎琳德和学生们太过亲密了。那是他完全误解了她的教学风格，所以她才伤透了心。因为她只想做个称职的老师，她特别在乎她的学生，而学生们也都很喜欢她。这种事我还是第一次见到。”

菲利克斯看了我一眼，在笔记本上运笔如飞地写着。

“尼克尔森先生，”我不紧不慢地说，这几个字忽然听起来既熟悉又奇怪，“说说今年的事吧。今年是罗莎琳德在这里任教的第四年对吗？她和别的老师以及您本人应该都很熟悉了吧？”

我认真观察他的反应。他从桌上的一个纸巾盒中抽出一张纸巾，轻轻碰了碰眼角。抬起头时，我发现他两眼已经湿润。

“我们和她的关系都很亲近，这是一个非常优秀的集体，我都不知道该怎么和他们说这件事。昨天有个叫米莉·扬茨的老师还打电话来问，我接电话的时候连话都说不出来，我不知道该怎么办。罗莎的位置是无可替代的。一个那么出众的姑娘，却被人杀害……”他忍不住抽噎起来，随即连忙咬住自己的指关节，“对不起，对不起，”接着他又扭头对我说，“你应该记得她吧，杰玛？你们两个是学校里的英语之星。”

菲利克斯朝我耸了耸肩膀，但我目视前方，一动不动：“尼克尔森先生，很对不起，不过我们再问几个问题就好了。有和罗莎琳德关系特别亲近的老师吗？”

“真的，我们都很亲近。罗莎虽说有点内向，但在某些方面却充满热情。尽管她不善交际，但却深受师生们的爱戴，”顿了顿，他继续说道，“真不知道他们听到这个消息后会是怎样的反应。”

“她有没有和某个老师约会？”

尼克尔森眯起了眼睛：“什么？你说的是男女那种约会？”他连连摇头，“不，没有，没那回事。我是不鼓励老师之间谈恋爱的。”

“但这种事挡是挡不住的，您说呢？如果她在和别人约会，您确信您能知道吗？也许她故意低调处理呢？”

尼克尔森的嘴唇抿成了一条线：“也许吧，但我敢肯定我会知道。这种事怎么可能瞒得住呢？况且大部分男教师都已经成家，要么就有女朋友了。”

“可那并不能排除和她约会的可能。”

尼克尔森不自在地扭了扭身体：“你说得有道理，”他最终说，“但她是个事业心很强的女人。她热爱老师这份工作，也爱她的学生。我不觉得她会和某个男老师谈恋爱。”

“好吧。那学生呢？”

尼克尔森一脸惊讶：“学生怎么了？”

“罗莎是个非常漂亮的女人，而且她也很年轻，看着和二十出头的女孩子没什么两样。说不定一些年龄大的男生也会爱慕她。被人追求总是幸福的，万一她控制不住做出出格的事情呢？”

尼克尔森重重地叹了口气，这一刻他仿佛衰老了许多：“对不起，但是没有，真的没有。我不允许人们这么议论她。她的学生们都很爱她，这很容易被人误解，但我知道她的为人。也许个别男生确实喜欢她，但那也只是再正常不过的男女吸引，绝不至于超出师生该有的界限。她喜欢安静，性格内向，但她是个原则性非常强的人。我相信她清清白白。”

他忽然侧身抓起几张纸巾，脑袋随即垂在了桌子后面。我把头转到一边，只听到他发出几声干呕。

菲利克斯起身来到他跟前，用力拍着他的背说：“要不要叫医生？”

尼克尔森坐直身体，神情茫然。他的脸有些肿胀，额头上滚下豆大的汗珠：“不用了，我得做好向大家公布消息的准备。对不起，这样的事太让人难以接受了。”

我点点头，菲利克斯继续拍着他的背。

“我们还需要收集更多的资料，”我对尼克尔森说，“老师、学生和行政人员都将是我们面谈的对象。目前我们还不确定调查的方向，所以要尽量面面俱到。”

尼克尔森缓缓点了点头，但双眼盯着桌面发呆。

“我去给您倒杯水。”菲利克斯说着离开了办公室。

我望着我的老校长。记得妈妈去世后，我和爸爸曾经来过这间办公室，坐的很可能也是现在这把椅子。尼克尔森向我和爸爸表明学校将尽力提供支持，并采取有效措施让我能像过去一样在学校里学习。尼克尔森有双慈祥的眼睛，此时它们注视着我——两个深棕色的圆点。

“周五晚上您去看演出了吗，尼克尔森先生？”我问。

他的呼吸渐渐恢复正常：“哦，没有，我没去。”

菲利克斯走进来，在他面前放了一大杯水，并当即顺着我们的话题说：“学校话剧的首场演出你都没去？”

尼克尔森有些坐立不安，他喝了一大口水：“没有。”

“为什么不去呢？那不应该是学校今年的重要事项之一吗？”菲利克斯语气平淡，可我看得出来，他察觉到了这其中的不正常，“您有别的事？”

尼克尔森看了看我们两个，眼睛闪过一丝绝望：“没有，只是这件事稍微有点政治色彩。”

“政治色彩？”

“这个词可能有点大了，但我觉得会有些尴尬。”

“能具体解释一下吗？”我说。

“可以，是这样的。演出是罗莎琳德的点子，她很积极地推动这件事，可惜去年未能成行，因为存在资金的问题，还有就是话剧团长老师生病了，”他停下来，看着我，“你应该记得吧，杰玛，这类演出一般是冬季的重点活动。既对学生有益，也对社区有益。我也希望学校组织演出，可身为校长有时候不得不做出取舍，因为最近人们对运动的热情明显高于艺术。”

“没错，所以今年罗莎琳德就一直缠着要您批准演出是吗？”

“是，这对她有着非同寻常的意义。从年初开始，因为话剧团长不在，罗莎就一直来找我，我说原则上我同意演出。可后来因为十一年级一项很重要的野营活动安排在了七月，和演出有冲突，加上一部分老师也认为话剧演出在孩子们中间制造了非常激烈的竞争，所以争议也就越来越大了。”

“嗯，所以罗莎琳德就很生气？”

尼克尔森猛地抬起头，似乎想要反驳，可随后头又垂了下来：“我觉得更多的是沮丧吧。她不止一次抱怨过官僚主义，我知道她对我很失望，觉得是我没有尽力。”

“因为这件事有人对她不满吗？”

尼克尔森一脸困惑：“你是说生气？呃，也许有吧。可那不至于做出这么极端的事啊，不可能。”

“您生她的气吗？”我问。

尼克尔森纹丝不动。门外的电话铃声又响了：“不，我只是替她感到沮丧。我希望她的话剧能够上演，而最终她得偿所愿我也由衷地高兴。”

“那您为什么不去看她的首演呢？”菲利克斯不依不饶。

“我不想公开表达我的支持，那可能会引起非议。我本来就打算这个周五去看，它要一连演七场呢。”

“听说演得非常好。”我说。

尼克尔森点点头：“对，对。我早就知道会引起轰动。她的能力就是保证，她有眼光、有才华，而且在我看来还是个非常出色的演员。”

“太有才华了，在史密森教书会不会屈才？”

尼克尔森看着菲利克斯，脸上一副让人捉摸不透的表情。他看了一眼手表，起身时我发现他的两只手都在发抖：“这个是很难衡量的，你说呢？我只知道她很坚决。她把那群孩子凝聚在一起，写了剧本，还专门咨询了教育部，问能否将十二年级学生们对剧本的现代化解读计入他们的最终成绩。她做了很多事。”

我们也站起身，并给尼克尔森让出一条路：“我觉得她在这里很快乐，尤其是最近。演出的事让她很激动，学生们也让她感到骄傲。她很快乐。”

菲利克斯不太自然地笑了笑说：“那好吧，谢谢您的配合。可能我们还会找您，但今天就到此为止吧。”

“谢谢。你们尽管做你们该做的吧，但请你们务必体谅大家的心情，每个人都很伤心。因为我们都很爱她。”

他语气中透出一丝不安，菲利克斯似有深意地看了我一眼。我们走过被电话折磨得疲惫不堪的接待员。走进白热日光的一刹那，我仿佛和鬼撞了个满怀。

12 月 14 日，星期一，上午 9:52

我头晕目眩，喉咙仿佛不在了，嗓子里发出奇怪的哽咽声。雅各布，我凝视着他的脸，心里一遍又一遍地念叨。仍是同样无精打采的姿势，同样浓密的棕色头发。我能清楚地感觉到菲利克斯就在我身旁，但我的意识却突然陷入了困惑，搞不清楚自己是谁，所处何年。

“杰玛？”这男孩子的声音不对。它太低沉、太沙哑。哦，他不是雅各布。只见他双眼通红，脸上分布着点点雀斑，雅各布的皮肤是很干净的。

我的头脑跌跌撞撞地回到了现实："罗德尼？"

他点点头。

"罗德尼，你在这儿干什么？"

男生走路慢慢吞吞的，他穿着紧身牛仔裤，宽松的黑T恤仿佛裙子罩着瘦长的躯干。我忽然想起上次见罗德尼时他才七岁。他耸耸肩，歪歪脑袋好让头发从眼前移开，"这是我的学校啊。我们一群人约好了今天上午在这里见面。除了这里，我们不知道还有什么地方可去。"说完他连忙低下头，但却并没有藏好他战栗的下巴，我还看见他脖子里悸动的青筋。

尼克尔森几乎紧跟着我们走出办公楼，他紧张地审视着眼前这一幕，先是喃喃自语几句，随后说道："嗯哼，我想大家在一起会更好些。"他不安地原地晃来晃去，眼睛望着不远处的一群学生。他们有的在相互拥抱，有的则凑在一起嘤嘤啜泣。一名女生帮另一名女生绾起头发，同时又用拇指擦掉自己的眼泪。一名有着姜黄色头发的高个子男生，手在一名女生的后背上轻轻揉着圈，而这名女生则黯然神伤地盯着地面。我大抵还记得这种亲密无间的感觉。那是人类只有在这个年龄才会拥有的广泛且难以形容的关系。我想起了珍妮特，想起她拉着我的手穿过聚会的人群，想起她帮我化妆，眼睛距离我只有几英寸，因为专心而微微吐出舌尖。我还记得桑德拉教我后空翻，她扶着我的肚子，矫正我的姿势。在她家过夜时，一觉醒来看到她躺在身边，朝她翻过身去，调皮地挠她的后背，摸她的头发。福克斯手把手教我卷烟，当我不小心把烟叶撒了一地时，他会无奈地放声大笑。有时候他会偷偷溜到我身后，用双手捂住我的眼睛。还有雅各布，他亲吻我的双脚，玩弄我的头发，用力吸它们的气味。雅各布死后，福克斯、珍妮特和桑德拉是给我最多安慰的人。他们的陪伴与拥抱给了我莫大的支持。我们亲密无间，就好像共享着皮肤、空间以及所有的东西。我需要他们，就像需要空气一样。

但随着我们离开学校各奔东西，这种亲近感也就自然而然地烟消云散了。

雅各布死了，福克斯和我很少见面，而如今我甚至不知道珍妮特和桑德拉身在何地。许多年前她们就搬走了，从此我们断了联系。

又一个女生加入进来，她呜咽着，被其他人拉进了人群。我扭转头去，感觉我的注视可能会打扰她们的悲痛，而心里又多少有些嫉妒，嫉妒她们显而易见的归属感。

站在我旁边的罗德尼忽然扭头。我眼前不由得浮现出雅各布方方正正的下巴轮廓。

“妈妈。”他叫道。

我循着他的视线望去，看见唐娜·梅森正步履轻快地向我们走来。时间对她可不算仁慈。她双眼凹陷，花白干枯的头发在头顶紧紧地扎了个发髻。牛仔夹克像一块方布摊在她瘦小的身躯上。记得跟雅各布回家的时候，当我们依偎着蜷在沙发上看电影时，她经常在一旁冷冷地凝视我们。她喜欢站在门口，有她在的时候我们很难放松。至今我依然能轻松想起她在雅各布追思会上空洞的眼神。

“杰玛。”她冲我点点头。

“梅森太太。”我也点头回应，感觉自己像个孩子。

“我是侦缉警长麦金农。”菲利克斯说着朝她伸出了手。

她迎上去稳稳握住说：“唐娜·梅森，”随后抱起双臂，“你们好。没想到会出这种事，太可怕了。”她朝我们俩依次眨了眨她的大眼睛。

尼克尔森尴尬地拿脚尖踢了踢地面：“你好，唐娜。”

她看了他一眼，轻轻点了点头。转身面对罗德尼时，她脸上的表情瞬间柔和下来：“亲爱的，给你一个小时。我要去趟超市，回来的时候接你，”

“没事的，妈妈，我可以搭凯或艾姆的车。”

“不行，”她像只小鸟一样紧张地摇摇头，“我一小时后回来接你，”她扫了一眼校园，又望望那群忧伤的孩子，“十一点到门外等我。”

罗德尼的身体似乎有些僵硬，但他还是耸耸肩，而后才拖着双腿走向他的朋友，很快便消失在人群当中。那个有着姜黄色头发的男生发现我在看他，迅速躲开了我的目光。他还在温柔抚摩着那个哭泣女生的后背。

“好了，再见吧。”唐娜说。她嘴角轻轻上扬，挤出一丝礼貌的微笑。

“好的。”尼克尔森慌忙转了个半圆，匆匆向他的办公室走去。

太阳底下只剩我和菲利克斯，还有旁边一群哭泣的学生。

我们对视一眼。

“我的乖乖。”菲利克斯低声说。

12月14日，星期一，晚上9:27

“总觉得不对劲。她太极端了。我完全捉摸不透。”菲利克斯平躺着，脸朝天花板自言自语说。我抿了一口酒，金色的液体滑下喉咙。

“我连怎么称呼她都不知道了。罗莎？罗莎琳德？”他不由笑起来，“不管怎样，”笑完之后他又接着说道，“我们需要去她原来的学校看看。显然她在那里遇到过什么事，”他翻身面向我，“你觉得呢？”

我不置可否地耸耸肩，如此亲近的距离让我有些晕眩。我喜欢他不顾一切地扒光我衣服的感觉，喜欢他搂着我，莽撞地进入我的身体。我身上的某些地方还在隐隐作痛。忘情欢爱的时候，我的脑袋曾经好几次撞到了床头的木板。激情过后，身体有些飘飘然，既感到筋疲力尽，又觉得精神抖擞。此时此刻我一点也不想谈论罗莎琳德，但谈论案情是我们的习惯，无论何时何地。当她死后的面庞隐隐约约在我眼前浮现时，我意识到现在要回避她已经是不可能的事了。

菲利克斯起身去倒酒，我望着他赤裸的身体侧面，已经数不清第多少次扪心自问：我的生活怎么变成了现在这个样子？

这栋小小的农舍距史密森有大概十五分钟的车程，它原本是斯科特弟弟的，如今却成了我们幽会的秘密地点。我知道斯科特绝对不会在晚上带着本来这里，他没有来这儿的理由。这里古色古香，与世隔绝，农舍一年到头有将近十个月时间都呈闲置状态。我和斯科特都有钥匙，偶尔前来照看一下，摘些园子里的水果和蔬菜。倘若没有这样一个秘密的所在，我不知道我和菲利克斯会怎么办。也许只能开车到某条偏僻的公路上，在车里云雨缠绵，聊解饥渴。

我原本担心今晚不能和菲利克斯上床，但昨天出血的现象已经有所缓解，而今天竟彻底干净了。只是隐隐的疼痛时不时仍在提醒，我的人生暂时偏离了本来的方向。

“你对校长怎么看？他对她会不会有那种想法？”

我打了个冷战：“拜托，他伤心难过也在情理之中啊，他们毕竟是同事，而且罗莎琳德又在这里上过学，他们关系亲近是很自然的。”

我强行甩掉尼克尔森目不转睛盯着舞台上的罗莎琳德的画面。

“我们也是同事啊。”他弦外有音地冲我扬了扬眉毛，我抓起一个枕头朝他扔去。

“我觉得尼克尔森是个好人。他在管理学校方面非常尽职，也很关心孩子们。我看不出他有什么问题。”

“人是会变的，杰玛。也许他被单恋冲昏了头，或者他的妻子发现了什么猫腻，又或者他们已经发生了不正当的关系，但罗莎忽然反悔，因为尼克尔森实在太老了，那让她感到别扭。”

我又把另一个枕头扔向他：“留点口德吧，他比你也就大个十五岁。”

他翻了个白眼。

“况且他妻子早就过世了，”我淡淡地说，“至少我记得是这样。”

他把枕头重新扔回床上，伸手搂住我，我翻身躺在了他的臂弯里。

“至少我们知道去找罗莎的两个人中有一个是马库斯。”他说。

“没错。”我们今天又去找了罗莎的哥哥们。马库斯承认一个月前曾去找过他的妹妹，而且他开了一辆租来的破丰田车。蒂莫西和布赖斯则声称他们已经多年没去过妹妹住的地方。

我和菲利克斯仍然认为蒂莫西具有嫌疑。初步调查他的财务状况时我们发现，他两星期前就买了学校演出的票。当我们问他为什么明明买了两张票但却只去了他一个人时，他说他没有约到别的人。

“今天见到那些孩子心里真不是滋味。”菲利克斯对着我的耳朵说。

“是啊。”我一个个回想着他们的脸，介于孩子与成人之间，他们如此美丽，又如此危险，在成长的道路上磕磕绊绊。

“今天跟你说话的那个男孩子……”他用手指轻轻挠着我的后脖颈，“他是话剧里的男主角，演罗密欧对不对？这里边有什么故事？你认识他吗？”

一只负鼠沿着电线从外面爬到了屋里。它停下来观察，弯曲的尾巴在月光下晃来晃去。我翻了个身，把床单像礼服一样裹在身上。我又喝了点酒，趁机在心里盘算着该如何告诉菲利克斯。

“对，我认识他。”

“你们怎么认识的？”

我盯着他，有点恼火：“和认识其他人一样，我在这里长大。”

他缓缓点了点头。我知道他在犹豫要不要继续这个话题。他捧住我的手，温柔地从我手中拿走了酒杯：“我知道，可他毕竟比你小得多。而且我们见到他时你似乎吃了一惊。你们到底是怎么认识的？”

“我认识他的哥哥，雅各布。”

“同学？”

“对，”我等墙上时钟的秒针走了足足半圈才接着说道，“他曾是我的男朋友。”

漫长的沉默开始让我浑身发痒，我伸了伸脚。

“那你这个前男友现在何处呢？也在镇上吗？”

我躺在枕头上，盯着他的脸。我知道他在联想一出少男少女的爱情故事：尴尬的相遇，要死要活的海誓山盟，喜怒无常的争吵，轰轰烈烈的分手。可他只猜对了一半。

“没有，他死了。上学的时候就死了，他从湖边的塔上跳了下去。”

菲利克斯瞬间收起的笑容就像忽然缩进壳子里的蜗牛：“不会吧，杰玛？”他的手指定住了几秒钟才重新找回原来的节奏。

我真希望能和他一直待在这里，沉醉在无尽的欢爱中。我眨了好几次眼睛，发现他仍然在注视着我，绿色的眼眸坚定不移。我从没问过菲利克斯我们的明天将何去何从，他也从没向我透露过半点他的真实想法。我知道菲利克斯从来就没想过要来史密森。那是他妻子的主意，从伦敦搬到这个远离海洋的地方过完全不同的生活。菲利克斯喜欢大城市，他说大城市更能让他感到自由和独立。我想他跟我的这场婚外恋大概就是他对那种自由的致敬吧。在他过去的世界中，欲望居于主宰地位，冲动不会遭到忽视，我俨然成了他这个世界的生命线。我还感觉到，他的妻子坚信搬到这里会改善他们的婚姻，但菲利克斯似乎固执地对此不屑一顾。他经常工作到很晚，总是想方设法和我待在一起。他对女儿无微不至，对妻子彬彬有礼。我一直害怕直接问他对妻子的感觉，但此时此刻当我望向他时，我看到了真正的爱，我意识到自己在他心里的分量，也意识到他对我来说有多重要。我轻轻捏了捏他的手。

“雅各布死的时候你在场吗？”

“不在。他是一个人去的。”

我没有告诉他，在我的心里我已经见过一千次一万次雅各布惨不忍睹的尸体。这些年来，我逐渐认识了死亡，现在即便没有目睹我也能知道他坠地之后的惨状。他的死已经从最初像卡通片一样抽象的血迹变成真真切切地躺在地上的尸体，而这尸体有着我爱的男生的样子。我自己创造出的现场画面填满了我的脑海，我曾试图删除它们，可它们像幽灵一样挥之不去，时时出现在我眼前，不管我的双眼是睁着还是闭着。

“我想他一定面对很多事情。他是个极具艺术才华的人，有时候也会多愁善感，郁郁寡欢，偶尔还会钻进牛角尖。我当时已经发现了一点苗头，但我没有意识到问题会严重到那个地步；或者我意识到了，只是我不敢承认。”

“你觉得这会不会就是你当警察的原因？”菲利克斯问。

“也许占一部分吧。”我不知道该如何解释，实际上我并没有多少选择。在一个二元的世界，在一个充满善与恶、是与非的世界，我迫切需要一份工作能确保善永远多于恶、是大于非。

“那时你们还在上学？”

“刚过期末考试，准确地说就是十年前的上一周。”

“真见鬼，杰玛，”菲利克斯把酒倒满，端起杯子喝了一大口，“男朋友那样死掉，你一定痛不欲生吧，尤其对一个没有妈妈的女孩子。”

我感觉到眼眶已经湿润，泪水在聚集。我回想起爸爸走进我的房间，面色苍白衰老。他坐在我的床边，未及开口，却已掩面而泣。随后他告诉我，雅各布死了。那一刻，一条无形的大坝仿佛瞬间崩塌，滔天洪水冲进房间，将我们席卷而去。我和爸爸有一条心照不宣的约定，那就是永远不谈论妈妈，雅各布死后亦是如此。我们会肩并肩坐在沙发上，彼此一言不发。他搂着我，我的头枕在他的胸口，绝望地听着他有节奏的心跳。当时我最深的恐惧就是担心它会突然停下来。

“是很难过。感觉很不真实。谁也不知道该怎么劝我，”我发出一声奇怪的笑，“我也不知道自己想听别人对我说什么。”

我没有告诉菲利克斯的是，在雅各布死之前我便已经失去了他。他放弃了我，选择了她。

我忽然想到那封短信，想起我如何用手指抚摸每一个文字，而后工工整整地叠起来，压平边边角角。不知道雅各布把它藏在了哪里。我一直让自己相信他已经把它销毁，或者丢掉了。我总是随随便便就迷失在记忆的旋涡里。雅各布、罗莎琳德，还有当年那个孤独年少、不谙世事的我。

过去的一切正从我的毛孔一点点渗出，开始布满我的皮肤。我摇摇头，轻快地说：“反正我和罗德尼就是这么认识的。他们只有弟兄两个，我也不知道为什么他俩的年龄相差那么大，我怀疑唐娜可能流过产吧。她是个特别严肃的人。罗德尼还很小的时候他爸爸就撇下他们母子三人走了。唐娜是一个人辛辛苦苦地把两个孩子拉扯大的，我觉得她应该不会太喜欢我。”

菲利克斯又喝了不少酒：“他看上去也是个孤僻的孩子，我是指罗德尼。”

我浑身上下都翻滚着反驳的冲动：“你那样觉得？我一直认为他是个乖孩子。”

“得了吧，杰玛。那都十年前的事了，现在他差不多是个大人了。”

“也许吧。”我想把罗德尼的脸从眼前挥走，还有雅各布的。他们两个的脸是如此相似。我不要再想他们了。

我用身体挡住柔和的台灯灯光，爬起来跨到菲利克斯的身上。我捧着他的脸，看着黑色瞳孔周围鲜艳的绿色虹膜。我用乳房摩擦起他的胸膛。

这成功达到了我想要的效果。

“你给我过来吧。”他粗声粗气地说，随即双手托住我的臀部，一把将我揽入怀中。

三周前

“新年前夜我打算向你求婚。”

我愣住了。蛋清从刚刚磕破的蛋壳漏进碗里。我手上稍稍用力，蛋壳碎裂，变成黏黏的一团糊。

“听起来可能有点奇怪。”斯科特一反常态地激动不已，像头狮子一样来回踱着步。

我瞥了本一眼，他正一边用勺子吃着麦片粥，一边用他的新蜡笔给一道彩虹涂色。

“的确。”我说。

“我们以前谈过，我以为你想结婚。”

我耸耸肩，拿起一把叉子开始搅蛋液。鲜艳的蛋黄和透明的蛋清混合在一起，看起来就像某种恶心的黏性分泌物。我咳嗽一声，发现斯科特正注视着我。我心里有气，仿佛忘记了什么重要的事，愈发不耐烦起来。“你要不要吃鸡蛋？”我问，希望这能转移话题。

“我真不敢相信，你居然拿该死的鸡蛋转移结婚的话题。”

“注意你的措辞。”我几乎是本能地警告说。

“得了，杰玛，少拿孩子堵我的嘴。你自己都天天不在线。你瞧你迷迷糊糊的样子，每天有一半时间都像在梦游。”

我哐当一声把碗放在案台上，刺耳的声音响彻整个屋子。我打开煤气，盯着炉灶上蓝色的火焰。

“哼，幸亏有你啊，要不然天知道我会把孩子带成什么样。”

我差一点忘了在鸡蛋里加牛奶，这会儿连忙倒进去，色彩分明的混合液看上去像极了中学时地理课上见过的地形图。

“别这样，杰玛。我不是那个意思，你是个称职的妈妈，请你不要故意曲解我的话。”

我把头发捋到耳后，空空的平底锅里热气氤氲，仿佛在我们之间筑起了一道无形的墙。我把混合在一起的蛋和奶倒进锅里，耳边响起一阵呲呲啦啦的声音，心情也似乎平静了许多。

“是你一大早就开始跟我提结婚的事。也是你首先指责我带孩子的问题。上班之前说这些难道不是故意找不痛快吗？”我说。

“好了，好了，”他举起双手做投降状，“杰玛，我只是……行了，这件事我们以后再说，但我只是觉得……”他结结巴巴，一副怅然若失的样子。

我突然觉得一阵内疚。斯科特在遇到我之前是个非常有目标的人。他做什么都有板有眼，计划得当。他喜欢按部就班，喜欢规矩。家里洗碗机和微波炉的说明书他一直留着，而且非常清楚藏在什么地方。他比谁都守时，他永远知道下一步该干什么。

“也许我只是希望我们之间能更进一步。现在离新年只剩一个月了，我不想漫无目的地又过一年。我希望能感觉到我们是有目标的，共同的目标，”他的手不知所措地拍打着身体两侧，“我想让你成为我的妻子。”

“难道本还不够吗？”孩子是我转移话题的唯一指望了。

我们的目光一齐转向儿子。他抬起头，冲我们笑笑，那是一个令人心碎的微笑。他不小心压到桌子上的勺柄，溅了一脸牛奶。

“本是我的一切，这你知道，但现在说的是你和我的事。杰玛，就算没有本我还是想和你结婚，你明白吗？”

鸡蛋粘在了锅底上，再也不是黏糊糊的一片。我关掉煤气，漫不经心地在锅里戳了戳那团金黄。

“我不确定自己想要什么。”

斯科特朝墙上的时钟眨了眨眼睛。他快迟到了。

“所以如果我向你求婚，你会拒绝？”

“斯科特！”

“我在努力，杰玛，你看不到吗？我真不知道你到底想要我怎么做，真的不知道，我只想尽量改善我们的关系，”他用手指理了理头发，又看看手表，“我该走了。我们改天再谈，好吗？”

他在我脸上亲了亲。他亲得很敷衍，我甚至感觉不到他的嘴唇。随后他一把抱住本，在他额头和脸蛋儿上亲来亲去，直到本笑得大叫起来。

“再见，小男子汉，”斯科特看了我一眼，“回头见。”

他走出家门时，我正把煎老了的鸡蛋盛进盘子。

“我只想一个人清静清静。”我对着已经关上的门说。

12 月 14 日，星期一，晚上 11:03

我把车开上车道，停在斯科特的车子后面。关上车灯，我望着眼前所谓的家，却没有半点想进去的兴趣。

夜色朦胧，月光照在桉树洁白的树皮上，明晃晃的。万籁俱寂，周围没有一点动静。我大口吸着气，但不知道是为了自己能从刚刚与菲利克斯的幽会中平静下来，还是为了鼓起勇气面对斯科特。菲利克斯的双手仿佛还在我身上游走。我咬着下嘴唇。他就像令人上瘾的毒品，沾上一点，便马上渴望更多。我闭上双眼，祈求时光能够倒流，那样我就又可以和他缠绵几个钟头。和他在一起，时间总是过得飞快。

不知何处忽然传来一声狗叫，我一惊，噌地坐起来，但立刻又被安全带勒回到座位上。我解开安全带。卧室里的灯还亮着，但愿斯科特不会又逼着我谈结婚的事，我已经困得快睁不开眼了，我太累了。罗莎琳德的死在我内心激起了某种反应，我变得冲动鲁莽，不顾一切，好像稍不留神就会失去控制。今晚我告诉了菲利克斯很多事，比我告诉任何人的都多。我差一点就和盘托出了，我精心修筑的那道坚固的墙似乎出现了松动。内心的闸门被撬开了一条缝，所有的念头未加筛选地喷涌而出，我离全面崩溃似乎已经不远。

我抓起包下了车。信箱旁边的灌木丛中一阵窸窣，我又被吓了一跳，立刻快步向门廊走去。睡意汹涌而来，我几乎招架不住。

忽然，我停住了。门廊上有东西，昏暗的角落里明显有个黑乎乎的影子。我飞快地转动脑筋，寻找可能的答案，可我一无所获。我天生喜欢把事情往坏处想。本睡觉的小床离门廊也就几米远，因为天热的关系，他多半什么都没盖。头顶的电风扇无精打采地履行着它的职责，把一阵阵暖热的空气吹到他瘦小的身体上。我朝栏杆里面望了望，不管那团黑影是什么，反正它一动不动。我也听不到任何声响。小心翼翼地走上台阶，我慢慢向门廊角落里那个神秘的影子靠近过去。直至来到离它大约两米的地方，双眼才让大脑解除了警报。原来那是一大束长茎红玫瑰，茎部包裹着天底下最柔软的黑色包装纸。

12月15日，星期二，上午7:39

“一开始我还以为是你送的。”

我和菲利克斯在我们常去的地方吃早餐。雷吉餐厅，他们的咖啡还过得去，而且没有别的同事会到这里来。“曲高和寡。”基思·布莱特喜欢这样说，但我怀疑他甚至不知道这个成语的意思。其他人习惯去停车场对面的自助餐厅，那里只需三块五就能叫上一份又肥又腻的培根和蛋卷，再多加一块就能来杯略带苦味的淡咖啡。

菲利克斯正以惊人的速度吃着他那份牛奶什锦早餐，只在偶尔停下来喝口咖啡。他的嘴巴吸引了我，我发现他上嘴唇右侧的位置有一颗小小的雀斑，我发誓在此之前我从没注意过。

“我送的？”他说。

“只是一个闪念而已。因为我马上就想到你不是那种会给人送花的男人，况且就算是你也不会送到我家里。”

“哦，这个嘛，不会，当然不会，”他喝下最后一口咖啡，“天哪，杰玛，我看这不是好兆头。”

“是挺诡异的。”看清是什么后，我就从车上拿了个塑料袋，把花装起来塞进了后备厢。我满脑子都是罗莎琳德在水里被红玫瑰包围着的画面。因为天热，新鲜的玫瑰在我脸上留下了挥之不去的花香味，那味道随我进了屋，我急忙连喝了两杯威士忌，随后便擦洗牙齿，直到擦得牙龈疼痛，最后我心不在焉地对斯科特说了声晚安，倒头便睡，而且一觉到天亮。

今天早上我才看到了卡片，那上面有句祝福的话。我不敢肯定，倘若前一天夜里看到这张卡片，我还能不能睡得那么踏实。那是一张表面很光滑的白色卡片，上面印着一行精美的字：越是美丽的东西越难以存活。字体又大又黑，故意用了简单且前后不一致的印刷体。

本抱着我的腿，勾着眼睛朝后备厢里看那些花。

“哇，好漂亮哦！妈妈，你看！”

“小心手指。”我说着把他支开，合上了后备厢。

“你打算告诉琼斯吗？”菲利克斯问。

“不知道。你觉得我应该吗？”

菲利克斯看着我，手里玩弄着一个茶匙，把它在手指间拨弄来拨弄去：“也许吧。这要么是有人故意恶作剧，要么是杀害罗莎琳德的凶手送的。不管怎样，你最好还是送到局里查一下。”

“我知道。”我很生气，这种事总是让人心烦意乱。而我现在只想一门心思去查案。如果我们把这件事告诉琼斯，那突然之间我就成了人们关注的焦点，他甚至有可能终止我的办案权。

“杰玛，这个人知道你家的地址。”

“显而易见，”我说，我很难消除语气之间讽刺的味道，“可话说回来，这是史密森啊。很多人都知道我住哪儿，就算不知道的话要找也很容易。”

“我觉得你还是该告诉他，我有点担心你。”

我重重地叹了口气：“好吧，要不然派个军装查一下？比如花店什么的。”

“琼斯呢？你会告诉他吗？”

“会的，但不是今天，明白吗？今天我要去点名，然后再找其他的老师谈一谈，说不定还要找些学生。我们得不停地向前推进，懂吗？”

“懂。”菲利克斯摆了摆手，他知道这事由不得他。

八点整，我准时开始点名。军装警员们像争宠的雏鸟一样盯着我和菲利克斯。一个身材矮小、微微有点龅牙的女警员报告说罗莎琳德七月份在一家健身房办了卡，但一共只去过五次。

“这很正常，”另一名警员不以为意地说，“我也有健身卡，但那基本上等于给健身房捐钱。”

“只管查一查，”菲利克斯说，“也许她在那里受到过某些人的骚扰，所以才不愿再去了。”

“她的医生没有提供任何有价值的信息，”一个脸上有着墨镜晒印的男警员报告说，“她接受的是标准的焦虑症和抑郁症的治疗。你们在她的住所找到的那些药完全合法。”他严肃地环顾了一番左右：“所以，没有疑点。”

“继续查，看她有没有去找过别的医生，她完全有换医生的可能，另外查一查她有没有去看过心理医生，”我撩开眼前的头发，“教堂也不能漏掉。她有没有去过教堂？说不定她会向信赖的人吐露心声。”

“我询问过她以前的一个男朋友，”另一人说道，“此人很可能是死者唯一认真交往过的对象，但我觉得他没有嫌疑。居住地跨州，似乎还是个双性恋，职业是演员。他们也是因此认识的。”

“他们的关系怎么样？有没有提到分手的原因？”看来当务之急是揭开罗莎琳德不为人知的另一面。恋爱中的罗莎琳德究竟是什么样子呢？

军装警员的脸微微一红："他说她很有趣、很漂亮。还说和她约会感觉很奇怪，因为人们总是看她。他说他们在一起的时间很愉快，但罗莎琳德好像藏着心结没有解开。"

"什么意思？"菲利克斯已经露出不耐烦的样子，看得出来他一刻也不想在这里多待。他说过警察局有时会让他感觉沉闷无比，闷得他浑身痒痒。

"我问他了，但没问明白。那家伙有点二，特别戏剧化，喜欢引用话剧和电影里的台词。他说罗莎琳德是个可爱的姑娘，但他认为她有种被困住的感觉。所以他推断罗莎琳德一定非常孤独，因为她和她家人的关系不怎么正常。"

我想到罗莎局促的小屋和贴满墙壁的电影海报及油画。与过度戏剧化相对照的却是简单平凡的现实，我不由咽了口唾沫。

"好了，各位，非常好。她的这个前男友值得再找一次，问问罗莎琳德有没有当着他的面与自己的兄长或父亲发生过口角，她对家人有没有恐惧的感觉。搜集她与其他老师、学生或本地任何人的来往信息，"我说着站起来，"目前为止我们还没有决定性的线索，所以大家今天加把劲，争取有所突破，咱们下午再见。"

众人散去，会议室里只剩下我和菲利克斯。与他们生机勃勃的氛围相比，继之而来的平静显得格外突兀，让人不舒服。

"咱们也走吧？"菲利克斯问。

"嗯，先等我一会儿，我去车上找你。"

菲利克斯走向他的办公桌，我则钻进女更衣室找卡莉，一名军装警员。她还在。

"卡莉。"

"侦探。"她正蹲在地上系鞋带，听见我叫她，宽阔的面庞微微一红，站了起来。

"卡莉，我想请你帮个忙。"

"没问题。"

"我有一束花，想让你帮我查查是从哪儿来的。"

12 月 15 日，星期二，上午 10:07

萨姆·布莱克斯通深感震惊。

特鲁迪·费希尔深感震惊。

米莉·扬茨深感震惊。

保拉·德斯蒙德、特洛伊·舒特尔以及伊兹·梅洛尔全都深感震惊。

走进教员休息室时，老师们已经把办公椅拉出来围成一个圈，大家坐在一起，有的人在哭，有的人茫然地盯着地板。十二年级时的那一幕犹如发生在昨天，只是当年那些人的皮肤没有这么黑，发型也没有这么时髦。

谁也想不到罗莎琳德居然死了，而且是被谋杀的。他们周五还见过她！这太不可思议、太不真实了。他们与罗莎相处得都很好。罗莎性格安静，待人友善，是个很招人喜欢的姑娘。有时候她会采些野花，用一个破旧的广口瓶插起来，摆在饮水机旁边的公用桌子上，好为休息室增添点颜色。她很少和人谈及她的家人或朋友，但却总是笑对每一个人。

我们开始个别谈话。没有轮到的人就在会议室等候，墙那边不时传来呜呜咽咽的哭声。

“她还那么年轻，”米莉·扬茨掩面而泣，“比我女儿也大不了几岁。”

“周五晚上你去看演出了吗？”

萨姆·布莱克斯通没看演出，但他其实非常想去：“我得陪我女朋友，她在一家爵士乐俱乐部唱歌，但我们计划这个周末去看。”

“我去了，”美术老师特鲁迪·费希尔告诉我们，“坦白地说，那绝对是一出现代杰作。没有任何一家私立学校能演得比这更好了，各个方面都很完美。她太了不起了，我简直对她刮目相看，”她神秘兮兮地向前倾着身体，“我没想到她有这样的水平，她平时安安静静的，非常低调。”

“起初我不想去，”特洛伊·舒特尔说，“我有点气不过，他们艺术类就要风得风要雨得雨，可我们足球场上却连个新的球网都申请不到，”他衬衣下面是一块块凸起的肌肉，说完，他像个瞌睡的孩子一样揉揉眼睛，“可罗莎要办的事，她总能想方设法办成。我妻子想看，她喜欢莎士比亚，所以我们就去了。我不得不承认演出很棒，真的很专业，”特洛伊哭了起来，“她是个了不起的姑娘。”说着，他的眼泪已经夺眶而出。

“很美，”米莉说，“真的很美。我还要再去看几遍。我觉得演出无可挑剔。”

“我没去，”保拉·德斯蒙德看上去就像连续哭了几个小时，“我不想跟她的事扯上任何关系，”她顿了顿，随后低声说，“现在说这样的话可能有点不近人情，可我实在不喜欢她的处事方式。我想说的是，我们每个人都有自己的需求，可唯独她的需求不能被拒绝。她把约翰逼得太过分了，那可是我们的校长。你们和他谈过了吗？”她睁大了眼睛，“他肯定悲痛欲绝吧，罗莎是他最中意的老师。”

操场上的歌声飘进窗户，与破冰箱的嗡嗡声合在一起。尼克尔森显然认为，保持正常秩序就是最好的应对方法。学校已经安排老师接替罗莎的位置，负责管理低年级的学生。

我环顾小小的教员休息室，天花板看上去格外低矮，但和普通办公室给人的感觉是一样的。我记得曾经站在前门外的院子里，等着我的老师出来。有时我会趴在分隔墙上偷偷窥视，看看屋里究竟藏着什么不为人知的秘密。现在我已经知道，在这里我们什么也发现不了。一看就是便宜货的橙色地毯已经褪色并偏离了原来的位置，正墙上歪歪斜斜挂着一个写满各种通知的布告栏，墙角的复印机正嘟嘟发出报警提示，水槽上的钩子上挂着各种各样的杯子，工作台上放着一大碗鲜亮诱人的红苹果。冰箱上贴着一张《罗密欧与朱丽叶》的话剧海报。

“这么说，你们既是朋友，又是同事？”菲利克斯问。

“没错。”米莉回答。

“我们的关系非常好，”萨姆说，“所以现在我才特别难过。”

“我们像姐妹一样。”特鲁迪抽泣着说。

“如果不是有她这个朋友，我是不会留在这里的，”特洛伊喃喃说道，“生命真是无常啊。”

“学校简直就是一个温暖的大家庭，”保拉表示，“我一直觉得我们都好幸运。上个月我还跟我的丈夫说过这样的话，能够拥有这样一群同事真乃人生之幸。可是今天就出了这样的事！”

我给她倒了一杯水，她边哭边喝。

“你怎么看待约翰·尼克尔森这个人？”菲利克斯问。

保拉眨了眨眼：“他是个好人。一位杰出的校长。”

“他非常尽职，”特鲁迪告诉我们，“经常来这里和我们谈心。”

“他和赖安女士关系亲近吗？”

萨姆眯起眼睛：“当然，我们彼此之间都很亲近。这是我们的学校文化。”

特洛伊点着头说：“他们都喜爱艺术之类的东西，所以有很多共同语言。有时候他们会一起去看演出。”他的目光在我们之间转了几圈。“比如到剧院或到其他学校，目的当然是学习和比较咯。”

伊兹·梅洛尔耸耸肩，避开了我们的眼神：“作为一把手，他很称职，人似乎也不错，”她拨开眼前的头发，不自觉地啃起指甲，“他们的关系确实挺近，但并没有任何出格的地方。”

“我和约翰认识多年，”米莉抓着手提包，朝我们探过身子说，“很多年。他是个相当不错的人，他妻子杰西卡的死对他打击特别大。”她的眼睛在厚厚的镜片后面显得格外大。泪水在眼眶里打着转，仿佛随时都有决堤的可能，“他很关心罗莎琳德。我觉得他对她可能有更深的感情，毕竟罗莎琳德过去是这里的学生。”

“也就是说，你想不起任何可疑的事？”

特鲁迪摇了摇头：“想不起来。都是正常教学之类的事，有时候可能会紧张些，再有就是情人节的事了。”

我和菲利克斯对视一眼：“情人节什么事？”

“哦，说起来其实挺无聊的。情人节那天有个男生给她送了花。这种事显然有点不合适，不过好在没发生什么。”

“你知道送花的人是谁吗？”菲利克斯问。

“不知道。我觉得大多数人都希望那件事能不了了之，不过孩子们总是会议论的。我班上的一个女生说送花的人是凯·布莱克斯，但是不是真的我就不知道了。要我说，是谁都有可能，那帮孩子都喜欢她。”

“我觉得她挺神秘的，”伊兹严肃地看着我们说。她水晶般透明的眼睛放射出一种令人心神摇曳的光。她染红的头发像钉子一样翘在额头之上，“我是说，我初来乍到。这才是我来史密森的第一年，但她总是给我一种不食人间烟火的感觉。”

“这么说，你们算不上是朋友关系咯？”

伊兹耸耸肩，脖子里造型复杂的银项链随着晃了晃。

“我还算喜欢她。我是说大家都喜欢她，”她分开双腿，而随即又交叉在一起，“所以这种感觉才特别糟糕。显而易见嘛，”她皱起眉头，“我只是觉得她很陌生，尽管她是个很有魅力的女人，”伊兹若有所思地说，“她的某些行为很让人反感。我的意思是，她有时候好像很喜欢卖弄风情，尤其在男士面前，甚至包括学生，”她把视线移到了自己腿上，“可有时候想想那些都是小节，没什么大不了的。”

“结束。”伊兹收好自己的东西出去后，菲利克斯说道。他放松地朝椅背上靠去，不堪重负的椅子发出大声的抗议。

“当心，”我提醒他说，“这些椅子比咱们办公室里的还要老。”

我筋疲力尽，没完没了地谈到罗莎琳德让我头昏脑涨。粗略一算，我们用了将近三个小时才问完所有的老师，可我没有任何振奋的感觉。问了那么多，我们似乎仍然在原地踏步，罗莎仍然是个谜。

“我们现在连她是个什么人都还没搞清楚，”菲利克斯气馁地说，“看来她活着的时候和死了之后一样神秘。”

“对，那基本上也是我上学时对她的印象。”我说。那段时期的焦虑像头不安分的野兽，急于从我的身体里钻出来。当年我多么渴望得到她的关注啊。

“大多数人说喜欢她，我看只是出于人死为大的尊重。从他们的陈述中我感觉罗莎琳德个别时候似乎有很强的控制欲。”

虽然他说得在理，但我仍情不自禁地想为罗莎琳德辩解几句：“她是个魅力十足的女人，如果以此说她控制欲强，我不知道能不能成立。”

菲利克斯看看我，明显在思考着什么。

“咱们回去吧，”我说，“看看军装们那边有什么消息，我们还要跟罗莎的家人接触一下，然后就该下午的碰头会了，”我站起来，伸了个懒腰，“我们还需要找那个凯·布莱克斯了解下情况，看他是不是真的给罗莎琳德送过花。”

菲利克斯纹丝不动，他盯着桌子上的那碗红苹果发呆。

“你走不走？”我问。

“走，不过你先等一下。我只是在想，这里面很不对劲啊，杰玛，你不觉得吗？但至于哪里不对劲我却想不出来。”

“嗯，我知道，”我叹了口气，“也许我们的判断是错的，说不定罗莎琳德的死只是个随机袭击事件。”

“也许吧。”他勉强同意说。

我继续说道：“可尽管如此，她的身上还是有不少匪夷所思的地方。比如说，她为什么要回史密森？她明明在城里有工作。为什么不在附近的其他学校找工作？没人硬把她拖到这里啊。”

“我同意，”菲利克斯说，“而且她和家人的关系并不怎么样，那为什么还要回到这里？我一直在想她怀孕的事。也许她……哦，我也不知道。”他忽然抓住我的手亲了亲。我们四目相对，我的心顿时狂跳起来。

“走吧，”他说，“咱们离开这儿。”他一把拉住我，双手在我身上缓缓向下游走。我慌忙拿起包，同时压制着在身体里奔腾的熊熊欲火。

12 月 15 日，星期二，下午 6:56

下班去看爸爸的路上，我拨通了安娜的电话。

“正是时候，”她说，“我一个小时前拿到了毒理报告，结果是……”安娜对着手机喘了口气，“她死之前喝过酒，仅此而已。虽然检验还证明她抽过大麻，但那应该是几周前的事了。看来你这位老师朋友有时候也不甘寂寞啊。”

“她喝得有多醉？”

“这个要看她了。血液酒精含量是0.08，当时她有可能极端兴奋，也有可能已经开始忧郁低落，这要视她的酒品和酒量而定。”

我回想起中学临毕业的那一年，在一次家庭聚会中，罗莎摇摇晃晃地站在一张蹦床中央，斜视着众人。记得她突然一蹦，随后双手交叉放在胸前躺了下去。她在喧闹的聚会上躺了好几分钟，一动不动，只是望着天空。而我盯着她看了很久很久。

“我觉得她不是那种容易过度兴奋的类型，当然，我对她也不算特别了解。”

“反正就这样了。我可以确定她怀孕已经有十一周，我们可以假定她知道自己怀了孕。”

“我们没有查到她怀孕的任何医疗记录。”我告诉安娜。

“也许她不肯面对现实，”安娜回答，“这种事常有。”

我吞了下口水，从后视镜中瞥了一眼本。他在玩一个动作玩偶，这会儿正把玩偶的双腿横着大大地劈开，根本没有在意我说些什么。

“还有别的吗？”我问。

“我认为她在水中泡了好几个小时，”安娜说，“遇害时间应该是在午夜，或许更早一点。”

“演出一结束？”我说。

“没错。”安娜兴奋地说。

“有没有性侵？你说过有伤痕，而且她的内裤也不见了。还有别的吗？”

“这个倒有点复杂。一般情况，内裤失踪很可能意味着遭遇性侵，可谁又能保证呢？万一她本来就没穿内裤呢？你们那边有什么进展吗？”

“目前而言，毫无头绪。”

“因为泡水的关系，我提取不到DNA，也没有明显的暴力证据，只在大腿上发现了瘀青，但我至今还不确定这代表什么，也有可能是做爱太狂野导致的。她身上还有一些奇怪的擦伤难以解释，不过那也有可能是水中的树枝造成的。”

马上就到爸爸的住所，本抬起头，认出了熟悉的地标。

“她有男朋友吗？还是她像圣母玛利亚一样没干那事就怀了孕？”安娜说。

我笑起来：“我们还不确定，正在查，目前没有确凿证据。”

我想起在她住所找到的那颗心形石头。那是情人送的吗？

“好了，享受你的夜晚吧，”安娜说，“咱们很快就会见面的。但愿是在酒吧，别在解剖室。”

我与安娜道别，挂了电话。

爸爸房子外面砖砌的围墙一侧爬满了野玫瑰，我把车停在墙边，注视着那些花。它们在我眼中渐渐变成了一片微小的红点。我脑子里依旧在盘旋着那个疑问，也许我已经想过一千次，但迟迟找不到答案：罗莎琳德·赖安究竟是被谁杀害的呢？

12月15日，星期二，晚上7:22

“你有没有好好照顾自己啊？”

“我已经尽力而为啦。”我说。我的两只脚悬在亮晶晶的白瓷砖上。爸爸最近重新装修了厨房，如今这里多了一个中央案台，周围摆着几张高脚凳。我坐在上面，一边看他做饭，一边像小孩子一样晃荡着两条腿。三年前，爸爸搬进了位于温斯顿格罗夫街的这所房子。这是一条格外温馨的小街：位置稍微有点高，因此从后院的小山上可以俯瞰整个史密森镇。爸爸住在这里似乎很开心，他甚至提过要养只宠物狗。自从他搬到这里以后，我和斯科特就租下了他原来的房子。这没什么奇怪的，我怀孕了，而我们几乎没有任何积蓄。爸爸对这样的安排很是热心。老房子里凝聚了太多的回忆，他受不了触景伤怀，但更受不了让不相干的人占有它。然而三年过去了，我和斯科特依旧没有能力买自己的房子。我觉得难为情，可也无能为力，所以每当爸爸或斯科特提到房子的事，我就顾左右而言他。久而久之，斯科特也习惯了，乃至慢慢接受了现状。他甚至已经开始修补院子，并为我们的卧房添了新的橱柜，大有长期居住的意思。

“你平时还喝那么多酒吗？”

“不多不少，爸爸。”我的回答理直气壮，他点了点头，往意大利面里添了些奶油搅拌起来。

客厅里传来本的笑声，他在看《蓝精灵》。本的笑声总是令我紧张，我担心有一天——当格格巫抓到那些蓝色的小人时——他再也不能像今天这样开怀大笑。

“斯科特怎么样？”

我夹住指甲旁边的一片倒刺用力一撕，倒刺断了，但扯下了一点皮肉，破口处渗出血来，我用拇指使劲压住：“他挺好的，就是忙。”

“哦。”

爸爸的新厨房依旧很小，但屋顶上新开了天窗。此刻，最后一抹余晖正照在他头顶的墙上。爸爸是个瘦高个儿，不过目前还没有弯腰驼背的迹象。他的头发早在十年前就已经全白。爸爸是我认识的最能干的人。他是个修理匠，文雅一点的说法就是技术工。机械、电气、旧的、新的，什么东西他都能玩得转。而且他紧跟时代步伐，就连轰轰烈烈的数字革命也没有把他抛下，因此像电脑和智能手机之类的东西到他手里也能起死回生。他那双手，仿佛就是为了修东西而生的。

妈妈去世的时候，我记得自己躺在客厅里，呆呆地望着墙壁，听见他对梅根姑妈说，那是他生平第一次感到束手无策。梅根姑妈眼泪汪汪，忍不住用手帕捂着嘴号啕大哭。

“真遗憾他今晚不能来。”爸爸说。

我耸耸肩，“让他跟自己的朋友聚聚也好。因为我的工作，他这样的机会并不多。”

我和斯科特相识于骑手酒吧。当年那里还很新，而且是镇上唯一的一间酒吧，年龄在二十一岁以上的人都可以进去。二十五岁时，我已经是史密森各间酒吧的常客，而且那时还没有完全适应警察只去贝西酒吧和绿蛙酒吧喝酒的习惯，因此骑手酒吧仍是我每周六晚上必定会光顾的地方。那时我经常喝得酩酊大醉，不省人事，醒来时要么在自己的家，要么在几个小时之前让我看上眼的某个陌生人的家里。

公平而言，那不是我最快活的日子，但也的确给我带来了不少乐趣。和斯科特相识的那天晚上，我遇到了一个几周前和我有过一次一夜情的家伙。他尝到了甜头，想跟我旧梦重温。而我想甩掉他，一开始我用亲吻假意敷衍，然后每隔十分钟就借口去厕所，躲在里面不出来。我希望他会放弃，或者另寻别的目标。可惜我的算盘落了空，无奈之下，我不得不接受他请我喝酒的邀请。我模糊中记得的最后一件事，是我对一个长得很帅气的家伙说我是警察。

第二天早上，宿醉的感觉折磨得我死去活来。那个帅小伙也在，战战兢兢地递给我一杯能量饮料和一颗扑热息痛胶囊。斯科特惊奇地发现我真是警察，于是便坚持留到晚上为我做晚餐，并向我说了一通健康饮食的大道理，而我坐在冰凉的瓷砖上，头靠着马桶座圈，有一句没一句地听他说。直到今天我也不知道那天夜里我们有没有发生过关系，我怀疑没有。我们的关系自从第一次邂逅便确定了下来。斯科特像从天上掉下来一样出现在那里，照顾我，从此再也没有离开。

“你也该经常出去和朋友聚聚，杰玛，不要天天跟同事泡在一起。”

“爸爸，我没什么朋友啊。你也知道我们警察是嫁给工作的人。”这本该是一句欢快的话，可我说出来却格外平淡，尽管它在某种程度上说的也是事实。

“凯瑟琳怎么样？”

“你是说卡罗尔吧？”

“对，对，你妈妈那边的人。你跟她不是很亲近吗？”

“还行吧。我周末要去看她的。她天天忙着照看孩子，最近又生了一个，”我喝了一口爸爸倒的苏打水，“况且我觉得她对我的工作有偏见，好像不太愿意让我接触她的孩子们。”

爸爸正在盛饭，听我这么说他不由停下来，扬起一边眉毛问：“她亲口说的？”

我跳下高脚凳，大声喊本到厨房里来：“没有，只是我的感觉。”

爸爸半信半疑地和我们一起在餐桌前坐下。

吃饭期间，本喋喋不休地自言自语，我和爸爸也继续聊我们的话题。虽然已经六十五岁，但爸爸依旧忙碌不休。他每天和正常工作没什么两样，而且还要至少游两个小时的泳。他正眉飞色舞地说起他为高兰某处地产项目制作镜面柜子的事，这时我的手机响了。

“嘿。”我抱歉地看了爸爸一眼，拿着手机走进客厅。电视机里正在播放某部我不认识的动画片的演职员表，我调到了新闻频道。

“嘿，”菲利克斯说，“你在哪儿？在家吗？”

“在我爸爸家。”我捡起本的玩具，把它们归置在爸爸去年圣诞节给他做的一个小木箱里。

“嗯，下午例会之后我又深入了解了一下这个赖安帝国，主要查他们的财务状况，不过也打了几个电话。”电话背景中有女孩子嬉笑的声音，我想他应该是和女儿们在家里。

“然后呢？”

“他们家肯定有料。乔治·赖安的公司最近得罪了不少人。他们在全国范围内裁减本地员工，腾出的位置全都给了外国人。还有传言说他们搞风险交易、内线交易，整个公司都如此。”

“你认为这其中有关联？”

电话那头传来一声尖叫，一个女孩大声指责某人偷了她的梳子。想到菲利克斯的家，想到摆在他办公桌上那张照片里的三个未成年女儿，我忽然有种透不过气的感觉。本跑进客厅，一把抱住我的双腿，他身上的意面酱很可能沾满了我的裤子。他抬头看着我，我也低头看着他。他乌溜溜的大眼睛在昏暗的灯光下闪闪发亮。我对着电话叹了口气，而菲利克斯也在那头用一连串的嘘声制止他喧闹的女儿们。

“真不好意思。怎么说呢，我也不知道这和案子是否有关，但至少值得考虑吧，不排除个别员工心存不满从而报复乔治的可能性。”

“嗯，有道理。”我说。

“你有没有收到新的报告？”

“没有。安娜拿到毒理报告了。罗莎喝过酒，上个月还抽过大麻，仅此而已。早前我也和马库斯通过电话，只是把我们的进展通报给他。他说话很有分寸，但也有些躲躲闪闪。他们打算星期五下午举行葬礼。”

“安娜同意了吗？”菲利克斯问。

“似乎没什么意见，显然她和他们也通过话了。”

“她可能和我们也说过，”他打了个哈欠，“那好，就这样吧。谁也不知道最终会牵扯到谁。”

我们约定明天早会之前在雷吉餐厅碰面，然后便挂了电话。我抱起本，在壁炉架前站了几分钟，欣赏妈妈的老照片。有一张我们的合照我格外喜欢，那时的我和本差不多大。我们注视着镜头，青苔色的眼睛随着光线舞动。我们看上去是那么开心。我拂去镜框玻璃上的尘土，手指轻轻摩挲着妈妈的脸。

抱着本走回厨房，我惊奇地发现儿子越来越重了。爸爸正在擦桌子，台子上的热水壶嘶嘶直叫。

“工作上的？”

“对。”我回答。

“你的搭档还是那个老一点的家伙？叫弗雷德对吧？”

“呃，是菲利克斯。”

“挺好。”

我饶有兴致地看着爸爸泡茶，他把茶叶袋在杯子里提出来放进去，来回数次，并用茶匙挤压袋子。我险些一时冲动跟他讲起菲利克斯，还有我流产的事。我张了张嘴，猛吸一口气，眼看话已经到了嘴边，但时机过去了，爸爸将一杯热气腾腾的茶放在我面前。我忽然觉得向他吐露心声的念头有些难以理解。

“赖安家女儿的事真是不幸。”他递给昏昏欲睡的本一辆蒙特卡罗玩具车。我换了个姿势，让本坐在我的大腿上。

“我猜这案子归你管吧？”

“没错。”

“我还记得她，很漂亮的一个姑娘。她和你在同一个学前班。我认识她妈妈，奥利维亚。她可是个人物。”

我不由得坐直身子，惊讶地问：“你怎么会认识她的？”

爸爸盯着墙壁，一副回忆往事的神态。渐渐地，他脸上泛出笑纹：“可能因为我父亲跟他们家关系好的缘故吧，我记得小时候她经常和你的梅根姑妈玩。她们应该是同班同学。奥利维亚天资聪明，但却经常惹麻烦，而且她很漂亮，这本身就是个麻烦，”爸爸冲我微微一笑，“你也一样，过去经常让我担心。现在还是。”

我不好意思地摆摆手说：“得了，爸爸，我可没有奥利维亚·赖安那么漂亮。”

“杰玛，反正你在我心里永远都很漂亮。不管怎样，我记得当年听说她去世的消息……真是可怜，撇下四个孩子，而最小的女儿甚至连面都没见。太可怜了，如今又发生这样的事。”

“是啊。”一幅幅照片在我头脑中汇聚在一起——我和妈妈的合照，报纸上奥利维亚与乔治的合照，赖安家壁炉架上奥利维亚的照片，还有写字板上注视着我的罗莎琳德的照片——我的心不由扑通扑通地跳起来。

“真让人想不通，”爸爸连连摇头，随后他喝口茶，看了一眼正在舔饼干的本，“但愿你能尽快搞清楚，亲爱的，另外你也要小心。”

我笑了笑，脑子里却吹了声口哨。我的思绪有些混乱。我把一堆线索想了又想，要么抛开，要么抓住不放。我强迫自己坐着别动，呼吸。我把本从我的肚子上挪开，感觉依然软软的。

“爸爸，”我不想继续这沉闷的话题，于是提高了点声调说，“你最近在忙些什么啊？”

“哦，忙这忙那呗。周末整理花园，还帮波特太太修好了她家小屋的门。”

我一直怀疑爸爸和那个长期守寡的波特太太之间有点什么，可他似乎讳莫如深，我也从来不问。我们互不干涉。

“周五本和你在一起的时候乖吗？”

“当然乖了，”爸爸朝我的儿子投来充满爱意的目光。本的嘴巴微微张开，嘴角挂着亮晶晶的口水，“睡得像头小猪。你过得怎么样，亲爱的？和斯科特出去了吗？”

“没有，斯科特有活要干。我叫了点外卖，吃过饭就早早上床睡觉了，没想到感觉还挺好。”

爸爸看着我点点头，眼神里带着一丝忧虑。

我喝掉杯子里剩下的茶，把茶杯重重地放在桌子上。嗓子里隐隐作痛，仿佛要感冒似的。我急忙起身，紧紧地抱着本。爸爸抬起头，好像刚从睡梦中惊醒一样眨着眼睛。

“爸爸，谢谢你。在这儿感觉很舒服，但我们该回去了。”

在车上我有些喘不过气。开车的时候脑子里乱糟糟的。我时而扫一眼本，时而扫一眼后视镜，心里却在琢磨着我的新思路。儿子很快就睡着了。

当　年

雅各布把杰玛轻轻推倒在床上，而后坐在她旁边。“你的眼睛有着最酷的颜色。”他说。杰玛翻了个白眼，随即闭上双眼，并一把将他推开。但雅各布看得出来，她心里很高兴。

大约半年前，雅各布的妈妈带着他和罗德尼到他们的姨妈家。姨妈住在悉尼南边的一个滨海小镇上。雅各布此前从未见过大海，大家沿着弯弯曲曲的狭窄海滩漫步时，他故意落在后面，不时朝海水中踢上一脚两脚，或望向无边无际的蓝色海面。他被一片玻璃划伤了脚，那是被潮水冲上岸的一个破啤酒瓶。在浅滩上洗去瓶身上的沙，他注意到瓶子的颜色与杰玛的眼睛一模一样，都是漂亮的淡绿色。他饶有兴致地看着瓶子，完全忘记了自己的脚还在流血。血流进海水，迅速融入，转眼便彻底消失。他忽然发觉自然界中的一切都是那么柔和，那么顺理成章、水到渠成，而与之相比，他的存在却有些格格不入。他心里充满了羡慕，甚至嫉妒。

在他的世界中，没有什么是流动的。他能见到的只有锋利的边缘和不可能逾越的棱角，除了杰玛。

雅各布用手指抚摸着她的侧脸。她扭过头，眼睛里闪着激动的光彩，微微开启的嘴唇呼唤着更多的吻。她对他的回应积极而热烈，她浑身上下的每一条神经都在他温柔的触摸下活跃起来。接吻时，她的嘴唇像火焰一样放射出迷人的红光。

和她在一起时，他很快乐。这一点他确定无疑。

“你爱我吗？”她戏谑地明知故问。

“当然。”他回答，随后不由自主地俯身吻她。

他的话无疑发自肺腑，但这份爱并不纯粹。有时候，她的需要对他来说也会变成压力，就像一根粗大的绳索套在脖子里，越收越紧，使他产生疯狂的念头。他对所有的事都能感到压力，他不知道这压力从何而来，但每时每刻都能感受得到。沉重、痛苦，压在他的胸口、肩膀，有时候压得他难以呼吸。

“什么声音？”她说着半坐起来，毛毯滑落，露出她雪白精致的乳房和柔软的腹部。

“什么？”他一边吻着她的脸一边问，但他明显注意到了她脖子里悸动的青筋。

她睁大眼睛定住了片刻，仿佛在侧耳倾听，过了一会儿才又放心地躺在他身边：“没什么，我以为听到爸爸的汽车声了。”

内德·伍德斯托克去上班了。雅各布和杰玛放学之后没有和其他人一同去购物中心，而是径直来到了这里。最近他们经常如此，两人独处的时间越来越多，整个世界仿佛都被他们隔绝在外。和她在一起与他自己独处的感觉很像，只不过是一种充满热情的放大了的版本。他把两人在一起的时光小心收藏起来，以便随时能从记忆中抽取、翻阅、回味。

但最近他在想象新的替代版本。他要粉碎关于两人在一起的全部记忆，打破连接他们的宝贵的玻璃纽带，看着它在地板上碎尸万段。这种戏剧性的想象对他有着难以形容的吸引力，有时甚至压倒一切，他担心某一天他真的会付诸实践，并伤透杰玛的心。每当想到她惊恐地从他身边逃离，他心里总会泛起一阵奇怪的欲望的涟漪，但随之而来的往往是难以想象的恐惧，难道他真要毁掉自己在这个世界上最爱的人？

仅仅一周前，他站在高速公路旁边——就在靠近史密森镇标志的急转弯处——心里想象着假如上前一步走到公路上会是怎样的结局。卡车驶来时会刮起一阵大风，那短暂的瞬间蕴藏着纯粹的快乐。随风而逝的诱惑：不再为人，万事皆空。

“嘿。”杰玛轻轻说道。

雅各布眨了眨眼，把视线重新集中在躺在身旁的她身上。她是他的灵魂伴侣，可她并不明白，没有人明白。

“吻我。”她说，他照做了。深情的吻，他紧紧地抱住她，发疯似的将她霸占在身下，一切又清晰美好起来。他用力吻她，不可阻挡地进入她的身体。她发出轻柔的呻吟，他的心顿时柔软得难以形容。他想把她捆起来，保护她，使她免受他心中黑暗以及即将到来的一切的伤害。当他在快乐的顶峰颤抖时，他不由地想，也许对她来说最安全的地方就是尽可能地远离他吧。

第 3 章

12 月 16 日，星期三，上午 7:41

“菲利克斯！菲利克斯！我想我发现什么了。”我坐在他对面。他闻声抬起头，一脸好奇，但又明显疲惫不堪。他涂了发胶，头发奇怪地竖起来。我费了很大的劲才抑制住伸手抚平它们的冲动。

他冲熙熙攘攘的厨房挥了挥手，压下一个哈欠说：“我已经给你叫了杯咖啡。”

我们中间的桌子上放着一份报纸，头版上赫然印着罗莎琳德“蒙娜丽莎”式的大照片。我拿起报纸，翻过去，丢到了隔壁的桌子上。我已经受不了到处都能看到她的面孔了。

“太好了，太好了。”我为自己的新思路感到振奋，此刻的我生机勃勃。今天稍微凉爽了些，早上我用吹风机吹干了头发，它们沉甸甸地垂在我的脸颊旁，我只好伸手把它们撩起来丢到肩膀上。我低下头，试着拦截菲利克斯的目光。平时照镜子很少令我满意的，但今天有所不同。“你不想知道我发现什么吗？”我问他。

他甚至不顾形象地大笑起来，还短暂地抓住我的手：“哦，当然想。对不起，我只是太累了，都是梅西搞的。”

我听了一愣：“没关系，我能理解。”

菲利克斯曾说他的大女儿就像一座随时都可能喷发的危险火山。我无法想象和一个脆弱敏感的未成年少女打交道是怎样的一种体验，更无法想象她们仿佛源源不断的充沛精力，但菲利克斯在谈起他的女儿时似乎永远心平气和。当然，他也并不是经常谈起自己的女儿。家庭生活于我们而言是危险的领域，所以大家便心照不宣地尽量回避了。

咖啡端到我们面前，我闻了闻，忽然发现今天是自周五之后我第一次一觉醒来感到一切正常。我的肚子老老实实的，脚步也不再沉重，我在桌子底下用脚偷偷蹭着菲利克斯的脚。

“别这样，我们马上就要开早会了。”他冲我笑笑。一切变得美好起来。他的眼睛里放射出动人的光彩，身体前倾，低声说道：“你今天看起来特别漂亮。”

我不屑地摆摆手，暗地里却心花怒放：“别忘了，我们马上就要开早会了。”

他轻轻踢了一下我的脚：“说吧，有什么发现？”

“有什么发现？我觉得乔治·赖安并不是罗莎琳德的爸爸。”

菲利克斯瞪大了双眼：“你开玩笑吧？”

“这可不是信口开河，而是有生物学基础的。罗莎琳德的眼睛是褐色的，真正的褐色。乔治的眼睛是蓝色的，奥利维亚也是。我在他们家见过她的照片，网上也有一张。”

“他们的儿子也是。”

“他们是罗莎琳德同母异父的哥哥。”我说完，一口喝下咖啡。

他盯着我看，但眼睛里放光，显然我的新思路也鼓舞了他。

“好吧，好吧。反正这些我不太懂，但说不定只是异常现象呢？”他瞥了一眼手表，示意我起身，“我是说，为什么从来没有人提出过？”

他结了账，我们一同走出餐厅，穿过通往警局停车场的滑板公园。我一直觉得挺讽刺的是，居然有人把滑板公园建在警局旁边，而根据这里冷清的程度，我想那些本地的滑板爱好者大概和我同样的看法。尽管气温上升迅速，但草叶上依旧挂着露珠。天空灰蒙蒙的，只在个别地方能看到浅蓝色的天。

“因为我比别人聪明，也因为很少有人在意。尤其在奥利维亚去世之后，那时罗莎只有几天大。人们大概都只惦记着这个可怜的孩子了。而罗莎琳德长大时，因为没有了奥利维亚，也就很少有人比较她们了。”

“但乔治·赖安应该早就知道啊。”

“也许吧，谁知道呢？如果他和奥利维亚早就分居了，那这孩子倒是瞒不住他。可如果他们没有分居，说不定他永远都不会朝别的方面想。”

“罗莎琳德说不定知道，或者自己发现了。”

“有可能，但同样有可能的是，她也许从来就没有怀疑过自己的身世。毕竟没有人会平白无故怀疑自己的父母。”

“说不定他们全部知道真相，而且也都坦然接受。”菲利克斯说。

“有可能，不过那天他可是连提都没提。”

“也许时机不太合适。”他说。

这时我的手机振动起来，我们的视线不约而同全都转到了屏幕上，是个隐身号码。

“接吗？”菲利克斯问。

“不接。很可能又是我那个冤家记者。我老是忘记给她回电话，让她留言吧。”

菲利克斯白了我一眼，他不了解我和坎迪的事。

走进警局，空气瞬间变了味：汗味、消毒剂味和烤焦了的面包味争相钻进鼻孔。

我还在想着罗莎琳德的身世：“乔治上周很有可能已经发现，他肯定被气得不轻。”

“别忘了他上周做手术了。”

“对，他不是还有几个儿子嘛。”我提醒菲利克斯。

“怎么，你怀疑他们串通一气？”菲利克斯显然心有疑虑。

我叹了口气：“不，暂时还没有，但我认为不排除有这种可能。”

菲利克斯站住了，他一边敲着门口的拱形门廊一边若有所思地看着我：“奥利维亚·赖安的死真和报道的一样吗？会不会有这种可能：乔治早就发现妻子不忠，当他得知孩子不是他的时，便失去理智杀害了奥利维亚？”

我也站住：“大出血的假象应该没那么容易制造吧？不过我们倒是可

以查一查。如果真是那样，就比随机杀人好理解多了。”

我们沿着走廊往里走。

“任何一种情况都比随机杀人好办，尤其碰到昨天夜里我遇到的那种奇葩。”安娜笑眯眯地走到我们跟前，用手比枪对自己脑袋来了一枪。安娜的血泪约会史，全局上下无人不知无人不晓，说白了她就像一块专门吸引渣男的磁铁。她的情路是如此艰辛，倒引得局里的一帮小警察按捺不住，一个个跃跃欲试想要救她出苦海，可安娜偏偏看不上眼，她宁可和网上的那些屌丝约会，也不愿朝自己的同事身上洒下半点雨露。菲利克斯觉得她只是喜欢用各种耸人听闻的故事来活跃警局枯燥无味的气氛。

“安娜，昨天夜里又是够呛？”我问。

“确切地说是昨天晚上，”她纠正道，“那样的奇葩我是不会留着过夜的。上夜班已经够我受的了，”她温和地笑了笑，“改天再约好了。”

菲利克斯笑起来。我已经能听到等候的军装们嗡嗡嗡的说话声。他们对这个案子依旧充满激情，但我相信这种激情很快就将褪去。也许再过一个星期这个案子就可能陷入僵局，迟迟不能有所突破对士气的打击是灾难性的，而到时新的案子会对他们造成难以想象的吸引力。新手警察办案就像圣诞节时收到新玩具的小孩子，新鲜劲的时间非常有限，要不了多久他们就会被别的东西所吸引。但是侦探就不一样了，我们更加专注，一个案子总要查到水落石出才肯罢休，有时候面对一桩前景暗淡的案子，你不得不用强制的办法才能让我们把精力放到其他的事情上去。

“等等，”安娜止住我们说，“在你们进去之前我得先说一声，我们今天就准备把罗莎琳德的尸体交还给她的家人了。之前就有这个打算，但今天确定下来了。该检查的项目都查过了，我们留着已经没用。”

我和菲利克斯对视一眼。

“安娜，该保留的样本都保留了吧？”

她耸耸肩：“那是当然。”

“比方说，如果我们需要通过比对 DNA 来做亲子鉴定，应该不成问题吧？”

“对，给胎儿做亲子鉴定没有问题，或者我是不是该说非亲子鉴定。”

我没有纠正她的假设。现在我面前摆着两个人的生父身份之谜，如果这可以算作一个突破，那我心中的疑点就可以扩大成疑团。不管罗莎琳德的亲生父亲是谁，她的遇害极有可能和她肚子里的孩子有关。

“太好了。”菲利克斯再次抓住了门把手。

“嘿，安娜，”我嬉皮笑脸地说，“你说如果父母两人都是蓝眼睛，他们有多大的概率会生出深褐色眼睛的孩子？”

她好奇地看着我回答：“几乎为零。”

“好了，走吧。”我几乎快乐地对菲利克斯说，他冲我伸了伸舌头。

如今我已经很少梦到雅各布，但他死后的最初三年，我几乎每晚都会重复地做同一个梦。在梦里，他从我身边跑向无边的黑暗。他光脚踏在坚硬的地面上，猫腰钻过横生的枝杈和茂盛的野草。我不知道自己为什么追他，但我知道他快要死了。恐慌已经淹到了我的嗓子眼儿，当我们穿过茂密的灌木丛来到一片月光笼罩的沙丘上时，我的心跳已经比擂鼓还要震耳欲聋了。

“雅各布！”我一遍又一遍地呼喊，可他依然头也不回地跑远，而且好似脚底生风一样越跑越快，我的脚踩在冰冷的沙上。

我能感觉到死神对他的召唤。我不住地哭喊，伤心得一塌糊涂。随后他突然停了下来，转过身，我也立刻止住脚步。一道幽灵般的光芒从他脸上一闪而过，他望着我，眼神仿佛能将我穿透，且脸上带着忧伤的微笑。那是告别的微笑。等我意识到时，已经太迟了。时钟巨大的嘀嗒声在我们周围回响，预示着结束的时刻已经到来。他以一种令人难以忍受的慢动作直挺挺地向后倒去。那样子似乎任何人都能将他救起，可他还是跌落下去，只剩下我一个人站在沙丘上。四周寂静无声，我感觉自己如同身处一个没有窗户的圆顶的中央。

我哭起来，耳朵里是无声的轰鸣，梦中的我来到雅各布站过的地方，赫然发现他身后竟是一道陡峭的悬崖。我低头望着他支离破碎的尸体。他从一块石头的中央茫然注视着我，海洋深蓝色的触角愤怒地拍打着他冰冷坚硬的坟墓。

12月16日，星期三，上午10:11

“一定很不容易吧。”

乔治·赖安点头作为回答。他今天的气色好多了，脸上的颜色也活泛过来。他穿了一条炭黑色的西装裤，上身是件洁净的白衬衣，腕上戴了块引人注目的漂亮手表。他动作缓慢，蓝色的眼睛有些混浊。这是我最熟悉的神态。通常当人们失去亲人时，眼睛里就会出现这种空洞呆滞的神情。当他们说话或做别的事情时，情形还好一些，可只要他们一停下，双眼立刻就被忧伤与冷酷充满了。我知道我眼睛里也有这种神情。当你随便望一眼就能让全世界知道你在想着和死亡有关的事情时，这无论如何都是一种悲哀。

乔治倒了两杯茶放在茶几上，随后重重地坐进扶手椅，一声轻微的呻吟不小心从他嘴唇中间溜了出来。

“您还好吗？”

他耸耸肩：“呃，这个很难说。如果你指的是手术后的恢复情况，我也不确定，反正身体上的疼痛已经不那么明显了。”

我抿了口茶，点点头。

“这种事可没有现成的指导手册。”他两眼盯着墙说。

“是。约翰·尼克尔森也这么说。”

他茫然抬起头：“你说的是学校校长？”他坐直了身子，声音也突然变得粗哑冷淡起来。我留心观察他的反应。我能脑补出他工作时的样子，此人身上有种安静的力量。

“对。”

“嗯，我想他说得也没错，”乔治接着说道，“最近他一直跟我们说周五在学校举行追思会的事。”

“我听说了。”我说。

他眼中闪过一丝愤怒的光，喉咙里咕噜了一声。

我发现自己竟为尼克尔森辩解起来：“也许让大家有机会跟她告别是件好事，尤其是她的学生们。”

我们都沉默了片刻。我心里各种念头此起彼伏。他刚刚明显有些反应过度，可作为被害人的家属，他的任何怪异表现又似乎合情合理，无可指摘。事实上，我们谈过话的每一个人都有一种失落感。况且他们也很害怕，一桩杀人案将“人生无常”四个字简单粗暴地砸向他们，打碎了他们原本正常平静的生活，试问又有多少人能够淡然处之呢？而如何区分古怪但合乎情理的悲痛与真正可疑的行为才是我们对得起侦探这个称呼的关键。

“我能冒昧地问问您做了什么手术吗？”

他放松地靠在椅背上，目光也柔和起来：“我得了前列腺癌。”

“真遗憾。”我说。

他摆摆手：“目前尚在可控制的范围内，我没有声张，因为我不想小题大做。现在看来我恢复得相当不错。”

“您是什么时候去的医院？”

他瞥了我一眼，仿佛在明确告诉我，他知道我在问他不在场的证明，但他还是无所谓地回答说：“我是周五早上七点左右进的医院。周六上午，马库斯从机场回来的路上去医院接的我，时间大概在九点吧。”

“您其他两个儿子不能去接您吗？”

他一脸苦相：“我其他两个儿子都喜欢睡懒觉。况且我就在圣母医院，马库斯顺路。”

他的声音在宽敞的房间里飘飘荡荡，撞上墙，飞上屋顶。这是典型的销售员的声音，我提醒自己，这个人习惯掌控一切。他不喜欢令他无法驾驭的局面，比如被谋杀的女儿，或者，不忠的妻子。

“您的儿子们来看您时都会住在家里吗？”

“通常会。蒂莫西和艾莉丝还在一起时，他们有时候也和他住，不过现在蒂莫西也住我这里了。”

“您乐意让他和您同住吗？”

乔治一言不发，而是盯着我看了足有一分钟之久。我被他盯得浑身不自在，但又不得不强迫自己保持镇定。

“反正房子够大，目前来说我没意见。”

“赖安先生，我必须要向您了解一下您儿子们的情况。”

“请便。”他的声音中有了一点戒备的味道。

“我们已经证实马库斯周六上午坐飞机去了高兰，但目前还无法证实布赖斯整晚在家，也无法证实蒂莫西在回家之前是否一直在学校。您家里应该有监控吧？”

他的眼神格外冷峻，但过了一会儿他摆摆手说：“有，就在外面，可以看到车子进出车库，还有房前的街道。你想看的话随时都可以。”

“谢谢您，赖安先生，”我说，“今天下午我会派人来取，”随后我转了话题，“您最近生意怎么样？”

“我老了，已经快干不动了，但我相信公司运转一切良好。”

我注视着他的眼睛说：“我们听说您的公司遇到了些问题，您似乎得罪了些人？”

他轻蔑地哼了一声：“这有什么奇怪的？这是生意场上的规律。侦探，如果没有人找你的碴儿，那只能证明你的生意做得不够好。”他将双手合在一起，紧紧咬住了牙关。

“这么说，您并不担心裁员和高层管理人员的薪水问题引起的舆论？”

他叹了口气，语气温和地说：“我当然担心，可这些和罗莎没有关系啊。”

“您怎么知道呢？”我追问道。

“因为那都是政治上的打压。况且是媒体有意误导公众，我们正在努力澄清事实。”

“您受到过威胁吗？”

他摇摇头：“没有，没有直接的威胁，尤其因为公司的事。我的家倒是受过炸弹威胁，但那是很多年前的事了。”

“跟我说说罗莎琳德吧。”我再次转换了话题。

他的手从腿上抬起来，很快又放下：“你还想知道什么？”

“嗯，您先有了三个儿子，最后又添了个女儿时是怎样的心情？”

我的问题让他有点意外，但他还是回答说：“很不幸，罗莎琳德生不逢时。你也知道，奥利维亚生下她之后就去世了，面对那么小的一个孩子，我当时都快急疯了。”

“可以理解。”我喃喃说道。

“是啊，养孩子是很辛苦的，而当时又恰逢圣诞节，所以真是雪上加霜。对我们家来说，圣诞节从来都不是快乐的节日。罗莎琳德很乖，可其他孩子年纪尚小，没有了妈妈他们感到害怕。关键是白天我没有那么多时间，所以只好请人帮忙。”

“请亲戚吗？”

他干笑几声：“不，不是亲戚，虽说奥利维亚的妈妈也尽力帮忙了，可那个女人脾气不好，我才不会让她照看我的孩子呢。我大多时候是花钱请人，幸亏我还有点钱。”

“您妻子是个怎样的人？”

他若有所思地抿了口茶，随后看看我，仿佛在斟酌要向我坦诚到什么程度：“奥利维亚是个非常复杂的女人。”

“而且非常漂亮。”我指了指壁炉架上奥利维亚的照片补充说。

他点头赞同，双眼也望向照片：“她确实漂亮，简直是人间尤物，我一直觉得她像费雯·丽。她知道我爱她爱得死去活来，但她非常难相处，”他微微一笑，“她是属于我的郝思嘉。”

“怎么个难相处法？”

他重重地叹了口气：“女人让人头疼的各种毛病她都有。她很自私，人又刻薄，偶尔还会干些荒唐事，特别荒唐的事。死之前她没少给我们惹麻烦，怀孕之后更是变本加厉，我猜大概是荷尔蒙的原因。我一直想方设法不让她的这些缺点影响到孩子们。”

我表示赞同地点点头：“一边应付成年人的世界，一边还要照顾孩子，这确实是件非常辛苦的事。”

“没错。大人不好当啊，我估计没人会习惯做一个成年人，”他自嘲似的笑了笑，“能发出这样的感慨说明你也有孩子吧？”他又叹了口气，“但这件事和奥利维亚有什么关系呢？”

“没有。但有时候多了解一些背景资料对破案会有帮助。您觉得没有妈妈对罗莎琳德有影响吗？”

“很难说。她从来没体验过有妈妈的滋味。她很文静，甚至有点自闭。她聪明，有时也很固执，但不至于偏执。我再婚过一次，她似乎也接受了莱拉，可惜最终的结果并不理想。”

“我不知道您再婚过。”我说。

“再婚过一次，娶的是莱拉·威尔考克斯。她是个很不错的女人，可惜我们在一起的时间并不久，”他握紧了拳头，仿佛在刺激血液流动起来，“坦白地说，她们之间的亲密有时会让我感到不安。我觉得自己受到了排挤，尽管我认识到有个女人在身边对罗莎可能会有好处。现在想想真是荒谬。我不知道她们是否一直有联系，莱拉生活在中国，”他心不在焉地环顾了一下屋里，“也许我该通知她一声。”

我在笔记上提醒自己要亲自联系莱拉·威尔考克斯。

“赖安先生，我知道您现在心情悲痛，但您能否告诉我您和罗莎琳德的关系怎么样？”

乔治·赖安望着外面波光粼粼的泳池。从侧面看，坐在我面前的是位庄重得体的老人。他的衬衣是量身定制的，头发梳得一丝不乱。这样的场面似曾相识，我不由想起几天前在网上看到的本地报纸介绍他公司的一篇文章，然而我眼角的余光总能看到奥利维亚令人惊艳的蓝色眼眸在冷冷地注视着我。

“我爱罗莎，可是不管我怎么克制，我都无法把拥有她与失去奥利维亚的事分开来。我猜她有时候也能感觉到，”他喝光了杯里的茶，将茶杯放回茶托时，杯子滑了一下。瓷器碰撞的声音像针一样刺向我的脊背，“可我对她一直很好，我爱她，只是我也不知道该怎么和一个女儿相处。”

他的严谨让我感到突兀。我不怀疑他的话，但他的冷静还是不由令我警惕起来。

“您觉得罗莎琳德喜欢在史密森生活吗？我是说，她应该喜欢吧？要不然也不会回来了。”

“我想应该喜欢吧，”他虽然这样说着，却皱起了眉头，“从很多方面看，罗莎琳德并不是那种野心很大的女人，但她工作起来却很努力踏实，不像我那些儿子，好高骛远，却又总想着天上掉馅饼。她喜欢读读写写之类的事。她的确在城里待过几年，但我觉得她并不喜欢那里的生活。我很理解，我自己也适应不了大城市的生活方式。况且她在原来工作的学校里也遇到了麻烦。”

“麻烦？”

“对。和一个痴情的学生有关，让她伤透了心。她不愿提起，但我觉得那件事让她很恼火，所以她才决定回这里教书。”

“那她一定顶着很大的压力。”我说。昨天晚些时候，我和菲利克斯向她原来的学校打过几通电话，目前正在等待他们回复。那里一定发生了什么事。

“她对待那件事的态度很从容。说实在的，她不是那种喜欢想事情的人。不管表面如何，她骨子里是个很坚强的孩子。”

“我们去过她的住所。”我唐突地打断他说。

乔治稍微有点意外：“哦，当然，我已经想到了。”

“等必要的调查结束之后我们会通知您，到时你们可以接管她的东西。合适的时候您也可以卖掉她的房子。”

他无力地冲我挥挥手说：“现在那些都不重要了。”

“房子是您买给她的，对吗？”

他盯着我，气氛再度发生了变化。他好像突然警惕起来，关闭了与外界的联系。

“对。我会根据孩子们的需要以不同的方式帮助他们，”他小心翼翼地卷起衬衣袖口，“罗莎只想要一个属于自己的小窝。她不贪心，生活也不大手大脚。在家里当了那么久的独女和小宝宝，稍微独立一点我觉得是好事。”他冲我笑笑，嘴角向两侧同时分开，仿佛在酝酿一声咆哮，“那天夜里到底发生了什么，你们的调查有进展吗？”

“很遗憾，目前还没有找到确凿的证据。我们已经收集了大量信息，也走访了很多认识您女儿的人。但仍有许多东西需要调查，我们已经采取一切可能的手段搜集线索。”

“听说如果在最初的三天之内还无法锁定嫌犯，案子就可能永远破不了，是真的吗？”

我故意望着他的眼睛说：“赖安先生，我们当然也希望能够尽快锁定嫌犯，那样就好办多了。但每个案子都有自己的特点和规律。我可以向您保证我们一定会尽力查明真相。”

“你知道吧，葬礼定在了周五下午。”

“嗯，我听说了。”

“白发人送黑发人，你能想象吗？”

“赖安先生，坦白地说，这其中的痛苦我是无法想象的。”

“天哪。”他死死抓住自己的双膝，眼睛盯着地板。

“赖安先生，您是拥有一定财富的人。我必须要问一句，您的财产最终会平均分配给您的儿女吗？”

他叹了口气：“是的，是的。我都已经安排好了。”

“您和他们谈过这件事吗？”

“我的财产并不是什么秘密，但我决定将至少一半财产捐给各慈善机构的事也不是秘密。”

“恕我冒昧，赖安先生，即便捐掉一半的财产，您留给子女的仍是一大笔财富吧？”

“对，这是肯定的。我的一部分财产会平均分给他们几个。假若他们卖掉产业，每个人能得到大约一百万美元，”他的目光再次落到地板上，随后继续说道，“我想现在应该更多了。”

我给他留了几秒钟体会这不言而喻的动机。乔治目不转睛地盯着我，但我注意到了他的左手在发抖。

“您的女儿……”我故意把话说了一半。我想开门见山地问他是不是罗莎琳德的亲生父亲，但又怕他对罗莎并非他亲生之事毫不知情。我需要考虑要不要让他承受死亡与欺骗的双重打击。

“怎么了？”他期待地望着我说。

“她和您的儿子们似乎很不一样，和您也不一样。您有没有发现她很与众不同？”

他看了我一眼，随后又低下头：“我想也是吧。”他双手托住脸颊，脸上的皮肤像纸一样皱缩起来。“她很特别，很容易引人注目。她还很小的时候我就经常为此感到惊讶，”他擦了擦厚厚的眼袋，“在某种程度上我几乎不认识她，可不管怎样，我对她的爱是一样的。”

12 月 16 日，星期三，晚上 9:02

坐在黑暗中的沙发里，茶几上放着手提电脑，我看着朦胧的人影如水般涌出昏暗的学校礼堂。他们手拉着手，臂挽着臂，兴奋地边走边聊。超短裙和小背心印证了又一个充满激情的夜晚。演出结束大概十分钟后，由无数像素组成的罗莎琳德的影子出现在屏幕中，她细长的手臂上抱着一束花。尽管史密森中学保卫处提供的监控视频像素不高，却依然掩盖不住罗莎琳德光芒四射的美丽。她看上去就像一位芭蕾舞演员，优雅地接受着人们热情的赞美。视线从屏幕上移开，我把喝了一半的啤酒瓶轮流在两只眼睛上按了按。血液加速了流动，感觉就像许多小虫子在眼睑的毛细血管中蠕动。我眨了几下，抖擞精神地准备继续看下一段。到目前为止，我还没有从监控中发现蒂莫西 · 赖安，尽管有大约十五个模糊的人影无法确定身份，他很可能是其中之一。

今天我去找了凯 · 布莱克斯。那是个样子病恹恹的小伙子，他睁着一双昏昏欲睡的眼睛傻傻地看着我。他似乎很难集中注意力，考虑我的问题时，眼睛滴溜溜地在屋里乱转。

他告诉我他也听说了有人在情人节给罗莎琳德·赖安送花——这是众所周知的事——可那些花从何而来他毫不知情。不，他绝对不是送花者。他也不知道真正的送花者是谁。没错，他是喜欢赖安老师，因为她很漂亮。可每个人都觉得她很漂亮，他和别人并没什么不同。

关于花的调查毫无进展。因为时间过去太久，谁也记不清楚，只剩下道听途说，而唯一的当事人罗莎琳德又已经长眠。

凯在星期五晚上的活动轨迹同样含糊不清：因为后台角色的关系，他去了演出现场，并参加了演出之后的小型派对，但他声称派对中途曾回家去拿酒。然而由于他的父母都在朋友家，所以没人能为他做证，虽然其他孩子的确记得他曾出现在派对上。当然，我们也没有任何证据证明他曾去过湖边。因此这条线索到底有没有价值，目前我也说不清楚。

我把我和乔治·赖安的谈话内容大概告诉了菲利克斯，我们也终于收到悉尼那所中学——也就是罗莎琳德此前任教的学校——校长的回电。菲利克斯当即决定坐飞机前往悉尼询问此人及罗莎的部分旧同事。毋庸置疑，虽然没有正式的报告，但当时罗莎琳德确实陷入了某种麻烦。一名男性学生曾向一位老师吐露，他认为罗莎琳德和她的一位同学关系暧昧。这位老师随即将这则未经证实的传闻转达给了校长，结果引起轩然大波，最终导致罗莎琳德在年底时离开了学校。

菲利克斯在悉尼机场等候回高兰的飞机时给我打了电话。

“她到底干什么了？”我问他。

“这正是问题所在，”他说。背景中有刺耳的机场噪音，“全都是揣测。罗莎琳德从未承认过任何事。但除校长之外，我感觉所有人都认为那个学生迷上了她，于是千方百计地纠缠她，骚扰她。基本上只是那孩子执迷不悟罢了。整件事都很离谱、幼稚。”

“怎么，你觉得年轻人做不出那种事？”

“当然不是，只是觉得离谱。虽然明显是那孩子太出格，但校长似乎很乐意看到罗莎离开。显而易见，他不喜欢罗莎。况且没有哪个校长愿意看到自己的学校闹出师生丑闻。”

“这个孩子有没有发过声？他现在在哪儿？”

菲利克斯不由得叹气，罗莎琳德种种似是而非的印象让他颇感无奈：“有，他私下里找过校长，而且是在家长陪同下。他说一切都是罗莎琳德的错，是她给了他各种暗示才使他失去了理智。学校建议他找律师，但他拒绝了，就是这样。当时已经是期末，他也已经十八岁，所以从法律上讲，整件事有些微妙，总之就是各执一词。不过最终的结果似乎每个人都希望把这件事掩盖下去，从此再也不提。但校长好像执意要她走，因而鼓励她辞职，她显然照办了。那孩子现在已经出国留学了，去哪儿不知道。那次事件之后他就再也没回来过。”

“这些信息对我们帮助不大，你觉得呢？没错，演出的确引起了一部分人的不满，学生暗恋她也是事实，可基本上人们还是喜欢她的。”我说。

“我也这么认为。只是大部分人对她都不够了解，这可以看作是一方面问题。另一方面，今天和我谈话的校长说她是个扫把星，即便她已经死了，他也没有表现出多少惋惜和同情，”菲利克斯顿了顿，“应该说，回到史密森中学，遇到那个老好人尼克尔森校长并获得在这里的工作，她还是挺幸运的。”

“非常幸运，”我赞同道，“我们同他谈话的时候他对罗莎的这些往事并没有表现出大惊小怪的样子，虽然他也有可能没意识到事情的严重性，”我伸了伸略微僵硬的双腿，“今天下午我找过凯·布莱克斯了。”

“结果呢？”

我把具体情况向他做了介绍。

“嗯，就算花真是他送的，也很难证实。”菲利克斯说。

“我知道。不过这至少是条线索，说不定能挖出什么。”我说。

“有道理。”菲利克斯打了个哈欠。背景中，机场广播的声音此起彼伏。

“不管怎样吧，我正在看监控视频，都不知道看了多少遍了。”我揉揉眼睛，看了看暂停的画面。

“还没发现蒂莫西的影子？”

“没有，”我说，“不过监控视频的像素很低，而且礼堂侧门又恰好是监控死角，所以即便在现有视频中没有发现他，也不能确定他没来看演出。”

菲利克斯的飞机准备登机了，我们约定在第二天上午早会之前碰面。

现在，我又把注意力放到电脑屏幕上。我点了下视频文件，开始从头播放。拍下上周五这段观众视频的摄像头位于学校礼堂入口对面一间教室的屋檐下，视频清晰度非常一般，而且一棵桉树还挡住了一部分镜头。只能说，出席首演的大部分观众都被这个摄像头捕捉到了，除非有人从后台入口或侧门进出。

晚上 7:00 前，人们已经开始在史密森二级学院礼堂的入口处聚集。他们有的聊天，有的玩手机。不到 7:30，大部分观众已经进入礼堂。7:32 和 7:39 之间，又有零零散散的几个观众跑进去。7:52 时有一名迟到者跑过屏幕，此人低着头，看上去很不好意思，进去之前似乎还和引座员解释了一通。这之后，礼堂大门关闭，镜头中唯一的动静就只有站在大门两侧的两名学生引座员。他们各自玩着手机，偶尔交谈几句。其中一人在 8:15 时从屏幕上消失，但六分钟后又重新出现。估计是去上厕所，要么就是偷偷抽烟去了。

幕间休息从 8:40 开始，有少数人从礼堂里出来，点着烟，从镜头中消失片刻，几分钟后又再度出现，往嘴里塞上口香糖。一名中年妇女似乎和她的丈夫闹了点矛盾。两人愤怒地互相指手画脚一番，男的大步走了，女的转身又进了礼堂。九点钟大门关闭时，他又冲了进去，手里似乎拿了一件女士外套。幕间休息时罗莎琳德并没有出现在监控中，我推断她应该和演员们在后台。这一点与数名学生演职人员在回答军装询问时给出的回答相吻合。

夜里 10:03，引座员打开礼堂大门，观众鱼贯而出，个个脸上带着兴奋的表情。虽然画面朦朦胧胧得像看老照片，但我还是大约认出了一些人。每一个熟悉的身影都能勾起一段潜藏的记忆，每一个独具特色的神态都能让我想起一段被遗忘的对话。我认出了去年在一次家暴案件中询问过的一名男子。密集的人群很快就变得稀稀落落，仅 10:11 至 10:19 这短短几分钟里，观众便离开了一半。那些留下来的，显然是要等着祝贺演员们。他们在镜头中走来走去，伸着脖子朝更衣室的方向张望。其中有几个是我们前几天在学校见过的学生。根据我从学校接待处借来的年鉴，那几个学生的身份已经得到核实。

另外一个摄像头安装在学校正门处，它记录的视频有点歪歪斜斜，对焦也不够精准，但我仍然可以看出在 10:20 至 10:29 之间有超过三十辆汽车驶出了学校停车场。不过尼克尔森提醒过我们，他说大多数来看演出的人都把车停在了与学校相邻的大街上，所以监控记录的车辆只占总量的一小部分。由于视频像素极差，我需要让技术部门的同事处理之后才能看得清楚。

人群散去，只剩下三三两两的观众在镜头中兴致勃勃地谈天，或手舞足蹈，做出各种夸张的动作。我按下暂停数了数：画面中一共有大约六十个人，其中有些在抽烟，有些则捧着花等着献给演员。罗莎琳德在演出结束十分钟后才出来，又过了十分钟才从监控中消失。从画面中我看不出她要去哪里，而且我们在停车场的监控中尚无法确定她的身份。

在罗莎琳德消失之前，演员们走出了礼堂。他们从左侧进入画面，第一个出现的是扮演朱丽叶的玛姬·阿彻。因为电话联系不上，今天我特意去了她家，但她妈妈说她去墨尔本找她的姑妈了，并要在那儿住上几天。我给她的姑妈家打电话，始终无人接听，也没有语音信箱。视频中，人们鼓掌欢迎玛姬。她微微行了个屈膝礼，随后便被一群金发女人紧紧围在了中间。我估计那应该是她的妈妈和姐妹。罗德尼·梅森和其他演员也出现在画面中，更多的人开始鼓掌。凯·布莱克斯和其他后台人员也在场，他们全都穿着黑衣服。我看见唐娜·梅森站在一旁与体育老师特洛伊·舒特尔说话。接着，特洛伊穿过人群走向罗莎琳德，他们简单拥抱并寒暄了几句。随后罗莎便从画面中消失了，而特洛伊重新回到兴奋的人群中。视频中有一段时间罗德尼仿佛在望着罗莎琳德。我把视频暂停下来仔细观察，可惜单凭画面无法确定他的眼睛是否聚焦在罗莎身上。其他演员们兴高采烈地和他们的家人聊天，他们中大多数还保留着各自角色精致的发型。凯跳上餐厅附近的一张矮长凳，仿佛在为一小群人表演话剧中的某一段，但随即他玩笑似的抓住一个男生的脖子，领着他走出了镜头。

一群群孩子与他们的父母亲吻告别，随后离开——现在我们知道，他们中的多数人都去了杰米·克莱恩家参加派对。因为演出而急剧飙升的肾上腺素显然与对狂欢的期待混合在了一起。迄今为止，我们询问过的每一个人对杰米家派对的描述都有些语焉不详，无疑那是一个疯狂的派对。正如一个十二年级的学生所说："我记不清楚了，但那绝对是一场嗨到爆的派对。"当晚杰米的父母不在家，他们去悉尼过周末了，而且他们以为女儿只是在家里举办一场无伤大雅的睡衣聚会。后来杰米的爸爸大发雷霆，他已经命令他那不听话的女儿把当天晚上私自开派对的事向警方解释得清清楚楚了。

屏幕上，剩下的观众们开始陆续离开，当时间来到夜里 10:47 时，镜头前已经空无一人。我把视频拖回到罗莎琳德离开前的几秒钟，定格在她抬脚的一瞬间。根据安娜的说法，她可能被害于 11:00 之后的任何时间。

"后来发生了什么呢？"我对着手提电脑喃喃自语。

打个哈欠，我仰了仰酸痛的脖子，左边扭一扭，右边扭一扭。沾了一天的尘土，头发变得沉甸甸的，隐约还有点头疼。

白天早些时候，我打电话给学校前台接待，请她将首演当晚的网上售票记录做个备份。我和菲利克斯正把当天出席演出的所有人员整理出来列成名单。然而演出一共卖了将近三百张票，其中一半以上都是人工卖出的，所以很难确定每一个观众的身份。加上学校没有电子检票系统，我们也无法确定买了票的人是否都在当晚观看了演出。缺口实在太多，而关键问题是袭击罗莎的人不一定去观看了演出或与学校有任何关系。让人沮丧到家的是，周五晚上那么多人去看了演出，居然没有一个人发现任何异常的情况。

至于我收到的那束鲜花，卡莉最终也没有查到什么结果。因为演出，镇上的三家花店全都生意火爆，而且周末又赶上五场婚礼，其中两场订购了大量的长茎红玫瑰。花店一半以上的花都是现金交易，很难追查买花者的身份，也没办法知道具体的卖出时间。我们把卡片送去分析，但除非制作卡片的人是个有前科的罪犯，否则即便提取到指纹或 DNA，要找到这个人也如同大海捞针。

合上电脑，我起身去看儿子。本的样子就像话说到一半时睡着了，小嘴半张着，一只胳膊伸在脑袋上面，另一只胳膊横在一旁。他是个完美无瑕的宝贝。我伸手在他额头上摸了摸，擦掉细小的汗珠，又蹭了蹭他的小嘴唇。

我一手揉着脖子，一手从冰箱里又拿出一瓶啤酒。站在敞开着的冰箱前，凉气扑在身上格外惬意。我拧下瓶盖痛饮了一大口。斯科特在厨房餐桌前望着我。他在查看电子邮箱，此时很可能正在看板球新闻。他旁边的桌面上放着一个空啤酒瓶和一碗全麦饼干。

他看我盯着饼干，不好意思地耸耸肩说："饿了。"随后他伸了伸胳膊："你怎么样？"

"就那样。毫无进展。"

"还是那个老师被杀案？"

"对。现在我们的全部精力都在这个案子上。它已经闹得满城风雨，人心惶惶。我们必须得开足马力，尽早破案。"

"嗯，在其位谋其政嘛。"斯科特的口气轻松得就像我在调查今天为什么没有送报纸一样。他的眼睛重新回到了电脑上，屏幕上的光映出他脸庞的轮廓。我在想他看起来究竟有多累。斯科特很懂得随遇而安，他永远没有紧迫感，永远不会强迫自己去干什么。这一点与我截然相反。我一向风风火火，追求速度，有时候恨不得抽自己几鞭子。我经常想，只有接触过死亡的人才能懂得活着的珍贵、呼吸的渴望。所以斯科特总能以超然的态度面对每一天，在他眼里，生命还长着呢，所以没有必要着急忙慌。

关上冰箱门，热气顿时重新将我包裹。"我们只能全力以赴，"我冷冷地说，"杀人犯目前还逍遥法外呢。"

他再度扭过头来："我知道，杰玛。可这又不是你的责任。我只想说你尽力就行，但毕竟你不是神。"

"我没说我是神。我只是在强调这个案子的重要性。"

"反正马上就到圣诞节了，我只希望你能多抽出点时间陪一陪本。这同样重要。"

我不想说话，仰脖喝起了啤酒。他挑衅似的盯着我。

“我还有很多事要做。”说完我转身回到茶几前，继续从监控视频中寻找线索。

12月17日，星期四，下午12:56

看得出来，琼斯很紧张。他拉了拉领带，整了整不合身的外套。他太阳穴上有道细细的汗流，汗水沿着崎岖多褶的皮肤缓缓流到下巴上。他新刮了胡子，嘴巴周围多了几道醒目的红色划痕，看那样子仿佛它们随时都要放声高歌似的。

“好了，”他把我和菲利克斯叫到跟前说，“咱们尽量速战速决，随便应付一下就把他们打发走。”

“没问题，局长。”我说。菲利克斯点头附议。

“我决定只公开基本资料，怀孕的事暂且不提，当然还有亲子鉴定的事，”他冷冷地瞥了我一眼，好像乔治·赖安不是罗莎琳德的亲生父亲全是我的错，“这只是一场普通的新闻发布会，发布基本信息是首要任务，同时也是为了安抚公众情绪，稳定人心。”

他大声清着嗓子，却引起一阵剧烈的咳嗽，害得他在自己胸口使劲拍了又拍。我和菲利克斯面面相觑。我不确定琼斯能否让公众平静下来，但整整五天毫无进展，他不得不站出来说句话了。

“该上场了。”

有人大声喊着“安静”，随后是测试麦克风。琼斯挺起胸膛，一边继续清着嗓子，一边缓步走上发言台。我们的新闻发布会场就位于警局与停车场之间的通道上。琼斯总是把发言台放在紧挨主入口的位置，方便电视台的摄像机能把澳大利亚国徽和警局最近才装饰一新的前台收入镜头。

“专业点，别把我们拍得像土包子一样。”我听见他在交代我们的媒体官，可怜的受气包辛西娅。我怀疑她最近还在研究什么是因特网。

我还怀疑琼斯认为是某种力量迫使记者们站在外面，这力量不允许他们太过安逸。

我和菲利克斯紧紧跟在琼斯后面走上了小小的发布会发言台，并在他身后靠左的位置站定。

“感谢各位的到来，今天的发布会我希望尽量简短一些。”

我在人群中看到了坎迪·法伊夫。她穿着一条带可爱盖袖的粉色裙子，黝黑的皮肤闪闪发亮。坎迪的祖父是本地原住民中的长者，也是史密森镇产权领地的最初管理人之一。她的祖母来自英国上流家庭，而他们的结合据说在二十世纪五十年代轰动一时且饱受非议。坎迪打开她的笔记本，握好钢笔，目视琼斯，可突然又望向我。她细细的眉毛微微弯曲，我和她对视了几秒钟，方才移开视线。我穿着一双前端已经磨破的皮鞋，幸亏裤腿盖住，否则人们立刻就会看到我穿了两只不同的袜子。坎迪和她沉默的期待忽然令我怒火中烧。我知道，她对我不能与她结为同盟——女人的同盟——感到失望，可我不想参与性别角色之争。我只想老老实实地做好本职工作，并没兴趣花时间为自己争取权利，因为我会靠我的努力赢得权利。而与我相反，坎迪正准备在即将召开的“澳大利亚女性对话”大会上第三次发表主题演讲，听说会议的主旨是支持女性争取在工作中的晋升权利。他们给我寄了邀请函，但被我扔进了垃圾桶。

琼斯开口了：“突然的死亡从来都是悲剧，尤其像中学老师罗莎琳德·赖安这样年轻有为、对社区有重要贡献的人，但我们有信心迅速破案，将杀人凶手绳之以法。”

一名女记者举起手，但琼斯摇了摇头：“我马上就能接受你们的提问，但首先我想声明一点，我们史密森警察局目前正采取一切手段为赖安女士和她的家人讨回正义。负责调查此案的是我们最优秀的警官，他们的工作将得到周边地区兄弟单位的全力支持。而且我们已经联系了州有关部门，确保他们能为我们提供最及时有效的指导和技术支持。”

琼斯冷峻的目光在人群中扫来扫去，仿佛在向他们发出挑战。他庞大的身躯很有威慑力。在电视上，他是一位威严的警察局长，可人们也经常看到他身穿小两个号的运动裤到菜市场买菜。史密森的居民只能被迫接受这种强烈的反差。

"当然，破这样的案子不可能一蹴而就，但我们已经取得了重要进展，我们已经基本搞清了赖安女士当天的活动经过以及她被害的细节，这对进一步锁定嫌疑人至关重要。我们发誓要把这桩案子办成铁案，好让犯罪分子心服口服，低头认罪，"他拍了下手，仿佛要吃饭的样子，"好了，各位请提问吧！"

之前被阻止的那个年轻女记者首先发言说："请问琼斯先生，镇上的居民有理由感到恐慌吗？我是说，毕竟杀人犯还逍遥法外呢，对吧？"

琼斯盯着这位记者，好像恨不得立刻附和她的意见。

"目前来看，公众不必担心会再度发生类似事件。我们建议所有人可以提高警惕，但无须恐慌。夜里尽量不要单独外出，需要外出时请告知家人你的去向，诸如此类，"他挥手赶跑几只苍蝇，随后手搭凉棚望向记者们，"还有吗？"

一个留着胡子的年轻人大声说道："琼斯先生，我是《高兰论坛报》的记者丹·罗巴克。从您刚才的介绍看，警方似乎并不认为赖安女士被杀一案是随机犯罪。"

"在目前阶段，我们并不相信这是随机犯罪。我们正对与案件有关的个别人展开调查以确定案发时他们的行踪，并与监控视频和现场证据进行比对分析。"

这只是在我们现有情报的基础上所做出的合理延伸，但它仍然在听众中间引起了不小的反应。他们开始在笔记本上奋笔疾书，时不时还交头接耳。无疑，他们已经开始构思明天的头条标题了，矛头指向赖安家族？或者龌龊的三角恋？无从知晓。

今天的新闻发布会比以往任何一次都要活跃，连城里的记者都被吸引过来。罗莎琳德凶杀案是记者们的狂欢，谁都不想错过这个把她的大头照放上头版的机会，尽管最新公布的信息淡得像白开水。

坎迪站了起来，她的摄像师绕到一旁，捕捉她提问时的正面镜头，随后才将摄像机对准回答问题的琼斯。

“琼斯先生，我是来自国家电视台和《史密森时报》的记者坎迪·法伊夫，”她脸上带着故作谦卑的职业微笑，“很多人推断，赖安女士之所以遇害，可能与她之前几个颇受争议的绯闻有关，您对此做何评论？”

“法伊夫女士，我只能这样说，我的属下目前正全力查找杀人凶手，赖安女士的私生活并不是我们关注的重点。不管她是个怎样的人，都不应该受到如此残忍的对待。完毕。”

琼斯虽然没有直接回答问题，但他的话已经向人们证实罗莎琳德的个人生活的确存在问题。人言可畏，一想到马上就会传遍大街小巷的各种流言蜚语，以及人们茶余饭后聊得热火朝天的情景，我就不寒而栗。

“我并没有指责她的意思，琼斯先生，但您是否可以透露，你们确实调查过赖安女士的私生活对吧？”

“法伊夫女士，我可以向你保证，你能想到的都在我们的调查范围之内，我们不会放过任何一条线索。但我们不会对调查结果做出和案件无关的任何评论。我建议你们在报道新闻时也以此为原则。”

“那是当然，”坎迪依旧站着，她的摄像师一会儿前一会儿后，像在直播一场网球赛，“请允许我问最后一个问题。鉴于杰玛·伍德斯托克侦探与受害人的亲密关系，让她主导这个案子的侦破工作您没意见吗？”

这个问题倒是出乎所有人的预料。众人的目光唰一下全都集中在我身上，我的脸一下子就红到了脖子根。菲利克斯小声嘟囔了句什么。琼斯扭过头，鼓励似的朝我眨了下眼，紧绷的下巴透着坚毅。

“伍德斯托克侦探是我们最优秀的警官之一。和许多在本地长大的人一样，她在工作中难免偶尔会涉及私人关系，但我相信她的专业。她是职业警察，我们都是。”

“谢谢您，局长先生。”坎迪说完坐了下去，笑容像涟漪一般缓缓绽开在她的脸颊上，她低下头开始在本子上记录。

另一个记者起身问琼斯史密森区域中心的破案率与大城市相比如何。琼斯如数家珍地列举了一系列数据，并畅谈了某些富有挑战性的政治时期以及追加拨款的现实需要。

辛西娅指指她的手表向琼斯示意。

“好了，今天的发布会就到这里，”琼斯顺从地大声宣布，“在此我拜托各位，请转告你们的读者、观众、粉丝等，仔细回想近期有没有注意到什么异常情况，比如和什么人说话的时候感觉不对劲，遇到了什么或许与赖安女士的死有关联的事，请积极与我们联系并提供线索，那对我们的侦破工作会大有帮助。”

到了收尾时刻，琼斯微微提高了声调：“请大家务必记住，一个女人惨遭杀害，她的生命过早地结束，这是个悲剧，也是我们目前工作的重心。我们衷心感谢任何支持我们工作的史密森居民或居住在周边地区的人。谢谢你们。”

说完，他大步走下讲台。我和菲利克斯紧随其后。

“一群浑蛋。”走进警局大楼时，我听见琼斯小声骂道。

背景中，一群挤在电线上的笑翠鸟[①]齐声发出狂笑，仿佛它们刚刚听到了世上最好笑的笑话。

12 月 17 日，星期四，晚上 7:33

我在铁路附近的酒吧里。安娜迟到了，我的第一杯酒马上就要见底。我捏着酒杯握柄，扫了一眼吧台外。两三个老家伙朝我这边瞥了几眼。一张桌子上围坐着一个年轻的家庭，两个小女孩蘸着酱料吃薯条。我蹬了蹬腿，不小心撞在吧台的护板上。酒吧老板阿蒂霍然抬起头，发现是我制造的动静，原本打算阴沉的脸顿时换成了笑容。

“再来一杯吗，亲爱的？”

“我还是安安静静地等朋友吧。”

① 笑翠鸟：翠鸟科的一种，以其鸣声似狂笑而得名。笑翠鸟被认为是澳大利亚的标志性鸟类之一，在悉尼奥运会上被当作吉祥物。

他抿了一口满是泡沫的啤酒。他大概以为我在等菲利克斯，因为我们偶尔会光顾这里："那好，要是你改主意了，按铃就行。"

"没问题，阿蒂。"

我脖子上的肌肉感觉就像一团水泥。我打开笔记本，心不在焉地看着。要是有人拿到我的本子，他们恐怕很难猜出它的主人是好是坏，因为上面尽是些东拉西扯、漫无边际的话。

我把目前掌握的部分线索做了系统的整理。罗莎琳德的身世：这会成为破案的关键吗？乔治·赖安是否已经发现了妻子的不忠从而勃然大怒？他是否试图花钱摆平此事，并趁自己入院治疗的那个晚上——无懈可击的不在场证明——请人除掉她？或者，也许生性急躁的蒂莫西发现了真相，他知道爸爸的身体每况愈下，但他不甘心让这个同母异父的妹妹和他们平分家产，因此觉得有必要把她解决掉？这种可能似乎太过戏剧性，因为不管有没有这个妹妹，他能得到的遗产都非常可观。但话说回来，没有了妹妹，蒂莫西能多得大约三十万美元的遗产，有的人为了比这少得多的钱也做出过更可怕的事。

尽管蒂莫西与罗莎琳德发生过口角且从此疏于联系的事依旧构成我们怀疑他的理由，但目前我们没有发现任何表明他与凶案有关的证据。首演当晚他没有打过电话，但两个信号塔捕捉到了他的手机信号，移动距离与从学校到他爸爸家的距离相当。当晚他的信用卡也没有消费记录。从乔治提供的监控视频看，他的车在夜里 10:55 之前便返回了车库。蒂莫西说他回家的时候布赖斯在自己的房里，但房门锁着，实际上他们并没有照面。蒂莫西说他不记得自己是怎么进的学校礼堂，大概也和别人一样是从正门走进去的，可郁闷的是我在监控视频中并没有发现他的身影。还有，他明明买了两张票，为什么最后却独自一人去看了演出？他的理由是没有邀请到别人，这显然有些牵强。就个人感觉而言，我认为蒂莫西并不是一个安分的家伙，但我需要搞清楚他到底仅仅是个普通的浑蛋，还是一个危险的杀人犯。

然而不管乔治·赖安怎么说，也许这一切都和家庭问题无关。我们的法务会计发现，镇上多个赖安公司的项目都有问题，怒气冲冲的投资者说不定很快就会把赖安公司告上法庭。尽管很难相信有人会因为商业上的过节而对罗莎琳德痛下杀手，但我认为不是没有这种可能。

无论如何，根据我对罗莎琳德的了解以及我最新掌握的她的情况，我断定她的遇害属于激情犯罪，或者是报复。

不知不觉间，我已经在笔记本上画出了一个桑尼湖的形状。

伴随着安娜悄无声息地突然出现在我面前，我从沉思中醒过神来。

“抱歉，杰玛。办公室里忙得一团糟，你是知道的，”安娜坐上我旁边的凳子，抓住我的手捏了捏，“你没事吧？”

“没事。等你的时候我喝了一杯。”我朝空空的酒杯使了个眼色。

“喝酒就对了，来这种地方哪有不喝酒的道理。”她左右看看。“嘿！”她喊道，“你好？”

“那儿有个铃铛……你……”

叮叮叮！安娜连续拍了几下铃铛。

阿蒂像刚睡醒一样从里间钻出来。他冲安娜眨了眨眼睛，又看看我：“啊，你的朋友来了。再添点儿？”

“那还用说，伙计，快上酒啊！”安娜解开扎头绳，让头发披散开来，“乖乖，今天忙得可真够呛！”

安娜并不是传统意义上的美女，但她身上有种乖巧的气质，我相信很多男人都会以为她很温顺，易于驯服。她身材娇小玲珑，手小脚小，但动作大、嗓门儿大，通常总会比别人高两级。

阿蒂端来了酒，有那么一会儿，我和安娜可以像周四晚上出来喝酒找乐子的任意两个年轻姑娘一样，而不是两个见惯了人性丑恶、天天与恐怖为伍的女警察。我曾问过安娜她的睡眠怎么样，她笑着回答说：“和死人一样，睁着一只眼。”

蜂鸣器的声音突然响起，我们两个几乎同时跳起来找各自的联络器。安娜呼叫的时候用牙齿咬着嘴唇，随后她皱起了眉头。

“出什么事了吗？”我问。

“是，福特街附近发生车祸。我等下可能得去一趟，不过琼斯觉得帕克斯顿的同行会去处理，”她喝下一大口红酒，“不能浪费，以防万一。”

“反正我也要早点回家，明天六点之前就要和本一起起床。”

“我老是忘记你有孩子，杰玛。真没想到。”

我笑起来：“感觉很怪。”

“所以赖安这个案子也是大案咯，就像罗比案。”

“没错。”

“还好琼斯把案子交给了你们，你和菲利克斯简直就是最佳拍档。”

她的语调有上升的意味，仿佛在发问，但我没有多想。

“她以前学校的那个学生你们追查了吗？”安娜问，“你跟我说过的那个。”

“查了。他在印度，一边旅行一边教书，我们从他妈妈那里拿到了他的电子信箱。他给我们回过信，只是有点含糊其辞，显然他不想旧事重提。他仍然声称是受了罗莎的怂恿，但却拿不出证据，很可能只是他的一厢情愿，和我们推断的差不多。我们要不要来点薯条？”

“当然要，”她又按响了铃铛，“听说今天的新闻发布会很不顺利？”

“对，不过琼斯应付得不错。”

“棒棒糖又是一剑封喉？”

“坎迪一向如此。”我说。

香喷喷的薯条让我的嘴巴愉悦起来，我们满足地大口吃着。和菲利克斯以外的人出来泡吧感觉很不一样。一个激灵，我忽然意识到他已经成了我唯一的朋友。

“还记得之前我问你眼睛颜色的遗传问题吗？”

她的眼睛亮起来：“记得，你怀疑罗莎琳德的亲生父亲另有其人？”

“对。”

“这个案子很复杂是不是？”安娜说。

“是啊，她本来就有点神秘，让人捉摸不透。”

安娜看着我，脸上闪过一丝不易察觉的表情：“我以为你跟她不熟，杰玛。”

“哦，确实不熟，”我淡淡地说，“我跟她几乎毫无交集，但她是个很引人注目的人。”

“这我相信，只需看她一眼就能猜到，”安娜把头发抖到肩上，眼睛却一动不动地盯着我，“不管怎样，只要不会影响你的心情就行。”

“当然不会，就算我和她很熟，我也已经学会了怎么控制自己。咱们都是警察，懂得基本操守，不会让私人感情影响工作的。”

“嗯，”安娜应了一声，喝下杯里的最后一口酒，“真扯淡。咱们的职业性质好像非要把咱们变得不近人情，就连找男人都像办案一样。”她俯身过来，咧嘴笑着说，“想不想听我说说我最近认识的那个白马王子的奇葩事？”

我暗暗松了一口气。罗莎琳德·赖安的话题我已经实在不想再聊下去了，“还用问吗？”

安娜的约会故事总能令我开怀大笑，它们简直就是从美国故事网站上照搬下来的。听她说完，我已经笑得浑身舒坦。

“你真的逮到他翻你的钱包？”

“是啊，杰玛，我发誓。和我在网上遇到的那些奇葩相比，咱们局里的那些男同事简直都成了英伦绅士。这事我自己想想都觉得好笑。”

“见惯了奇葩，回头遇到个正常男人你会不习惯的。”

“很有可能，”她撇着嘴一脸发愁地说，我忍不住又咯咯笑起来。“你真有福气，杰玛，”她继续说道，“婚姻稳固，有家有孩子，每晚回家有人等着。”

“我没结婚。”

“哎呀，你知道我的意思，”她挥手止住我的辩解，“你和结婚没什么两样嘛。”

“这倒也是。”

安娜嗅到了气氛中的尴尬味道，压低了声音说：“杰玛？不好意思哦。

我嘴太碎，你别往心里去，我都不知道自己在说些什么。”

我的腋窝潮湿起来，肚子里也热烘烘的，“没关系。只是我也说不清楚，反正现在过得挺累的。”

安娜关切地看着我，她伸出一只手，在我的手指上摩挲了几下，我没有躲开。“是案子的事吗？”她问。

我想告诉她有关菲利克斯的事。我想大声说出来，看是否能得到别人的理解，可我不知道该用什么词来形容或者解释。“我刚刚流产了。”我说道。

“天哪，杰玛。”

“嗯。”

“你没事吧？”安娜问。

“没什么事。”

“医生怎么说的？”

我在位子上扭了扭，心里祈祷这场对话快点结束，“呃，没说什么。这种情况很普通。”

“什么时候的事？”

我定睛望着她说：“几周前。”

“好吧，天哪，但你一直没事？没有发烧？不疼吗？”

“真的，安娜，我没事。怀孕才几周而已，甚至不需要去医院。”

“好吧，只要你确定就好。”

我们静静地坐了大概一分钟。我后悔不该提起这件事，但让人知道我怀孕的事感觉很好，总算不用憋在心里了。

“是计划中的吗？”

“不是。”我又让自己神游到最近几天我一直用来自我安慰的白日梦中。我想象自己抱着一个新生的婴儿，而后我把孩子递给说不出话的菲利克斯。他搂住我，先吻了我，又吻了孩子，还一脸陶醉地闻孩子的气息。我把这幸福的画面从眼前挥走，脸颊上禁不住一阵抽搐，“不，是意外怀孕。所以我心里才觉得乱。我不知道自己想干什么。”

“斯科特什么态度？”

我浑身不舒服，感觉五脏六腑都在不断膨胀，想要把这麻木的躯壳撑破。“哦，你想啊，”我说，“他也没办法啊。”

“和警察一起生活是需要勇气的。你真坚强，杰玛，他大概以为你不需要他。”

“也许吧。”

“不骗你！你真应该看看当我说出自己的职业时和我约会的那些家伙的脸，你想象不到那是多扫兴的表情。他们全都蒙了。斯科特既要照顾本，又要忍受和史密森警察过日子的痛苦，他一定很厉害。”

我冲安娜微微一笑，轻轻晃了晃脑袋，算是点头。

安娜看着我，随后连塞了几根薯条到嘴里：“唉，这就是生活，是吧？要是哪天你不在警队了，我一定非常失落，可你总有一天会再生个孩子吧。这太正常了。可你一怀孕，我们就要损失一个优秀的侦探，而那些脑满肠肥的家伙想要多少孩子都可以，却不用为之放弃任何东西！该死的职场生态！”

我又忍不住笑起来：“讽刺的是，局里大多数男人比怀孕的妇女还要胖。”

“可不是嘛。嗯，杰玛，流产的事真替你感到遗憾，真的，不管是计划还是意外，那都是件大事，对女人来说没有比这更麻烦的了。”

我深以为然地点点头：“是，谢谢你。不过一切都会好起来的，我敢保证。”我的坦白忽然变得尴尬，真希望我能把它收回来放进提包里。

我们又聊了一会儿安娜即将到新西兰度假的事，还有警员冰箱里的食物为什么老是不翼而飞，警局人手十分不足，但气氛已经远远不如先前那样轻松愉快了。

“要不，咱们结账吧？”我抢在安娜前面说。

已经快十一点了，可我还不想回家。

安娜抱了抱我，时间很短，但抱得很紧，随后她钻进她那辆鲜红色的菲亚特，开走了。我出了停车场，驶上主干大街。街道两旁已经打烊的门面黑黢黢的，看不出都是什么店。昏暗的街灯在地上投下一团团朦胧的光，尾巴像扫帚一样的负鼠在屋顶上发出阵阵尖叫。我在一个U形转弯的中央停下车，望着向前延伸的空荡荡的马路，望着飘零的落叶贴着地面飞掠而过，心里说不出的茫然若失。负鼠们继续旁若无人地叫着。我没别的地方可去，于是踩下油门，驶上回家的路。从湖边经过时，我瞥见古老的木塔从一片树顶上探出头来向四下窥探。

12月18日，星期五，上午7:37

雷吉·霍普把泛着泡沫的牛奶小心翼翼地倒进杯子时，拿抹布迅速擦了擦额角。杯子将满未满之际，她灵巧地抖动手腕，在液体表面绘出一片完美的叶子形状。这才叫咖啡，她心里想着，穿过几张桌子，把它送到了坐在靠窗位置上那个害羞的男人面前。

尽管很热，但今天早上餐厅里却一派熙熙攘攘的繁忙景象，还好咖啡一年四季都受人欢迎。“咖啡因是我们这个时代最被社会接受的易成瘾食品之一。”她的儿子经常这样对她说。杰克森幽默风趣，经常妙语连珠，而今他在城里上大学。雷吉冲了冲银质的牛奶壶，一边把新鲜的牛奶加进去，一边想象着儿子的脸。他现在已经是个大小伙子了，留起了精致的胡子，穿起了时髦的衣裳。上次见到他时，他还穿了一件粉色的外衣呢。店里叫温迪的那个临时工一再告诉她说，那是如今的潮流。雷吉很难把眼前这个高高大大、皮肤黝黑的陌生人与从前那个身穿蝙蝠侠睡衣、会在半夜哭着找她的小男孩联系在一起。她晃了晃脑袋，让自己清醒起来。时间真是个奇怪的东西。

门上的铃铛响了。每当有人走进餐厅，她的脸上就能感到一股烤箱般的热浪。通常情况雷吉并不在乎，但今天这种袭击似乎没完没了，她有些不胜其烦了。莫莉最近睡眠不好，连续几周情绪不佳。白天感觉格外漫长，不到中午雷吉便头脑昏沉，就像人们放在汽车仪表板上摇头晃脑的玩具小狗。但愿圣诞节时天气能稳定下来。雷吉的家人即将从马来西亚过来，他们计划在这里住上两周左右。即便没有因为天热引起的幽闭恐惧，她也已经可以想象他们之间即将发生的争吵。阳光明媚的日子还好说，四十度的天气加上她爱管闲事的妹妹，她妹妹的孩子以及他们上了年纪的母亲，她肯定会崩溃的。

门又开了，热浪灌进来。是那个女侦探——伍德斯托克。她偶尔会上新闻，雷吉只要看到静静地坐在远处角落里的那个男人就可以断定她一定会来，他们经常结伴出现。雷吉看着她在餐厅里快速扫了一圈，随即走向那个男人。她活脱脱是个假小子，没屁股不说，精神总是饱满异常，走路虎虎生风，好像随时都可能冲刺出去。她在男人对面坐下，他快活地冲她微笑。他们在这里约会已经差不多一年了，而且每次都来得很早，镇上的大多数人甚至还没有起床。说话时两人的脑袋几乎抵在一起，时不时还发出一阵神秘兮兮的轻笑。那个男人在场时，伍德斯托克从来只喝脱脂拿铁咖啡，但倘若她比男人先到，咖啡中则要加奶加糖。

雷吉在心里偷笑：人真是奇怪的生物。在这样一个地方总能见到形形色色的人和千奇百怪的事。她把澳式黑咖啡和卡布奇诺放在送餐台上，又按了下小铃铛。随后把放在前台上的咖啡壶加满，擦了擦长凳。她需要往烤箱里多放一些松糕。马特今天依然没来，他是个挺不错的孩子，就是笨了点、懒了点。如今的年轻人可不像她当年那样能干又守规矩了。

她又瞥了那对男女一眼。此时那个女侦探正在说话，男的看着他，不时点头。他抓住她的手，她左右看了看，连忙抽回去。他是个很有魅力的男人，雷吉心想，身材高大威猛，头发乌黑，还有双勾魂的绿色眼睛。即便从她的位置也能看到他手上戴的结婚戒指，但她不是那种爱嚼舌根的人。别人过着怎样的人生你又怎么会知道呢？况且他们是很好的顾客，所以犯不着多管闲事。

自从卡林公司在这里开了工厂，周围一下子冒出了无数新餐厅，她工作日的生意明显受到了影响。而到了周末，卡林公司有一半员工都要坐飞机回悉尼或墨尔本的家。他们的钱可以花在任何地方，就是不愿花在史密森。她记得银行里的韦恩·卡尔森说，工厂会使他们全都富裕起来并能提前退休，可雷吉却觉得它让一切都变得模糊混乱起来。当镇上只有她的雷吉和街角的恰恰这两家餐厅时，生活倒是简单滋润，竞争也良好有序。而今同行之间的竞争几乎到了你死我活的地步：优惠卡满天飞，买二送一是常态，进口咖啡豆成了主角。雷吉叹了口气，提前退休个屁。

今天早上那个女侦探的神情比平日要严肃许多。她说话时，手却心不在焉地玩弄着脖子里的银链子。也许他们在谈论那个被害女教师罗莎琳德·赖安的事。不久前温迪告诉她说那个男的也是侦探，他和那个女的是同事，就像描写警察的那些电视剧。难怪他们会相爱：朝夕相处的男女搭档自然容易坠入爱河。

雷吉最近在新闻里看了不少关于那个死者赖安的报道。她来过这里一两次。那是个典型的梦想家。雷吉上次看到她时，她和一个很年轻的男孩子在一起——或许是她弟弟？男孩看起来和杰克森差不多年纪。他们低声交谈，并轮流在一个笔记本上写些东西。他们对彼此微笑的次数引起了雷吉的注意。也许他是她的男朋友？雷吉心想。他看起来被她迷得神魂颠倒，可怜的家伙。赖安家的那个女孩长了一双非常漂亮的眼睛，像太妃糖。

雷吉闭上眼睛，试着想象罗莎琳德·赖安在孤独的深夜面对死亡时会有多么的恐惧。

雷吉的女儿莫莉原本也是要去史密森中学读书的，但圣玛丽中学更近些，而且所有的孩子小学毕业之后都去那里。雷吉觉得庆幸，莫莉总算不用面对老师被害的惨剧，她的情绪已经够糟糕的了。

雷吉从滤网中弹出用过的咖啡渣，用热水冲了冲滤网，而后才放回原位。她忽然鬼使神差地联想到莫莉也像罗莎琳德·赖安那样被人杀害，于是立刻强迫自己把这些没来由的可怕念头从大脑中清理出去。也许那可怜的姑娘摊上了什么大事，所以才会死于非命。也许她的前男友是个人渣，或者她嗑药。莫莉绝对不会遇到这种事。雷吉启动咖啡豆研磨机，又擦了擦额角，顺手按响了铃铛，因为她看见马特终于上班来了。她需要他过来把新冲的咖啡端出去。

12 月 18 日，星期五，上午 8:04

“今天的追思会一定别开生面，到处都是学生。赖安家的人，尼克尔森，其他老师全都到场。要是阿加莎·克里斯蒂[①]在这儿，恐怕又能写出一部经典的探案小说了。”

菲利克斯心情不错。我一边点头一边拨弄咖啡上的泡沫，心里想的却是如何转移这个话题。

“赖安家今天下午会举行一场小型的告别仪式，只有家人参加。乔治·赖安说他们不希望被外人打扰。”

“你对他有什么看法？”

我回想起乔治充满忧伤的苍白眼神，他感受到威胁时绷紧的下巴：“我也不知道。在他面前我会觉得不自在。我觉得他和罗莎琳德的关系并不怎么样，但也许他只是害怕独自抚养一个女儿。”

“你仍然坚信他不是罗莎的亲生父亲？”

“当然，这是科学。我现在只是不敢肯定他是否知道这一点。我怀疑他知道，但很多养育非亲生子女的男人照样能过和普通人一样的生活。”

“可有些则未必。”

“是啊，有些则未必，”我忽然又想到了追思会，于是用不停说话的方式避免继续想它，“假设他知道罗莎琳德不是他的女儿，要是我们能查出他什么时候知道的就会好办多了。如果是近期才知道的，那我觉得和案子扯上关系的可能性还是存在的。如果他早就知道，那我们就基本可以排除他和这个案子的关系了。”

菲利克斯将信将疑地看着我：“怎么，你觉得他是上周突然发现了真相，一时冲动便杀了她？”

我一声叹息：“不太可能，是吧？我不知道。但也许这中间存在关联，说不定是她的某个哥哥发现的呢？”

---

① 阿加莎·克里斯蒂：英国著名女侦探小说家、剧作家，三大推理文学宗师之一。有侦探小说女王之称。代表作品有《东方快车谋杀案》和《尼罗河上的惨案》等。

“那就很难确定了。我估计需要向他们摊牌并直接询问。”

“嗯，有可能，”我望向窗外。高温虽然看不见，但我知道它就在外面。一只麻雀在空调的出水管下玩耍，它张开翅膀抖一抖，在水中蹦来蹦去，“也许发现真相的是罗莎琳德。也许她在研究自己的家族历史，偶然发现了什么使她不得不与她的父亲正面对峙。”

“让技术部的家伙去查吧。如果是近期的事，说不定她在学校办公室的电脑中会保留一点蛛丝马迹。”

“也许她使用公共电脑呢？”

菲利克斯耸耸肩：“我们只管查查看咯，”他瞥了一眼手表，又抬头看看我，“但现在我们得赶紧去学校了。”

我们四目相对，好像谁都舍不得移开。我抬脚在他小腿上勾了下。他咧嘴一笑，我趁机把目光转移到了他的嘴唇上。

“我倒希望咱们能单独待一天。”他说。

“我知道。”我深吸几口气，尽量克制着激动的情绪。

雷吉在柜台后面冲我们微笑。那是一个无忧无虑、逍遥快活的女人，她对我们总是那么客气。也许她以为我们是一对夫妻吧。我看着菲利克斯，心想倘若嫁给他，我的生活会是什么样子呢？每天早上在他身边醒来，阳光洒在我们柔软的床上。早餐我们一边喝橙汁、吃煮鸡蛋和吐司，一边慵懒地看报纸。他会用他清脆的口音为我读些新鲜有趣的新闻。随后我们才一同起床，一起办案。然而本却无法出现在这样的情景中，有朝一日，我注定要做出抉择，只是目前我先得把它推得远远的。

驱车赶到史密森中学时，已经是将近 8:30。通往高速公路的匝道上挤满卡车，连我们身下的路仿佛都在振动。我不能告诉菲利克斯，一想到要参加追思会我就眼睛发酸，嗓子发痒。我觉得恶心，雅各布的追思会仍历历在目，恍如昨日。我能感到乱了方寸的心跳，能感到磨脚的鞋子。我仍能看到唐娜·梅森痛不欲生的脸。我们班上的所有女生都哭得泪如雨下。尼克尔森人高马大，可动作笨拙，不知所措地握着双手。罗莎琳德从容镇定，眼神却像冬天的泥土一样冰冷。

校园里嘤嘤嗡嗡，一片窃窃私语之声。太阳热辣辣地照着，大门上绑着几串鲜艳的红气球。我的眼睛仿佛看见一道白色的光。

“这边。”菲利克斯领着我经过一列呈虚线分布的荧光彩旗。

“追思会场应该在板球场上。”我说。正如当年雅各布的。我踉跄了一下，菲利克斯连忙抓住我的胳膊。我几乎用上了全部的毅力才控制住自己没有伸手抓住他的胳膊并把脸贴在他的胸前。

我们渐渐融入越来越多的人群。我们两边是令人眼花缭乱的帽子大游行：棒球帽、遮阳草帽、孩子头上印着“粉红猪小妹”和“火车头托马斯”的渔夫帽。从规模上看，仿佛全镇的人都来到了这里。我想这大概是圣诞之前史密森最重大的事件了，它必将成为今年人们吃火鸡时的主要话题。

约翰·尼克尔森手里握着一卷报纸，急匆匆地从人群中走过。他眯起眼睛瞅了瞅太阳，眼角顿时出现一道道深深的皱纹。一个身材矮小、留着金色短发的女人几乎小跑着跟在他身后。

“他雇了个公关小姐，”人群中，菲利克斯低头在我耳边说，“我认识她。她有家小公司。上个月我在帕克斯顿处理过一桩珠宝店枪击案，她的公司就在那家珠宝店隔壁。”

我见那个金发女人正一脸严肃地对尼克尔森说着什么，但后者似乎有些心神不宁。

菲利克斯冲我笑笑，我也回之以微笑，可耳朵里却只听到骇人的尖叫。那是我想象中的雅各布跳下时引起的尖叫。

板球场进入了视野。地上斑斑驳驳，绿意渐消，黄色渐浓，和我当年上学时一样。人们每两个人一组，分别手持红色的氦气球和红玫瑰。大部分人身上至少都穿了一件红色衣服，我看见凯·布莱克斯穿着一件鲜红的衬衣站在一群学生中间。我眯起眼睛，眼前仿佛成了一个血的世界。滚烫的汗水从额头两侧流下来，我急忙睁开眼睛，使劲眨了几次。

“嘿，我得去弄点水。”

“好的，我……我就在这一片。”菲利克斯指了指潮水般的人群，仿佛在说他会尽量避免被人们裹挟到其他的地方。

“行，放心吧，我会找到你的。”

我挤出人群，穿过校园。记忆中，美术教室与图书馆之间应该有几个水龙头。我找到了它们，然而当我弯下腰准备就着那细细的水流喝上一通时，一股强烈的怀旧情感莫名其妙地向我袭来，我努力定了定神才压住想要干呕的冲动。

我连忙直起身，用拳头轻轻捶打胸口，慢慢地吸气呼气，试图赶跑这种恶心的感觉。我脑子里乱糟糟的，哪里都能看到雅各布，哪里都能看到我自己，渺小而卑微——顽固的下巴隐藏了多少痛苦；头发垂在眼前，鞋子破破烂烂，指甲咬得参差不齐，眼睛里充满忧伤。他就是在这附近对我说出那番话的。在这附近他把我拉到湖水上段的一片空地，如今那里已经成了停车场。那是在他跳塔自杀前三周的一个星期五的黄昏。我们已经分别了许久，那么多年的柔情蜜意、形影相随过后，他看上去遥远而冷漠，但我们差不多已经超越了疯狂。我只剩下一门考试，我感到平静、自信。我们快做到了，快自由了。

“雅各布！”我笑着，笑着，心想他一定很想吻我。因为他肯定很想念我。我试着挣脱，可他强壮无比。热。我突然一惊，心里不安起来：“怎么了，雅各布？出什么事了？”

“是这样……天哪。听着，我只是有点不确定，杰玛。”他咬着嘴唇，手指插在头发里。这一刻，好像天与地都倾斜了。眼前灰暗起来，他的脸突然陌生得让我难以辨认。

“你在说什么啊？”我问，尽管我并不想听到他的解释。

“我……妈的，我不知道。只是我们之间的感觉，好像变了。”

他抓住我的双手，滑滑的、湿湿的，我们的手指彼此交织。我想就那样抓着他，永远不松开。

“我是说，你是我最好的朋友，杰玛，这一点永远不会改变，可是我……哦，我也不知道该怎么说。”

这些话从他口中蹦出来，落在地上，埋住了我的双脚。我动弹不得，甚至无法呼吸。我看着他的鞋子，我喜欢他那双有点褪色的匡威运动鞋，那是我陪他一起买的。我们的身影曾经无处不在。我的心在耳朵里怒吼，操场上有人在踢足球，还有笑声。

“跟我说说吧，雅各布．求你了，快说吧。我不明白，是因为考试吗？”

他又咬起了嘴唇：“我倒希望是因为考试。”

我忽然感觉事情并不简单，恐慌的情绪开始在全身上下失控般蔓延。

“雅各布，别这样，这太离谱了。我们是谁啊？我们和别人不一样，你不是一直这么说吗？这是谁都知道的。”我在尘土中跺着脚。我感受到了危险。疯了！我想尖叫，想打他，想围着操场奔跑。只要能让他闭嘴，让他停止毁灭这一切。我想到了妈妈，她搂着我，身上有股葡萄柚洗发水和妮维雅面霜的味道。她会亲吻我的脖子。我的脸开始皱起来，我的脸颊湿漉漉的。我擦掉眼泪，尝到了防晒霜的味道，尝到了地狱的味道。

说出那么可怕的话，雅各布此时也憔悴不堪，简直像垮了一样。

“雅各布，为什么？你为什么要这样说？”

他盯着地面，盯着他的手，盯着任何地方，唯独不敢看我：“杰玛，求你冷静一点。我只是不想欺骗你，我们从来不会欺骗对方的，不是吗？我们总是有什么就说什么的。”

他从下往上把额头上的汗擦进了头发里，结果湿了的头发高高竖了起来。他实在可笑，又实在漂亮。他手腕上有一串小小的黑点：有时候上课时他会在自己的手上画画。

“我不知道怎么回事，”他说，“也许是因为毕业的压力，但我就是感觉不一样了，好像我迫切地期待生活能变得不一样。”

一只蜻蜓从近在咫尺的地方飞过，我甚至能看到它渺小的身躯上闪烁的绿光，还有它令人叹为观止的眼睛。

“你喜欢上别人了？”

他换了个姿势，紧张地用脚踢着地面：“没，没，算不上。但有时候我确实想尝试和别人在一起会是怎样的感觉，难道你不想吗？”

我摇摇头，尽管心中有愧。我没有告诉他我做过的那些白日梦，威尔·考布勒、杰森·戈登、福克斯，还有他。

“不，”我低声说，“我只想要你。”

“好了好了，要不这样吧。我们只管先考试，暑假的时候先分开一段时间，看看结果如何，也许我们只是需要分开一下呢？”他冲我点头，期待我的赞同，“我们两个都需要冷静冷静。”

“我不想那样。”

他开始不耐烦起来，扭头望着空地那边的板球场。该说的话都已说完，他想溜了。气氛已经不再紧张，只剩下沉闷。我让他感到厌倦了。

“你有这种感觉多久了？”我问。

“我不知道，有一阵子了。但并不具体，你明白吗？我们都还小，我只是需要些时间，杰玛。我不想拖你的后腿，懂吗？”

我开始摘腕上的手镯，那是他送给我的。我一圈一圈缓缓向外拉着。

“我懂了。”

“我稍候再给你打电话，好吗？”

我被抛弃了。他抱了抱我，随后走开。我站在原地一动不动，把自己想象成一棵树，一棵老得不能再老的树，树根深深地扎进地下，伸向地核，把细小的根须全部烧掉。

片刻之后，我转身走向湖边。我坐在最大的那块石头上，一边哭一边往湖中扔棍子。每当棍子打破湖面的平静，水中倒映的世界瞬间就变成一大片朦胧的虚无。

12 月 18 日，星期五，上午 9:27

我悄悄溜回到菲利克斯身旁，目视前方，以免让他看出我眼中的荒凉。“一切正常？”我问。

“对。继续观察吧，看会不会有所发现。”

阳光很强，我举起双手护住眼睛。我们站在临时主席台左侧，与它相距大约二十米。我又开始口渴了。

我想平日里台子的作用主要是举行颁奖典礼和开运动会。我们前两天问询过的一个老师——教体育的特洛伊·舒特尔——他正在安置一个看起来沉甸甸的讲台。台子左侧的一根电源线上绑了一串红色的氦气球，右侧毫无章法地摆了一堆和教员休息室里一模一样的椅子。

“家属来了。”菲利克斯朝左边歪了歪脑袋。

只见罗莎的哥哥们与乔治·赖安站成了一个半圆。布赖斯的女朋友阿米莉亚·珀森也在他们的行列中。乔治高扬着下巴，仿佛他和上帝达成了协议，他要体面地度过这残酷的一天。他们就像走错片场的电影演员，在金发公关小姐的指引下走到前排，尴尬地就座。即便从很远的地方，我也能看到他们头发上闪耀的蓝色光芒。

“一点都不像。”我喃喃说道。

“啊？”

“她和他们一点都不像。”

菲利克斯扫了一眼赖安一家：“是，他们的确不像。最大的区别就是头发。她有一头漂亮的金发。”

“像长发公主。”

“没错，”他忍住一个哈欠，“我快累死了。这会儿我真想拉着你的手。当然，还想干点别的。”

我心照不宣地笑了笑，忽然，我竟忍不住发出一声呜咽：“待会儿再说。”我克制着自己。

他冲台上点点头，挺直了身体。

憔悴不堪的约翰·尼克尔森拘谨地弹了弹麦克风，而后冲那位金发女士说了句什么，后者鼓励似的看着他。人群中响起一片示意安静的嘘声，直到最后只剩下蝉声和婴儿的啼哭声。

“感谢大家能够前来，”他使劲吞咽着口水，“罗莎琳德·赖安是一位……”声音出现了停顿，他双手死死地抓着讲台两边，眼睛望向天空，犹如在祈祷。随后他缓缓低下头，看着台下的众人说：“罗莎琳德·赖安是一位才华横溢的老师，一个勤恳好学的学生，一个非常了不起的人。这是众所周知的，所以今天我们才会来到这里。”

我们旁边有一群女生，她们彼此手拉着手，一个个泪流满面。忽然一人失声痛哭，其他人抚摸着她的后背，在她耳边轻声劝慰。

悲痛的哭声令尼克尔森也为之动容，他充满同情地朝哭泣的女生望了一眼，继续说道：“我们今天集会的目的，在于纪念她精彩的一生以及她对史密森中学和这里的学生们真挚的情感。罗莎琳德为你们感到骄傲，也为她在这里取得的成就感到骄傲。”

尼克尔森的话音颤抖起来，他从话筒前退后一步，但他哽咽的声音还是从扬声器里传了出来。他把双手深深地插进口袋，拼命抑制着激动的心情，做了几次深呼吸后才重新开口：“发生在上周的不幸事件是个令人痛心的悲剧。有些事我们永远也不可能知道真相，相信罗莎琳德也不希望我们偏执于此。她短暂的一生有太多东西值得我们去赞美，至于她的死，我们无须妄加揣测。查明真相是警察的职责，而且我知道他们正在竭尽全力为罗莎琳德和她的家人讨回公道。”

尼克尔森毫不回避地朝我们这个方向点了点头，于是几百双眼睛齐刷刷地望向了我们。我脸上热辣辣的，不由自主地从菲利克斯身边挪开了一点。

“纪念一个人的方式有很多种，每一种都值得尊重。这里面并没有对错之分。今天，个别学生要为我们表演节目，或为纪念赖安老师，或为向我们展示她与众不同的一面。通过这种方式我们分享彼此的回忆，铭记她在我们每个人心里所占据的重要位置。”

尼克尔森大声清了清嗓子：“今天，罗莎琳德的家人也来到了我们中间。”

他朝赖安一家的方向转过身。乔治·赖安似乎冲尼克尔森点了点头，但却看不出下巴有任何移动。他的三个儿子则正襟危坐，纹丝不动。人群中响起一片议论之声。我又望向尼克尔森，他的身体在不住地前后晃动。

“感谢你们前来，你们的罗莎琳德是我们的骄傲。我们无法想象你们的悲痛，但我可以告诉你们，在史密森中学，她将被永远铭记。”

“谢谢。”乔治沙哑的话音即便没有麦克风也盖住了聒噪的蝉声。

尼克尔森继续说道：“首先，我们请两位同学与赖安老师分享一段阅读。随后来自十年级的优秀学生卡米尔·霍巴克将为大家演唱歌曲。之后十二年级的学生将发表一份纪念赖安老师的联合公告。”说完他轻轻点点头，后退一步，让出了讲台。

我伸长脖子朝前排观望。家属身后稍稍靠左的位置是学校的老师，他们中的大部分前两天都在休息室里接受过我们的问询。体育老师坐在两个娇小玲珑的女老师中间，他宽宽的肩膀显得更加突出。我认出了伊兹明亮的红头发，还有我们问起罗莎琳德的事情时激动地抓起手帕的那个老太太。

这时我看见了坎迪·法伊夫。她穿了一件红色的无袖衬衫，正和摄像师亲密交谈着什么。她不时引人注目地晃晃脑袋，目光炯炯有神地望着镜头，过了一会儿就示意摄像师把镜头对准讲台。

“他难过得不轻啊，你觉得呢？”菲利克斯正盯着尼克尔森。

“他难过很正常啊。”

两个手里各拿着一支红玫瑰的女生手拉着手走上讲台。尼克尔森鼓励似的朝她们点头示意。她们就像两个超凡脱俗的精灵，有着飘逸的长发和杏仁状的大眼睛。她们彼此交换了一个眼神，不无伤感地微微一笑，仿佛下面的事需要她们鼓足勇气才能做到。

“赖安女士是最了不起的老师。”第一个女生轻声细语地说道。

第二个女生紧紧握住了她的手：“她充满激情，期望我们也能像她一样热爱读书。在学习上她给了我们最无微不至的帮助，她让我们学会了真正的学习。”

“事实就是这样。她的每一堂课都像一次别开生面的冒险之旅。她让我们足不出户就能了解世界的广阔。她让我们懂得一切皆有可能。”

第一个女生说着说着便哭了起来。第二个女生接着说道：“我们想对赖安老师道声谢谢。我们永远不会忘记你。”

第一个女生流着泪连连点头，强忍着哭腔说：“接下来的这段文字出自我们最喜爱的一篇课文。赖安老师总是说，它向我们证明了：伟大的爱的故事可以改变一个人看待世界的方式。”

“这段文字的出处是童话故事《绒布小兔子》。”第二个女生说。

她们深吸一口气，开始轮流朗读。

一天，在奶奶来收拾房间之前，玩具们紧挨着躺在育儿室的炉围边休息，绒布小兔子好奇地问皮马：“什么是真的？是不是身体里会发出嗡嗡响的声音，而且还有一只摇柄从里面伸出来？”

“不，可不像你想的那样。”皮马一脸严肃地说，“这是一种可能发生在你身上的魔法，比方说，当一个孩子爱上你，并且一直宠爱你，不仅和你玩耍，还真正地爱你，你就会变成真的了。”

“会疼吗？”小兔子又问。

“有时会。”皮马说，他总是很诚实，“可当你变成真的时，就不会在乎那点疼了。”

“是一下子就发生了，就像上发条那样？”他问，“还是一点一点发生的？”

“不是一下子就发生的，”皮马说，“这个过程要用很长的时间。所以它很少发生在那些容易破碎的、带有锋利边缘的或者需要小心保存的玩具身上。一般来说，当你变成真的时，你的大部分头发可能都已经掉光了，眼睛也会耷拉下来，接缝的地方会变得松散，整个身体也会非常破旧。可是这些都没关系，因为只要你变成真的，就不会再丑了，除了在那些不理解你的人眼中。”

泪水溢满了我的眼眶。菲利克斯的喉结也在上下蠕动。空气中，啜泣之声响成一片。

两个女生朝大家点点头，走下台去。

看见罗德尼·梅森时，我只觉天地倒转，仿佛突然被一群幽灵团团围住。他站在台子一侧，他如今比雅各布自杀时的年龄还要大了。唐娜·梅森站在他旁边，比他矮一肩的高度。她皱着眉头，仰着下巴，挑衅似的望着人群。不知道她是不是也想起了多年前雅各布的追思会。哭成一片的学生，内疚的老师，没完没了的雨，无以复加的震惊，对未来的不知所措。那一天唐娜的脸仿佛被冻住了，从此再也没有解冻。

又一个女生上了台，白兰生的手指握着一个麦克风，长长的金发在脑袋后面扎了个凌乱的马尾。

“我要唱一首对我来说非常特别的歌。这首歌是我去年写的，面试戏剧学院时赖安老师给了我特别宝贵的指导。我永远不会忘记她的耐心与支持，所以我要把这首歌献给她。”

女孩的目光扫过众人，又飞向火红的太阳。她缓缓闭上眼睛，胸口一起一伏的，几秒钟后才开始唱。歌声低沉沙哑，观众听得如痴如醉，空气中起了化学反应。这首歌就像一首动人心魄的忧郁的诗。唱歌时，女孩始终闭着眼睛。菲利克斯瞥了我一眼，扬起眉毛，似乎也被歌曲的魅力所折服。他也能感受到流淌在人群中的那股情意。我觉得罗莎琳德就在我身边——她性感的、令人着迷的存在。我早就知道雅各布为何会迷恋于她。她魅力十足，她美丽，与众不同。有她的地方，你会只想着她的脸和她天鹅绒般的凝视，其他的一切仿佛都不存在了。

歌曲的最后一个音符也消失在刺耳的蝉鸣中，女孩像刚刚睡醒一样睁开眼。她望向天空，嘴唇对着云朵蠕动了几下，而后才对着麦克风小声说：“谢谢。”

约翰·尼克尔森泣不成声，满脸都是泪水。公关小姐着急地看着他，显然他的表现与她的期望——安抚公众情绪——背道而驰。

这时，罗德尼和玛姬·阿彻穿过一群同学走上了台。我在人群中看到了凯，他低着头，用手腕蹭着鼻子。昨天上午我们终于有机会询问了玛姬，她刚从墨尔本回来。对于我们的提问，她的回答彬彬有礼，甚至有些无聊，而且她不断地重复着“悲剧”和“可怕”这两个词。她详细回忆了首演当晚的情景，包括她和一群朋友步行去参加演出后的派对，但我发现她的语调自始至终都有些不安。

玛姬在众人面前显得有些不知所措，她耷拉着脑袋，走路慢慢吞吞的。

我还未从歌曲的陶醉中清醒过来，凄婉的旋律仿佛钻进了我的血液里。我头昏脑涨，觉得热极了，眼前似乎只剩下一片白炽的光，没有声音。我抓住椅子，努力不让自己晕过去。

几秒钟后，眼前重新有了色彩，我又能听到声音了。我看看菲利克斯，他对我的小插曲一无所知。此时我刚好赶上玛姬的最后几句话。

“这一定也是她想看到的，因此我们希望一月二号那天能看到更多的人到场。另外，演出所得收益将直接用于支持史密森中学正在进行的艺术项目。”

罗德尼漫不经心地用脚踢着地面：“现在最重要的就是大家要在一起。故事、音乐和艺术能帮助我们走出悲痛。请为她再做这最后一件事，为了赖安老师。”

他的声音有些跳跃。印象中的他还是个孩子，孤孤单单的，为他死去的哥哥伤心欲绝。他望了一眼赖安一家，随后又立刻低下了头。玛姬离开麦克风，和同学致意的时候她脸上带着温柔的微笑。罗德尼发现台上只剩下他一个人，不好意思地向后退去，但他始终低着头。唐娜看着儿子尴尬退场，脸上的愁容更加明显。赖安一家全都纹丝不动，像几尊栩栩如生的雕像。

我命令大脑运转起来，摆脱这像旋转木马一样没完没了的罗莎琳德，逃出过去的红色阴霾。我缓缓扭头看向菲利克斯，他真实而稳重，他在这儿，此时他也向我看来。

“我估计那孩子知道些什么。”他侧身过来说。

“也许吧。”我看着罗德尼拥抱他的朋友们，他紧闭着眼睛。

“不管怎么样，”菲利克斯说，“看来咱们也得瞧瞧这出话剧。”

12 月 18 日，星期五，下午 1:48

“什么事？”我接电话的声音明显有些急躁。

我揉着后脖颈。追思会折腾得我筋疲力尽，我的脸紧绷绷的，这是轻微晒伤的症状。我在浏览报告，试着寻找一些值得注意的发现，但回忆仿佛在我大脑中玩起了俄罗斯方块。菲利克斯下午 1:30 就该来这里跟我会合的，可现在他还不见人影。罗莎琳德的案子至今没有突破，普遍失望的情绪已经开始在专案小组内蔓延。

“伍德斯托克，有你的电话。”总机值班的是肯尼·普罗西，他牢骚味十足的嗓音既毫无特色又与众不同。肯尼的爸爸是这里的前辈，因为这个关系，肯尼觉得让他待在总机是大材小用了。实际上，肯尼觉得他干什么都有点大材小用。

“谁打来的？”

“听着像城里人的口气。她说要找赖安一案的负责人，叫莱拉什么的。”

罗莎琳德的继母，周三和乔治·赖安谈话之后我曾给她留过几条消息。

“接过来吧，肯尼。”我说。

“遵命，长官。”肯尼挖苦说。

电话里先是咔嗒一声，而后稍有停顿，随后一句温柔的“你好”传出听筒。

“我是伍德斯托克侦探，请问是莱拉·威尔考克斯吗？”

“啊，是的，你好。请原谅隔了这么久才给你回电话，我直到昨天才看到你的信息。我最近在旅行。”

她的声音语调都恰到好处，就像专业的新闻播音员。我脑补出一个脖子细长、头发一丝不乱的女人形象。我戴上耳麦，迅速在网上搜索她的资料，以确认我的猜想是否靠谱。于是，屏幕上便出现了一个容颜美丽的女子，她有着乳白色的皮肤，仿佛能穿透一切的乌溜溜的眼睛隔着屏幕盯着我。

“您能回电话我很高兴，我想和您谈谈罗莎琳德的事。”

“罗莎。”她纠正我说，电话里传来清晰的吸气声。

“发生这样的不幸我很遗憾。她是您的继女？”我依然在浏览网页上莱拉·威尔考克斯的搜索结果。据我看，她在人力资源领域有着很高的知名度。

“好。我 1994 年和乔治结婚，七年后又离婚了。”

他们离婚时罗莎琳德大约十四岁。在这样一个敏感的年纪，人生中失去了母亲的角色，可以想象对她的影响会有多大。

“您和罗莎的关系怎么样？”我记得乔治说她们关系很亲近，不由得问道。

“这个嘛，她是赖安家的人嘛，”莱拉说道，可随即又似乎打断了自己的思路。我能感觉到她在摇头，“不，她是个小可人儿。一开始也不太好相处，但我很快就喜欢上她了。后来我和她的关系明显要比其他人亲近，我自己都很吃惊，或者说震惊，可我已经有十多年没见过她了，所以感觉还是非常遥远。我的生活如今都在这边。”

“这边是哪里？”

“上海。我 2004 年移居这里了。”

“您和罗莎没有联系过？”

“联系过，尤其刚分开那段时间。我们会打电话聊天，有时也写信。离开她我挺内疚的，她是个充满阳光的孩子。”

“但后来呢？”

“后来嘛……”她的声音弱了下去，弱到我只能听见轻柔的呼吸，“后来我太忙了，她也渐渐长大了。她从家里搬了出来，我邀请她来和我住，可罗莎不喜欢旅行。她很宅的，小时候就那样。”

我回想起她整洁的小屋。菲利克斯说得没错，那里的确像老太太住的地方。

“离开她您为什么会觉得内疚呢？她不是还有爸爸吗？”我特意强调了“爸爸”两个字，看会不会引起她微妙的反应。

“哦，我也说不准。一个小姑娘和一群大男人生活。尤其她那几个哥哥又不让人省心。马库斯还好些，可另外两个就有点霸道了——也许他们刚好处于争强好胜的年龄，可我还是为罗莎担心。她那个爸爸一点用都没有。”莱拉话里话外对乔治似乎颇有微词，甚至怨恨。

“怎么个没用法？”

莱拉叹息一声：“也没那么糟，也没什么值得说的。实际上跟他在一起尴尬得就像教科书。”

“教科书？”我不解地问。

“哦，就是那种啊，一个没有孩子的年轻女人嫁给有许多孩子的鳏夫。我基本上就是《音乐之声》里的玛丽亚，或至少乔治希望我成为玛丽亚那样的人。”

“但那个角色并不适合您？”

“不适合！结婚之前我就告诉过乔治，我对自己的事业是很认真的。我想他一定是寄希望于我的母性本能让我改变想法。”

“可您并没有改变。”我感觉得出，莱拉是一个强势的女人。我联想起她与年轻点的乔治·赖安吵架的情景，我想那一定很有看头。

“对。也许在罗莎身上有所改变。我刚才说过，我喜欢这孩子，可我偏偏不是做母亲的料。”莱拉顿了顿，呆板的声音变得有些沙哑，“但她确实走到我心里了。她是个讨人喜欢的孩子，很与众不同，我是心甘情愿想要照顾她的。我担心她，可又不知道担心的原因。我觉得这让乔治也很矛盾。”

“您最后一次和罗莎通话是什么时候？”

她微微清了清嗓子，似乎还用上了纸巾，因为我听到一阵窸窸窣窣的声音：“这就是我给你回电话的原因了。我们上周才通过一次话。我们一般每隔几个月才通一次电话。这一次她一反常态，话特别多，而且心情愉快，兴致高昂。我们聊了她的话剧，打电话时他们正在准备最后一次排演，所以我想电话应该是从学校打的，她激动得简直无法形容。”

“仅此而已吗？”

“不不，她还告诉我说她最近认识了一个人。”

“类似于男朋友吗？”

“对，对，是男朋友。她说这个人让她动了真心，但她似乎又很紧张，遗憾的是她并没有告诉我关于这个人的资料。”

“您问过？”

“我当然要问啦！我们两个还算是无话不谈的，但遇到这种特别私人的事她一般也很少会跟我分享。我替她感到高兴。听她的口气应该很喜欢这个人，可当我问她这人叫什么名字、干什么工作时——都是些普通的问题——她却守口如瓶，”莱拉不小心走漏了一声呜咽，“不管那可怜的人是谁，他现在一定快疯了吧。我想你应该找过他了吧？”

我在桌面上敲着手指。有人打开了电视，一群人围着看板球比赛。其中一方有个击球员出局，在人群中引起一阵骚动。我依然没有看到菲利克斯的影子。“我们已经和她所有的朋友及家人取得了联系，”我模棱两可地对莱拉说，“罗莎还说别的了吗？”

“只说他们新年打算同居，她说他们已经准备好了一切。”

当　年

字母在纸上来回晃悠。我努力重读单词，试着理解它们的意思，可它们一时间仿佛全部变成了数字。这是我的最后一场考试。凄凉空虚的暑假已经在向我招手。有人忘记了叫醒太阳。

雅各布没有食言，他给我打了电话，我们还和以前一样天马行空地聊学校、聊他的工作、聊我的爸爸和《X 档案》，可如今我们中间多了一条断层线、一根危险的横杆，我们需要踮着脚绕开它，免得它忽然断掉害我们跌落深渊。他一定遇到了什么事，可我不知道是什么，也不知道该如何开口问他。我只顾着难过了。

那天晚上爸爸打算带我出去吃饭，庆祝他的小女儿终于要毕业了。“你做到了。”那天早上他就说，但我知道他真正的意思。你成功了！因为凡是遇到过不幸的人，便随时担心不幸会不期而至，夺走你小心重建的、支撑你活下去的一切。自从妈妈不在以后，爸爸担心我夭折的神经就从来没有放松过，这种担心就隐藏在平时看似无心的嘱咐中，比如“要小心哦”

或“需要时就给我打电话”。

爸爸知道我和雅各布之间出了状况，但被我搪塞过去了。我把最近的心烦意乱归咎于考试以及我们即将跨入成年人行列的事实。于是他也便不再多问，心里或许还在庆幸不用掺和我感情上的事。

考试离结束只剩二十分钟了。我看着写下的一行行文字，那么多。我记不清自己写下过什么，但我必须相信自己的大脑知道答案，我的手操作着钢笔写下了正确的单词。题目在考卷上向我抛着媚眼：**你认为罗密欧与朱丽叶的爱情有多真挚？结合他们所在的时代背景解释你的观点。**

泪水积满了眼眶，我微微向后仰起头，免得它们滴下来打湿考卷。我环顾教室，每个人都埋头在桌子上，唰唰唰地写个不停。凯文·惠特比的钢笔不小心摔在了地上，发出一阵清脆的撞击声。一名监考官不耐烦地噘了噘嘴，随即走过去捡了起来。在我前面几排，罗莎琳德的长头发像瀑布一样垂在肩上，从屋顶窗户里射进来一道瘦瘦的光，正好照在她的头顶，于是她的头发闪烁出比平时更加耀眼的金光。赶紧结束吧，我暗暗祈祷，赶紧结束。

把漫长无聊的暑假暂时抛到一边，我又开始奋笔疾书起来。我要证明莎翁笔下的这两个年轻人所经历的是天底下至真至诚的爱情，它的真，超越了他们认识之前那看似坚不可摧的现实。这显然是真正的爱情，我写道，因为当拥有它时，就像拥有了一切；而当失去它时，又仿佛失去了全世界。

第 4 章

12 月 18 日，星期五，下午 3:46

下午例会，琼斯到场时，我重复了一遍与莱拉·威尔考克斯的对话。警局里空气闷热，且包含着一股说不清的怪味，被头顶上两台兢兢业业的电扇搅来搅去。潮湿的衬衣贴在后背上，不舒服极了。菲利克斯还没来，他发短信给我说他在追查一件和罗莎琳德财务状况有关的事，等下会详细告诉我。

“那么，这个神秘人是谁呢，伍德斯托克？”

“我不知道，局长。”

琼斯哼了一声：“你心里应该有数吧？”

菲利克斯突然闯进来，他摆手示意我继续说下去，自己则在后面找了个位子坐下。

我盯着琼斯的眼睛说：“我可以怀疑那些男老师，尤其是尼克尔森校长，当然还有学生。”我扫了一眼菲利克斯，可他只是无所谓地挑了下眉毛，我只好不情愿地说了下去，“死者在原来的学校曾经和学生闹出过花边新闻，所以不排除她和比自己年纪小的男生再出问题的可能性。比如话剧中的男主角罗德尼·梅森，他们在一起交流的机会应该很多。还有后台总监凯·布莱克斯，也是十二年级的，听说今年上半年的时候他也非常迷恋罗莎琳德，很多人都怀疑情人节给罗莎琳德送花的人就是他。”

我顿了顿，忽然想起我家门廊下的那束玫瑰花：“罗莎琳德的邻居说几周前有个开着豪车的男人曾去找过她，但目前仍然毫无头绪。或者，也许是她在什么地方偶遇的一个人，”我抿了一口已经凉了的咖啡，“要不然就是她对莱拉撒了谎，反正莱拉远在海外，即便撒谎她也不会知道。如果她真的在和某个人交往，而这个人到现在为止还没有站出来，这本身就非常可疑了。说到这里不得不提一下，罗莎琳德的手机通话记录中也没有线索显示她在和什么人交往。她很少打电话，也很少接到电话。唯一可疑的几个来电居然是用预付费电话打的，我们无法追查。所以，也许罗莎琳德希望自己的生活刺激一点，故意制造些浪漫。”

琼斯粗哑地咳嗽了一声，使我不由联想到砂纸。他说：“她确实有点不食人间烟火的味道，你不是也说她有点神经兮兮吗？好吧，所有这些都只是你的猜测。有没有实质性的？我们到哪一步了？”

我起身走到巨大的写字板前，好几个罗莎琳德都在注视着我。

我看着琼斯说：“局长，实际上我们现在毫无进展。目前还不排除随机犯罪的可能，如果真是随机的，那一切就都好解释了。”

“你倾向于随机犯罪吗？”

“不，因为那无法解释为什么死者会出现在湖边，我依然认为是蓄意谋杀，”停了停，我继续说道，“怀孕很有可能就是作案动机。”

“你是说孩子的父亲不想留住这个孩子？”

“很有可能。要么就是罗莎琳德故意向莱拉·威尔考克斯隐瞒了真实的情况。也许她遭受了虐待，他们因为某些事情发生口角。当然，也许他们相处得很甜蜜，可当她说自己怀孕的时候，那个男的害怕了。”

琼斯咕哝说：“也许那孩子是她和某个刚认识的人搞出来的。”

“有这种可能，”我赞同道，“但可能性不大。那种事与她的个性不太相符，况且孩子已经怀上好几个星期了，这说明她有留下这个孩子的打算。”

“她什么个性？”

我不由得叹息，又从嘴角朝上吹了口气：“说实在的，局长，这很难定义，个性是很复杂的东西。很多人喜欢她，可同样也有很多人不喜欢她，她似乎并没有特别亲近的人。”

“她在原来的学校惹出的麻烦呢？”琼斯追问道。

我点点头：“那倒是个特例，值得研究一下。在促成学校演出这件事上，她起了绝对的作用。但她不赌博，不吸毒，没有和任何人发生公开的冲突，也没有犯罪记录。真的，什么都没有，”我扫了一眼写字板上的照片，“况且，如果真的在和什么人交往，为什么要遮遮掩掩呢？连自己的家人和朋友都不告诉？她告诉莱拉很可能只是因为莱拉远在千里之外，但这可以证明罗莎琳德是希望和别人谈起这个人的。这让我不由得想到，她的这段恋情，假设真的存在，在某个方面肯定是有问题的。也许涉及丑闻，也许那男的是个已婚人士。反正她肯定有一个不愿公开这段恋情的理由。”

琼斯气冲冲地说：“总而言之，我们需要的不是推测，而是货真价实的发现，看来你们依旧任重道远啊。我要你们继续调查那些学生。暗恋的人容易走极端，这方面的案例一大把。抓紧时间追查邻居说的那个开豪华车的男人。罗莎琳德原来工作的学校也不能放弃，看看能不能多挖出点信息，说不定存在关联，”他擦去额头上的汗，又补充道，“但给我记住，不准超时加班，我已经被骂得够惨了。”

12 月 19 日，星期六，上午 5:42

罗莎琳德被杀案虽然闹得沸沸扬扬，但还有一件事同样也是人们街谈巷议的热点话题，那便是日益临近的圣诞节。广播里声嘶力竭的促销广告提醒我，现在距离过节已经不到一周时间。各个商店表面上安安静静的，暗地里却在紧锣密鼓地准备迎接即将到来的购物狂潮。对史密森人来说，圣诞节是件大事。主干大街上挂满了装饰物，破烂的塑料片在灼热的空气中发出令人不舒服的沙沙声。这个时间，街上行人稀少，只偶尔有个遛狗的或慢跑的人经过。我很想知道案件发生后，人们是否还会围着桑尼湖以及附近的公路跑步。不可思议的是，空气中仿佛充满偏执的念头，它们穿门过户，钻进人们的头脑，让他们锁紧了房门，加快了脚步。

与柔和的黎明相对，霍普金斯大街上的面包店灯火辉煌得如同一棵圣诞树。店内，尼克·古尔德正把空空的网托盘撤下展示架。尼克和罗莎琳德一样都与我同龄。他最为人熟知的壮举就是一口气吃掉四个大披萨。

一辆大卡车停在沃尔沃斯停车场的入口，从离我最近的前车窗里飞出一个烟头，险些落在一张破报纸上。紧随烟头而出的是一大团令人叹为观止的黏液。车身上是用重复的丝带拼出的“吉尔火鸡”字样，我不由想起它们硕大的空空的皮囊，一个个没了脑袋，成排挂在钩子上轻轻摇晃，仿佛在窃窃私语外面的天气。

我把车驶进一个车位，抓起购物袋，期待着这次购物之旅不会耽误太久。

“杰玛！”

“嘿，西德尼。”凡逛超市，必碰见熟人，这仿佛是条打不破的魔咒，但我今年提前着手，希望能尽量避开不必要的闲谈。

“那老师的案子可真够添乱的。”

我点点头。西德尼经营着史密森唯一的一家室内游乐场。她最喜欢粉色，所以游乐场也是粉粉的。我从没带本去过那里，因为感觉就像置身一个巨大的胃里。西德尼今天的脸看上去红扑扑的，还有不少斑。她的头发紧紧地扎在脑后，像极了本洗澡时喜欢在浴缸上摔来摔去的喷水玩具。

“化学换肤，”她指着自己的脸说，“圣诞节之前就能褪。换肤之后脸色会更加红润。”她用又长又尖的橙色指甲戳戳脸，“杰玛，我们已经开始衰老了。”

我又点了点头，心想赞同应该是正确的做法，但脚下却加快速度向超市入口走去。西德尼踩着高跟鞋几乎是小跑着跟了上来。

“你们找到凶手了吗？”

“还没。”

“嗯，但愿你们圣诞节前能破案。传言说是个连环杀人犯，是真的吗？你知不知道镇议会打算把唱圣诞颂歌的地方定在湖边？你能想象吗？啧啧啧。”她假装哆嗦了一下。她说话好像从来不经大脑。她硕大的塑料提包在她光溜溜的大腿上撞来撞去，发出吸气的声音。

“这主意可不怎么样。”

“谁说不是呀，太吓人了。”她抓住一辆手推车，使劲摇晃了几下才从一整排推车中拉出来。这时她的脸突然容光焕发，仿佛太阳出来了一样，“管他呢，你圣诞节干什么？陪你们家的小乔？”

“我儿子叫本。”

“哦，对，本。乔是乔治娅家的孩子吧。管他呢，你有什么计划吗？”

“大概就是陪陪我爸爸、斯科特的弟弟和弟妹，没什么特别的。”

“挺好的，挺好的，”她的心思显然已经飞到了货架上，购物清单的腹稿远比我们的对话更重要，“好啦，真抱歉，我得抓紧了。今晚要招待十来个客人呢。”

“保重，西德尼，代我像马克斯问好。”

她冲我挥挥手指，像个熟练的老司机一样推着手推车消失在一条过道里。

我的手推车坏了一个轮子，拐弯累得我胳膊疼。

我讨厌逛超市。货架上令人目不暇接的商品仿佛全在盯着我看，其中大部分东西我甚至不知道是干什么用的。我做饭是个二把刀，认识斯科特之前我每天几乎以面条、鸡蛋和米饭为生。很多时候我甚至连饭都省了，下班回家就躺在沙发上喝酒，直到睡着。有段时间我和一个意大利女孩合住。她是个兼职演员，又兼职厨师，做出来的饭菜色香味俱全。我曾有过跟她学做饭的念头，可惜天赋不行，始终没有找到窍门。还记得我试着做法国焦糖蛋奶冻的那个夜晚，她笑得花枝乱颤。

我没有骗西德尼，圣诞节我们的确要和爸爸一起过。斯科特的弟弟克雷格和弟妹劳拉也来，还有梅根姑妈。斯科特的父母以及他年迈的外祖母都生活在英国。他们很少来澳大利亚，因为没那么多闲钱，况且我们的关系也没那么近。本和他简单的圣诞乐趣就是唯一能把我们聚在一起的东西。克雷格和劳拉尝试要孩子已经将近五年都没有成功，送本礼物的时候我都不忍心看他们的表情。

我把几包薯片扔进手推车，在它撞到我的肚子之前迅速抓住扶手。今晚我们要到斯科特的朋友皮特家搞圣诞烧烤派对，而且要化装。皮特的女朋友菲菲不知从哪儿弄了一大堆性感精灵装和圣诞老人装，因此坚持要做这一年一度的化装派对的东道主。本暂时交给爸爸照看，我实际上并不想去，为此昨天早上还和斯科特吵了一架。

“该应酬的你也要试着去应酬，杰玛。”他平静地说，就像在和别人说话。

“行，行，我去行了吧。”

他的眼睛甚至没有离开电视：“你喜欢皮特，喜欢菲菲，也喜欢其他人，既然都喜欢为什么还不愿意去呢？”

尽管他的话只对了一部分，但我还是咬牙说道：“没有为什么，我已经说了我去。”

我和菲利克斯最初约定今晚见面的，但昨天晚上就在斯科特提醒我派对的事之前——我把那事给忘了——他发短信来取消了约会。我失望透顶，有那么一刻，我甚至想把手里的杯子砸向斯科特。为了抑制这种冲动，我连忙把杯子妥妥帖帖地放进了水槽。

我拿起一盒麦片，心不在焉地看着配料。我知道不该让本吃这些垃圾食品，但我又心存侥幸地认为，也许他一口都不会尝，于是我把含糖麦片放在了薯片旁边。

“杰玛·伍德斯托克，我一猜就是你。”

我推着小车愣在原地。

“你好呀。”坎迪·法伊夫勾着脑袋把脸伸到我面前，并晃着手指对我说，“你来得挺早啊，案子的事让你睡不着觉了吧？”她的话就像充满共鸣的糖浆沿着我的脊梁骨缓缓流下，轻而易举便找到了特意为她的音调预留的神经。

“我讨厌逛超市，只想早点把这差事办了。”

她深表赞同似的点点头：“嗯，你显然不是盼着过圣诞的人。对你来说节日气氛太浓了、太欢乐了。”

“一边儿待着去，坎迪。”

“喂，别这样嘛。上班时间你又不接我电话，显然这是老天安排让我在此时此地遇见你，好让我们有机会谈谈，你说对吧？”她自说自话，毫不在乎我乐不乐意听，“上周五我正好请假！两年来头一次请假，结果就出了杀人案！我差点错过去了，你说邪门儿不邪门儿？”

我把手推车换了个方向，开始慢慢往前走。

“我到城里参加婚礼去了。很漂亮的婚礼，你要是想问的话。我周六早上才回来，恰好赶上去湖边的现场。可现在案发已经整整一周了，却还没有半点眉目。”

我翻了个白眼：“我觉得你操心太多了，还是安心过你的圣诞节吧。”

“别这样，别这样嘛。我请你喝咖啡吧，咱们好好聊聊。上次的新闻发布会简直就是浪费时间。我想直接听听你在这个案子上的看法，也省得我再去写稿子说你们毫无头绪了。”

“别开玩笑了，坎迪，我现在可没空陪你聊。我们发过声明的，案子每天都有新进展。”

“那就随你便吧。”说完她开始夸张地拿眼睛在货架上扫来扫去。

我转身就走，心里别提多窝火了。

“你知道人们都怎么议论吗？”

我盯着走道尽头的黄油。继续走，别中了她的圈套。

冲我说最后一句话时，坎迪的音调近乎幸灾乐祸的轻快：“校长先生和漂亮的赖安女士关系好得不一般，现在大家都这么说。”

我愤怒地转过身，只见坎迪正翘着她圆滚滚的屁股大摇大摆地走向过道的另一头，我深吸了一大口气才把已到嘴边的脏话咽下去。

12 月 19 日，星期六，上午 10:34

“我看只是湿疹，可谁知道呢。一遇到这种事我就慌了。上个月我至少带她看了四次医生。”

卡罗尔的笑声回荡在整个前厅。她把前厅叫阳光房，尽管这里并没有多少阳光能照进来。本终于安静下来，正和卡罗尔的儿子杰克在地板上玩得不亦乐乎。卡罗尔正在喂奶，母乳。她的小宝宝名叫奥利芙。里间开着广播，我能听到播报新闻的声音。小宝宝吃奶时发出响亮的吮吸声，卡罗尔温柔地冲她啧啧嘴。

“今天饿坏了，对不对？可怜的小东西，”卡罗尔把几缕卷发从眼前撩开，不好意思地看着我，“杰玛，你能从台上帮我拿点蛋糕吗？我动不了了。”

“好，没问题。”

从沙发上起身时我瞄了她一眼，她充满爱意地看着奥利芙。宝宝专心致志地抓着她的大拇指。虽然被小家伙困得寸步难行，但卡罗尔仍然一脸幸福。

来到厨房，我停下来审视起这个家。鸽子灰色的沙发看上去格外柔软，垫子上铺着马海毛织成的毯子。百叶窗拉上了，因为开着空调，屋里相当凉爽舒适。冰箱发出有节奏的嗡嗡声，一排室内植物绿意盎然，显然被照顾得很好。一棵直立的小松树上装点着红色的蝴蝶结，一颗硕大的金球不偏不倚地固定在树顶中央，包装精美的礼物在树下堆得高高的。想必杰克平时一定很乖，所以卡罗尔才放心让他在如此漂亮的圣诞奇观旁玩耍。我走向案台，看到冰箱上贴着卡罗尔与她丈夫塞斯幸福的合照。他抱着她，她对着镜头恰如其分地微笑。除此之外还有杰克、奥利芙以及其他小孩子的照片。也许是侄子或外甥之类的吧，我记得卡罗尔提到过她妹妹的孩子。另有至少十几张照片是参加生日聚会或洗礼的，全用磁铁固定在冰箱门上。一个小风扇里有两张包着银箔纸的参加别人婚礼或订婚仪式的照片。

每次来卡罗尔家之前我都抱有很大的期望，我希望这里的一切能突然间给我来个醍醐灌顶，希望卡罗尔怡然知足的性情能够感染我。可几分钟之内我就感到了失望，我好像根本无法融入这个世界，所以每次总是提前溜之大吉。

我掀开盖着蛋糕的纱布，把蛋糕端进了客厅。

“蛋糕看起来可真不错！”我说。我试着制造话题打发时间。

“哈，好不好吃尝尝就知道了。我喜欢尝试新配方，但最近运气不太好。但愿今天做的比上次那些果酱馅饼好一点。上星期我带到妈妈小组上去了。”

她咬了一口蛋糕，部分碎屑掉在了奥利芙的身上，宝宝仰着小脸抗议，但卡罗尔没有注意到。

“你还经常见其他朋友吗？”我问。

“哦，有时会见，”卡罗尔温柔的声音如微风拂面，“你也知道，大家都各自忙着照看孩子，但偶尔聚一聚、聊一聊感觉总是很好。”

“凯茜怎么样？”

“我想还好吧，”卡罗尔若有所思地点点头，“看上去是挺好的。”

凯茜的孩子佐伊一岁整时，她的丈夫比利患了中风，如今高度依赖专业看护。史密森周边最合适的地方是一家老人院，那里距家大约半小时车程，凯茜每天都去看望丈夫。

“我想她每天夜里都会哭，反正换成我一定会，但她最近已经好多了，开始面对现实了。佐伊是她的开心果。”

我在想倘若斯科特得了中风，我会不会也每晚以泪洗面。我无法想象。

卡罗尔摇着头说：“哦，对了，你知不知道萨莎又怀孕了？”

“那太好了。”

“是啊，现在除了你和凯茜，其他人都有两个孩子了。”

我点点头，回想起上周六早上洗澡时流过的血。我的手不自觉地放到了肚子上，随后又生怕被发现一样放了下去。卡罗尔没有发现我的举动，她在忙着以半圆形动作缓缓抚摸奥利芙脑袋上柔软的头发。她小巧的耳朵后面隐约冒出不少红斑，那就是湿疹。记忆深处忽然一阵沸腾。小时候，妈妈应该也像卡罗尔那样抚摸过我的头吧？我在椅子里换了个姿势，努力把心思放在吃蛋糕上。因为静坐太久，我的骨头都在痒痒。

“你和斯科特只要一个吗？”卡罗尔看似心不在焉地问，但我知道她一定希望我说不。每个人都会给出否定的回答，一个孩子显然不合理。过去一年，我发现人们似乎正利用他们的本能欲望改正这一错误。本需要一个弟弟或妹妹，要不了几年我就会后悔只生了一个孩子。斯科特值得拥有一支足球队，还有一个想怎么宠爱都可以的女儿。我会很高兴当一群孩子的妈妈。听说生孩子也是一回生，二回熟。可我很自私。

“对，”我坚决地说，“我想对于我，对于我们来说，本已经足够了。”

“如果你们两个意见一致那就太幸运了。”卡罗尔深情地望着奥利芙说。

“对。”我说着，把一个玩具踢回到本身边。

一如既往，当聊天开始涉及隐私话题时，我就会情不自禁地扭动身体。我不喜欢替自己的决定辩解，也不喜欢谈论斯科特。我很少向别人说起我们岌岌可危的关系，尤其我妈妈这一方的人，反正他们也不怎么了解他。这个问题说来话长，不是三两句就能解释清楚的，而且聊这些的最好搭配是红酒而不是蛋糕。

卡罗尔把一根手指塞进奥利芙的嘴巴，只听噗的一声，婴儿的小嘴松开了妈妈的乳房。奥利芙眨巴着眼睛，似乎也没什么意见。卡罗尔把她竖起来轻轻拍饱嗝，一直拍到听见她想要的声音方才停下：“呀，好啦，亲爱的。该趴着玩一会儿啦。”

奥利芙像只无助的甲虫一样盯着我。她没用的胳膊和腿不停地动来动去。本和杰克看过来，被她可爱的样子逗得咯咯直笑。她咧开嘴巴冲他们笑，露出粉嫩粉嫩的齿龈。我叹了口气，感觉全世界都在跟我作对。

“我是说，一个孩子有时候也很舒服！”卡罗尔冲我笑笑，随即靠在沙发里，短暂地闭上双眼，“蛋糕味道还不错，是吧？”

我点头表示赞同。

“嗯，我也觉得。好，又一个可以保留下来的，以后塞斯的工作野餐再也用不着发愁了，”她暂时沉浸在家务活的遐想中。“对了！”她忽然坐起来，瞪大眼睛说，“你的案子进展得怎么样了？这周我在新闻上见过你。”她内疚地瞥了一眼孩子们，仿佛挑起这个话题会让我职业黑暗的一面影响他们的人生。

“还差得远。我们已经做了大量的工作，但还远远不够。”

“你觉得能抓到这个凶手吗？”卡罗尔抓着沙发的一个边，迫切地想要听到细节。她脸上兴奋的表情像极了那些渴望坏事发生好让自己有机会大显身手的新警察。

“我希望能。不过这是个狡猾的家伙。”

“你有什么看法？随机杀人的变态？吃醋的男朋友？”卡罗尔抓起一个靠垫抱在怀里，一副听故事的样子，“我听说她在和一个老师谈恋爱，而且还是个有妇之夫？那似乎挺有道理的。我是说，她那么漂亮。”

卡罗尔此刻像做梦一样盯着地板，心里仿佛在用狗血三角恋的烂俗剧情为这起案件增添浪漫的色彩。

我浑身的骨头好像都在移位，我需要动一动。我站起身，四处搜寻我的包：“恐怕我该走了。我还有几件事要处理，需要先把本送回家。”

“哦，真遗憾。工作上的事吗？”她放下那个鼓鼓囊囊的水绿色的垫子，又拍了拍那个绿黄色的。她一定给它们塞了额外的填充物。

“是，工作上的。我得去找个人了解一些情况，”我朝本打了个手势，“走吧，亲爱的，咱们回去。”

“哇，”卡罗尔说，“那好吧，祝你好运。我们继续在这儿看那些无聊的迪士尼老电影好了。”

12 月 19 日，星期六，中午 12:05

“我觉得昨天的追思会很成功，而且很感人，”费莉希蒂·舒特尔一边赞许地点着头，一边往她的咖啡里加了两勺糖，“你不觉得吗，亲爱的？很感人啊。”

特洛伊·舒特尔也欣然点头。过去这周他一下子仿佛老了十岁，他的震惊很难用语言来形容。他看着妻子小口喝着拿铁，嘴巴上还留着泡沫。他注意到她的上嘴唇上粘了一根头发，嘴角也被口红印染了一片红色，看起来就像雅基初学打扮时的样子。

今天早上她心情大好。特洛伊趁机提议说："咱们去那家新开的饭店吧，前面有阳台的那家。保拉说那里漂亮极了。这几天太折磨人了，我们不如奢侈一把。"

"好啊，好啊，"费莉希蒂像只小鸡一样直叫，"太好了。"

特洛伊耸耸肩。他的提议已经很久没有得到如此积极的响应了。

他们开车穿过镇区，两人全都默不作声。空调嗡嗡作响，与西装外套里面的燥热相比，徐徐凉风像巴掌一样打在他的脸上。

"不错，不错，"被引到他们的桌子前时，费莉希蒂环顾明亮的阳台，激动地连连说道，"你看那景色，太壮丽了！"

特洛伊将目光投向起伏的山谷，蓝色的天空与绿色的草地在遥远的尽头相接，分不清哪儿是天哪儿是地，活像一幅令人目眩神迷的水彩画。他忽然有种想哭的冲动，于是连忙坐下，轻咳两声，不惜一切强迫自己想些积极的事情。

强压着轻微的恐慌，特洛伊环顾四周，观察了一番其他的食客。身宽体胖的红脸汉子们疯狂地切着牛排，角落里的一桌女人一边喝着半透明的葡萄酒，一边歇斯底里地放声大笑。特洛伊感觉自己和这里格格不入。这些快活而又聒噪的食客都是些什么人？这些年史密森的变化实在太大，在餐厅里遇到一个熟悉的面孔已经越来越难。

"真高兴在追思会上见到了你的同事们。他们都很友善，有机会我们应该请他们吃饭。我猜肯定没有其他人这么做过吧？米莉肯定不会想到请别人到她家吃饭，你说是不是？她那么不爱交际。就连那个发型很搞笑的年轻人也很和气。虽说她头发的颜色怪瘆人的，可人还不错，很聪明的一个小姑娘。约翰·尼克尔森好像很崩溃的样子，你发现了没？他的心事全都写在脸上了。不过那些花可真漂亮。我也喜欢玫瑰，只是偏爱粉色，不过我听说她倒是特别喜欢红玫瑰，所以这就不难理解了。"

特洛伊看着他的妻子。她喋喋不休说了半天，正呼哧呼哧喘着气。去年结婚纪念日他送她的那条蛋白石项链亮晶晶的，挂在她的脖子里。他想起罗莎琳德的脖子。报纸上说她被人掐过，或用绳子勒过，头上还被石头砸过。他努力回想罗莎琳德的容貌，回想她坐在办公桌前或在走廊里从他身边经过时的样子，但他唯一能想到的只有追思会传单上她的照片。那张照片甚至都不像她：化妆太浓，笑容也不自然。好像选照片的人根本不认识她一样。

他不断想起那天走进尼克尔森办公室时看到的情景。罗莎琳德在那儿，眼睛里仿佛燃烧着熊熊怒火，而尼克尔森的脸上则是极为痛苦的表情。剑拔弩张的气氛使房间突然狭小得让人喘不过气。特洛伊一时语塞，站在门口进也不是，退也不是。

“没关系，特洛伊，进来吧，我们已经谈完了。”尼克尔森沉重地说。

罗莎琳德跺了一下脚，瞪了一眼尼克尔森，随后才转身走出去。那一刻感觉似乎发生了什么大事，可究竟出了什么事，特洛伊无论如何也想不出头绪。

“幸好圣诞节要到了，大家有机会花时间陪陪自己的家人，把那些可怕的事情暂时抛到一边，”费莉希蒂自鸣得意地摇头晃脑，显然她对这个时机非常满意，“太好了。但愿这件事快点过去，那样一切就又能恢复正常了，”她用眼睛扫描着菜单，“我真该开始考虑圣诞午餐的事了，不敢相信下周就到了。”

特洛伊的小腿时而交叉，时而分开。他的左脚仿佛扎满了钉和针，最近这种感觉格外强烈。昨天夜里躺在床上，他翻来覆去难以入睡。那种奇怪的暗流涌动般的感觉让他不停地蹬腿伸脚，甚至想把自己的大脑挖出来。在这儿！想想这个！或者，这是什么？足球比分，歌词，首府。罗莎琳德·赖安眼睛的颜色。

“我跟你说过没有，雅基要带个新的男孩子到家里过圣诞节？她在大学认识的。你也知道苏菲已经说服戴夫不在家吃饭了，所以他们也来，还有他们的孩子。”费莉希蒂沾沾自喜地弹着舌头，并挥手叫来了服务员。

“我不知道我还能当多久的老师。”他并没有打算贸然提出这个话题，他甚至没有意识到自己脑海中存在这个念头，可话既然出了口，他倒觉得平静多了。他想钓鱼，想去海边，想读经典。

“特洛伊！你又说什么傻话啊，你才五十六岁！”

“五十六岁已经不年轻了，费莉希蒂。我累了，不想再教学了。最近的这些事让我意识到了我有多累。”

“这件事确实可怕，但它毕竟是个案，是孤立的恐怖的偶然事件，和我们没有关系。”

“它改变了一切。”

“你为什么会有这种想法呢？你和她是同事，我能理解你很难过，可是……”费莉希蒂的双手紧紧地抓着桌沿，关节绷得发白，红润的指甲像爪子一样。她微微张嘴，露出尖牙，样子忽然狰狞可怖，但转眼间她的脸就恢复了正常。

特洛伊眨眨眼睛，心想自己是不是疯了。

“她很明显是摊上了什么事，而且是坏事。别让这件和你毫不相干的事毁了你的生活。像她那样的女人，谁知道私生活会是什么样子。”费莉希蒂缓缓靠在椅子上，喝掉了杯里的最后一口水：“别胡思乱想了，特洛伊。”

讨论到此为止。特洛伊强迫自己坐直身体，集中精神。他晃晃脚，麻木的感觉依旧还在，就像有人正在锯他的骨头。费莉希蒂已经开始计划她的圣诞食谱，一道道菜名、一样样食材从她口中流利地飞出。计划已定，他们又有得忙了。

这时，麻木的感觉从脚部开始，沿着特洛伊的身体直冲向大脑。

12 月 19 日，星期六，下午 1:48

我把本送回家交给斯科特，去购物中心的路上给菲利克斯打了电话。他正和法务会计调查赖安公司的几名员工，以确定他们的不满情绪是否达到对公司或乔治本人构成威胁的程度。

“收获不大，”菲利克斯说，“从来没有人做出过严重威胁公司的事。几年前乔治家曾受到过炸弹威胁，但线索有限，很可能只是小孩子的恶作剧。”

阳光刺着我的眼睛，我集中精神盯着公路上的标线：“那好吧，咱们待会儿见。”

“等等，”菲利克斯说，“我有重大发现。”

“发现什么了？”

“我们之前不是在等待她的银行存款的调查结果吗？”

“怎么了？”

“大部分都是我们预料到的，但她在合作银行有一个定期存款账户，里面有超过十万美元。”

我不由想到自己那可怜的积蓄，我的账户里通常只有两千美元存款，“哇，干什么用的？”

“不知道。她每月把大约一半的工资都存了进去，而且是从她工作之后就开始的，我估计这些钱就是这样积攒起来的。她从来没动过，只存不取，一次也没有。她一定是在有目的地存钱。”

“也许吧，”我若有所思，“要么就是她不知道该怎么花。我是说，她有自己的房子，开支应该不会太大。”

“除了酒，”菲利克斯提醒我说，“还有化妆品。”

“哦，对，”我叹气道，“还是我们之前说的，也许那只是她摆阔用的。”

“谁知道呢，我觉得她只是特别古怪而已。但我们会继续深挖，看看能不能发现点别的。说不定她在计划着离开？”

“用来远走高飞的私房钱？”虽然如此，我心里仍在为这种假设寻找佐证。

“你今天还要去找玛姬谈话吗？”菲利克斯问。

“对，我现在正去购物中心。”我们一致决定要对玛姬来一次非常规的询问。我坚信她没有把自己知道的全部事实告诉我们，所以我想打她个措手不及。

“很好，我今天估计脱不开身，看来咱们只能回头再聊。”我怀疑当他小声说出“爱你”两个字时已经挂了电话。

“我也是。”我说。心里一阵荡漾，我迅速驶进荣森购物中心的停车场，这里已经显现出圣诞节前的热闹气氛。

“嗨，玛姬。”

玛姬·阿彻冲我忽闪了几下涂着重重睫毛膏的眼睛，脸上露出训练有素的礼貌微笑：“哦，你好。”她正把一包包崭新的耳环挂在银质的挂钩上。节奏动感的音乐震耳欲聋，她的名牌上写着：艾米丽。

“我是伍德斯托克侦探。”我平静地说。

把最后几套首饰挂好时，她脸上闪过一丝懊恼的神色。随后她站直身子，谨慎地问：“请问你找我有何贵干？”

近距离发现，她的头发几乎是全白色的。靠近脸颊的两绺头发笔直地梳向脑后，而其他头发则分别垂在胸前两侧。她犹如一股夏天的气息，和罗莎琳德在学校时给人的感觉一模一样，差别只在于她的眼睛是晶莹的蓝色，而非天鹅绒般的深褐色。

我无视她略带火药味的语气，开门见山地说：“你们能继续演出非常了不起。我想赖安女士一定会特别欣慰的。”

她在地板上轻轻磕着脚，眼睛则在店里扫来扫去，好像随时会有人来找她一样。她的脚指甲上涂着霓虹粉色的指甲油，在我眼角的余光里不时引起我的注意。我一直到二十多岁才第一次做指甲，但如今这些年轻人毕竟是看着《欲望城市》长大的。我时常惊讶现在孩子们的早熟程度。上个月我询问过一个虐待案的受害者，她的腿上有滴蜡造成的轻度烧伤，而她只有九岁。

玛姬低头盯着地面。

她工作的地方是一家服装店，名字叫作“天天 T 台”，位于购物中心的中央。她妹妹也在这个中心上班。史密森几乎一半的年轻人都在这里打工，和我上学时一样。当年我在这里不知卖了多少汉堡包，即使到了今天，不管用掉多少杧果沐浴液，我偶尔仍能闻到身上那股子潮湿油腻的味道。

几个女生边走边聊着来到了店里，玛姬用不言而喻的眼神看了看我。

随后她撂下一句“抱歉”便转身去招待顾客。

我浏览着店里等待售卖的服装。一堆堆浅色的牛仔短裤，上面故意留出许多松散的线头，让我不由得想起植物拔出来后的根。玛姬卖给其中一个女生一条皮带，并指引另一个女生进了更衣室。

“你看，”她转过身，忽然理直气壮起来，“我在工作，能换个时间再谈吗？”

“不行。”

她的眼神微微有些动摇，随后她翘了翘她的小屁股，竟然有些恶狠狠地瞪了我一眼，仿佛那一刻我们调换了角色。

“我也在工作，而我认为找到杀害你老师的真凶比你卖几件衣服更重要。”

“好吧。你想知道什么？”

“我们先从最基本的情况开始吧，这一次没有预演。你在话剧中扮演朱丽叶，对吗？”

“对，但我们的话剧并没有严格按照原著排练。我们做了很多改编，我扮演朱丽叶的角色，但她的名字却叫茉莉。”

“你面试了吗？”

“当然面试了，每个人都要面试。”

“罗德尼·梅森也面试了？”

她脸上闪过一丝阴云：“是，我说过，每个人都要面试。”

“能当女主角你一定非常高兴吧？”

“那是自然，但我也付出了许多。戏剧是我最喜欢的课程，明年我希望能进国家戏剧艺术学院。二月份我在悉尼的一场演出中会扮演一个小角色，我小时候还拍过几个广告，”她耸耸肩，“这是我的志向。”

“恭喜你。”

她冲我皱了下眉，指了指一个在收银台前等着结账的买裙子的女孩：

“稍等。”

说完她便溜走了，我看着她的背影。她和颜悦色地与顾客说说笑笑，把一支免费的口红试用装塞进袋子，并恭维了一番对方的戒指。

送走客人，她慢悠悠地回来：“抱歉，你刚才说到哪儿了？”

正当我要开口时，她的手机响了。她从口袋里掏出来，手指在屏幕上滑动时，脸上缓缓露出笑容。

“好了吗？”

“稍等一下。”她说。

我看着她完美无缺的脸，恨得咬牙切齿。这个女孩跟别人不一样：“凯·布莱克斯是不是爱上了赖安老师？”

玛姬哼了一声：“我不知道。他想和她上床，但我觉得那和爱情不搭边。”

“罗德尼呢？他爱她吗？”

“一样。”

“你在和罗德尼交往吗？追思会上你们两个似乎很亲密。”

“交往？不。我们去年夏天处过一段时间，非常短。他长得很帅，但其实很闷。”

“这么说你们两个不是情侣关系？”

“不是，”她拖着长音，“所以我才说我们并没有在交往啊。”

“你们是朋友吧？既然你们以前交往过，如今在话剧中扮演男女主角会不会尴尬？”

她像小猫一样来回伸了伸脖子，但视线并没有从我身上离开：“我们还是朋友，而且都是非常专业的演员，但仅此而已。我现在喜欢女生。”

“你是同性恋？”

她的手机又响了，她瞥了一眼屏幕，惬意地打了个哈欠：“随便了，你愿意那么叫就那么叫吧，我不会给自己贴标签。我还年轻，以后什么可能都有。”

我真想一把掐住她的脖子，把她按倒在放首饰的架子上。

“赖安老师被害，你应该很伤心吧，那天你的朗诵很感人。”

她好像回忆了片刻，而后才开口说：“我的确非常难过，毕竟是谋杀……这太过分，也太疯狂了。我不否认我喜欢她，尽管她有点古怪。尼克尔森请我在追思会上发言，罗德尼也很积极，所以我就同意了。我喜欢任何可以站在台上的机会，况且在这样的事件上的发言机会难得。”

我惊讶地张大了嘴巴，但又迅速合上：“‘事件’似乎是个很大的词。”

她眨了眨眼睛：“那你叫它什么？”

我摇摇头，竟一时语塞。

“不管怎样，”她说，“我知道的都说了。”说完她抿住嘴，用一种与我截然不同的方式摇了摇头，使我顿时感觉自己已经老了。

“人难免会有疏漏，有些人第一次询问的时候可能会忘了说某些事。”我气愤地说。

一道笑纹在她嘴角转瞬即逝：“我没想起别的什么。我说过了，演出很棒，很成功。我们都兴高采烈，包括赖安老师，她对演出的效果非常满意。结束后我看她抱着一大束鲜花，幕间休息时她甚至还喝了杯香槟。那晚她几乎合不拢嘴，看得出来她很开心。”

我尽量平静呼吸：“你说演出结束之后你没有和她说过话，是真的吗？”

“嗯哼，只在人群中看见她。周围到处都是人，礼堂外、大厅里，但我们这些参加演出的人只想去派对上放松放松。”

“杰米·克莱恩家？”

“对啊。杰米家的房子特别适合搞派对，而且她父母不在家，天助我们。”

“参加演出的人大部分都去了？”

玛姬向两个女孩示意了一下更衣室的位置，随后又扫了一眼手机，“哦，是的，大部分都去了。还有些低年级的同学，甚至去年毕业的也有人去。但总会有个别人没去，有些比较喜欢运动，所以对艺术不感冒。麦尔斯就没去，他和萨尔闹了点别扭。罗德尼本来没打算去，因为第二天他要参加篮球赛，可后来篮球赛取消了，他就去了。派对规模很盛大，估计有上百人。”

“罗德尼是什么时候到的？”我追问道。

“我不知道。我又没有一直关注他。大概十二点半的时候我见过他，但之前我一直在外面，所以说不定他早就到了，只是我没看见罢了。”

“凯呢？”

“呃……”她用手指卷着头发的末梢，“好像我一到场就看见他了，大概十一点？”

我在心里叹了口气。即便在最有利的情况下，绘制时间轴也是一场噩梦，更何况现在还要依赖一群醉得五迷三道的年轻学生。

“不是他们干的，如果你想问这个的话。”

“是吗？”看着她扬起的下巴，我强忍着心中的火气没有发作，“你能看出来？”

“当然，他们还不是真正的男人，懂我的意思吗？不可能的事。他们还是孩子。”

我看着她去过毛的黝黑的皮肤、翘起的屁股、厌世的眼神，忽然替她感到一阵悲哀。

“好吧，得知赖安老师出事的时候你在哪儿？”

她耸耸肩：“是妈妈告诉我的。我在杰米家留宿了，很多人都没走。中午快吃饭的时候她打电话告诉我的。我当时宿醉未消，听起来像做梦一样。我们当时都蒙了。杰米的家距离湖边只有大约五百米，这样大家感觉就更瘆人了。我们不知道演出还能不能继续下去。那种感觉实在太诡异了。”

她用手指擦了擦眼角，结果擦花了一片睫毛膏：“我们在那儿议论了好久好久。”

“还有谁留宿了？”

她不耐烦地看着我说：“好多人，我也不知道，艾米、杰斯……杰米。”

“凯？”

“对，凯，还有朱诺、乔尔。有几个家伙睡在后院的帐篷里，所以我不确定都有谁。”

“有罗德尼吗？”

“没有，我想他应该回家了。”

她忽然大步走向柜台照顾她的生意，面对顾客，她登时笑靥如花。打发走顾客，她重新走到我面前。

“是这样的，我得开始打扫卫生了，要不咱们——”

“可以，我问完了，”我抬腿便走，可又忽然转身说，“哦，还有最后一件事。赖安老师出事之后有什么人特别伤心吗？我是说伤心得让你觉得不正常。”

“唔——”她手指点着下巴，“这可不好说啊。每个人表达悲痛的方式不同。乔尔·珀金斯哭了，这倒是很奇怪，不过他祖母前一天刚刚过世，所以他多半是在哭他的祖母。女生们都很难过，还有罗德尼。在学校看见他时我发现他很伤心。不过他本身就是一个很感性的人，特别敏感，也许是因为他哥哥的关系。”

她对我甜甜一笑，我不好意思看她的眼睛，只好盯着她两眼之间的地方。

“作为演员，你难道不感性吗，玛姬？我觉得你应该特别敏感才对啊。”

她神秘兮兮地靠近我，低声说：“我的确也很感性，但我必须实事求是地说，赖安老师的事的确令人悲痛，可它同时也很刺激，像这样的事在我们这样一个小地方，恐怕一辈子也就能遇到这一次吧。”

12 月 19 日，星期六，晚上 8:45

菲菲看上去就像低级色情片里的女主角。她的一对乳房颤颤巍巍的，仿佛要从她那身松松垮垮的圣诞老婆婆衣服中跳出来。我故意把我们带来的酒捧在胸前，避免和她拥抱的尴尬。

“斯科特！”菲菲一把搂住斯科特，把一对“胸器”顶了上去，“你来啦，太好了！”她冲我漫不经心地摆了摆手说：“嘿，杰玛。”

“嗨，菲菲。圣诞快乐！”我递上酒，这样我们两人的视线都有了落脚点。

“哦，好极了，谢谢你带酒过来。嗯，让我想想……后面还有个冰盒子，最好把酒先放进去冰着，冰箱里已经塞不下了。”

我留斯科特和菲菲以及另一个化装成圣诞布丁样子的女孩在那里聊天，独自向屋里走去。我低头看看自己的打扮：棕色靴子、红色长筒袜，还有一件我妈妈的森林绿天鹅绒长裙。我用后院篱笆上的常春藤编了一个老式头饰戴在头上，又涂了点口红。再低头看看，发现我就像布置停当的圣诞餐桌，或者一位热心的幼儿园老师。

我从塑料袋中拿出酒，放进便携式冷藏箱，也就是菲菲口中的冰盒子。盒子里的冰已经开始融化，看着像一堆泡在水里的冰碴。我往一个塑料杯中舀了一勺冰，倒上白葡萄酒。这杯中之物已经让我魂牵梦萦了一整天。

和玛姬谈话之后，我即刻回警局开了例会，而后又急匆匆地赶回家接本，把他送到爸爸家过夜。军装们已经接连询问了三十来个参加过杰米家派对的孩子。罗德尼和凯确实在派对上，有几个人表示凯曾中途回去拿酒，但不记得他离开以及回来的确切时间。和玛姬一样，有几个女孩也在大约11:30的时候见过凯。其中一个男生很肯定地说，他十一点到场时看到了罗德尼。另有几人声称午夜时分曾和他说过话，但他们当中的一半在那个时候已经喝得晕晕乎乎，提供的情况也就难免有所出入，所以最终我们并没有得到任何确切的消息。

头痛的感觉越来越明显，脚底一个不起眼但却威力十足的水泡也不甘寂寞地给我捣乱。我不停地喝酒，百无聊赖地扫了一圈院子。此时已经来了不下二十人。房子左侧，其中一个烧烤架下面已经生起了火，火苗不大，但却很坚强。大部分人都站在一个硕大的儿童泳池旁，池里没有水，而是堆满了各种各样的酒，还有两个看起来很滑稽的充气圣诞老人。周围充斥着说说笑笑的声音，嘤嘤嗡嗡的，感觉像走进了蜂房。一个女孩，我记得她叫珍妮弗，故意夸张地做出一脸震惊的表情，她在格雷格·塞缪尔斯的胳膊上拍了一巴掌，嘴里叫道：“不，不！格雷格，才不是呢！”

这里的大多数人我都认识，但也只是泛泛之交。他们多半是斯科特的朋友，当我试图拼凑出他们的资料时，细节往往会模糊成最为概括的一两个字：已婚、单身、淫荡、聪明、有钱、疗愈、旅行、烘焙、学习。说实在的，我连与他们寒暄的力气都没有。

“嘿，杰玛。”道格的脸突然出现在我眼前。他麻利地打开一瓶啤酒并喝了一口。他戴着一个毛茸茸的驯鹿头饰，T 恤上印着一个踩在冲浪板上的圣诞老人，而拉着冲浪板的是他的驯鹿鲁道夫。

我也喝了一口酒。

“嗨，道格。”我说。

“你还好吗？”

“好啊，你呢？泰森怎么样？他今年上预备学校对吗？”

“对，这周就结束，已经一年了。小菲比也已经两岁了。我想人们说得没错，他们的确像疯了一样在长大。明白吗？我也在说本哦。”

我点点头，心里却想着说点别的什么：“新房子怎么样？”

“好极了。空间更大，我们装了按摩浴缸，相当不错。不过现在我想省点钱，所以接下来打算自己动手粉刷。这可是一项艰巨的任务，我一直对朱尔斯说‘今年夏天我就干这一件事了’，我不在乎，因为可以一边干活一边听蛐蛐叫。”

“听起来很惬意。”

这时我看见道格的妻子茱莉娅朝我们走来。她拉住他的手，把头伏在他的胸口上：“嗨，杰玛。”

“嘿。”

我的酒杯空了，于是又倒了一些，并示意茱莉娅：“要吗？”

她不好意思地摇摇头，摸着肚子说：“不能喝了。”

“你怀孕了？”

“嗯哼。”道格在她额头上吻了一下。

“哦，哇，太好了。祝贺你们啊。”

“谢谢。”他们站在我面前，光彩照人，幸福的样子仿佛刚刚得了诺贝尔和平奖。

“太好了。”我脑子里空空的，机械地重复了一句，随后又喝了口酒。

“我原本以为你也该怀孕了，杰玛。”

“别乱说，朱尔斯。”道格低声阻止。

她不理睬，依旧说道：“我确实那么以为的，本现在多大了……两岁，三岁？”

“两岁半。”

“你瞧，这是最佳年龄，孩子有个弟弟妹妹可以照顾是件好事。”

“也许吧。”

茱莉娅又摸着她的肚子：“我想你工作一定很忙吧。每天既要忙工作，又要顾家庭，我实在无法想象。”她说话的腔调已经明确表示出她不愿想象的意思。

“这桩老师被杀的案子真是太可怕了，”道格往前探着身子对我说，他的呼吸甚至喷到了我的脸上，“听说她和网上的某个魔鬼崇拜组织有瓜葛，这就说得通了，她那双眼睛确实不同寻常，很美，但也古怪。这件事是真的吗？”

一开始我以为他在问我罗莎琳德的眼睛，我不知该如何回答。他们夫妻两人盯着我。茱莉娅微微歪着脑袋，脸上是充满耐心的表情，我想她看着自己的孩子时一定就是这个样子。亲爱的，是不是累了？也许该睡觉了吧？来吧，跟我说说这个网上魔鬼崇拜组织的事。

“哦，你说魔鬼那一类东西？不，那不是我们调查的范围。事实上，我们并没有发现这方面的征兆。”

“太诡异了，我是昨天才听说的。不过她一定是摊上了什么事，一个人不可能平白无故被人杀害。”道格一脸纳闷的表情，仿佛在思考如此不幸的事件如果没有周密的策划是无论如何也完成不了的。酒精搅乱了我的思绪，茱莉娅和道格在我身上似乎打错了算盘。

“调查进展我不方便详细透露，但目前我们正针对几种可能展开调查。当然，我们还有很多疑问毫无头绪。”

我知道他们有一肚子的问题，所以我故意给自己找点事做：不停地倒酒喝酒。心里祈祷他们中的任何一个能想到别的话题。

“嘿，伙计们。”斯科特走到我身旁。他穿的是雪花装，所以一身雪白。他伸了伸蓬松粗大的腿，弯腰挠了挠脚，“该死的蚊子。我都有点喝醉了。”

我对他笑笑，发现他的目光从我手中的杯子转移到了我脚边的那半瓶酒身上。

“朱尔斯和道格又要有孩子了。”我说。

他冲他们微微一笑，扭头对我说：“嗯，我早知道了。我记得告诉过你呀。”

我的脸又红又烫：“没有，绝对没有。你没告诉过我。”

茱莉娅似乎生怕自己肚子里的孩子成不了今天夜里的头号新闻，因而一脸忧虑。道格无所谓地摆摆手说：“别紧张。都第三胎了，已经不稀罕了。”

茱莉娅瞥了他一眼：“我去找点水喝。”

“嘿，各位。”默里·埃文斯、保罗·詹姆斯以及跟在他们身后的福克斯也加入到了我们这个半圆形的话题圈。福克斯热情地看了我一眼，我竟不好意思地把头扭到了一边，并装模作样地整理起我的裙边。这些天我很少见福克斯，可每次见面我的身体都好像忽然关闭了一样，不知为何，他在我的印象中总是与我人生中诸事不顺的时期紧密相连。

“嘿，伙计们！圣诞快乐。”斯科特轮流在他们每人背上拍了拍，而后他们又彼此热情地握了握手。

福克斯已经醉意蒙眬，不过话说回来，我很少见他清醒的时候。他的两只眼睛间距很远，使他的脸看起来就像外星人。他双脚站在原地不动，上身却几乎能转上一圈。默里咧嘴笑着，拍了拍他的背。默里和斯科特是同学，他们的生日在同一天，而且默里的小儿子西蒙和本同龄。我知道默里很关心斯科特，只是对我有些提防。

保罗·詹姆斯在我脸上轻轻吻了一下：“你气色不错，杰玛。圣诞快乐。”

“谢谢，保罗。圣诞快乐。”我已经有点头重脚轻。

“我去下洗手间。”我对斯科特说。他正让默里和道格看他手机上本最近的照片，所以连头都没有抬。

我关上洗手间的门，并从里面反锁。随后我靠在门上，抬头望着天花板。那里有台破电扇吱吱呀呀地转着。我已经喝醉了，来到马桶前，感觉稍微好了点。自从上午在卡罗尔家吃了些面包后，到现在我还没吃任何东西。长筒袜的束腰带把肚子深深地勒了下去。我该刮腿毛了，但我想夜里光线那么暗，应该不会有人注意到。我摸了摸眼睛下沿的皮肤，擦掉粘在上面的一小片睫毛膏。我用纸巾吸了吸脸上的汗，对着镜子查看了一番牙齿，把头发理到耳根后面。我用常春藤编织的王冠在洗手间刺眼的灯光下看起来蹩脚又傻帽。我洗了洗手，发现洗手液与它看起来很高档的瓶身上的说明严重不符。原来他们的生活也不过如此，我心里又好受了些。

我穿过草坪走向斯科特。

菲菲抱着一瓶酒向我走来。

“怎么样，杰玛？工作还顺利吗？”她小心翼翼地问，仿佛每一个字都要再三斟酌才能吐口，她左胸背心边缘地方有一道清晰的人工日晒出来的痕迹，“杀人案一定搞得你们很紧张吧？我连想都不敢想。”她凑近过来，我看见她鼻子上的毛孔中堵塞了大量的粉底，“他们让你看尸体了吗？”她假装打了冷战说，“一定可怕极了吧？”

我喝了一口她给我倒的酒。天鹅绒裙子勒得我喘不过气，我拉了拉高高竖起的领子。菲菲睁大了眼睛，眼中闪烁着对血淋淋的细节的期待。

“这是我的案子，我想干什么都行。”冷不丁腰下一软，我一个踉跄，差点当场坐在地上，“哎哟。”

菲菲笑出了声：“哦，那可真好。”

“我和发现尸体的那个人去同一家健身房，”福克斯从我身后平静地说，“他受惊不小。”他的声音我一辈子都忘不了，如此温柔，又如此严肃。

“嘿，福克斯。”我说。他与我近在咫尺，我的耳朵甚至能感觉到他的呼吸。

菲菲扯着上衣，冲我们竖起眉毛：“我去换个曲子。”

斯科特从院子对面向我挥手。这里的光线让他看起来更圆了些，像一大堆圆圈彼此叠加在一起，只剩个脑袋在上面晃来晃去。我没发现他胖了这么多。我们都胖了，我环顾四周的时候想。我的两条大腿上汗津津的，彼此之间几乎没有缝隙。内裤也感觉湿漉漉，皮肤上仿佛有许多蚂蚁在爬，不知道福克斯能不能看见我腋窝下的汗渍。

“嗯。”

福克斯笑道：“怎么了？”

我从嘴里吐出一口气，使双唇也随之颤动起来：“我不知道。”

“你没事吧？”

“我喝多了。”我说。

福克斯点上一支烟：“这我看得出来。”

“是意外。”

“刚才那声‘哎哟’？”

“对。”

“那你告诉我，是不是很怪？”他眯着眼睛问我。

“什么怪？”

“寻找杀人凶手啊？”

我警惕地看了他一眼，在半明半暗的灯光下，他的另一半脸好像不见了。我再度望向派对上的人群：“这算不算一句蠢话？”

“也许吧，对不起。”他挥了挥手，仿佛想把刚刚的话从空气中擦掉，“我只是忽然想起曾经有段时间你自己都恨不得杀了她，所以我才说怪。”

“没有的事，”我立刻示意他噤声，“你别胡说。”

福克斯耸耸肩：“那是很久以前了。”

他把手里的烟递向我，我摇头拒绝，他又耸了耸肩。

“给我一支新的。”我说，我看到他嘴角露出坏坏的笑。

“没问题。”他点燃一支递给我，交接时，他有意无意地摸了摸我的手指。

雅各布死了以后，我记得他去过我家几次。他拉着我的手坐在沙发上，我差一点就把全部的实情和盘托出，可当时我哽住了。我不知道如何解释我的所作所为，那种感觉很难形容，所以我们就在令人难堪的沉默中坐了许久，直到我说我想睡觉。他把我紧紧地搂在怀里，亲吻我的额头，随后是肩膀，接着是脸，但我挣脱了，他只好悻悻地离开。从那以后，我们的关系就变了味，看到他我总是感觉不舒服，有些紧张。

现在我抬头看着他——同样卷曲柔软的沙色头发，浅棕色皮肤，深色眼睛。身体稍微有点发福，似乎也粗糙了些。他的娃娃脸有了些许老成的迹象，淡淡的胡楂又粗又硬。我的嘴唇情不自禁地微微张开，这一刻，我希望他想要我。

福克斯深深地吸了一口烟，呆呆地望着我。

我忽然想起学校午餐盒的味道，想起《老友记》中的情节，想起思乐冰饮料，还有雅各布。

院子里响起声声尖叫。原来菲菲发起了弯腰过竿比赛，此时她正在众人的起哄声中做出后弯腰的动作。只见她的乳房高高挺起且微微晃动，而后慢慢从茱莉娅和斯科特抬着的一根扫帚下面走过。扫帚柄弯曲的地方恰好触到她的胸口，结果她大笑着倒在草地上。从我这里看，斯科特似乎一直盯着她的胸部。他搀住她，把她从地上轻轻拉起来，两人相视又是一阵大笑。烟气粘在了我的皮肤上，我已经多年不抽烟了，因此吸的时候有点头晕。

“帮我拿瓶啤酒好吗？”

福克斯点头答应：“没问题。”

须臾之后，他拿着一瓶卡尔顿啤酒走了回来：“看在过去的分儿上，给你拿了个老牌子。”

冰凉的感觉顿时席卷全身，我的每一根神经都激动地唱起歌来：“天哪，我太需要这个了。”

“随我来。”他朝房子一侧走去。

“干什么？”

他没有停下。

“好吧，我去。福克斯，到底什么事？”

我们站在灯光照不到的地方，“我也不知道……是这样的。”他抓住我的双手，“我最近时常想起雅各布，我也不知道为什么。也许因为罗莎·赖安的事，也许是因为今年是他死去的第十个年头，我不知道。”

他来回跺着脚，我回望院子，篱笆上人影闪动，那是弯腰过竿游戏现场激动的人群。有人调高了音乐的音量，人们扯起嗓子唱着跑调的圣诞歌。

“我上周甚至还去了他的墓地。”福克斯说。

“你去了？”

“你从来没去过，对吗？”

我猛灌了一口啤酒，泡沫嘶嘶冲进了我的鼻子：“我觉得没什么意义。”

他轻轻一笑：“哦，杰玛，你心肠真硬，比我们所有人都硬。我很担心你，你知道吗？我也关心雅各布，但更关心你。那件事我至今想不明白，但我还是一直在想。他的死毫无道理啊，你不觉得吗？他为什么要自杀？当我听说罗莎也死了的时候，感觉就像……我也不知道，就像那件事和她一直都有关系一样，她就像个巫婆。”

一只大手紧紧地攥住我的心脏，越攥越紧，只需再用力一点，我的心脏就有被挤爆的可能。

“别傻了，福克斯。她没那么神。”

他又点上一支烟，烟气不请自来地钻进我的肺里。对过去的渴望在我胸口膨胀，我不得不将它逼迫出去。

“福克斯，此一时彼一时。我不喜欢总纠结过去的事，那没用。”

他透过烟雾望着我：“杰玛，一直有人照顾你吗？”

我翻了个白眼。

“你幸福吗？你不幸福，对不对？”

这时他忽然抱住我，并吻上了我的嘴。我的嘴巴里顿时充满了混合着香烟、调料和大麻的味道，我的脑袋被紧紧压在凹凸不平的砖墙上。这一刻，我犹如回到了高中时代。

“福克斯，停下！”我轻轻推他，随后更坚决了些。

“别这样，杰玛，没事的。”

“不，停下。”

我们四目相对，默默地站了片刻，而我的大脑则一片空白。

“唔，嗨。”斯科特忽然走进黑暗过道尽头的光亮中。

我连忙从福克斯身边挪开了些。

“嘿，伙计，你没事吧？杰玛有点晕了，这一周压力太大的缘故吧。我们正在叙旧呢。”面对从天而降的斯科特，福克斯应付得从容不迫，“对吧，杰玛？”

我一边点头，一边卖力地冲斯科特笑笑。他脸色苍白，但也有可能是光线的原因。

“嗯，谢谢，福克斯。我得再来一瓶。哇，天哪，到现在还这么热。”

我先后从他们两人身边经过，回到院子里。“嘿，嗨，嗨。”走向酒水桌时我不停地和人打着招呼。音乐的节奏在我身体中悸动。我找不到葡萄酒，便只管倒了一杯金酒，并在杯里胡乱丢了几片柠檬。

一群人在泳池旁边高举着双手跳舞跳得正欢。斯科特冷不丁抓住了我的胳膊肘。

“我想跳舞。”我对他说，但却不看他的眼睛。我用力挣脱了他的手，把杯里的酒一口灌下，头也不回地钻进了人群。他们中大部分人我都不认识，但道格兴奋地和我击掌，击掌过后，我的手疼得几乎失去知觉。

“来吧，杰玛！”他喊道，我回之以微笑。每个人都在对我微笑。跳舞的感觉很好，不知道斯科特是否在注视着我，或者福克斯，但我并没有停下来搜寻他们。又一首歌响起，我尽情挥舞起胳膊。女人们尖叫着，像打了鸡血一样开始跳起来。我跟着节拍拼命地摇摆身体，可脚下却像着火一般灼痛，我当即弯腰脱掉了鞋子。我放松了一阵脚趾，继续回到舞蹈的节奏上。雅各布、斯科特、菲利克斯、福克斯，我谁都不愿意想。歌曲又换了一首，我却不想让自己停歇。天气真热。其他女人似乎很欢迎我，她们搂住我的腰，将我旋转出去，而我则像个运动员，或者芭蕾舞演员，转出完美的圆圈。

我热极了，只好坐下来休息。我瞥了一眼手表，一点还是两点？该死，明天我还要上班，还要继续调查到底是谁杀了完美无瑕的罗莎·赖安。一个毁了一切的女人。我的头发湿答答地贴在后脖颈上。也许我该站在泳池当中平静一会儿。跨过泳池的塑料边，泳池中已经没有冰，但水依旧很凉，就像湖水那样。罗莎琳德死了，雅各布死了，死了，死了，死了，可我没死，我还在这里，孤身一人。我差点笑起来，因为这太离谱。我的心跳陡然加速，跳舞使我喘不上气了。我得坐下，我退后几步，蹲在泳池边上，但泳池的边缘立刻塌陷，我顿时跌进冰凉的水中，周围响起一片热烈的笑声与尖叫。

12 月 20 日，星期天，上午 7:57

睁开眼，首先看到放在床头的桶。从我的角度很难看出桶里有没有东西，但我清楚地记得，斯科特带我回来之后我在里面吐过。这时我听到了他的呼吸，就在我背后，伴随着微弱的鼾声。我头痛欲裂，只好强迫自己闭上眼睛。我得起床准备上班了。原计划我要到爸爸家把本接回来，免得斯科特再跑一趟，可现在看来我已经没有了时间。我缓缓翻个身，看着熟睡中的斯科特。他的脸放松而平静，眼睑像小孩子的一样平坦。他的嘴唇微微分开，边缘上翘，他在我眼里已经变成了陌生人。

我悄悄下床，又刷了一遍显然已经刷过的水桶，而后把它放回洗衣间里原来的位置。没有了本，这个家感觉就像一个空空的壳：我的耳朵仿佛浸在水里，寂静在我四周咆哮。我打开广播，但里面的话音与笑声在厨房里疯狂地发出回声，让我不由一阵恶心。我冲进厕所，一次次呕吐。我的脸上渗出大滴大滴的汗珠，呕吐物中腐臭的酒气让我更加反胃。当我感觉肚子里终于吐空了时，我冲了马桶，瘫坐在地板上。我枕在凉丝丝的水槽上哭起来，眼泪像不值钱的珠子，一把一把地往下洒。哭够了，泪也流得差不多了，我洗洗脸和脖子，刷刷牙，把头发胡乱绑成一个发髻，抓起手机，来到露台上给爸爸打电话。我低声和本说话，他兴奋地念叨着外公给他准备的麦片粥早餐，随后我让他把手机还给外公。

“我得上班去了，爸爸，斯科特待会儿去接本，没关系吧？”

“没关系，当然没关系。我喜欢这小家伙。”

“谢谢你，爸爸。”

“昨天晚上过得怎么样？玩得尽兴吗？”

“嗯嗯，挺尽兴的。”

“那就好，亲爱的。你工作太卖力了，偶尔出去放松一下是好事，你还年轻。”

我点点头，险些又哭起来：“我得走了，爸爸。告诉本我们回头见。”

挂断电话，拿好东西。我给斯科特留了张纸条，告诉他说我已经和爸爸通过电话，稍候让他去接本，我晚上七点左右才会回家。我很庆幸他没有醒来，此刻我根本无法忍受他看着我的情景。菲利克斯不停地钻进我的脑子里，我一心想的全是和他上床，而后舒舒服服地待上几个小时，让他的双手摸遍我的全身。懊恼的情绪达到了顶点，我两只手重重地砸在方向盘上。想起福克斯，想起跳舞，想起昨天夜里的一幕幕，我眼睛一红又哭起来。菲利克斯，斯科特，本，雅各布，罗莎。我咬紧牙关，试着用深呼吸来平静心情。我感觉轻飘飘的，不是自由的或自主的飞升，而像失去了锚一样：锚链断了，我越飘越远，周围的一切感觉越来越虚幻。

我想到对本宠爱有加的爸爸，他给他做早餐，和他依偎在沙发上，玩拼图游戏或者读书。生下本是我送给爸爸最好的礼物，他意味着伍德斯托克家进入了一个新纪元，意味着妈妈的死已经成为上一代的事，那一章永远封存在过去的岁月里。临产之前，爸爸在我身边时连大气都不敢喘。每次看到我，他的眼里都含着热泪。我真担心会出什么事。我甚至莫名其妙地担心自己永远都抱不上孩子，那种幸福渐渐地靠近我，而后又将飞也似的逃开。

后来，本早产了。那是六月里一个寒冷的早晨，离预产期还有三周，生的过程虽然痛苦，却是令人欣慰的迅速。那天我原本在客厅的沙发上睡得好好的，忽然便惊醒过来，当时电视机在黑暗中发出轻柔的说话声。我听到了某种噪音，是来自外面吗？接着我又听到一次，像轻微的呻吟。过了一会儿我才意识到那声音来自我自己。我要生了，要生了。我一动也不敢动，屋里闪烁着电视里发出的光，妈妈的巨幅照片从破旧的木壁炉架上俯视着我。我咬牙挺过一波阵痛，随后在地板上蹲起来，让痛感流遍全身。羊水也破了，可我仍然不动。出于本能我知道，过了今天，我将再也不是孤孤单单的一个人。我是一只怀了小猫崽的母猫，我马上就要成为一个母亲了。我肚子上半透明的皮肤像波浪一样起伏着，印出小小的胳膊和腿。那是我的儿子。疼痛一阵接着一阵。终于等到一个间歇，我立刻起身，迅速拿了条毛巾，把一直以来滋养着我儿子生命的羊水从地板上全部吸干。我几乎一步一停地走到了卧室门口，地板仿佛在我脚下结了冰。月光下，斯科特搂着我的枕头睡得正香。

“斯科特。”我叫道。此时痛感更强烈了，它冲击着我的心脏，使我连说话的声音都变了味：“斯科特，我们得去医院。”

他连滚带爬地下了床，一脸震惊地望着我，眼睛比外面的月光还要明亮。

然而这一刻我心里只有一个念头：我要生了，但孩子不是斯科特的。我都不知道自己在干什么。

12 月 20 日，星期天，上午 9:11

走进警局时，整个大楼都静悄悄的。最近，上头给了琼斯不小的压力，所有警员不得请假，所有骨干必须随时待命，因此无所事事的行政人员不再像以前那样聚在一起闲聊。前台接待处有几个急着报案的人，无非是丢失了钱包或损坏了信箱之类的琐事。这与上周谋杀案之后的狂乱迥然不同。四周的墙壁在酷暑中发出呻吟，我的办公桌上胡乱放着一些文件和钢笔。我望了望菲利克斯整齐的桌面，他的钢笔像士兵一样竖立在自制的黏土笔筒中。那是他的某个女儿送给他的礼物。我忽然想到，如果我们也有了孩子，会像他还是像我？会是女孩还是男孩？我的脑袋里像擂鼓一样，那是昨夜的酒和羞愧在作祟。我渴望能一个人待一天，清清静静的，甚至不需要开口说话。我咽下一口唾沫，经过酒精和呕吐物的双重蹂躏，我的嘴里仍然充斥着一股酸味。

安娜在我桌上留了一盒心形巧克力和一张便利贴，上面写着：**上次约会收的，再送你一次。不客气。**我收起来丢进一个抽屉，同时极力克制着恶心的感觉。手机突然在桌上振动起来，我吓了一跳。

“我是伍德斯托克，请讲。”我说，嗓子里火烧一样又痒又疼。

“嗨。呃，但愿这通电话不算唐突。你说只要我想起别的情况就给你打电话，和罗莎琳德·赖安有关的。”

我努力集中精神：“当然，我们欢迎任何有助于破案的线索。请问你是哪位？”

电话那端先是传来一声短促而紧张的笑，随后对方又猛地吸了一口气：“哦，抱歉，我是伊兹·梅洛尔，史密森中学的老师，你给了我你的名片。”

我立刻想到她鲜红色的头发和夸张的眼线：“哦，伊兹，我记得你。你说吧。”

“嗯，是这样的。我也不确定这件事有没有关系，但它一直盘旋在我的脑子里，尤其是周五之后，我总觉得还是说出来比较好。”

“那是自然，像这样的案子我们当然知道得越多越好，有时候看似毫无关联的事情却恰恰至关重要。”

“对，我也觉得。所以，是这样的，我并不确定，但几个星期之前有一天，我下班时把钱包落在了办公桌上，直到去餐厅吃饭的时候才发现，于是我决定回家的时候顺便去拿。有时候清洁工很早就去打扫办公室，我不想它被人偷了。”

“你说的事具体发生在什么时候？”

“三周前的星期四，我刚刚查了下日记以确定时间。”

“好极了，这么说你又折返回了学校。大概在什么时间？”

“晚上九点左右吧？学校里空无一人，感觉很瘆得慌，我跑进去拿了钱包就赶快走回我的车子。”

“然后呢？”

“然后我看见两个人从礼堂里走出来，就在靠近活动教室的地方。我弯腰躲在车后面，所以他们没看到我。两人中有一个就是罗莎琳德，和她一起的，是个学生。”

“你认识那个学生吗？”

“虽然没有十足的把握，但我可以肯定那是个学生。个子很高，但很年轻。那些孩子，你从他们走路的姿态就能看出来。”

我的心不安地跳动起来：“明白，但你没有看清到底是谁吗？”

“没有，当时天色很暗，而且我也不想表现得像在监视他们一样。”伊兹说。

“你还看到别的了吗？”

“嗯，我当时只是觉得奇怪，可后来我又想到她放学之后一直在排练话剧，所以我猜那应该是其中的一个演员，这样一想他们在那个时间出现在礼堂也就不算意外了。”

直到我松了一口气时我才意识到自己不知何时屏住了呼吸：“所以你认为他们是在排练？”

“很可能。这也说得通啊，可是……”

“还有别的情况？”

“他们上了她的车，这才是真正让我觉得奇怪的地方——可我估计她只是要顺路送他回家，这没什么大惊小怪的。但他们在黑黢黢的车里坐了一会儿，也许说了些话吧。”

长长的一段沉默，我只听到伊兹粗重的呼吸声。终于，她说：“当时天很黑，我躲在两辆车中间，只能透过另一辆车的车窗偷看他们几眼，可关键是，他们的头凑得很近，我对天发誓，我看到他们接吻了。”

“有意思。”菲利克斯听我转述了伊兹提供的情况之后说。

上午，他请假去参加了女儿梅利莎的舞会。当我问他舞会怎么样时，他耸耸肩说：“十三岁小孩子的舞会能怎么样？”他没有问我昨天夜里的事，似乎也没有注意到我布满血丝的眼睛和暗黄的肤色。我看着他在他的办公桌前东翻西找，拉开抽屉又合上，始终不敢正视我的目光。他心里有愧，从他躲闪的眼神我看得清清楚楚。我太了解他了。我们理解彼此之间互为冲突的地方。我们懂得责任与男欢女爱孰轻孰重。我的皮肤像塑料一样贴在脸上，我以为又要一阵恶心，于是缓缓呼出一口气，让几秒钟变成一分钟。

“要不下班之后我们见面聊聊？”我说。

“不行啊，”他说，“我得回家，今晚家里有客人。”

愤怒的火苗在胸口忽闪了几次，但被我压了下去，此时此刻发火也无济于事。一片箔纸从台灯上垂下来，像扇子似的缓缓飘动。空调昨天修好了，但夜里又出了故障。无疑，琼斯一定气疯了。

我想到下周的圣诞节。菲利克斯和他的妻子坐在漂亮的圣诞树下，手里端着奈斯派索咖啡。他妻子整齐的金发在晨曦中闪着光，他们的三个女儿兴高采烈地拆着礼物。我的头更疼了，只好闭上眼睛。

“那好吧，”我轻轻坐在他的桌沿上，“回到伊兹的电话上。你怀疑她看见的那个和罗莎琳德在一起的学生是罗德尼对不对？可她并不确定，是谁都有可能。”

“得了吧，杰玛。我认为那孩子一定知道些什么，你只是不愿承认罢了，”他伸手随便理了理头发，“这个假设并不是没有道理。罗莎琳德看起来也是个孤单寂寞的女人，或者也许她只是古怪，可不管怎样，她都在通过话剧、通过男性的注意来寻求认可。罗德尼扮演罗密欧没错吧？这一切完全合乎逻辑。”

我张大嘴巴，试图引他来看我，可他故意目不转睛地盯着电脑屏幕。他在桌子下面跺着脚，在我坐的地方都能感觉到震动。

“那凯·布莱克斯呢？”我问，“如果情人节给罗莎琳德送花的人是他，那应该也能代表些什么，你不觉得吗？”

“我不否认。我毫不怀疑他对罗莎琳德有爱慕之心，可我们都知道演出结束之后他就直接去了派对现场，一整晚都和其他人在一起。也许他是个怪家伙，也许他只是个为爱昏了头的愣小子，可我不认为他是我们要找的人。”

“那尼克尔森呢？我们至今还没有搞清楚他和罗莎琳德的关系。”

他叹了口气，飞快地瞥了我一眼，随即又把目光移向别处：“总之我觉得罗德尼的嫌疑最大。一个年轻帅气的男学生迷上他美丽动人的女老师，这是非常符合常理的。我以为我们不会为这些显而易见的事争论。”

我清了清嗓子，可说话的时候依然有种紧绷的疼痛感：“好吧，但我觉得暂时还不能把尼克尔森排除在外。一个孤独寂寞的老男人爱慕一个姿色出众的年轻女人也是合乎常理的，这同样也能为她带来关注。况且我们还没有排除赖安公司生意伙伴的可能性，另外也不能忽略了蒂莫西·赖安。”

“杰玛，我并没有把话说死，但这确实是个非常重要的线索，甚至可以说是我们目前发现的最有价值的线索，这也可以解释罗莎琳德在向莱拉说起自己谈恋爱的事情时为什么会那么小心谨慎。现在我们需要查清罗德尼从演出结束和他到杰米·克莱恩家之间的那段时间都做了些什么。”

“他说他直接去参加派对了。”

菲利克斯翻了个白眼：“我知道，而且他是一个人去的，说得倒轻松，可我们需要确定那是不是真的。”

“约翰·尼克尔森完全有可能睡到一半再起床，等着演出结束，”我说，“你得承认，你对罗莎琳德的推测并不能解释尼克尔森或蒂莫西身上的疑点，”我盯着菲利克斯，可他依然盯着屏幕。他坐得板直，像他的电脑一样，我看不出他究竟什么想法，“你到底怎么了？”

“没什么。”他回答，并奇怪地看了我一眼。

“你在伤我的心。”我看着地面，急忙说。可我立刻就感到内疚起来。我们一向竭力避免给对方增加负担，因为我们在各自世界中的责任已经够沉重了。

他猛然站起身，整个房间仿佛都在倾倒。他的脸挡住了刺目的荧光灯。我半晌看不见他，眼前只剩下影影绰绰的一团黑暗。

“对不起，我没想伤你的心。可我也很为难，杰玛，真的为难。谁让我们赶上该死的圣诞节呢。”

“我知道，我也一样。”

“所以处在这个节骨眼儿上，我们都不方便。下周我父母要来和我们住段时间，到时候我们想见面就更难了。所有快乐的家庭时光对我来说都好像是可望而不可即的，”他抬头看了看我，又环顾四周，仿佛在查看是否有人在偷听，尽管周围连个人影都没有。他抿住嘴唇，我以为他会哭。他的语调如此轻柔，我几乎听不到他的话：“杰玛，有时候我真是受够了我们这种处境。”

我迫不及待地想把心里的话说出来：“我知道很难，很辛苦。可我们早就想到这一点了，我们也都理解。这个时节对我们来说是最难熬的。我也觉得辛苦，但总会过去的。”

他张了张嘴，随即又合上：“走吧，咱们去找这个年轻的梅森先生谈一谈。”

12 月 20 日，星期天，上午 9:55

雅各布家的房子和我记忆中的一模一样。低矮、阴暗，窗户上爬满密密麻麻的蕨类植物。车库门紧闭着，但门前停了一辆破旧的挂着见习驾驶员牌照的福特猎鹰运动轿车。罗德尼的生日在一月份，我一下子就想了起来，好像它是自己从我脑海深处浮上来的一样。我记得一个闷热的夜晚，我们聚在地下室里，空气中弥漫着热狗的味道，一群小男生围着一台旧电视看鬼片，雅各布拉着我的手坐在角落里的沙发上。我们是罗德尼这场通宵生日派对的监督者，他们看鬼片时害怕的样子引得我们两个不时大笑。

房子左侧依旧立着一棵高大的桉树，茂密的树枝消失在房顶另一边。我们还未下车，便看见唐娜·梅森拿着一把扫帚出现在阳台上。她的样子使我不由联想到一根缠绕紧密的弹簧。她走路的姿势像是个提线木偶，动作僵硬机械。菲利克斯摇下了车窗。

她来到阳台边上。“你好。”她轻声对菲利克斯说，随后又冲我点点头。

“你好，梅森太太。很抱歉这么唐突地打扰你，但我们想向罗德尼了解些情况，关于赖安女士的，不知道他在不在家。”

“他已经被问过话了。”她说。

“没错，不过我们还有些别的问题。”菲利克斯答道。

她眼睛里闪过一道抗拒的光，可她很快就垂下肩膀，变了一副神态，随即微微点头说：“他在后面打篮球呢。”

我们下车，走进一片蝉鸣中，接二连三的篮球声好似沉闷的低音拍子。雅各布也会打篮球，他长长的四肢在篮球场上如鱼得水，躲避、穿插、投篮，样样拿手。以前我很喜欢看他打球。

“这边。”唐娜把扫帚竖在一面墙上，领着我们穿过昏暗的室内。百叶窗拉着，闷热的空气中充斥着一股浓浓的松木味——圣诞树。我们穿过铁丝网门，重新回到汤汁一样黏稠的空气中，又跟着唐娜走下一段吱吱作响的木楼梯。

“罗德尼！”

罗德尼原地转了个身。他颧骨的弧度我再熟悉不过，闭着眼睛都能画出来。我迅速瞥了一眼唐娜，心想天天面对幽灵一样的生活她是如何撑过来的。她双臂交叉抱在凹陷的胸口，右脚轻叩着地面，仅仅这一个动作，我可以想象在过去十年中，她经历过多少漫长难熬的夜晚，做过多少破碎的梦，有过多少次无助的哭泣。篮球滚过水泥地一侧，停在一棵树下。罗德尼的胸口一起一伏，脸上的汗水闪闪发光。他向我们走来，双眼与菲利克斯基本持平。他比雅各布还要高些，也更结实。他从下往上擦了擦额头，把汗水全都抹到了头发上，让它们直挺挺地竖了起来。他是个地道的帅哥。一朵云遮住了太阳，我们周围暗了下来。

“嗨，”他耸耸肩说，“什么事？”他的语调听起来虽然轻松随意，但眼睛却在我们两个中间飞快地扫来扫去，手局促地挠了挠脖子。

“这两位警官想和你谈谈那个老师的事，罗德尼，一会儿就好。”

她单单看着菲利克斯，毫不掩饰地无视了我。我一定使她想起了雅各布，想起了那段不堪回首的岁月。想必她平时一定万般小心，把感情牢牢地藏好，不给回忆半点翻腾的机会。我不由得再次想起那封短信，雅各布到底把它藏在哪儿了呢？我抬头望了望他卧室的窗户，不知道那里是否已经成了他不可侵犯的神殿，不知道它的墙上是否还挂有我的照片，或者她早已把房间清理一空，重新整饬，或者毁掉原来的一切，使整个房子不留一丝她早亡的儿子的痕迹。

“好啊，在这儿吗？”罗德尼指指我们站的地方。

“去那儿怎么样？”菲利克斯指了指后院篱笆近旁几张破旧的户外休息椅。

罗德尼又耸了耸肩，这是年轻人通用的身体语言：“行。”

我们坐下来，双手无事可做也无处可放。我和罗德尼一会儿把手放在膝盖上，一会儿挠挠腿，一会儿摸摸头发。菲利克斯双手紧紧地握成一个球，向前探着身子。唐娜站在几米开外的地方静静看着，她的双眼像弹珠一样闪着光。

“罗德尼，我们知道上个星期你才接受过警方的问询，”我开口说道，“但我们还有一些别的问题想问你，可以吗？”

“可以。”他说。

“我们很可能会重复提到一些问题，但最重要的，是你对我们一定要实话实说。”我说，“这你是知道的，对吧？”

他咽了下口水，点点头。

“那好，”我继续说道，“请你跟我们说说你和赖安老师的关系吧，罗德尼。”

罗德尼搔了搔手腕，小心地看了一眼菲利克斯：“她人很好，是个好老师。”

“只是很好吗？”菲利克斯问。

罗德尼黑色的眼眸冲我忽闪了一下，又转到菲利克斯身上。我抬手拍死了一只蚊子，胳膊上顿时留下一片血迹。

“我很喜欢上她的课，可能因为她和别的老师不一样吧，有时候我们感觉自己都不像在学校。”

“你指哪方面？因为她上课很有趣吗？”

“应该是吧，她总能让任何事情都变得更有意义。我也说不准，听起来大概很蠢。”

“一点也不。戏剧这门课程是需要人有点想象力的，对吧？”菲利克斯说。

“对。每个人都想上她的课，她真的很棒。”

“也就是说，她从‘很好’变成了‘很棒’？”

罗德尼重重地靠到椅背上：“随便。”

“你在学校之外和她见过面吗？”我的声音比菲利克斯稍高一点，但仍然几乎被淹没在黏稠的热浪中。

他从嘴唇中间吹出一口气，样子像极了本：“偶尔吧，因为话剧的事。”

“什么事，排练之类的吗？”我问。

“对。有时候放学之后我们会晚走一会儿，需要的时候，周末也不例外。大家都很用心，现在也是。今晚我们还要排演一次，新年期间我们准备加演一场。我们这么做基本上是为了纪念她。”

“嗯，我们也参加了追思会，看到你发言了。你们能这么做很让人欣慰。”菲利克斯说。

“你和玛姬关系近吗？她似乎是个不错的姑娘。”想象着罗德尼抚摸玛姬的脸，她紧致年轻的身体，他长长的手指穿过她丝绸般光滑的白色头发，就像雅各布在那么做一样，我竟隐约生出一丝奇怪的嫉妒之情。

“我们一直上同一所学校，我们是好朋友。”

“没有别的吗？”

他轻轻翻了翻眼皮：“去年夏天我们交往过一段时间，很短暂，后来我们决定还是做朋友比较好。”

“这是谁的决定？”

唐娜走到篮球跟前把它捡了起来，转手扔进了一个大塑料桶。远处的天空传来阵阵雷声。“罗德尼对待学业和篮球是很认真的，”唐娜插话说，

“他没时间干别的事。”

罗德尼没有理会她，继续说道：“主要是我的意思，但这已经不重要了。我们只是约了几次会，看电影或参加家庭派对。我刚才也说了，时间很短。”

“你们分手时她伤心吗？”我依然保持轻柔的语调。我想知道他向玛姬提出分手的方式是否与雅各布向我提出分手的方式一样，我想知道他的这个决定有没有把她的世界击个粉碎。

“我没觉得，一个星期后她就和马特好上了。”

“爱情说没就没，不是吗？”菲利克斯笑着瞥了我一眼，“也许她是故意想让你嫉妒。也许她以为你有了别的更好的追求？比如说你想找一个更加成熟的女孩子？”

罗德尼孩子气地把脸一沉说：“这你得问她去了，但我可不那么想。她现在交了个女朋友。”

我注意到唐娜扬了扬眉毛。

“好了，不说这个了。”菲利克斯及时改变话题说，“说说话剧的事吧，你演罗密欧对吗？这可是男主角啊。”

“对，”他又耸耸肩，“我喜欢演戏。也喜欢打篮球，但毕业之后我想学表演，上艺术学校之类的，所以当主角对我有好处。这部话剧和原著有很大出入，它的背景设在二十世纪七十年代的澳大利亚，地点在大城市，我想应该是悉尼。茉莉就是以朱丽叶为原型的，她出身于家教森严的大户人家，和父母的关系不怎么好。我扮演里奇，原型是罗密欧。他是个穷小子，年纪要小得多。”

“姐弟恋？很前卫嘛。听起来蛮酷的，不落窠臼。”菲利克斯扬起一侧眉毛说。

“剧本是赖安老师写的。我觉得很有希望被某个电影公司看上。它的质量绝对不是一般的校园剧能比的。”

“看来你对她很是推崇啊。”

他低下头：“是，我说过，她是个非常棒的老师。”

“你见过有人和她红过脸吗？她有没有对你说过她害怕什么人？”

“呃，没有。我的意思是，我们很少谈这类事。”他又把手指插进了头发，“我是说我知道她和学校出了点问题。我们的校长尼克尔森先生是支持演出的，只是中间遇到了其他一些障碍，资金方面的。我偶尔见他们谈过，有时也会争论得面红耳赤。罗莎心里其实很难过。”

“罗莎？”

他像偷东西被人抓了现行一样唰地红了脸：“在戏剧课上我们都这么叫她。她说在舞台上每个人都是平等的。”

“可她毕竟还是你的老师，你们并不是真的平起平坐，况且你还是个未成年人。”菲利克斯步步紧逼道。

“马上就成年了。”

“一月十五号。我查过。”菲利克斯挺了挺肩膀，歪起脑袋盯着罗德尼的眼睛。

罗德尼的嘴巴张了张，仿佛想说什么，可随后又紧紧闭上。

“罗德尼，”我说，“严格来说你现在还是个孩子，所以如果赖安老师要求你在学校之外做别的事情或者跟你有过多的接触都是不恰当的，她对你负有责任。这个道理你应该懂吧？这事跟你没关系，但我们还是需要知道。”

他再度低下头，随后说道：“我已经告诉别的警察了，我们什么都没干。”

“你没有参加篮球赛是怎么回事？”菲利克斯问。

“啊？”

“首场演出后那个周六的上午你们本来要打球赛的，后来取消了吗？”

“哦，没有。那不是比赛。我只是约了几个朋友一起训练，可后来因为天气太热我就决定不去了。”

“于是你去参加了杰米家的派对。”我指出。这时我才第一次意识到，在心底里，我是多么不希望罗德尼和这件事扯上关系。

“是。”

“玩得尽兴吗？”

“还行吧。我很累，因为演出刚结束嘛，但总的来说玩得还算愉快。”

“你是一个人走路去的？”我问。

“是。演出之后我就和其他人分开了。妈妈回家了，我包里装了些啤酒，所以就走小路过去了，路上我喝了一瓶啤酒。”他看了一眼唐娜，但后者却不动声色。

“你几点到的？”

“大概在十一点吧？”

“好吧。”菲利克斯的话中带有明显怀疑的口气，“那你是什么时候离开的呢？”

“不记得了，大概两点吧？”

“你是怎么回的家？”我问。

他又飞快地瞥了一眼他妈妈：“走路。”

“从湖边抄近路？”

罗德尼迅速扫了我一眼之后，他重新盯着自己的双手：“不，我没理由走湖边，我沿德拉蒙德街一直走就能到我们家这条街。回到家我就直接睡觉了，我当时已经醉得差不多了。”

“可以结束了吗？我已经告诉其他警官了，我可以证明罗德尼刚过两点就到家了，我听见声音了。他已经把他知道的全部告诉你们了，现在他真的很需要继续训练。”

我们三个对唐娜的话全都充耳不闻。我袒露的胳膊感觉到了凉凉的雨点，反正罗德尼总不至于在雨中练球吧。

“你和赖安老师吵过嘴吗，罗德尼？”我问，“比方说你有什么要求是她不能满足的？或者你们在话剧上有不同意见？”

“没有，”他近乎恳求地望着我，“从来没那种事。”雨点更大也更密集了，落在桌面上，渐渐连成片，形成小小的水洼，“我不知道是谁杀了她。”他的眼睛充血变红，我看到一颗破碎的心疲惫地凝视着我，看到一个对未来充满迷茫的年轻人。“我真的不知道。那晚的演出很成功，一切都非常顺利。我觉得她高兴极了。”他清了清嗓子，我怀疑那只是为了阻止自己哭起来，因为我能清楚地看到他颤抖的嘴唇。

他很难过，这一点毋庸置疑，只是我暂时还看不出他的痛苦是单纯的悲伤还是掺杂了内疚的情感，或对于被抓到的恐惧。我看着他，不由得再次祈祷他和这件事不要扯上任何关系。一颗桉树果实从天而降，砸在他紧握的拳头上。他猛地从桌上缩回手，揉了揉被砸疼的关节。

我们站起身来。

“好吧，谢谢你的配合，”菲利克斯说，“我们可能还会来打扰，不过来之前我们会打电话的。祝你们排练顺利，我们都很期待看你们的演出，你说是吧，伍德斯托克？”

我欣然点头，可心里却急切地想要伸出手去拉住罗德尼，把他拉到我身旁，告诉他说我能理解。

“我送你们出去。”唐娜立刻不失时机地说。她在大腿上擦了擦手，就像她穿了一条看不见的围裙。

大雨倾盆而下，我们又走上了木楼梯。唐娜稀疏的头发已经开始打弯，在可怜的马尾下打起了一个个小卷儿。我向后理了下自己的头发，虽然卷曲但却稠密，抓在手里很有分量感。我们身后，罗德尼又开始打起了篮球。球砸在湿淋淋的水泥地上，就像巴掌拍在皮肉上。

12 月 21 日，星期一，下午 6:06

我又错过了接本的时间。我似乎早就知道会有这么一出，大雨影响了斯科特的工程进度，他只好加班弥补，因此他问我今晚有没有空去接本，碍于周六晚上我在聚会上的表现，我很难拒绝他的请求。正开着会，我偷偷溜了出来，一路飞奔着来到车上，打着火便立刻开了出去。前往马沙的公路上车流滚滚，正是下班高峰时期，我焦急地在车阵中穿来穿去。本的日托中心位于马沙，那是群山之中的一片小小的郊区地带。云山日托中心就在马沙小学的后面，占地半英亩，是一座标准的塑料城堡，只是为了使那些破旧的塑料不引人注意，中心又修了一座小小的鸡舍和一个菜园，尽管这两处设施修建得有些敷衍，但我相信孩子们一定不会在意。本从三个月大时就被送到了这里，看样子他还挺喜欢。我把车子随便一停就跳了下去。已经过了六点，中心对接孩子的截止时间要求极端严格，但我的手机至今还没接到任何电话，因此我推断自己迟到得还不算太严重。

我着急忙慌地冲进大门，一个我不认识的上了年纪的女人正伏在桌子前处理一些文件，她惊讶地抬头看着我。

随后她从容地摘下眼镜，用充满戒备的口气说："你好？"

"嗨，对不起我来晚了。我是来接本的，本·哈勃。"

她微微蹙眉："哦，好吧。麻烦你在这里等一下。我马上回来。"

中心里听不到任何动静，像极了本不在时我们的家，空荡荡的。我不觉有些心慌。也许本在外面。

中心主任玛德琳·菲利普斯走进房间，脸上带着温和又略带担忧的微笑。

"嗨，杰玛。好多年不见了，你还好吗？"

"本呢？"我的声音有些摇摆不定。

"来，干吗站着呀。"

我任由她领着我来到一张椅子前坐下，可我全身的肌肉都已经警觉起来。我盯着她的眼睛问："本在哪儿？"

"是这样的，杰玛，我相信不会有事的，但我刚刚查过记录，本今天似乎被他外婆接走了，你们是不是没有商量好？"

"本的外婆？"

"对，记录上是这么说的。我给当时值班的格蕾丝打过电话，她是新来的，可能……总之本被接走时她就在场，我想她马上就会给我回电话的。"

"可本没有外婆啊。"这句话在房间里久久回荡，玛德琳和另一个女人面面相觑，不知所措。突然遇到这种情况，谁都不知道该怎么办。我的第一反应是报警，可转念一想，我就是警察啊。我想问问菲利克斯的意见。不，不，斯科特——我得告诉斯科特。还有爸爸，我需要爸爸。思绪像扎了翅膀在我脑海中飞来飞去。

“哦，这就奇怪了。我再给格蕾丝打一次，我相信一定会有合理的解释的。”玛德琳整理起一叠文件，此刻似乎只有做点什么才能让她找到一点安全感。

“会不会写的是外公？”我脱口而出，心里存着一丝侥幸。说不定是爸爸来接本了，也许是我自己搞糊涂了。昨天夜里商量这件事的时候已经很晚了，而我又很累，也许斯科特并没有让我来接孩子。

“有这种可能，我再给格蕾丝打一次……”她正准备起身，手机忽然响了，我们两个都吓了一跳。我的身上起了鸡皮疙瘩，血液也加速流动起来。

“格蕾丝，哦，亲爱的，谢天谢地。”玛德琳的语气让我意识到了她有多担心，我又是一阵慌张，连忙深吸了几口气。

“对，本·哈勃，你今天在记录上写的接他的人是‘外婆’。到底是谁接的？”

远处墙上挂着一个看起来毫不上档次的钟表，秒针运动的节奏给人一种恍惚迷离的感觉。我耳朵里充满嘶嘶嘶的声响，眼睛茫然地盯着玛德琳蠕动的嘴唇。此时手机拿在她软绵绵的手中，忽然，罗莎琳德苍白的尸体飘过眼前，我愣了一会儿才听见玛德琳的话。

“一个自称是本的外婆的女人在大约四点半的时候把他接走了。她说你们知道，是商量好的。”

玛德琳睁大了眼睛：“她对格蕾丝说她是来过圣诞节的。格蕾丝说本看到她似乎很高兴，他很乐意跟她走。原本这种情况我们是需要征得你的许可的，但因为格蕾丝是新来的，而那个女人又看不出什么问题……”

我一下子跳起来，却站在原地，双眼在周围漫无目的地扫来扫去，胸口起伏不定，心里焦急地盘算着该怎么办：“四点半，那都快过去两个小时了！”这么长的时间天知道本被带去了哪里，我心慌意乱，甚至有些心惊肉跳。我感觉自己随时都有崩溃的可能。

玛德琳一手捂着嘴，哭了起来：“哦，天哪。那人究竟是谁？她为什么要带走本？”

我没有回答，转身跑出去便跳上了车。我脑袋里只有一个想法，它猛烈地撞击着我的头颅，一遍又一遍。

我得找到我的儿子。

我把手机调成免提，在屏幕上点了几下，直到扬声器中传出铃声。我双手紧握方向盘，开着车子飞快地驶出了云山日托中心的车道。然而当我听到菲利克斯的声音从电话中传来时，我竟哽咽得一句话也说不出了。

“杰玛？杰玛？”

我连连点头，努力吸进一口气，可空气堵在嘴巴里，让我什么声音也发不出来。绿树和蓝天飞一般地向后退去，我得慢下来才行。

“杰玛！喂？你没事吧？”

“是本。”我终于能够发出低微的声音。

“本？本怎么了？出什么事了？”

我一个急转拐上了尼尔路，同时用手擦了擦婆娑的眼泪：“有人把他绑架了。”

“什么？该死的！从哪儿？你在哪里？”

我的喉咙又紧又疼，仿佛我扯着嗓子尖叫了半天。我攥住脖子，双眼尽量盯着前面的路。本，我心里叫道，我的宝贝儿子。我的胳膊开始不由自主地哆嗦起来。

“杰玛！你在哪儿？”

“我在车上。离家不远。有人从日托中心把他接走了。一个女人。我不知道是谁，她自称是本的外婆。”

“好的，你——我也不知道该怎么安慰你。我这就发出警报。”

我倒抽了一口气。车厢里顿时响起颤抖的啜泣声。白噪声几乎刺穿我的耳朵，到处都是本的脸，我转了下方向盘，拐上我家门前的那条街。

“我们会找到他的，杰玛。我马上过去，好吗？我去找你。我爱你。”

妈妈三十八岁那年，有一次在逛沃尔沃斯超市，她在水果和蔬菜区之间忽然倒下就再也没有起来。脑动脉瘤。谁都没有想到。记得后来爸爸常带我去看的其中一个医生说，她几乎就是一颗活人定时炸弹。她的葬礼上，一个相貌英俊、不到三十岁的年轻男人找到了我。妈妈在超市倒下时他刚好在旁边挑鳄梨。他说他当时靠在摆放鳄梨的木架子上，怀里抱着妈妈，周围的人则大叫着找人帮忙。他很肯定妈妈看他的眼神是在请他转告我说她爱我。即便当时我也不相信有这回事，但我发现他却格外认真，仿佛那对他而言意义重大，所以我捏了捏他的胳膊，感谢他向我传达妈妈的“遗言”。我说我很高兴妈妈临死的时候有他那样的好心人在身旁。入殓时，他哭了起来，我笨拙地拍了拍他的胳膊。

没有妈妈是种很奇怪的感觉，就像船没了舵。我的妈妈既不算温柔，也不算慈爱，但她是我的妈妈，且陪伴了我整整十三个年头。从那以后，我再也没有机会感受来自妈妈的特别的爱以及和妈妈有关的一切，仅仅这一个事实就足以对我造成身心上的双重打击。她的死在我的世界中留下一个巨大而痛苦的洞，这个洞不论爸爸多么努力都无法填补。

妈妈离开后，我和爸爸相依为命，在原来的房子里又生活了几个月。两个失落的灵魂在房间里进进出出，对彼此的悲痛保持着恰当的礼貌和体谅，但却无法进行任何有意义的沟通，无法打破妈妈离世之后便在我们中间形成的令人沮丧的隔阂。他的悲伤让我感到不安，因为它比我的悲伤更痛彻心扉。我失去了一个爱我可能胜过爱自己生命的人，可与失去一个你从这个世界上千挑万选出来打算与她共度余生的人相比，我的损失似乎变得不值一提，甚至有些自私了。我当时的心智还不足以复杂到把爸爸看成妈妈的替代品。我对妈妈的爱与悲痛简单得不能再简单。

第一次抱起本的时候我便想了很多这一类事。最初的日子里我很怀念妈妈，其中有个念头非常清晰地跳进我的头脑中：至少她不必经历失去我的痛苦。抱着本，我忽然意识到，我失去了她固然痛苦，可倘若是她失去了我，又何止要痛苦百倍千倍。

第5章

12月21日，星期一，下午6:37

“你说什么，杰玛？我没听明白。”斯科特依旧带着周六晚上之后的懊恼口气。我猜他一定紧皱着眉头，半张着嘴巴，我太熟悉他这个表情了。斯科特不轻易动怒，可一旦惹到他，他的怒气往往持续数日不消，而我又似乎恰恰拥有这种激怒他的特别的能力。

“有人把本带走了！从日托中心。”

“杰玛，今天该你去接他啊。我们昨天夜里就说好的。”电话那头传来一阵轻柔的欢呼声。他在酒吧。

我一巴掌拍在方向盘上，“斯科特，你听我说！认真听我说！有人把本带走了，一个女人。我刚到那儿，到云山日托中心，可有人已经把他接走了。今天值班的老师是个新来的，她不认识那个人……那个女人自称是本的外婆。”我激动地哭起来，“现在我也不知道他被带到哪儿了。”

“什么？你说真的吗？”他在移动，周围的噪音发生了变化，他一定走到外面去了，“你在哪儿？”他问。

“我刚到家，现在我不知道该怎么办。”

电话那头传来奇怪的声音。

“斯科特，我不知道该怎么办。”

“我马上回去，杰玛，我马上回去。天哪！”

我把手机放在腿上，泪水湿答答地从脸颊上流过，混合着汗水和化妆品。引擎发出低沉的嗡嗡声，但空调并没有开，车里空荡荡的，一股陈腐气息。

手机突然响起，我惊了一个哆嗦，尖锐的铃声像子弹一样射进我的身体。

“杰玛·伍德斯托克女士，我们非常抱歉。”日托中心的玛德琳结结巴巴地说，“这太恐怖了，简直难以置信。我……呃……我都不知道该怎么办了。”

“把你知道的都告诉我们。我们需要知道那个女人的具体样貌特征。不管是你还是那个新来的姑娘，凡是你们能记起来的都要告诉我们。我们需要细节，越详细越好。还有你们的监控。我们必须得找到这个女人，找到本。”

熟悉的例行公事，这套流程我得心应手。我知道如何处理紧急事件，知道如何抓住坏人，如何让错误的事情回到正确的轨道上。可这时本的小脸忽然浮现在我面前，恐慌卷土重来，一时间我又乱了方寸。

玛德琳在电话里哭哭啼啼地说：“好，好，没问题。”

“我已经通知警局，很快就会有人去找你了解情况。你现在哪里都不要去，赶快找支笔把你能想起来的东西全都写在纸上。”说完我挂断电话，熄掉引擎，钻出车子。

我们家的房子给我一种说不出的陌生感。所有东西都凝固在混浊的热气中，除了没完没了的蝉叫，这声音犹如一把电钻钻进我的大脑。天蓝得不可思议，草绿得难以置信。我能听见热浪的声音。本在哪儿？我的大脑在蝉声之上喊道。我又一次撅住自己的喉咙，它跳得太厉害了，我真想一把将它从脖子里揪出来。我用手指擦了擦眼角，赶跑那些液体的恐惧。进去，快进去，想想接下来该怎么办。

我笨手笨脚地掏出钥匙，却怎么都插不进锁孔。

“天哪！”我气急败坏地在门上踢了一脚，跪在门垫上哭起来。过了一会儿，我哆嗦着倒了一口气，忽然想到如果没有本，我的生活将会变成怎样的图景。再也摸不到他胖乎乎的小手，再也不能让他趴在我的肩头，把温柔的鼻息呼在我的脖子里，再也看不到他漂亮的眼睛，尤其那和我一样的薄荷色的眼眸。我又倒吸了一口气，禁不住哭出声来。我思索着本会被带到哪里，会遭受怎样的对待，想到这里，我的一部分大脑突然停止了工作。

我终于进了屋。热空气向我张开怀抱，我气势汹汹地打开了它的手。

周围的一切都静止不动，像空的一样，了无生气。我巡视每一个房间，像头野兽搜寻自己的孩子。我的宝贝。恐惧在每一个细胞里咆哮，每一次呼吸都是一场战斗。我与我并不相信的上帝做着交易。如果能让我找到本，我再也不会抱怨他。我不会再像从前那样只顾工作。我会对斯科特好一点，会多花点时间陪一陪爸爸。我会和菲利克斯一刀两断。请一定要让我找到他。

我来到他的卧室，除了昨天脱下的一小堆衣服——我原打算今天早上洗的——房间里整整齐齐的。泰迪熊用它仅剩的一只纽扣眼睛从架子上盯着我。绘本书《绿色的小羊在哪里》从他小床的栏杆缝隙里掉下来，呈扇形倒扣在地板上。我的孩子在哪里？我在房间里默默地呼喊。胸口填满熟悉的恐惧感觉，就像爸爸告诉我妈妈去世的那一刻，或者他告诉我雅各布自杀的那一刻。可怜的爸爸，不得不两次摧毁我的世界。我不敢想象告诉他本失踪的消息时他会是怎样的反应。我紧握着双手，但仍止不住地发抖：它们就像装在我胳膊尽头的两截弹簧。我想用它们砸穿墙壁，我想过不一样的生活，我想要本回来，睡在他的小床上。

我听到开门声，神经为之一振。

“杰玛！”

我扑进他的怀里，眼泪像伤口中的血滚滚而出。此刻，我一句话也说不出来。

“嘘，嘘。我真不敢相信。你一定……好了，杰玛，快告诉我到底怎么回事。”

菲利克斯一半抱着一半拖着我穿过走廊来到客厅。他把我扶进沙发，两只胳膊紧紧地搂着我。他在我家的存在显得十分突兀。我恶心得想吐。视线越过他的肩头，我看到电视屏幕里我们两个的倒影。那完全可以是我和斯科特正在一起吃晚餐。我从没让菲利克斯进过我的家。他的确送过我几次，有一次还陪我走到了门口，然而如今，他竟堂而皇之地坐在我们家的客厅里，因为本失踪了。

他把我轻轻地推向后面，温柔抚摸着我的脸，把泪水浸湿的头发从我眼角捏开。他看上去苍老了许多，憔悴不堪。宽松的白T恤被汗水印出几个贴在皮肉上的灰色补丁。

又一声呜咽不受我控制地脱口而出："我不知道他在哪儿。我去接他，可到的时候已经没有孩子了。我去晚了，可也只是晚了五分钟，我以为他们把他留下了，可他们看到我时却露出惊讶的表情，我当时就知道一定出了什么状况。"

"嗯，你说是一个女人把他接走的？"

我的眼被泪水蜇得火辣辣的疼："是，两个多小时以前。她说是本的外婆，"我又哭了起来，"可本哪里有什么外婆啊。他到底在哪儿呢，菲利克斯？"

"我已经通知琼斯了，他和马修斯正在去日托中心的路上。你要不要我开车也送你过去？"

"我要我的孩子。现在，菲利克斯，我需要他。"

"我们会找到他的，一定会的。杰玛，我就知道有人偷偷给你送玫瑰花绝不是什么好事。现在清楚了，这明摆着是有人在针对你。"他伸直双臂把我推开一点，微微弯下腰，逼我看着他，"你是不是查到什么了？赖安那件案子？你查到什么了？"

我不知所措，身体里仿佛有一团火在寻找着出口，我噌地站起来，把狂暴的火焰一股脑喷射在了他的身上。

"我什么都不知道！你不要自以为是了！你觉得这是我一手造成的？"

"行了，行了，嘘，对不起，对不起好了吧？我只是想不明白，杰玛，为什么有人会针对你？针对本？"

"我不知道，"我的眼睛又模糊起来，"我不知道为什么会发生这种事。"我想起周六晚上在菲菲家酒后乱舞的情景，想起福克斯的吻，想起我和菲利克斯的每一次偷情，我想起自己这些年来做过的事。这一切都和本没有关系，他不该遭受这样的对待。

菲利克斯抓住我的手，把我重新拉进他的怀里。我依偎在他的臂弯，忽然觉得天旋地转，五内翻腾，身体软得像棉花一样。

走廊里传来急匆匆的脚步声，是斯科特。我刚抬起头，他已经冲进了客厅。

三月（3 年前）

“你真自私！”

我翻了个白眼。

“我是认真的，杰玛，我想帮你，我想留在这里陪你。我爱你，但你真让我头疼，真的。”斯科特说。

胎儿挤压着我的骨盆。我挺着大肚子，晃晃悠悠地爬上凳子去拿放在架子最顶端的锅。我一寸一寸地把锅往外拉，可由于判断失误，锅的整个重量忽然都从架子转移到了我的手上。我承受不住撒了手，并立刻抓向橱柜的把手以撑住眼看就要失去平衡的身体，结果锅直接砸在了我的额头，随后才当啷一声巨响掉在地上。斯科特神色慌张地从外面冲进来，发现我一脸茫然地蹲在凳子上，头上顶着一个红红的包。

“我就在外面啊，杰玛，就在外面。我没去上班，没去商店，就在外面。看在老天的情分上，你有事能不能叫我一声？你究竟想证明什么？”斯科特的脸红得像猪肝一样。

我又翻了个白眼，不想却牵动了额头的青肿，疼得我咧了咧嘴：“我什么都没想证明。我正在做你希望我做的事情，给你生个孩子。”

斯科特一拳砸在凳子上，但声音却软绵绵的。

“你少来，别把责任都推到我头上。这也是你的意愿，我知道你也想要孩子。我们有过共识的，如果不是双方都同意，我们是不会这么做的。你说话要公平。”

怒色渐渐从他脸上褪去，他无奈地摇了摇头，心疼地看着我。我知道，是我太过分了。

我叹口气，感觉孩子好像在肚子里面翻了个身。腿疼得难以形容，额头上更加鲜明的疼痛直传向我浮肿的双脚。

“对不起，斯科特。我只是讨厌现在的样子。我觉得自己特别没用。”

我长长的头发在背上打了许多的卷儿。我的头发比过去浓密了许多，但发梢分叉很严重，可我始终不忍心剪了它们。前天马修斯提了个不错的建议，他让我扎个辫子。

“不会太久了，杰玛。我知道怀孕很辛苦，可女人总要生孩子啊。”

我注视着阳光照在褪色的墙漆上的地方，而光照不到的地方则显得肮脏昏暗。房间比我感觉上似乎缩小了。我发誓那不是错觉。凳子靠墙太近了。

“我知道。可我毕竟是第一次生孩子。”

12月21日，星期一，晚上7:12

斯科特的胸口一起一伏，脖子里的青筋清晰地传达着他的心跳。那一刻，本对于他的意义忽然让我感到害怕。他的紧张是显而易见的。我僵在菲利克斯身上，他的胳膊依旧搂着我，但我的身体却好似上帝一样悬浮在我们两个上方。我从天花板上俯视三人，发现我们俩与斯科特之间存在着一条线。我的未来与过去像两只流着口水的狗瞪着彼此绕圈子。

“他在哪儿？”他的话像刀子一样掷在地板上。

菲利克斯弹簧般从沙发上一跃而起，他张开双臂，好像斯科特是个需要安慰的孩子。但他上前一步，手缓缓地垂了下来。

“杰玛打电话告诉我了，我已经动员整个警察局处理这件事。我们会找到孩子的。”

斯科特几乎看都没看他一眼：“他在哪儿，杰玛？本在哪儿？”

我缓缓起身，两条腿软得像被人抽了骨头。我摇摇头：“我不知道。”

“这和你的工作有没有关系？那个老师被杀案？”

泪水模糊了双眼，我再次摇头说：“我不知道。”

他连咳带喘了一阵，随即把双手放在大腿上，耷拉下脑袋。

“对不起。”我低声说着，向他伸出胳膊。

斯科特推开我，往前走了几步又忽然停下。他揪住自己的头发，慢慢转过身。我们三人站在同一个房间里，我们的呼吸渐渐汇成一个节拍，像波浪一样一遍又一遍冲在我们身上。斯科特呜咽起来，我闭上眼，免得看到他被痛苦扭曲的脸。房间以一种缓慢的速度旋转起来，我也开始旋转，旋转，忽然，我听到了本近在咫尺的哭声，于是我也开始哭起来。我想抱住他，我渴望他幼小的身体。可脑海中只有散乱的碎片，甚至难以拼凑出一幅完整的画面。我抬起头。斯科特拔腿冲进厨房，后门咣当一声撞在墙上，我睁开眼，发现自己也跟着跑了出去，因为我猛然意识到刚刚听到的声音是真实的，本，我们的小宝贝，正在后院呼唤着我们。

菲利克斯调到史密森警察局，这是一件令全局上下翘首以盼的事。从镇外来的警察，从另一个世界来的警察。局里那些上了年纪的同事已经拿《警务风云》[1]开了几个星期的玩笑了。他们模仿的英国口音已经无聊得让人再也笑不出来。但我大概能理解他们的好奇心情：从去年艾米之后，警局就再也没有添过新人。琼斯跟我打过招呼，说准备让菲利克斯做我的搭档，我没有异议。休完产假回来，我一心只想好好工作。在警队里，“女人”这个身份已经给了我不小的压力，而“母亲”的头衔只会雪上加霜。

“你提早上班了。”这是上班头一个星期同事们的标准问候语，紧随其后的是一番品头论足的目光。“提早”的意思就是“太早了”。

“你不用喂奶吗？”这是另外一句同样受欢迎的问候语，言外之意是说本可怜，吃不到母乳不说，还不幸有个当警察的妈妈。

“问题是，”琼斯把我拉到一边说，他居高临下，口水喷了我一脸，“你现在可能会觉得跟以前不一样了。”他尴尬地拍拍手，“你很可能不会再像以前那样铁石心肠。不过这也没关系。”他清了清嗓子，仿佛喉咙里藏了一个水池子，“孩子能让人变得真实，即便是男孩。”他拍拍我的肩膀，继续说道，“我不知道当妈妈是怎样一种感受，但我觉得肯定很累。”

① 《警务风云》：1984 年播出的一部关于警察的英国电视连续剧。

“谢谢你，局长。”

他就像完成了一项重大任务似的松了口气，睁大眼睛对我说：“你是个好姑娘，杰玛。”随后又拍了拍我的肩膀。

菲利克斯入职那天我偏偏迟到了。他的档案出了点纰漏，入职时间只好推迟，人们兴致勃勃地以为周一就能见到真人，实际上却一直等到了周四，结果大家最初的兴奋劲也早已消磨殆尽。我在送本去日托中心的半路上才发现忘记了带他的水瓶，于是只好折返回家，这使我本来就紧张的早间日程又多花去了二十分钟。

我一边撩开飞进眼中的几根头发，一边推开了简报室的门。一群人正站成一个古怪的小圈子，把菲利克斯围在中央。琼斯一手搭着他的肩背，其他人则贡献出他们的目光。

我轻手轻脚地加入到圈子里去，马修斯和金斯顿咧嘴偷笑。琼斯看到了我，脸上顿时放出光彩，他似乎决定把我的到场看作这场小小仪式结束的信号。

“哦，杰玛，太好了。菲利克斯·麦金农，这位是侦缉警长杰玛·伍德斯托克，你的搭档，她会把你需要知道的事全都告诉你。杰玛是我们局里的一把好手。”

马蒂·皮尔森冲我挤眉弄眼地傻笑，但至少有五个其他同事翻了白眼。

“嗨。”我终于赶走眼里的发丝，努力换上一副笑脸。我突然为自己略显臃肿的身材和邋遢的外套感到难为情起来。

“杰玛刚刚生过孩子。”琼斯的圆场来得恰是时候。

“很高兴认识你，杰玛。”菲利克斯绿宝石般的眼睛注视着我。他说起话来像音乐一般，我从没听过如此悦耳的口音。

“嗯。”我一时竟想不到任何可说的话。我身上散发着一股本吐奶的味道，我只想扭头钻进洗手间，把自己清洗干净，或者藏起来。

“好了，就这样吧。咖啡在那边。”琼斯指了指警局的小厨房，随即消失在他的办公室里。

大伙儿慢吞吞地回到各自的办公桌前，又有几个家伙在偷偷冲我笑。

“好了。”菲利克斯·麦金农说。

“好了。”我重复道。

“要不……”我们异口同声。

“我知道个喝咖啡的好地方，”我说，“也许我们可以去那儿坐坐，我顺便向你介绍一下警局的情况。稍等我几分钟。”

他点头应允，我转身向洗手间走去。我的心怦怦直跳，耳朵里似乎都泵出血来。

12 月 21 日，星期一，晚上 9:47

站在我家的厨房里，看着几乎半个警局的人挤在我们家昏暗的后院，感觉非常奇怪。看见一名技术人员用袋子装起一个东西，我差点就走出去看看是什么。面对这样的场面我知道该干什么，我处理过几次类似的案子，但我很高兴不用冲到最前面。我两条腿像抽筋一样疼痛，我依然能站着简直是个奇迹。每当我集中精神，眼前就会出现许多小点，它们像未成形的蝌蚪一样扭来扭去。谢天谢地，谢天谢地，谢天谢地。我看了一眼我的儿子。自从在琼斯的坚持下让救护人员对本实施了一遍常规检查之后，斯科特就再也没有让本离开他的身边。

究竟发生了什么，本也说不出个所以然。他只说有个好心的太太自称是他的“外婆”，除此之外便再也提供不出任何有价值的信息。见到我们时他安然无恙，虽然累得不行，但安然无恙。此刻他伏在斯科特肩头睡着了。斯科特侧身坐在厨房餐桌前的一张破吧台椅上，抚摸着本柔软的卷发，眼睛茫然地盯着空气。他们是棋盘上的白子，我是黑子。别在本毛衣上的那朵红色玫瑰已经被装进物证袋，放在桌子上。

她已经死了，我却还是摆脱不了她。

琼斯走进厨房，一声长长的、疲惫的叹息之后，他说：“好了，从我们的调查来看，本是被人从后面的自然保护区带回来的，又从你们家没上锁的后门送进了院子。我们推断把他从日托中心接走和送他回来的是同一个人。”

“体貌特征？”我问。

找到本之后，斯科特第一次抬头看了我一眼。

“我已经让人找日托中心的那个姑娘给嫌犯画像，从她提供的信息判断，我们要找的是个中年女人，50岁左右，也许更年轻。棕红色长发，不胖不瘦，说话温文尔雅，没有明显口音，中等身高，暂时没有其他特征。”

“闭路电视呢？”

琼斯苦笑一下：“哪有什么闭路电视。你以为这里的每个人都把安保当回事啊？他们的安保比学校还差。唯一的一个摄像头安在中心的职工停车场上。放心吧，这件事之后，云山日托中心一定会认真检讨他们的安保措施的。”

“也就是说没有任何监控资料。她有没有签字，或者说过别的什么没有？”

琼斯干咳一声，不知为何，今天我发现他清嗓子的声音听起来格外舒适。本微微抬了抬头，随后又重新趴在斯科特的肩上。我注意到斯科特的衬衣上被本枕住的地方已经汗湿了一小片。本睡觉的时候特别容易出汗。

“她按规定在访问记录上签了名，但字迹很潦草，写的名字是伊迪丝·鲍尔，我估计是假名。这名字你认识吗？”

我摇摇头。

琼斯又看看斯科特，他也摇了摇头：“不认识，这名字我从来没听说过。”

琼斯一脸无奈。“那好吧，也许从路上的监控能找到点蛛丝马迹。我们正调出今天下午的全部监控。遗憾的是，我们的监控只覆盖到山脚下，车子过了山脚之后就没办法知道会去哪里了。”他朝我们后院的方向指了指，“那片林地里没有摄像头，我们查过了。”

马修斯从外面走进来：“差不多了，我们已经搜查了整个院子以及保护区里的部分地带，但没有找到任何线索。我们本希望能在门口提取到脚印什么的，可惜地面太干，没留下明显的足迹。如果嫌疑人戴了手套，或者擦过她接触的地方，那么大门上也不会留下任何指纹。这案子有点棘手。”

“找邻居了解过情况吗？”我问。

“找过了，菲尔在办。你们家左边的那位太太什么也没看到。不过我们正在走访街上的其他住户。”

我又看了一眼本，他正微微张着小嘴，呼吸平静而甜蜜。我心里一酸，泪水差点又涌出来。

“谢谢你。”

马修斯以难得一见的友善态度冲我点了点头：“至少我们知道这件事绝非偶然。最近一段时间尽量看好孩子。”

我忽然发现我们家的地毯寒酸得让人不忍直视。还有屋里廉价的装饰和急需修剪的草坪。我甚至没给忙碌的同事们端上一杯喝的。

“你要不要喝点水或者——”

琼斯径直打断我说：“你听我说，我们暂时就不打扰你们一家团聚了。”他向上提了提裤腰。“伍德斯托克，如果需要请假的话，尽管开口，我们明天再讨论这件事和案子的关系。也许到时候我们需要分别找你们两个谈话。不过今晚就算了，你们好好休息吧。”

恐慌肆虐而来，我担心他们会终止我的办案权：“可是，局长……”

“别说了，伍德斯托克，咱们现在不谈工作，休息。我认真的。我们明天再谈。”

我顺从地点点头。无法形容的疲惫。我已经累得没了争论的力气。外面，菲利克斯正从院子里走过，看见我他停了下来，轻轻点头示意，随后继续走开了。我转身面对斯科特。

“我很高兴本能安然无恙地回家，”琼斯说，“你们两个多保重，好吗？”

“好的，局长。”我说。

斯科特冲琼斯点点头，勉强笑了笑。

院子里人走一空，我拉下百叶窗。我想和菲利克斯说说话，但今晚显然是不可能了。我想发短信或电子邮件，可又不知道该写些什么。

斯科特一动不动。

“你饿不饿？我可以做点意面。”

眼角闪过一丝光亮，那是微波炉上的时钟刚刚翻过一个数字。我以为斯科特没听见我的话。

“你饿吗？”

“今天晚上我建议让本跟我们一起睡。”他说。

“当然，这样最好。”

他小心地换了个姿势，免得把本弄醒。“我确实饿了。我之前不该开车的。我喝了四五瓶啤酒，你一打电话我就回来了。我原本是打算酒醒之后再回家的。”他苦笑一声，“真有意思，我家里来了一屋子警察，而我却偏偏酒驾回来。”

我没说什么。话被堵在了喉咙里，噎得我喘不上气。墙上的时钟好像停了，我眯起眼睛仔细看，发现秒针又在动了。

“你能给我做块儿三明治或别的什么吗？我想抱着本在沙发上多坐一会儿。”

“好。”我双手哆嗦着拿出面包、西红柿、奶酪和生菜。我打开电水壶开关，水开时，整个水壶都在颤抖。我盯着自己在厨房窗户上的倒影，咬紧了牙关。去你妈的！我心里骂道，竟敢打我孩子的主意？我把斯科特的三明治一切两半，给自己倒了杯可可奶茶，在里面加了点波旁威士忌。今晚我需要好好睡一觉。

“给你。”

“谢谢。”

本蜷缩在沙发上。枕在头下的红色坐垫使他的脸显得更白。我能看见他那消失在发际处的柔软的静脉。我坐在他旁边，把他的小脑袋托在手中。多么脆弱的小生命。

“杰玛，我知道你见惯了这种场面，但那个世界不属于我。警察几乎翻遍了我们的家。每个人都在窃窃私语。今天我很害怕，杰玛。我吓坏了。即便如此我也没有允许自己胡思乱想。”

斯科特的视线并没有在我身上。他正盯着电视，里面有个长着小胡子的男人正用手抚摸着一棵小树的根，泥土下雨一样洒落在他挖好的树坑里。

“我也很害怕，斯科特。我的脑袋都不管用了。我束手无策，所以才叫来了菲利克斯，让他替我安排一切。我知道自己已经无法履行警察的职责。”

“哦。”

电视里插播广告，声音很大。本在睡梦中轻轻蠕动了下身体。斯科特连忙拿遥控器调低了音量。

“我们是太不一样的两个人了。”他说。

威士忌在我的耳朵里制造出轻柔的嗡嗡声，我把剩下的酒一饮而尽，将杯子重重地放在茶几上。我闭上眼睛，这样就不必对斯科特的话做出回应，可当我在昏暗的灯光中偷看他的侧影时，我发现我根本无法确定他是否需要我做出回应。

12 月 22 日，星期二，早上 6:02

我做了一个十分惊悚的梦。我出现在一家花店里，每次当我选好一束花，拿起来时，却猛然发现它被插在一个装满鲜血的桶里。我把血淋淋的花拿给花店老板看时，她倒一副觉得我少见多怪的不屑神态。“亲爱的，你希望我做什么呢？它们看上去依旧很漂亮啊。你到底要不要买呢？”我哭起来，擦掉泪水，却闻到一股腥味，原来我的指尖上已经沾满了血。花店老板笑得前仰后合。

我从梦中惊醒，第一眼便看到本熟睡的脸。慢慢放松下来，我用目光轻轻抚摸着他鼻梁上温柔的弧度，他长长的黑色睫毛，还有他脸上甜甜的小雀斑。他可爱得令人窒息。

斯科特也在睡着，脑袋紧挨着儿子的脑袋，呼吸深沉而均匀，手轻轻抓着本的胳膊。

我小心翼翼地溜下床，穿上一件灰色的连帽衫。有些时候，在母性本能的驱使下，我会心血来潮般对本关爱有加，但是今天我想做一个真正的母亲。我想把他搂在怀里，想让他需要我。在卫生间里，我吞下几片止痛药，刷了牙。我的皮肤看起来松弛无光，额头上出现了几道皱纹。我实在太朴素了，浑身上下看不到一丝光彩，我甚至怀疑自己是否有过光彩照人的时刻。我想起玛姬化得无可挑剔的眼妆，想起她紧绷的颧骨，两相对照，我似乎比她大了不是十岁，而是二十岁。两个人站在一起，我更像是她的妈妈。我沮丧地关上了卫生间的橱柜门。

来到厨房，我把手机从充电器上拔下来。琼斯没有消息，但我收到了菲利克斯的一条短信。我屏住呼吸，点开了手机。

我很高兴本平安无事，希望你也没事。

我把手机装进衣兜，在屋里漫无目的地走来走去。周围静悄悄的，只有屋外鸟儿的啁啾打破寂静。我回想起昨天的事，想起本失踪的那几个小时。难以言表的痛苦攫住了我的整个身体。这时我又想，只是一个转瞬即逝的念头——倘若此时依然没有找到本，我会在干什么呢？我和斯科特会待在一起彼此依靠吗？我们会不会争吵、指责、憎恨对方？我看着贴在冰箱上的一张斯科特的照片。他冲镜头微笑着，手里举着一条正瞪大了眼睛的鱼。那是一张我再熟悉不过却又经常视而不见的脸庞。我已经许久没有正眼看过他了。菲利克斯的脸忽然闯进我的视野，同样如此熟悉。祖母绿色的眼眸，当我触碰他时，他会不由得做出轻微的吞咽动作。如果我永远地失去了本，我和菲利克斯会有机会吗？如果没有本，我和斯科特是绝对没有未来的，这我十分清楚。即便有本，我甚至也无法确定我们会不会有明天。

我很难体会菲利克斯昨天的感受，也猜不出来，但我相信遇到斯科特一定让他浑身不自在，尤其在那样的情形下。我看见他浏览墙上的照片，端详磨损严重的地毯和破旧变形的家具，目睹了我和斯科特抱着本时喜极而泣的情景。

我拉开冰箱门，让冷气扑在脸上。我怎么能这样想呢？我真是个怪物。罗莎琳德的死快把我搞疯了，和她活着时一样。冰冷的空气刺痛了我的眼睛，牙齿里的神经也活跃起来。

“嗨，妈妈。”

“本！”我一把关上冰箱门，向他跑过去。我将他抱起来，他的身体在我怀里小得可怜，我能感觉到他屁股上的骨头。

“你没事吧，亲爱的？”

他点点头：“我想吃烤面包。”

泪水瞬间溢满了眼眶。

本一脸担心，又急切地说道：“求你了。”

我对他微微一笑：“没问题，宝贝儿，你先坐在这儿，我马上给你做。”

我把面包塞进烤面包器，又拿来了纸和蜡笔。本开始用蓝色的蜡笔画起来。他画了一些奇怪的大圆圈。我把面包抹上黄油放在他面前。他三口两口便吞了下去，连面包屑都吃得干干净净。

“早上好，”斯科特走进厨房，径直来到本跟前，“嘿，小家伙。”

“爸爸！”本一脸阳光地对斯科特笑笑，“快看，我画了这个。”

“太棒了！画得真漂亮。”斯科特把本抱在腿上。

我起身倒了杯水，望向窗外，一只喜鹊正站在篱笆顶上磨它的尖嘴巴。我有种恍如隔世的感觉，就在十二个小时之前我还以为再也见不到我的小宝贝了，可我现在看到的一切并不会因之而改变：“我到外面透透气。”

斯科特耸耸肩：“好。”

热气已经上来了。我拉开连帽衫的拉链，穿过草坪走向后门。我走得很小心，露湿的草丛是很滑的。喜鹊看见了我，翅膀扑棱一声腾空而起，落在附近的一棵桉树上。我摘下门上的挂钩，走进外面的空地。

我们房子背对的这片土地长大约一公里，宽数百米，上面长满了茂密的参天大树、低矮灌木和成片的草丛。这里无路可走，若不是住在附近，你甚至不会知道它的存在。除非你一直都在监视我的家，我想。把本带走的那个女人会不会就是杀害罗莎琳德的凶手呢？她是否在警告我要知难而退？或者，那些送上门的玫瑰会不会只是为了掩盖其他事情的烟雾弹？她是单独行动呢，还是另有同谋？难道是受雇于某些不希望我再继续调查案子的人？赖安家有的是钱，他们完全有能力策划这类事。我首先排除了内鬼作案的可能性，显然有人希望我放弃并承认失败。但此时此刻，偏执的念头毫无益处。

我想到罗莎琳德脖子上的掐痕，单凭一个女人应该很难做到。当心，我警告自己。我比大多数人都清楚，女人被逼到一定程度同样也能做出许多常人想象不到的事情。也许作案的有两个人？可他们杀她的动机又是什么呢？他们能从她的死中得到什么？这个女人又是怎么知道我们家的后院篱笆上有道门呢？上中学的时候，我经常从这儿溜进林子，爬树、野餐。我和妈妈甚至还在保护区里露过营。但现在我已经很多年没到后面去过了。我双手叉腰，仰望天空。我盯着那片湛蓝，试着理清这诸多复杂的线索。可我绞尽了脑汁，仍然毫无头绪。

我回头看了一眼我们的家。后门开着，我能从窗户里看到斯科特和本。斯科特在开心地大笑，他在本的脑门儿上亲了一口。我的视线沿着篱笆慢慢移动。雅各布曾经把我按在板条上吻我，而爸爸就在几米之外的屋里。这里的黑暗让我感到无比安全，雅各布有力的臂膀紧紧搂着我。

我联想着带走本的那个女人昨天夜里就站在这外面，她听着本哭喊，听着我们从屋里冲出来，随后她才消失得无影无踪。我猛地转身，天真地希望能在某棵树后发现一张来不及躲藏的偷窥的脸。我的双眼扫过丛林。太阳正从遥远的天际爬上来。一只蝴蝶翩翩然从一簇灌木飞到另一簇。我的胳膊和腿上冒起一层鸡皮疙瘩。因为我忽然发现，在这片平静的原始丛林旁边，我们的家竟如此无遮无拦，暴露无遗。

12 月 22 日，星期二，上午 9:25

“伍德斯托克，我记得没叫你回来啊。”琼斯说。

“我知道，局长，可我想回来，我想知道你们有没有发现新的情况。”

“有新情况我们会通知你的，”琼斯说话虽然粗声粗气，但也不是没有一点点温情，“本的情况怎么样？”

他盯着我，目光仿佛能在我身上戳出洞来，喃喃低语像无心搔出的小痒痒。

“他没事。他还小，并没有觉得昨天的事有什么不对。他很容易相信别人，显然太轻信了。”

“谢天谢地他平安回来了。但是，伍德斯托克，你应该知道，这会改变一些事。”

菲利克斯走进了后面的办公区。看到他，我的脉搏似乎漏了一拍。琼斯滔滔不绝，我盯着他的嘴巴，但菲利克斯的头尖在他身后时隐时现，直到最后他坐到自己的桌前才再也看不见。

“伍德斯托克？”

“是，我知道。但我必须了结这个案子，局长，现在它已经跟我个人扯上关系了。”

“这正是问题所在——”

“是正面的关系。我需要继续办下去，我要查出究竟是谁带走了本。琼斯，求你了。”

“好吧，好吧，你稍微低调一点。你儿子这件事你就别管了，交给马修斯处理吧。你继续专心办那件老师谋杀案。我们不能迟迟没有进展，反正目前我们还无法确定昨天的事是否和案子有关。”他摆手示意我靠近一点，似乎有什么事需要趴在我耳朵上才能说，“我最近接到不少媒体的电话。你那个棒棒糖朋友太可恨了。她比我老婆还磨人，我们家那位最近非缠着要在圣诞节前在我们家的露台上加装遮雨棚，我都快烦死了。”

“你知道她不是我朋友。”

“无所谓。不过她的话倒说得没错。大家都希望这个案子能在圣诞节前有个了结。这是人心所向。”

“我们已经尽力了，局长。今天我们还要走访更多人，调查更多线索。我们会找到突破口的。”

他重新直起身子，在我胳膊上拍了拍，仿佛在传达一个信号：“好了，你去吧。”

经过菲利克斯的位子走回我的办公桌时，他小心翼翼地冲我笑笑：“本还好吗？”

“挺好的。”

“你今天就来上班斯科特没意见吗？”

“没有。”

菲利克斯点点头，继续打他的字。我心里说不出什么滋味。我们之间出现了状况：他连看都不看我一眼。

“斯科特今天在家陪他。”

“应该的。你们两个都该陪着他，那能给他安全感。”

“你也觉得我不该来上班？”

终于，他的目光落在了我身上：“我没那么说，杰玛。我相信他不会有事，但我不知道你是不是真心想来上班。”

“当然是。”

“那就好。我明白了。”他在笔记本上龙飞凤舞地写了些东西，随后伸伸双腿，我看到了他从桌下伸出来的鞋尖。

“天哪，我快累死了。”他揉着眼睛，在眉心挤出一堆皱纹，撑了半晌才松开。“好吧，现在离例会还有二十分钟。我推迟了开会时间，因为昨天大家都熬夜了。如果你愿意，我可以趁这一会儿把昨天发现的情况向你做个介绍。”

我使劲咬着牙。不，我不想听他介绍什么情况。我想亲吻他眼睛下面柔软的皮肤，他的眼睑。“好吧。”我对他说。

“行，是这样的。我一直在查罗莎琳德的语音信箱，昨天有人给她留了条语音信息，是她几周前咨询的租房子的事。我拨了回去，发现那是一个布里斯班的号码。我问了问，原来罗莎琳德想在他们那里租房子，租期从 1 月 25 日开始，出价是每周 20 美元，这比对方的要价还要高些。”

“她打算搬到布里斯班？”

“没错。”

我思索了一会儿：“那工作呢？”

“我也想到这一点了，所以就查了查，结果确实有个叫罗莎琳德·赖安的女士在沃特福德中学找了一份教英语和戏剧的工作，地点正是布里斯班。我请技术部的同事查了下，她用的是一个旧的微软电子信箱。”

“天哪。”

“很意外吧。实际上她已经准备卖掉现在的房子了。邻居在她门前看到的那辆豪华轿车是从高兰来的一个房产经纪，他来是为了给房子估价。罗莎琳德已经计划好了，明年她就不再在史密森中学教书了。”

我的心跳开始加速：“她提出辞职了吗？尼克尔森知不知道？她的家人呢？真不敢相信居然没有一个人提到这件事。难道布里斯班的那所中学没做背景调查吗？”

“暂时还不知道。昨天晚上我正准备联系尼克尔森，你就打电话过来了，接着就是本的事情，看来我们有必要再到赖安家走一趟。”

“嗯，例会之后我们应该先去找一下尼克尔森。”

菲利克斯咧嘴一笑，仅这一个动作，往日的感觉一下子全回来了。

“英雄所见略同，杰玛。我刚给学校传达室打过电话，跟他们说了我待会儿就过去。”

12月22日，星期二，上午11:37

然而到了学校我们才发现，约翰·尼克尔森不在。忙碌的接待员一脸茫然地看着我们，随后仿佛在责备自己似的拍了下脑门儿。“哎呀，天哪！对，你打过电话的，真对不起。你打电话时他还在学校，但我忘了他今天要休半天假。我们明天放假，所以今天基本没什么课，我想他一定是家里有事。自从……呃，现在每个人好像都神神道道的。我的确转达了你要来的事，但他最近有些迷糊。”

“这么说他在家咯？”

“嗯，我想应该是。”

“谢谢，麻烦你告诉我们他家的地址。”

“不用了，”我对他们俩说，“我知道。”

菲利克斯风风火火地走向车子。我像个不讨人喜欢的孩子一样小跑着跟在他屁股后面。我看不透他的想法。我的脑袋里好像装着一团糨糊，却又什么想法都粘不住。我的心里只有本，所以我飞快地给斯科特发了条信息，问问本的情况。

“你知道路？”菲利克斯问。

“知道，离我家不远。”

我们在沉默中开了一段路。

我终于忍不住爆发出来：“我想见你。想和你在一起。我只想让你陪着我。”我的口吻像个情窦初开的小女生。我恨自己。

他的眼睛并没有离开公路，但我看见了他吞口水的动作。他缓缓呼出一口气，齿缝间发出口哨般的噪音。“我也想啊，杰玛。只是我——我不知道。我说过，我脑子很乱。最近我们两人之间的关系出现了一些变化。在赖安这件案子上，你和我的配合似乎不像以前那么默契了。加上本的事，还有遇到斯科特，这……这一切都真实无比。我有点应付不来了。”

恐慌再度袭来，且变本加厉。我伸手放在他的腿上。“求你了，斯科特，求你了。你知道我需要你。尤其经过昨天的事。我需要你。”

他苦笑一声。“杰玛，你刚刚叫我斯科特。”他用拳头轻轻砸了砸方向盘，“天哪，全乱套了。”

“不，我没有。有吗？”我双手捧住脑袋。我一度以为自己会哭，可我心力交瘁，身体里面空空如也。我只想抛开一切，一切，除了菲利克斯。

一栋栋房子飞快地向后闪去。一个头戴棒球帽的老头正在遛一条大胖狗。一人一狗在酷热中慢吞吞地走着，老头的双腿就像苍白的树干。

菲利克斯拽了拽领口，仿佛那影响了他的呼吸：“你听我说，我也想见你，真的，我很想你，想一直抱着你。但你难道不应该在家吗？毕竟本刚刚经历了一场虚惊。”

狂乱的心跳渐渐平缓下来，模糊的双眼清晰起来。他依然需要我。我松开攥紧的拳头，平放在腿上，看着血色渐渐恢复："反正斯科特一刻不离地陪着他呢。别担心，我有机会见你。"

"嗯，这不正见着嘛，"他忽然抓住我的手。他的声音有些粗哑，并带着浓浓的口音，"要不我们周四晚上？"

"好。"我低声说着，抽回了手。我们已经来到了尼克尔森整洁的砖墙外。他家的房子看起来就像压缩了一样，"蹲着"，我爸爸一定会这样说。房前种着花草，一侧有棵硕大的金合欢树。主人对花园显然钟爱有加，打理得干干净净。草坪修剪整齐，绿油油的分外喜人。一个洒水器漫不经心地转个方向，朝草地上喷一阵子，随后恢复原位，再喷一阵子。房子的正门敞开着，防蚊纱门也开着。狭窄的门厅形成一个昏暗的方块，我隐约看见了挂在墙上的相框一角。

菲利克斯松开抓着我的手，熄掉引擎，这时尼克尔森刚好跨出门。他个子可真高，头上戴的那顶复古风格的毛巾布帽子几乎碰到了门框。他手里拿着一把修枝剪，斜眼看了看太阳，随即走向花园的远端，开始修剪过度生长的常春藤的枝条。也许是不常剪枝的缘故，他的动作稍显生硬和笨拙。

"走吧，先办正事。"

我点了下头，欠身滑出车子。乍被热气包围，我的额头瞬间便渗出汗来。裹在黑色皮鞋里的双脚像着火一样。建筑、马路，整个小镇都大汗淋漓，但仍然气喘吁吁地质问着我们：谁杀了她？谁杀了她？这疑问悬在齐眼高度，黏糊糊的空气像一双双手向我们索要着答案。

"尼克尔森先生！"菲利克斯喊道。

他缓缓转身，胳膊依旧保持着剪枝的动作。看到我们，他似乎并不意外。

"哦，你们好。"他朝我们走近了几步，忽然意识到自己手里还攥着一把枝条。"呀，瞧我。稍等，我先把这扔掉咱们再谈。"

他走到房子一侧，把枝条扔到看不见的地方，随后走向正门，并示意我们随他进屋。我和菲利克斯对视一眼，他挥手让我走在前面。天花板很低，和我们家相似。长长的门厅两侧挂了许多肖像照片，大部分是一个脸颊红润、顶着一头干净利落的金发的漂亮女人。个别照片中也有尼克尔森，趴在那女人的肩头微笑。女人在每张照片里都穿着色彩柔和的衬衣。

“这边，这边。”他说道。

我们随他走过门厅，来到洁白明亮的厨房。这里的现代风格令我吃了一惊，到处是闪闪发光的不锈钢器具。

“到外面去吧，那里还舒服些。我去倒点水。天还是热得要命，是吧？”

我们来到一个方形的小庭院。草坪上有张熟铁桌。一张硕大的遮光布在院子里留下一片诱人的荫凉。一排独干玫瑰紧挨篱笆栽得整整齐齐，玫瑰之后是长相狂野、叶片繁茂的藤蔓，把篱笆桩缠绕得紧紧实实，最后消失在远处角落里一棵果实累累的柠檬树后。

“玫瑰在春天里最是美艳，简直就是一墙的色彩。但想让它们维持过整个夏天却格外困难，尤其是今年夏天。”

“感觉就像回家了一样。”菲利克斯盯着花园，惊得目瞪口呆。

“我妻子喜欢园艺。她老家在英国，对花花草草的喜爱已经渗透到血液里。她没事就到园子里伺候，最后这成了唯一能使她开心的事。”

他在桌上放了一壶冰水和几个杯子。放下这些家伙的时候，他的胳膊有些发抖。我在椅子上落了座。

“她得了什么病吗？”

他微微一笑：“是，很重的病。癌症，心脏也有问题。我的杰西卡是个了不起的女人，她心气儿很高。得病之后她一直郁郁寡欢，她讨厌自己病恹恹的样子，讨厌需要人照顾。我一直替她照料花园。如果不这么做她一定会生气的。不过现在我发现自己也喜欢上了园艺。我觉得照顾花草很适合冥想。”

“尼克尔森先生……”

“我知道，你们想和我谈罗莎琳德。不是我絮叨，而是家里实在很少来客人，我不由得话多了点。”

“你还好吧？”

他感激地瞥了我一眼：“哦，还行吧。最近确实不好过。不管对学生还是老师，我自知责任重大。这种状况我还是第一次遇到，很多时候都不知道该怎么办，也不知道该对每个人说些什么。我很想念她，”他平摊出双手，一脸失落，“我深感无力，甚至有些绝望。”

我们理解地点点头，三人相顾无语，在沉默中对坐了片刻。我似乎听到空气中有蜜蜂的嗡嗡声。

“听说你和赖安老师的关系非同一般？”

菲利克斯歪着脑袋，一脸震惊地看着我。我也很吃惊。我原本打算采用迂回战术试探尼克尔森与罗莎琳德是否存在暧昧关系，但又突然觉得干脆直截了当地把问题抛出去，说不定会有意想不到的效果呢。

尼克尔森喝下一大口水，又深吸了一口气。他看看我，又看看菲利克斯，脸上带着难以言说的痛苦表情。

“哦，这个嘛。我想是吧。”

我努力装出波澜不惊的样子，但瞪大的眼睛却出卖了我。我暗想这是否意味着罗德尼可以排除在嫌疑之外，心里竟有种石头落地的奇怪感觉。“你和她果真有关系？”

他的目光越过我们，落在远处的柠檬树上：“算是吧。”

菲利克斯猛吸了一口气。一只蝴蝶几乎贴着我的头皮飞过，我甚至以为自己听到了它振动翅膀的声音。

菲利克斯说：“你和赖安老师发生过性关系吗？我需要确切的回答。”

尼克尔森盯着菲利克斯，眼神中既有遗憾，又有悲伤：“不，不。我认为恰恰相反。”

我向前探身，迫使他与我对视：“尼克尔森先生，请你说得明白一点。这是凶杀案调查，所以我们务必要查清任何与赖安老师有关系的人。”

他注视着我：“她是我女儿。”

我忽然感到出奇的平静。

菲利克斯避开我的目光，震惊地叫道：“你女儿？”

我感觉自己如同置身漆黑漫长的隧道。风亲吻着我的脸，当我再次审视尼克尔森时，一切仿佛变得那么显而易见：同样弧度的颧骨，他的眼睛也有着相似的倾斜。

“你女儿。”我呆呆地重复说。

“是啊，”他叹气道，揭开这个惊天秘密之后他好似精疲力尽。喝水时他的手在不停地颤抖，“我不确定这和案子是否有关，但你们想知道什么呢？”

“全部。”

小鸟在树叶织成的帷幕后面叽叽喳喳叫个不停，约翰·尼克尔森向我们娓娓讲述了他与罗莎琳德·赖安之间鲜为人知的故事。

“你们也知道我的妻子是杰西卡。认识奥利维亚·赖安时，我结婚已经快三年了。我和杰西卡的婚姻很幸福，但是——怎么说呢——她并不需要我。我知道她爱我，但她是个特别强势又自负的女人。随后奥利维亚出现了，她和杰西卡正好相反，她是那种很依赖男人的女人。那时她已经有了三个儿子，但她很痛苦。她的婚姻没有给她带来幸福，压抑的生活使她出现了强烈的抑郁症状。事后回想，我知道她的心理已经出现了问题，可当时我却不可救药地迷上了她。”

“你们在哪儿认识的？”

他轻笑一声，蹙眉回忆：“实际上，是在图书馆。她带孩子们去的，可是孩子们一个比一个调皮捣蛋。我看她一个人挺为难的，就主动帮她把书拿到车上。把孩子们赶上车后她就哭了。我尽我所能去安慰她，可在那一刻我就知道，我想再次见到这个女人。”他玩弄着腕上的手表，抠开表链又轻轻搭上。“我从来没有那么强烈地被一个女人吸引过。”尼克尔森炽热的目光再次望向我，我不得不把视线移开。我尽量避免看菲利克斯，免得我们之间的相互吸引暴露了我们的关系。

“这发生在什么时候？”我轻声问道。

“大概在罗莎琳德出生前一年。”

“好吧，那后来呢？”

他无谓地耸耸肩：“我们开始约会。她通常会把电话打到学校。或者周日上午打到家里，因为我告诉过她周日上午杰西卡会去教堂，随后我们就商量约会的事。我们开车出门，到高兰碰面喝咖啡。她平时要照看孩子，而我和杰西卡没有孩子，所以找时间约会十分方便。不过她当时有病在身，虽然她掩饰得很好，但我还是看出来了，只是我不愿承认她的病有多重，因为我怕那会迫使我们放弃那段关系。”

“然后她就怀孕了？”菲利克斯问。

他的双眼忽然变得浑浊：“是。那完全在我们的意料之外，可她过了几个月才告诉我说她怀孕了。我问她孩子是不是我的，她说有可能，但不确定。我们从没聊过她的婚姻，但她对我的婚姻却非常感兴趣。我知道她有种被困住的感觉，乔治·赖安是个很强势的人，她爱她的孩子们，可他们的家庭生活细节对我而言一直都很神秘。我不知道他们夫妻是否依旧恩爱，这个话题她一直讳莫如深。奥利维亚就是这样的人，她不想说的事情就绝对会守口如瓶。”他清清嗓子，却不小心引起一串咳嗽，不得不用拳头捶了几下胸口：“我推断孩子是我的，不怕你们笑话，当时我慌了。我不想伤害杰西卡，更不愿失去她。我不知道该怎么办。奥利维亚也很害怕，但她似乎也不愿离开乔治。她并不是一个热衷于做母亲的女人，但她对儿子们的爱却是真挚而强烈的。”

“怀孕期间你和她见过面吗？”我想象出一个身陷牢笼的奥利维亚·赖安。她挺着大肚子，被困在自己的城堡里，憧憬着梦幻般的真爱。

“见过，但次数很少。她的脾气变得很暴躁，难以相处。有时候我们约定了时间和地点，但她却没有出现。有时候她会在不适当的时间给我打电话，并在电话里控制不住地大哭。杰西卡起了疑心，我也经常情绪失控。因为我不知道该如何应付，也就是大概在那个时候杰西卡对我说她想要个孩子。那段时间我简直要崩溃了。”

我喉咙越来越紧，不得不坐直身体好让更多的空气进来。过去几周的是是非非渐渐将我包围。“你最后一次和奥利维亚说话是什么时候？”我努力稳住情绪问道。

“我当然想不到最后会是那样的结果。我记得在罗莎出生前四天的时候我见过她一次。她当时依旧很狂躁，但对孩子的即将出世非常兴奋。她对我说如果是个女孩就给她取名叫罗莎琳德，事实也的确如此。我是在圣诞节之后看到她去世的消息的，到现在已经过去快三十年了……”或许连他自己都感到惊讶，他的话音一点点消失在空气中。

这个故事似乎还不完整，它的断层线划过尼克尔森的脸。

“乔治·赖安找过你吗？”我问他，“你去看过孩子吗？”

“哦，没有，没有。是这样的，我不知道他是否知情，也不愿把这件事强加在他的头上。我还要操心杰西卡呢，医生说她可能永远都怀不上孩子。命运真是残酷。我一直想那会不会就是老天对我的惩罚。”

“心里藏着那么多的苦却无人可以倾诉，你一定活得很累吧？”我说。

“咳，杰玛，我亲爱的姑娘，谢谢你能这么说。我确实活得很累。做了那么不光彩的事情，我的内疚是无法用语言形容的，更何况我明明爱着奥利维亚，却无法用正常的方式表达我的悲痛，这才是我最大的遗憾。也许她算不上我的真爱，但我确实爱她。”

菲利克斯插口说：“好吧，这么说，你一直怀疑罗莎琳德是你的女儿，但却仍然保持了距离。然后有一天她突然成了你学校里的老师？”

“呃，当然，她首先是我们学校的学生。”

我如梦初醒般点点头，想起那么多次我逮住他偷偷地看她。我还以为他只是和别人一样爱慕她的容貌。

“哦，对。先是学生，后来是老师，”我说，“而你从来没有对她提起过此事？”

“从来没有。尤其在她还是学生的时候更不可能。我绝对不会用这种方式去摧毁她的世界。我一直认定她对此毫不知情。”

“那最近呢？”菲利克斯问，“你有没有察觉她是不是知道些什么？”

“没有，至少我没有发现。当她求职当老师时，我很意外。我没想到她会愿意回史密森任教，但她毕竟曾是我们这里最优秀的学生之一，她喜爱艺术，在语言方面也有真才实学。我知道她一定会成为一名出色的老师，但我很忐忑与她的……亲近。杰西卡一年前去世了，我不知道如何应付这种局面，总觉得要冒一定的风险。”

“你确定她是你的女儿吗？你愿意做个鉴定吗？”

菲利克斯的问题是冷酷的，但尼克尔森似乎并不介意。我怀疑同样的问题他已经问过自己无数次。

吐露多年的秘密让他有种如释重负的轻松感：“我可以肯定。如果你们需要的话，我可以配合做鉴定。我觉得她和我长得有点相像，而且我们有着相似的兴趣爱好。看着她上课，看着她把话剧搬上舞台给我带来了无穷的快乐。她是个才华横溢的姑娘。”

我忽然问：“你难道就没有想告诉她这一切的冲动？你真的没有告诉她然后大吵一架？她没有伤心难过？如果她之前毫不知情，那么这件事一定会给她带来巨大的震撼。”

“没有。关于这件事我一个字都没有向她吐露过。有时候我感觉她好像知情似的。我知道她和我有种亲近感，但我觉得我在她眼中只是一个导师形象。我一直很小心，至少我是这么认为的，我知道稍不留神会产生多大的误会。”

“你觉得乔治·赖安知道吗？”菲利克斯问。

尼克尔森蠕动了下身体：“这我就不清楚了。我觉得奥利维亚应该不会说什么吧。她似乎很怕乔治，更怕他发现我们的事。但从他们当时的关系看，他说不定会怀疑罗莎不是他的孩子，毕竟她和其他几个孩子没有半点相似之处。”

“她有没有可能是其他人的孩子？”我突发奇想地问。

他仿佛一肚子苦衷似的耸耸肩：“有可能，但我认为可能性不大。奥利维亚很让人猜不透，但我们在一起的时间很长，我真心觉得她应该没机会同时脚踩几条船。”

“首场演出那天晚上你为什么不去呢，尼克尔森先生？”我问。

他抬头看看我们，脸上写着大大的内疚：“这里面没什么深层次的原因，我可以保证。我就是身体不舒服，还有点难过，我得承认。因为那时我刚刚得知罗莎准备搬走的消息。她在布里斯班新找了一份教师工作，打算圣诞节之后就离开这里。这个消息是她当天早些时候告诉我的，她让我开一封介绍信，那当然不成问题。我很乐意推荐她，但说实话，我心里很不好受。我想我大概已经习惯了能够经常看到她的生活。可惜不管怎样，我以后都再也见不到她了。”他望向花园一角，“我知道这一切我早该告诉你们的，可我不想谈论她要走的事，而且事已至此，我觉得再说也没什么意义了。”

“不，你早该告诉我们的，你该告诉我们一切。”我说，但语气很温和。

他颓然点着头，双眼依然望着花园。

“关于她要走的事，你们争吵过吗？”菲利克斯进一步问道。

“没，绝对没有。我想知道她要走的原因，但她说她只是想换个环境。她在史密森兢兢业业地干了这么久，我没有理由和她争吵。她想到一个更具活力的学校。我想筹集资金的事大概也伤透了她的心吧。我们聊了一些新学校的情况，我向她表达了我的祝福。可她离开我的办公室后我就浑身难受，索性回家了。”

我接着问：“那天晚上你一整晚都是一个人在家？”

“是啊，上周我就说过。我在家看电影。大约七点的时候我去喂了邻居家的猫。我的邻居出门了。十点左右我喝了杯茶就上床睡觉了。”

“然后第二天你就听说了头天晚上的事？”菲利克斯说。

“是的，学校保安科林打电话告诉我的。他接到了你们警局的电话，然后便通知我，这是标准程序。当然，只是相对而言。”

“工作的事你相信她的解释吗？”我问。

尼克尔森面露痛苦之色：“说不准。我也很意外，但我想也许她确实只是想换个环境。她在史密森已经干了很多年。虽然看起来有些突然，我也的确想过是不是发生了什么事，可她只字未提。我看她挺高兴的。我思考了很多次她是不是真的高兴，我觉得是，我希望是。”

“据大家所说，演出获得了巨大成功，”我说，“我们问过的每一个人都说她看上去非常激动。”

“哦，我毫不怀疑，”尼克尔森说，“从他们彩排时的表现我就知道他们很出色。我很高兴孩子们打算再演一轮。”

“你会去看吗？”菲利克斯问。

“当然会去。其他所有事我都不敢保证，但我绝对会去看她的这出戏。”

“你为什么要告诉我们这些呢？”我问，“你原本可以不说。也许我们永远都不会知道。”

他凝视着我，眼眸像两个水汪汪的深色的池子：“我不希望任何人把我们的关系朝龌龊不堪的方向想。再者就是，她的死改变了所有事。现在我很愿意谈论她，也许终于是时候承认她是我的女儿了。我为她感到无比骄傲。”

手机在我的口袋里嗡嗡了两声。斯科特的短信：**你什么时候回家？**

我看看菲利克斯，暗示他我该走了。

“好吧，那我们安排一下鉴定的事吧。”他说着从包里拿出工具。

他采集了样本。约翰·尼克尔森一副精疲力尽的样子，好像他刚刚染上了什么病毒。

“谢谢你，尼克尔森先生，”菲利克斯说，“打搅了你半天。”

他冲菲利克斯耸耸肩：“时间对我来说已经不重要了。”

我们紧随他大步穿过房子往外走。我能看到他脊梁上衬衣磨损的地方。

我边走边说：“我们也许还会有别的问题要向你请教。DNA检测的结果一出来我们就会通知你。”

“好的，没关系。”

我们在门口停下来。墙上的时钟离我的头很近，表针走动的声音清晰可闻。

“你觉得会是什么人干的呢？”菲利克斯直接问道。

“我也想过，但我想不下去。一想到她在水里泡了一夜我就受不了。也许她确实和谁发生过争执。她有时候也很冲动。我觉得多半是陌生人干的，某些变态。我也不知道。”

“总之谢谢你了。”我说。

他与我们挥手告别，随即关上了纱门。

回到车上我百感交集。尼克尔森多年来隐忍的悲痛和渴望仿佛全都在我身上重现，它们与我自己的伤感和愁绪交融在一起，折磨得我痛不欲生。

刚驶上大街，警用广播便响了。霍姆斯格兰路上有突发事件。医院里的一名精神病人持刀暴力威胁他人。已有一名儿童被从停在超市停车场上的车子里成功解救，但孩子的父母下落不明。

“关于罗莎琳德的身世，”菲利克斯说，“你的判断是对的。”

“是啊。”

“都快赶上《一千零一夜》了。”他说。

“你怀疑它是瞎编的？”

天空飘满絮状的云朵，它们与我们背道而驰。车子风驰电掣地向警局驶去。

“不，我觉得他没说谎。但奥利维亚·赖安很可能玩弄了他的感情，所以我想等鉴定结果出来再下结论，但我认为他的话是可信的。”

“你觉得他没有嫌疑了？”

“直觉上是，可他毕竟没有不在场的证据，而且他确实存在作案动机。听说她要走之后他很难过，也许他希望她留下来，也许他无法承受再次失去她的现实，这都可能使他陷入绝望，从而感情用事。”

我回想着尼克尔森谈论他逝去的女儿时的脸，只觉得它近在咫尺，又远在天边。

“是啊，有这种可能。”我说。

12月23日，星期三，上午10:04

柯蒂斯·斯迈思目不转睛地盯着站在思乐冰饮料机前的那个男孩。他特别留心小孩子，尤其是男孩，因为稍不注意他们的三只手就伸了出来，再回头他会发现店里不是少了这个就是少了那个。去年夏天，有个小混混为了偷他的几根薯条居然连展示用的架子都搬了去。当时柯蒂斯正在前面帮一位老太太拎袋子，一个小浑蛋径直把它从后门搬走，还冲监控摄像头竖了竖中指。后来，警察终于来了，可他们就像公牛的乳头一样派不上用场。他们拍了些照片，做了些勘查，但柯蒂斯对找回架子已经死了心。现在他整天锁着后门，还加装了另一个摄像头，小心无大错。但柯蒂斯毕竟是个商人，有一个店面需要打理，所以他也尽量看得开些，尽量把人往好的地方想。谁会跟钱有仇呢？虽然要费点心，但柯蒂斯认为只要大家井水不犯河水，进店的就都是客人。

人们说得没错，燥热的天气把人都快逼疯了。前天晚上开车回家时，在靠近费森岔路口的一个停车场上，他看见一个女人正拿着一把四处漏风的小型手提式真空吸尘器清理车子。她伏在车里干得专心致志，长长的棕色头发拂在脸上。也许她的车子是借来的，柯蒂斯猜想，只是不小心在后排座上洒了什么东西。小菜一碟。

她真该到他的店里去把车子里外清理一下，那只需要几分钟的时间。柯蒂斯的汽修店比周边镇上新冒出的那些大牌连锁店还要靠谱。他可以为她打磨抛光，价格绝对公道，还能给她喷一层漂亮的红漆，额外再送她一箱油和一杯咖啡，妥妥的。女人的车牌看上去有点奇怪，他估计一定动过手脚。

但柯蒂斯没有停车，他没必要掺和别人的事。他已经很久不曾跟路人说过话了，就像他奶奶经常说的：要是每个人都能管好自己的事，这世界就和谐了。

柯蒂斯发现货架上出现了一个空档，原来放在那里的一包电池不翼而飞。他握着拳头，气呼呼地环视店内。没必要再白费工夫叫那些笨蛋警察来了。他们一定都在忙女老师那个案子，报上说他们至今也没什么突破性的进展。

柯蒂斯盯上了一个年轻小子，他背心没遮住的地方有处玫瑰文身。那小子冲柯蒂斯一扬下巴，算是打了个招呼，随即便消失在店深处。柯蒂斯把报纸摊在桌子上，跟了过去。罗莎琳德·赖安在头版位置冲着他笑。柯蒂斯一脸苦相，真是命运无常，这么漂亮的一个姑娘遭此不测，他也不由得感到惋惜。

12 月 24 日，星期四，晚上 8:47

“我好想你。”菲利克斯双手温柔地捧着我的脸，吻着我说。

我不相信，我皮肤上的细胞在他的抚摸下大叫。打住，我警告自己，别胡思乱想了。但他的抚摸有种明显的强迫感，我不管怎么努力似乎都无法放松下来。别再胡思乱想了，我心里又说。我想喝酒，我想和他一起喝酒，然后彼此依偎着直到明天，可这是痴心妄想，因为今晚是平安夜，我得回去看看本。实际上，此刻正是警局开圣诞派对的时间。但出不出席根本没什么打紧的，这种场合带孩子的人最不受欢迎，而我更甚。去年就是个例子，当我没头没脑地走进茶室时，正赶上其中一个年轻同事想给他的小弟弟打个结。今年我的理由更加充分，因为绑架的事，大家都认为我理所应当在家里陪着本。

菲利克斯又捧住我的脸，我忽然吃惊地意识到，只需一个小小的动作我就能毁掉一切：抓起手机，拍张我们两人的合照，发给斯科特，发给菲利克斯的妻子，发给整个警局。我把双手埋进被单，以防万一它们突然失控做出无法挽回的、足以摧毁彼此世界的事情。

今天的每一分钟感觉都像一颗被拧干的柠檬，每一秒钟都缓慢得令人压抑。等待与菲利克斯约会的时间通常如此。我浑身像针扎一样坐立不安，平时最不起眼的皮肤也忽然变得敏感和活跃起来。

上半天有条不紊：例会草草收场，随后检查学校附近一处私人住宅的监控视频，在罗莎琳德遇害当晚演出结束后的那段时间只看到两个年轻人在摄像头下忘情地亲热。但整个上午并非毫无进展，期间住在桑尼湖附近现年三十八岁的莫伊拉·福斯拨打警局热线报告说，罗莎遇害当晚她听到了一男一女争吵的声音。

她六个月大的女儿正处在出牙期，晚上哭闹所以睡得很晚。她到阳台上拿晾在绳上的口水巾，碰巧听到气冲冲的说话声。当时为夜里 10:30 左右，她没在意，因为经常有夫妻在她家阳台外面的绿地上吵嘴。不过事后唯一让她觉得意外的地方是那晚她听到的声音不像是人喝醉之后的大吵大闹，而更像两个人在窃窃私语，说话既不颠三倒四，也不夹枪带棒。

根据莫伊拉的回忆，那两个人显然不同于常人，他们更成熟、更克制。“听起来不像是年轻人，所以我也就没多在意，”她对我们说，“我只能听见一个女人的声音，虽然听不出说的什么，但感觉是有些生气的话。”

我和菲利克斯坐在莫伊拉堆满脏衣服的沙发边沿。

“我很抱歉直到今天才给你们打电话，因为之前我实在没把它当回事，而且我白天大多时候需要补觉。”她指了指家里乱糟糟的一团，以及孩子在另一个房间里咿咿呀呀的声音。

我几步走上她家的小阳台。知了叫得人心焦，透过轻轻摇摆的桉树我可以看到瞭望塔的顶端。

“演出那晚肯定出了什么情况，”菲利克斯从身后走来，“因为某个人或某件事让她很气愤。”

“我知道。我可以想象她站在下面和某个人吵架又怕引起别人注意的样子。她一定是有什么需要隐瞒的事，所以才不想引得世人皆知。”

“可为什么要来湖边呢？”他狐疑地问，“为什么要和一个很可能会对你不利的人单独出来呢？”

“我觉得最初她肯定并不害怕，”我回答，“也许对方是她信任的人。我想她一定没有想到自己会遇到危险，可当她意识到问题时，已经晚了。显然凶手行凶并非蓄谋已久，石头只是被临时拿来当了武器。”

孩子哭闹起来，我不由得想起半岁时的本，心想若是换作现在，我肯定照顾不了这样一个折腾人的小东西，更不会为了满足他原始的需求而放弃了自己。我又朝塔的方向望了望，孩子的哭声越来越响亮。我眼前浮现出雅各布哭着从塔顶一跃而下的情景。

我们喝完了杯里的酒。扬声器里传出悠扬的爵士乐曲。菲利克斯一件件脱下我的衣服，缓缓进入我的身体。一切忽然前所未有的清晰。只要趴在我身上，他仿佛就拥有了无穷无尽的激情和力量，而我一心只想满足他。全世界仿佛只剩下我们两个交融的身体，直到他在颤抖中达到高潮。我的呼吸渐渐平静，这时我才意识到有点冷。空调开得太低了，不知哪里传来漏水的声音，啪嗒，啪嗒，啪嗒。忽然间，我对自己失望透顶，愤怒至极。儿子几天前才经历过一次绑架，而我如今却……天哪，我究竟在干什么？

“这样不对。”我就像个小孩子，执意要揭开伤疤上的痂，或推倒一颗松动的牙齿。

菲利克斯半坐着，身体挡住了台灯的光。他胸前柔软的胸毛在阴影中看起来更黑了些。我翻身起来，给自己裹了一条大毛巾。我浑身都是鸡皮疙瘩，每一颗都能清晰地感觉到。斯科特的弟弟克雷格以及他的妻子劳拉占用了农舍过圣诞节，所以我和菲利克斯只好出来开房。我们选的酒店离史密森有半小时车程，位于一间背包客经常光顾的酒吧后面。这是冒险，但由于今天是平安夜，所以我们认识的人应该都在家里陪着家人吧。

“我觉得挺好啊，”他笑着说。他轻松的口气撞到了我这堵墙身上，于是他立刻改口，“对不起，杰玛，”他随即靠在蓬松的枕头上，正色说道，“我不知道你希望我说什么。”

“前几天我差点吻了别的男人，”我回想起福克斯的凑到我嘴上的嘴唇，“我去参加一个聚会，差点亲了别人，一个我从前认识的人。”

他的右侧眉毛明显升高了些，“哦。”他双手扳住后脑勺，好像要做仰卧起坐的样子，“你想谈谈吗？”

我的腿有点不舒服，便开始在房间里踱步，好抖掉这发痒的感觉，“不，我不想谈。但我想告诉你，我觉得应该告诉你。”我的脸色不由变了。我想说的话忽然变成了字，一个个摆在我眼前。够了，别再为这件事哭了。我努力止住眼看就要溢出的泪水。

“就算你跟别的男人在一起，我也不会觉得有什么，毕竟你也算是结了婚的。”

“等等。你是说你不在乎我跟别的男人发生什么？”我一副中年妇女的疲惫口气，就像在公园里喊我淘气的孩子。我下意识地压低了声音：“也就是说即便我找了别的男人你也不介意？”

“杰玛，过来，过来坐下，”他瞥了一眼手表，“我马上就该走了，可我几乎又想要你了。”

我也重新有了感觉，可我同样希望他能回答这该死的问题：“那又怎样？”

他叹口气说：“不是不介意，可我……我也不知道。可能就像我明知道你和斯科特在一起也无可奈何的感觉吧，所以就算是换成别人我也只能让自己接受。”

“自从五月份以来我和斯科特就没再上过床。”

看得出来菲利克斯非常意外，惊讶的表情快速在他脸上展开，紧随其后的是温柔的内疚。

“你和玛丽还过夫妻生活吗？”我问。

“杰玛。”他警惕地说。

“怎么了？有没有？”

“杰玛。”他又叫了一次我的名字，语气更为严厉，仿佛想迫使我知难而退。他随即摇摇头，轻声说：“非要把两个人的生活都赤条条地展示出来一一比较吗？我看不出这样做有什么意义。我们都知道维持这种关系并不容易，尤其最近这些天。我们都已经做到最好了，你明白我的意思吗？”

我明白他的意思，而且我知道自己可以选择不再纠结，抛开这些倒胃口的念头，就当什么问题都没有。“我只是觉得你们的关系可能不会像我和斯科特那样糟糕，你们多久上一次床？”我脱口而出，伴随着对他们夫妻二人的联想。我很好奇他与她上床的时候是否也和与我上床时一样卖力，甚至是否采用同样的体位。他是否也会把她重重地压在下面，当进入她的身体时，他是否也会用同样惊奇的眼神看着她。

“杰玛，拜托。我不会和你谈这些的。太无聊了。”他起身穿上衣服，揉了揉眼睛。当他再次望向我时，眼神中已经充满疲倦。

我让他一下子变苍老了，我想。

“我们都该回家了。你得回去看看本，给圣诞老人准备个长筒袜什么的。”

“我知道自己该干什么，不用你操心。”

他举起双手："杰玛，我并不是要多管闲事。我只是在说人之常情，别搞得我好像咄咄逼人要怎么你一样。"他的口音一反常态地飙到了极高的位置，在半空又戛然而止。

"随便，咱们走吧。"我迅速穿上衣服，同时也没忘了放在小写字桌上的手表和镯子。我拿起手提包，用手整理了一番头发，扎起一个马尾辫。我咽了口唾沫，喉咙里像擦火一样疼了一阵。

空调在墙上嗡嗡作响，那声音吵得我头疼。

"嘿。"他拉住我的手，放在他的胸口，一脸痛苦地看着我。已经没什么好说的，也没时间说了，仅凭今天一个晚上显然无法解决我们未来的问题。我们离开房间，他一直拉着我的手，走下楼梯，走进狭小的棕色大厅，周围是棕色的墙，脚下是棕色的地毯。

"好了，就这样吧，"他说着松开我的手，"圣诞快乐！"

"再见。"

他的身体刚一转过去，我立刻就想和他重回房间了。我想收回我说过的每一句话。我怀念他令我欲火焚身的爱抚。我像根浮木一样从酒店漂了出来，并像做贼一样轻轻关上门，然后走进狂风呼啸的停车场。空气又干又热，干枯的落叶飞过柏油路，消失在车子底下。菲利克斯过了一会儿才跟出来。我透过挡风玻璃望着他抄近路走向他的车子。他在口袋里摸索着寻找车钥匙。我发动引擎，把空调风扇开到最大。正当我准备打开车头灯时，我发现大约五十米外与酒店平行的加油站里停着一辆车，车上有个女孩也在注视着菲利克斯。在街灯的照射下，她的脸几乎变成了黄色。她的双眼一眨不眨，嘴巴张开着。突然，她朝我的方向望过来，我连忙打开车灯，将自己藏在光芒之外。她一定是史密森中学的学生，她们化了妆的年轻面孔一个接一个在我眼前闪现，就像一段模糊的 MTV 蒙太奇。

走到半路时我才猛然想起，那个女孩我几乎天天见面。她是相框中的那个姑娘，在菲利克斯的桌子上绽放着阳光般的微笑。她就是菲利克斯的大女儿，梅西。

当　年

“是真的吗？你和雅各布分手了？”珍妮特一把将塑料杯塞过来，黏黏的红色液体溅了我一手。珍妮特涂了太厚的眼线，两只眼睛在她宽阔的脸盘上显得又小又难看。

我耸耸肩，试图掩饰我的痛苦：“我们想冷静冷静。”我在杯子上抿了一口，浓烈的伏特加像岩浆一样烧灼着我的喉咙。

珍妮特的眼珠差点飞出来：“哇！不是吧！这么说是真的咯？我以为你们两个会天长地久……走，咱们到外面去，这里吵死了。”珍妮特拉起我的手。

我随她穿过黑黢黢的镶着木板的厨房，到处都是人，都是学生，有史密森中学的，也有周边其他学校的。一群人疯狂得忘乎所以，在酒精的刺激下享受着自由的惬意和对未来的憧憬。在我和其他人之间有一道透明的玻璃墙，我不知道他们能否看到。一个顶着宽大墨西哥帽的家伙从我身旁挤过，帽檐扫到了我的脸。“对不起！”他笑着说，嘴里喷出的啤酒味令我不由皱起鼻子。

“瞧瞧，大家都疯了。”珍妮特乐不可支，但一看到我，脸又沉了下来，“雅各布到底是怎么回事？”

怎么回事？怎么回事？自从上周雅各布在学校里把我拉出来并毫不留情地将我的世界砸个稀巴烂之后，我就一直在思考这个问题。

“我不知道，好像考试的事把我们两个都逼疯了。我是说现在我们都是成年人了，分开一下没什么不好。你明白吗？”

珍妮特一脸懵懂地看着我，我好想在她肉嘟嘟的脸上扇一巴掌，她那蠢样子让人看着心烦。

“你可太酷了。”她说。

我耸耸肩。我想吃点东西，我已经好几天没食欲了。伏特加仿佛直接冲进了我的脑袋，我想象着它藏在我的眼睛后面，射出银色的火花。我想找地方坐下来，便拉着珍妮特来到门廊下的秋千旁。她点着一支烟，假装熟练地抽起来。我注意到福克斯在花园后面偷偷看我们，他的烟蒂在夜色中留下隐隐约约的轨迹。

“我一直觉得你和雅各布会白头到老呢，因为你们看起来一点都不像儿戏，而是更加……也许真实。”

过去是，现在也是。我想冲她大喊：“这个嘛，走着瞧吧。我现在也说不准。我刚才说了，我们想冷静冷静。”

珍妮特咬着嘴唇。她猛吸了一大口烟，结果呛得咳嗽起来。我用脚尖蹬地，让秋千轻轻摇晃。我的心一路沉下去，再次开口时，我的声音也变得古怪起来：“你是不是知道什么，珍妮特？”

屋里有人打碎了杯子，响声吓了我一跳。

“呃……”珍妮特咽了口唾沫。她伸出一只脚撑住地，让秋千停了下来，“昨晚劳伦对我说雅各布和罗莎·赖安好上了。但也许是瞎说的，也许只是逢场作戏。”

从某处传来一阵哄笑，屋里开始响起舞曲声。动感的节拍传进耳朵，让我全身的血液跟着沸腾起来。珍妮特的头枕着我的肩膀，那一刻我忽然好想我的妈妈，我怕自己会撑不住昏倒过去。

雅各布和罗莎琳德一齐钻进我的脑袋。他们？看起来不大可能啊，可与此同时我又不得不承认，他们简直是天造地设的一对。他怎能如此对我？还有她？她是我一直以来想要成为的样子，而他是我的一切。他们像两个阴魂纠缠着我，怎么都挥之不去。

“你还要酒吗？”珍妮特问。

“啊，要，”我说，“这还用问吗？”

她起身，丢下我一个人在秋千上。屋里不时传出笑声，我望着地上肮脏的烟蒂，火头闪了几下，消失在黑暗中。

第 6 章

12 月 24 日，星期四，晚上 9:52

梅西的出现令我始料未及，我不知道该怎么办，也不知道她是否会和菲利克斯说些什么。而另一方面我又因为不能按时回家忐忑不安，我答应斯科特说今晚 9:30 就到家的。

“够了，够了！”我拍打着方向盘，心乱如麻，思绪在梅西、菲利克斯和本之间飞快地转来转去。还有约翰·尼克尔森的忏悔。当他意识到自己将再次失去女儿时，是否会恼羞成怒？罗莎有没有向他坦白过什么？也许她告诉他说自己怀孕了？或者说出了孩子的父亲是谁？那将是他的外孙啊。又或者，是不是正如菲利克斯所言，我只是单纯地拒绝把罗德尼当作嫌疑人来考虑？

车子转上我们家的那条街，我双手紧握着方向盘，头昏脑涨，身体轻飘飘的，好像开车的另有其人。

失望像沉重的巨石压着我，我拖着疲惫的身躯走进了家门。本居然还没睡，他听到了我的脚步声，不由大叫。叫声传过门厅时似乎被放大了。斯科特在他身后出现，一个高大的黑影。但我的眼里只有本。

“妈妈！”

“宝贝儿！你在等我吗？真对不起，我回来晚了。明天就是圣诞节了，激动吗？”我弯下腰，本张开小手臂一把将我搂住。我闭上眼睛，紧紧地搂着他，享受着这一刻。

“圣诞老人！圣诞老人！圣诞老人！”

我笑起来："对，圣诞老人！我们应该为圣诞老人准备些饼干和牛奶。"

我的声音听起来低沉空洞，好似站在舞台上冥思苦想自己该说什么台词，该如何走位，需要拿起什么道具，通过什么家具，或者如何感受它们的存在。我回想儿时度过的那些圣诞节，无数蒙太奇的画面在眼前一一闪现：帮助妈妈包礼物，爸爸给圣诞老人倒上红酒，我拆礼物的时候妈妈给我拍照。我向来拆得小心翼翼，生怕弄破了包装纸。

"好啦，"我欢快地说，"走，瞧瞧咱们都有什么。"本像快乐的小鸟一样跟着我进了厨房。斯科特没有跟来，但我能感觉到他如影随形的目光。屋里充斥着浓郁的松木味，芳香得令人有点想吐，尤其和滚滚热浪融合以后。我打开电灯，看到台子上已经摆好了一碟饼干、一根胡萝卜和一杯奶。

12 月 25 日，星期五，早上 6:27

在我们尚处睡梦中的时候，史密森却已经陷入了火海的包围。无情的高温终于沸腾，熊熊之火席卷八方。火苗沿着干枯的灌木攻城略地，吞没房舍，围着一个个水洼跳起欢快的舞蹈。

火势在黑夜里肆意蔓延。

凌晨刚过五点，北部二百公里处的一个小镇已经化为一片焦土。三人死亡，多人受伤。

火势依旧在朝史密森的方向蔓延。

我的梦境变成绚丽的红色和深蓝。

鲜血与火焰混合在一起，消融在一片漆黑之中。

我被本敲打床栏的声音惊醒，这时手机刚好收到一条信息。我扫了一眼斯科特，他已经醒了。他先看看我，又看看我的手机，随后才翻身下床。我揉着惺忪睡眼，迅速看了看短信。是琼斯发来的：**韦斯特利保护区发现一具男尸，二十岁，初步判断为自杀。因为他也是史密森中学的毕业生，**

所以我们要深入调查一下。我只想亲口告诉你一声，你不必参与，好好陪着本享受你们的圣诞假期吧。另外要留心火灾动向。

我联想到约翰·尼克尔森疲惫的、泪汪汪的眼睛。至少这次事件没有发生在校内，或瞭望塔上。

我简单回了条信息：确定不需要我吗？有情况通知我。

我知道琼斯不会回复。这时我已经能听到斯科特把本带进了客厅。看到一堆的礼物，他高兴地欢呼起来。我也起了床，脱掉那件已经磨毛边的汗衫，换上一件大号的T恤。

酷热像白色的薄膜潜伏在房子里。我来到卫生间，先洗把脸，而后用凉水擦了擦胳膊和双腿，但我的皮肤依旧胀鼓鼓的，就像我的骨头在夜深人静的时候偷偷长大了些。松木散发出烤面包的香气。我回想起妈妈去世后以及雅各布自杀后的那两次圣诞节。雅各布过世那一年的圣诞尤其糟糕，过节时他自杀还不足三星期，他在我的世界里留下的窟窿正前所未有的清晰。我想起爸爸和我心不在焉地应付着虽然熟悉但却令人心塞的节日仪式，梅根姑妈倒忙得团团转，并苦口婆心地骗我说，只要吃够一定量的火鸡和火腿，生活立刻便能拨云见日。我记得尽管她在家里不停地播放圣诞颂歌，但我耳朵里却只能听到急流的声音，就像水快速地通过管道。

“妈妈，你瞧！礼物！”

我搂住本说：“圣诞快乐，小宝贝。”

“圣诞快乐，”斯科特的声音有些粗哑，说话时低头盯着地面，“要咖啡吗？”

“好，谢谢。”

我和本一边等斯科特一边数礼物，我每念一个数字他就拍一下手。我不由想到菲利克斯，不知道他的圣诞早晨是怎样的情景。梅西提起见过我们的事了吗？他知道自己的女儿昨天出现在那里吗？或许他能用工作当借口搪塞过去。我在查案，亲爱的，在追踪一条线索。可这样的理由就连我都觉得牵强。倘若她真的看到我们在一起，一定会察觉到不一样的。每一对偷情的人的神情姿态都会与常人不同，他们的亲密就像身体周围飘浮着一团雷雨云一样明显。也许前几天斯科特回家撞上我们时已经察觉到了猫腻，或许他看到了火花。我在想万一梅西把她看到的事情告诉了她的妈妈，结果会怎样？我忽然意识到我们是多么大意，多么掉以轻心。他使我变得如此饥渴、如此粗心。我的轻率的确给我带来过几次侥幸，我在黑暗中扒住有光的窗户，并天真地认为整个宇宙都会保护我们。

本把小脑袋伸到我面前。我停止了数数，而他则早就等得不耐烦了，他想马上拆开礼物。

“给你。”斯科特递给我一杯倒得满满的牛奶咖啡。

“谢谢。”

“看火灾新闻了吗？”

我想起琼斯的短信：“没有。”

“很严重。像二十世纪八十年代的那几次火灾，报上说的。”

“礼物，礼物！”本看样子急坏了。

“刚才是工作上的事？”斯科特朝我的手机歪了歪脑袋。

我点头说：“对。”

“要走吗？”

“不用，”我喝了口咖啡，“发现了一具尸体，不过他们认为是自杀。琼斯在办。”

斯科特放心地点点头：“他人不错。”

“是啊。”

我看着斯科特温柔地对本微笑，心里暖烘烘的，不忍心破坏我们好不容易创造出来的这难得平静的圣诞早晨。我们就像一个水池里酸和碱的等级，为了保证水质的安全，我们唯有各自做出一定程度的妥协和退让。

“好了，”我的声音几乎是欢乐的，“拆礼物吧？”

“我想还是让我们的幸运小宝贝先拆吧。好了，本，给你。”斯科特递给本一份礼物，本以一个孩子只有在圣诞节才会有的兴奋劲一把撕开了包装纸。他小脸红红的，快乐得像朵鲜艳的花。我的心一下子就融化了。

“妈妈，你看！火车！”

我点点头，微笑着看着眼前的这个小淘气。

“喏，这个是给你的。”斯科特把礼物递给我的时候，眼睛却望着别处。

“谢谢你，”我的声音犹如一道阴影，“给，”我从放在圣诞树下的两个酒瓶中间掏出一个小信封，“只是个礼物代金券。”

打开信封，他挥手止住了我抱歉的解释，冲我微微点了点头。

我把手指伸进鲜红色的包装纸，盒子里居然放着一串风铃。

“我记得有次你生日之后我们去了一个地方，你特别喜欢那里的风铃，我好几年前就把它们买回来了。”

“快让我看看，妈妈，快让我看看！”本激动地叫着。

我拿出风铃，轻轻摇晃。它们发出清脆悦耳的声音，使本听得入了迷。

“谢谢。”我再次说道。

风铃的声音在房间里回荡不息，直到斯科特双手一拍跳起来，拿起本的一节玩具火车说：“嘿，小家伙，快让我瞧瞧这小火车是怎么跑的呀。快点，到这边来。”

本跑向斯科特，他兴奋的小脸依旧红扑扑的。他们开始一起玩火车。两人的欢笑声充满了房间，我甚至考虑要不要去拿台相机拍张照。多好的圣诞留念啊。可我一动不动，只是静静地看着他们。我一度甚至怀疑这一切是不是真的。我低头看着手里的风铃，它表面光溜溜凉丝丝的，圆圆的身体称得上完美无缺。我把它紧紧地攥在手里，许久不愿松开，直到皮肤变得煞白，但我也说不清楚到底疼或不疼。

当　年

雅各布一边喝着大杯思乐冰，一边大步流星地走着。他戴了一顶我从没见过的帽子。我抓起我的包，丢下吃了一半的三明治，尾随他而去，但我小心地和他保持着安全的距离。我看着他熟悉的走路姿势，他黑色的头发从帽檐下钻出来，伸进脖颈后的衣领中。他看上去更高大了，好像我们分手之后他成长了许多。他穿过餐饮区，摘下帽子，塞进背包，拉上拉链。我注意到从他的手到胳膊之间有一片看起来很复杂的黑色图案，起初我以为他文了身。那图案很精美，但我猜是他自己画上去的。他径直朝电影院走去，我知道，他要去见她。他用手捋了捋头发。他的发型似乎也变了，变得更时尚。我心里忽然有些窝得慌。我怀念抚摸他身体的感觉。我悄悄躲进电影院对面的音像店暗中观察，他站在一棵硕大茂盛的盆栽旁，手指疯狂地在手机上戳来戳去。

过了几分钟，他从盆栽旁挪开几步，抬起头，望见了背对光线、脸上绽放着迷人微笑的罗莎。雅各布做出一个可爱的动作——双手拍拍胸口，而后才唤她下来。她调皮地摇摇头，把他戏弄半天才从玻璃幕墙后出来，走下楼梯，来到他等候的地方。

她的衣着颇为古怪，上身穿了一件露肩的老式村姑衫，下身是一条紧紧包裹着双腿的长裙。与雅各布的典型美式青年打扮——半褪色的灰 T 恤和牛仔裤——相比，她身上散发着强烈的成熟女性的味道。雅各布的脸上依旧洋溢着小男生的气质，他的身材介于男孩和男人之间。他们身上没有任何相同之处，怎么看都不像是一对，直到最后她忽然少女似的跳到他面前，金色的头发在脑后轻快地甩了几下。他一手揽住她的腰，而她则小鸟依人般把头枕在他的肩膀上。我感觉像在偷窥自己的过去：依偎在他怀里的人应该是我啊。

我在一个 CD 展架后目不转睛地盯着他们，这时，她的目光捕捉到了我的存在。我们对视着，她的脸紧贴着雅各布的身体，半晌后她才咧嘴给了我一个心照不宣的微笑。我控制不住自己的眼睛，就那样一直盯着，直到他们消失在红光四溢的电影院里。我一动不动，脑袋里仿佛正驶过一辆货运列车。

12 月 25 日，星期五，下午 12:36

“我提议大家一起做饭前祷告。”梅根姑妈从桌子上首位置一脸严肃地望着我们。她念叨了一些我们应该感恩的东西，随后又请我妈妈在天堂保佑我们，尤其是本。

“阿门。”我们喃喃说道。

“不想要肉汁，”本大声嚷道，“难吃。”

大伙儿都笑起来，我们全都看着本，期待他能说出更多活跃气氛的话。我没有告诉爸爸和其他人本被绑架的事，难免有些耿耿于怀，但我和斯科特一致认为这样做最好，免得徒生事端。我们不想把任何人拖进我们的现实。还好那天我给爸爸打电话时他没有接，当他打回来时，本已经安然无恙地回了家，所以整件事也就这样简简单单地糊弄了过去。

“这场大火来得可真不是时候。”克雷格划拉着他的手机说，梅根姑妈瞪了他一眼。劳拉用胳膊肘在克雷格腰上戳了一下，他随即说道：“怎么了？不好意思，我只是担心我朋友的农场。”

我们开开心心地吃着克雷格在悉尼的大卫琼斯百货里买来的高档棒棒糖。每听到谁的嘴里发出嘎嘣一声脆响，本就前仰后合地大笑一阵，而后兴高采烈地把那些没用的棒棒收集起来堆成一个小堆。

“杰玛，”克雷格说，“最近工作压力挺大吧？过去这半个月，每天晚上的新闻里都在说那个可怜的女老师的事。”

“是啊，”我叉起一块火鸡肉，在红莓酱里蘸了蘸，“这案子很棘手。”

“听说她爸爸是个大人物？”克雷格张嘴塞进一大块肉。

“对，他开了一家大公司。当年他也是白手起家，现在倒混得有头有脸。显然他在商业上很有一套。”

“这些有钱人应该都不可信吧？”克雷格说。

本忽然咬到了舌头，疼得一声尖叫，一道血水从嘴角流了下来。我拿餐巾蘸了蘸他的嘴，偏着脑袋望了望克雷格，满心希望他能读懂我请他换个话题的暗示。

“你们上学时就认识吧？”可他仍然继续说道，“之前我还跟劳拉说你们肯定认识。”

“没错，那是很不幸，”爸爸的声音是一反常态的轻快，“但杰玛今天休息。”

克雷格知趣地扬了扬眉毛：“哦，当然。”

本不哭了，蹦跳着回到椅子上继续吃他的东西。梅根姑妈一直在家里放着轻快的圣诞颂歌，虽然声音很小，但却听得我晕头转向。

“还要酒吗？”我猛地站起，膝盖重重地撞上了桌子。

爸爸冲我微微一笑：“好的，亲爱的，添一点儿就行，谢谢。”

劳拉也点点头。

“你觉得合适吗？”斯科特说。

我看着他，大家都看着他。

“随便吧。”他说着扭转头去，刀在盘子里切肉的时候刮得盘底叮咚直响。

“好极了，”我说着端起酒杯，“我这就把你从杰克森带回来的那瓶夏敦埃酒打开。”

来到厨房，我深吸了几口气才平息心中的火气。我给自己的杯里倒上酒，喝的时候我闭上眼睛，祈祷晚上的到来。我低头看看自己的裙子，这是多年前参加朋友的婚礼时买的。裙边不知沾上了什么东西，裙摆高低不平地垂在膝盖下面。从腰部以上开始，裙子已经变得很紧。

我查看了一下手机，安娜发来一条写着圣诞祝福语的短信，卡罗尔发来了她的孩子们头戴圣诞帽的照片，一个福克斯的未接来电，另有几条关于火灾的安全警告。菲利克斯一点消息都没有。我把手机丢在台上，望向窗外。无精打采的树木在风中几乎纹丝不动。

我回到餐厅，桌子一头已经堆了一堆闪闪发亮的棒棒糖包装纸。

我给每个人倒上酒。

“我要喝果汁！”本大叫。

“嘘，好的，小伙计，别急，”斯科特说，“我这就给你拿果汁，坐着别动。”

本红了脸，握着小拳头。劳拉走过去想把他抱在腿上，可是本挣脱她的双手跑到了一边，她装出一点也不觉得难堪的样子，开始收拾桌上的空盘子。

“火灾太可怕了，”克雷格又在看手机了，“菲尔顿一半的地方都被毁了，但似乎没有人担心火势会蔓延到史密森。”

“上帝会保佑那些可怜人的。”梅根喃喃说道。

斯科特端着本的果汁回来了。

本瞥了一眼果汁，放声大哭：“不是这种果汁！”

“呀，好啦，本，我保证这个也一样好喝。”劳拉说。

“不，不好喝！”本躺在了地板上。

劳拉尴尬地笑笑：“好吧，看来是真不好喝。”

她回到自己的座位，眼睛牢牢地拴在食物上。

克雷格继续他的灾情播报：“杰克森也被波及一部分，靠近河边的地方，真是火力全开啊。”

爸爸清了清嗓子：“我知道天气很热，但也许我们可以打开洒水器，打一会儿板球。院子里是有荫凉的。”

他一副兴致勃勃的样子，或许他极力想打破饭桌上令人压抑的尴尬气氛，这时我发现自己和斯科特四目相对。我们在无声中达成了停战协定。

“好啊，内德。”他说。

“好主意，爸爸，”我从他身旁走过时，他轻轻抱了抱我，“我去拿板球拍。”

虽然心不在焉，但我们仍在酷热中挥汗如雨地打了一个小时的板球。结束之后，我们又回到屋里继续喝酒。

克雷格很想打开电视机：“要不看看火灾新闻？”

梅根小声嘟囔着消失在厨房里。我又打开一瓶酒，旁若无人地自斟自饮起来。熊熊火苗映红了屏幕，一名略微有些惊慌的记者正在描述灾情。

“我的天哪，”克雷格惊叫道，“到处都在烧。”

劳拉端出一碗碗加了白兰地奶油的冷冻布丁。

我又查看了一次手机，菲利克斯依旧毫无动静。我想象着他被一堆五颜六色的圣诞饰物包围着，女儿们簇拥着他，金色的头发扎成精致的辫子。他的妻子一个人做了一大桌美味的传统圣诞大餐。或者，也许梅西泄露了秘密，他和他的妻子正经历着一场充满火药味的冷战。两人之间所有存在过的怀疑像火鸡一样被切开撕碎，暴露在外。哦，背景中还播放着欢快的《铃儿响叮当》。

斯科特把不停扭动身体的本放在我腿上，冷不丁便打断了我的思绪。我把本搂在怀里，暂时不顾胸中的怒火，对着他的耳朵小声哼了起来。因为已经快睡着，他的身体显得沉重了些。爸爸拍拍我的肩膀，在本的额头上亲了一口，随后才坐在扶手椅中。劳拉和克雷格并排坐在沙发上。斯科特正把一堆丢弃的包装纸装进一个大垃圾袋。音响里依旧在没完没了地播放着圣诞歌曲，梅根姑妈坐在音响旁边妈妈的旧扶手椅中。今天是罗莎琳德的二十九岁生日，眼皮合上的那一刻我在心里想着。电视上满屏的火焰变成了一大片翻滚着的鲜红的玫瑰花瓣。

12 月 26 日，星期六，上午 9:30

节后的办公室里，人们三五一群地聚在一起闲聊假日里的见闻，而因为火灾，更多的人加入了进来。一支应急小分队把我们的会议室临时改成了基地。每个人都有亲戚或朋友或熟人在火灾中失去了房子。夜里，大风把火势吹向了西边，如今它正在一片面积达数英亩的空地上肆无忌惮地烧着。史密森松了一口气。我们暂时还算安全。

报纸头条鼓吹着无聊的圣诞奇迹，配上像指环一样套在小镇周围燃烧的火圈。翻过头版，罗莎琳德微笑的脸看着我。史密森的天使依旧沉冤未雪——这是坎迪的标题。我打开“今日史密森”网站，浏览上面的文章。几分钟后，我推开椅子。我心神不宁，坐立不安。我想立刻知道梅西到底有没有说什么，菲利克斯死哪儿去了？

“伍德斯托克，你过来一下。”琼斯停也不停地从我桌旁走过。

我走进他的办公室，坐下。他在我面前踱来踱去。

“杰玛，因为火灾的事，军装都派出去了。”

我一下子沉进沙发里，这案子已经越来越令我力不从心了：“全部吗？”

“恐怕是。现在是四面告急，到处都需要人手。”

“麦金农知道吗？”

“知道，昨晚就告诉他了。”

“昨晚为什么没通知我？”我直视着他的眼睛问。

他的目光不躲不闪：“我想让你和家人好好过个节，就算是透口气吧，不能一直老绷着。你觉得不妥吗？”

“没有。”我尽力压着火。

“那就好。你的人马今天再干一天就到此为止。今天下午你们再开一次例会，然后就得分配到别的地方去，你要想想接下来的打算。”

“然后呢？”

“然后我也不知道，我相信车到山前必有路。”

我站起来转身离开，心里空落落的：“就这些？”

“差不多吧。我听说你收到过花，伍德斯托克，怎么回事？”

我愣住了：“花？”

“对，花。实际上是一大束红玫瑰。赖安一案的调查刚开始时有人送到了你的家门口，”琼斯的鼻孔微微张开，我看到里面短短的鼻毛就像藏在屋檐下的蜘蛛，“我想你应该记得吧，除非你天天都能收到花。”

“我不知道这跟案子是否有关。”

“我居然一直都不知情！”他瞪了我一眼，“这可不好，伍德斯托克，你应该明白。”

“是麦金农告诉你的吗？”

“谁告诉我的不重要，最应该告诉我的人是你。我本想让你查一查这件事，伍德斯托克，可你的做法很让我失望。”

“对不起，局长。我是早该告诉你的。”

“没错。我们以后再说，现在你要做的是别惹麻烦，这是命令。”

“遵命，局长。”

他走开了，边走边用短粗的手指捋着油乎乎的头发。

我回到自己的办公桌前，漫不经心地查看电子邮件，做些笔记。我握起拳头，想象着一拳一拳砸在键盘上，直到把键盘砸个粉碎，每颗按键像牙齿一样七零八落地掉在地板上。我望望菲利克斯的桌子，他还是不见人影。

窝着一肚子火，我了解了一下发生在圣诞节当天的自杀事件。它和罗莎琳德的案子看不出有什么关联。这个二十来岁的音像店店员曾是史密森二级学院的学生，但罗莎琳德并不是他的任课老师，而且也没有任何证据表明两人认识。平安夜那天早上，小伙子和女朋友吵了一架，事后不久便结束了自己的生命。可怜的姑娘，她一定会为这次吵架内疚一辈子。

中午时分，我接到电话说赖安家出了点事。据说有个浑身是血的家伙在他家前院大喊大叫。我匆匆咬了几口三明治，给菲利克斯打了个电话，留下条信息便跳上了车。

来到赖安家时，已经有两名警察先期赶到。前门台阶上坐着浑身是血、一脸绝望的布赖斯。我下了车，眯起眼睛看了看停在车道上的一排车子。

蒂莫西正站在走廊下和一名军装交谈，他双眼望着聚集在街对面的一小群人。我在那群人中间看到了本地银行的经理和一位地产开发商，名字想不起来了，他在坎迪的报纸上发表过投资类的文章。圣诞刚过，眼前这意外的场面居然引来了史密森最出色的精英。

我推了推太阳镜，缓步走到房前：“嗨，伙计们。”

他们傲慢地看着我。

“怎么回事？”

“没什么，”蒂莫西说，“一场误会。”

布赖斯赞同地点点头。

“我怎么看着不像呢，你们闹出的动静可不小啊。”

蒂莫西不由得苦笑：“打架而已，没什么大不了的。”

“为什么打架？”我问。

“没什么，我们闹着玩呢。”

“闹着玩？我看你们还是跟我们回局里一趟好好解释清楚吧。”一位年长些的警察说。蒂莫西顿时哭丧起脸，我差点没笑出来。

“你爸爸呢？”我跟着他们走向警车时问。

“他又进医院了。”布赖斯没好气地回答，说着在手上吐了点口水，擦了擦脸上的血。

当 年

我在妈妈的写字桌上找到了那支破旧的钢笔。从前我特别喜欢看她写东西，那些单词的弧度对我来说就像一支摇篮曲。我一直觉得，用这支笔不管写出什么样的字母都比别的笔好看。我是准备给雅各布写那封短信时发现的这一点。时间大概在我看见他们一起去购物中心时，或者之后。我只知道我度过了二十个没有雅各布陪伴的孤独的日子，我已经快要疯掉。我们依旧说话，但我们的个人世界已经彻底分开，再无交集，而我的这一半被丢进了黑暗荒凉的寒冬。没有了另一半，我的灵魂彻底迷失了。我茶不思饭不想，白天魂不守舍，夜里辗转难眠。我被冻在了原地，看不到前方。忧伤重重地压在心上，我在颓废中越陷越深。雅各布从没在我面前提过罗莎琳德，每次我想要兴师问罪，看到他时却又总是哑口无言。后来我终于亲眼所见他们在一起亲密的样子，危机感陡然而至。行动似乎是唯一的选择。我曾经那么崇拜她，而她却硬生生地夺走了我的未来。这不公平，她已经拥有了一切。而雅各布却是我拥有的唯一。我是多么信任他啊，现在他却也中了她的迷魂咒。

在我的卧室，我把一张乳色纸平铺在另一张我从笔记本上撕下的纸旁边。我把打好的腹稿写下来，字斟句酌一番，确保每个用词都准确无误。随后我只需把这些话誊抄在信纸上并签上名字。我的手悬停在纸上，手指紧紧攥着粗大的钢笔，关节发出阵阵疼痛。写最初几个字时，我的手微微发抖，可我很快就进入了状态，找到了属于我的节奏——笔尖如何倾斜，施以多大的力度，手腕要旋转多大的弧度才能写出一个字。一个个字母变成一团面目可憎但又美丽无比的云。钢笔把我的话转化成了艺术，自带光和影。我龙飞凤舞地签上了罗莎琳德的名字，向后仰起身子端详一阵——漂亮。有罗莎琳德的签名压轴，这些话不可能不引起雅各布的重视。

……我很抱歉地告诉你，你在我眼里一文不值。这一切只是场游戏。我不过是假装自己能喜欢上一个像你这样的人，一时兴起而已。这好比一次试验，或者真心话大冒险。我想看看会不会让你喜欢上我，结果我成功了。但现在我们发展的程度已经超出了我的底线。我不希望别人看见我和你在一起，那会让我难堪。我不想再见你了，也不想让你再碰我……

几周以来，我第一次感觉自己还活着。我小口小口地往外吐气，身体紧张不安，就像我在和人玩捉迷藏的游戏，而我是等着被捉的那个人。隔壁房间里的一阵响动点燃了我的神经末梢，它从我的脖颈一直烧到脊椎末端。也许只是爸爸醒了。我轻轻拍了拍罗莎琳德的签名，确保笔迹已干，然后把信纸工工整整地对折起来。几个小时后，雅各布就将读到这封信并开始怀疑她的所作所为。他肯定不会再相信她了。他将彻底认清她的真面目。可我并不希望他在读完这封信后去找她对峙。

我想让他认为这封信就是他们的终点。

我想让他意识到自己犯了个错误。

我想让他回心转意。

我不能让他们见面。我不能给她弥补的机会，甚至不能给她解释的机会。这个黑锅她必须要背。

我激动得咬着嘴唇，计划的最后一部分已经在我脑海中浮现。

12 月 26 日，星期六，下午 4:09

我想去圣母私立医院找乔治·赖安了解情况，但却被告知他暂时不能和外人说话。“只有家人才行。”护士在电话中坚决地说。

菲利克斯依旧不见踪影。想起琼斯的教训，我不由得再度火从心头起。我累极了，不想再纠结菲利克斯的背叛。

蒂莫西和布赖斯闹出的那场风波也无果而终。两人谁都没有向对方提出控告，警局只好放人。但很明显兄弟二人之间发生了什么，我在想会不会和罗莎琳德的案子有关。

给远在上海的莱拉·威尔考克斯打电话时，她那边是下午 1:15。电话接通后，那来自异国城市的色彩与污垢沿着线路全都传了过来。听声音，她似乎不止远在半个世界以外。

“威尔考克斯女士？我是伍德斯托克侦探。”

“哦，”她支支吾吾地说，“有结果了吗？”

“很抱歉，还没有。我们仍在调查。”

“我明白了，”对方似乎长舒了一口气，随后又好像忽然意识到没有结果其实更糟，她的呼吸再度急促起来，“那，我能帮上什么忙吗？”

“莱拉，我想问几个关于你和乔治·赖安婚姻方面的问题。”

“问吧。”

与她通话时，我在电脑上整理着赖安的照片：“乔治有暴力倾向吗？”

“没有。他很自负，也许还有很强的支配欲，个别时候也有点喜怒无常，但他并不暴力。”

“他从没打过你？也没打过孩子？”

“至少我没见过。他对孩子们的确很严格，我觉得甚至过于苛刻，但却并没有不恰当的行为。他从不碰我。”

“那罗莎琳德呢？”

她犹豫了。

“威尔考克斯女士，”我说，“这非常重要。我不想把你带回来，毕竟路途遥远。”

“也不，他也从没碰过她，当然，我在那儿的话也不会答应。但他对待她的方式却与其他人不同。”

“不同？”

她连忙解释说：“不是你想的那样，他在罗莎旁边会感到紧张。不要误会，他对罗莎宠爱有加。给她各种各样的东西，爱她。但他和她在一起时总感觉很不自在。”

“会不会是因为年龄的关系让他认为自己不能和女儿太过亲密？”

“也许吧，这一点我始终不理解，感觉就像他怕她一样，”莱拉笑着说，她的笑是一种很动听的声音，“搞不懂，我试着和他谈过这件事，但他说是我想多了。我也不知道，也许真是我想多了。罗莎不在意，她特别自信。”

“那些男孩子呢？他们会欺负她吗？他们有没有暴力行为？”

“没有，我没见过。”

我又盯着屏幕。我感觉自己就像在挖一个兔子洞，兔子到处都是，偏偏在我深挖的地方却没有。

听筒中传来一声汽笛，她在过马路。

“倒是有个情况。”她迟疑地说。

“什么情况？”

“我不知道当讲不当讲，毕竟他们那时还是孩子。”

“发生过什么事？”我急忙问。

“好吧，我能肯定有问题。这件事发生在我离开之前大约两年，那时罗莎琳德也才十二岁。”

“出了什么事？”

“呃，刚开始只是些无聊的风言风语，鬼鬼祟祟的，普通小孩子的把戏。”

“然后呢？”

“然后我发现他们拍了照片。”

“拍的什么照片？”

“罗莎的照片。”

“哪种照片？”

“就那种啊，偷拍的。罗莎卧室的天花板上有个通风口，蒂莫西和布赖斯把乔治的一个照相机放在了那里。他们偷拍了她的房间，脱衣服之类的。”

“不包括马库斯吗？”

“他知道照片的事，但我觉得他并没有参与，他和罗莎的关系很亲密。别看蒂莫西和布赖斯年纪小，但很多事都是他们领的头。马库斯是个斯文听话的孩子，他从来不调皮捣蛋。”

“你告诉你丈夫了吗？”

“没有。我认为不值得。我觉得他们并没有淫邪的念头，而只是出于好玩。我冲他们发了一通脾气，并勒令他们毁掉了照片，还禁了他们的足。他们说罗莎知道照片的事，而且拍照最初还是她的主意。我在乔治面前告他们的状，说他们和我顶嘴，可乔治没当回事，该出差还是出差去了。”

“你的做法罗莎琳德知道吗？”

“我觉得应该不知道，我也不想让她知道。我说过了，这很可能只是小孩子觉得好玩而已。虽然不对，但也只是稍稍出了点格。他们本来就不好管，我觉得没必要非把事情搞大。他们只是在胡闹而已。哦，天哪。”

“威尔考克斯女士？莱拉？”我叫道，可她没有回应。

她的声音开始颤抖：“他们只是孩子……你……你不会怀疑他们和杀人案有关吧？天哪。”

我一边拿钢笔敲着牙齿，一边试着去想象，“我也不知道。”我说。

12 月 27 日，星期天，下午 3:02

“待在这里感觉怪怪的。”梅勒妮·卡曾斯不时左顾右盼，她耳朵高处穿孔里的小耳环在阳光下闪闪发亮。

“因为赖安老师吗？”塔拉·博芬手搭凉棚。她注意到了梅勒妮耳朵上的环，不由渴望妈妈能同意也让她打一个耳孔。

“对，”梅勒妮回答说，“我妈妈每天都在唠叨。”

“我妈也一样，比谁都关注。只要新闻上一播这件事，她就立刻让所有人噤声。”不过塔拉并不介意，她也在留意关于赖安老师被杀案的所有新闻，当别人都上床睡觉的时候，她还继续上网搜索。她在一篇报道后面读到的评论简直让她火冒三丈。

“你觉得那家伙还在外面吗？”

“应该是吧，警察还没抓到他啊。”

两个女孩踩着石头走向游乐场左侧。原本水汪汪的池子早被太阳暴晒得见了底。塔拉小心翼翼地选择着下脚的地方。她比梅勒妮体型大些，不太好保持平衡。越是瘦小的女生在石头上越能健步如飞。

“要不要？”梅勒妮递出一支烟。

“好。”塔拉抑制着越来越粗重的喘息说。

她们亲昵地坐在一起，静静地抽着烟。

“你觉得会很疼吗？”梅勒妮问。

“她死的时候？”

“对。”

“我估计很疼，听说凶手是先奸后杀。”塔拉想想就不寒而栗。

“我听说是先杀了她，然后才奸尸的。”

“真变态。”塔拉说。

“是啊。”

一个在游乐场附近遛狗的女人在路中央停了下来，一手遮着阳光朝这边望了望，随后冲她们热情地挥起了手。

“那是谁啊？”梅勒妮说着掐灭了烟头。

“不知道，也许是邻居？”塔拉也熄掉烟，但却不小心烫到了拇指尖。

“走，咱们到她看不见的地方去。”

梅勒妮熟练地蹚过遍地的欧洲蕨，向水边走去，塔拉紧随其后。“到这儿来。”梅勒妮说。

塔拉看着水泥管道的出口，不由得停住了脚步。

“来啊。”墙壁使梅勒妮的声音多了点粗犷的味道。

“这样真的好吗，梅勒妮？”

梅勒妮的声音渐行渐远，随即消失在黑乎乎的洞口中。

“好吧，等一下，我来了。”塔拉踌躇着，踩着浅浅的一层水跟了进去。

咔嗒，先是一个清脆的声音，接着是一团黄色的光。火焰照亮了梅勒妮，她正弓腰点上一支烟：“要点上吗？”她举起火机，塔拉上前一步，把烟屁股伸了过去。

“这是什么地方？”

“旧排水管道之类的。我想应该已经废弃了，我和马特有时会到这儿来……你懂得。”梅勒妮扬了扬眉毛。

塔拉想象着马特把她的朋友按在潮湿阴暗的水泥墙上，摸她，吻她，而后两人在脏兮兮的地上做爱的场景。心想如果有朝一日她也有了男朋友，她一定不会同意跟他到这种地方。尤其是这里，这里离赖安老师被杀的地方只有几米远。

“哇，太酷了。”梅勒妮说。

“什么？”

“这个，你瞧。”

塔拉走到墙边梅勒妮站立的地方，用打火机照出一片光亮：“我看咱们还是离开这儿吧，万一突然有水排出来或出现别的意外呢。”

“不会的。妈呀，放松点。你看这些，我以前都没注意过，有些多漂亮啊。”

塔拉看着曲面墙壁上的画。梅勒妮说得没错，有些画的确让人眼前一亮。复杂的图案、好玩的涂鸦，还有惟妙惟肖的人物肖像。布拉德·皮特和安吉丽娜·朱莉以一种难以形容的姿势紧紧拥抱在一起，他们脑袋奇大，身体奇小。还有一幅描绘市长大人的漫画让她不由笑出了声，他最为人熟识的特征被夸张地转嫁到一个像猪一样的斜眼动物身上。

“那个我喜欢。”

梅勒妮把打火机移至塔拉所指的位置，墙上顿时显出一颗璀璨的宝石，看着就像自己会发光一样。画家利用白色描影和银色的漆使宝石自身具有了光芒。虽然是抽象画，但看着十分漂亮。塔拉从没见过如此传神的画作。

“嗯，确实很棒。”梅勒妮掏出手机准备拍下这幅画。

塔拉趁梅勒妮专心拍照的时候把烟头扔进了水中。烟气熏得她恶心想吐，当她回头看见只剩下一个小圆圈的日光时，心里不免慌张起来，但她的视线依旧被那闪闪发光的宝石吸引着，就好像那是一个震惊世界的考古发现。她注意到了宝石最尖一端的地方有几个不起眼的小字：雅各布 + 杰玛。永远。

12 月 28 日，星期一，上午 10:06

我从茶室看见菲利克斯的车子驶进了停车场。在他还没有来得及开门下车时，我一个箭步冲了出去，坐在一旁的肯尼吃吃直笑。菲利克斯昨天没有到警局，星期六那天他莫名其妙地跑去了帕克斯顿，说是“调查和案子有关的一些事情”。他一直不接我的电话，也无视我的留言，如今看到他，我真是气不打一处来。

“你为什么不理我？”我怒气冲冲地质问道。

他抬起头，眯眼看着我：“什么？”他不紧不慢地收拾着公文包，把钥匙装进口袋。

“你一直不理我。”我说，尽管看到他的这一刻我已经意乱情迷。

“我休了一天假，杰玛，”他边说边戴上墨镜，“我需要喘口气。”

怒气又一次在胸口膨胀起来：“你干吗要告诉琼斯有人给我送花的事？”

“杰玛，这是刑事调查。”从他与我说话的口气判断，梅西应该没有透露见过他或见过我们的事，否则他定会表现出异样，比如烦躁不安。相反，他很平静地看着我，眼神中流露出同情。我想大概是梅西没有意识到自己看到了什么，或者，也许她要替她的爸爸永远保守这个秘密。

“该死的，我当然知道，别在我面前装傻行吗？”

他依旧不动声色地看着我：“杰玛。”

怒火几乎烧穿我的身体，我气得说不出话来。

“你的儿子遭到了绑架，这严重干扰了你的思考能力。我觉得我们都需要了解所有的信息，你不能所有事都一个人扛着。”

我跺了跺脚，他嘴角抽搐了下，随即厚颜无耻地笑起来。

“去你的！”

他脸色陡然一沉：“拜托，杰玛。我是在帮你啊。”

“我没想单枪匹马地干。”

“那就好。”

“你到底是怎么回事？”我嚷道。

“杰玛，现在不是时候。”

“不是什么时候？”

“讨论这个的时候。”

两个年轻军装推开大门，朝我们这边略带歉意地扫了一眼，随即小跑着奔向他们的巡逻车。

“这个指什么？”

他很无奈地叹口气，仿佛我是个无理取闹的小孩子：“我们的关系。”

“哦，你说这个？我以为是讨论案情，”我转身朝办公室大步走去，边走边头也不回地喊道，“我要找蒂莫西和布赖斯，他们欠我一个解释。”

蒂莫西周六晚上搭飞机回悉尼参加一个朋友的四十岁生日聚会，而布赖斯则声称自己得了胃炎，所以昨天我没办法和他们见面。今天一大早，我派两个军装去乔治·赖安家接他们的时候，他俩都没有表现出震惊。随后，我故意晾了他们一个多钟头。兄弟俩面对面坐在隔音室里硬邦邦的椅子上，个个愁眉不展，接着我突然开始对他们分开问询。

两人一口咬定节后那天的闹剧是个愚蠢的误会。

他们前一天夜里都没有睡好，结果为做早餐的事吵了起来。

蒂莫西误解了布赖斯说的某句话，从而勃然大怒。

最近他们都顶着不小的压力。

他们想回家。

他们都已经准备好了请律师到场。

他们的父亲病情很严重。

他们需要留下来陪他。

"你们昨天谁也没有陪你们的父亲。"我开门见山地指出。

"我自己也病了。"布赖斯说。

"昨天是我好朋友的生日。"蒂莫西说。

"还是说说你们的妹妹吧。"我说。

两人同时一怔。

"显然这是个悲剧。"布赖斯说。

"是个噩梦。"蒂莫西说。

"好吧，咱们再回顾几个问题。十二月十一日星期五，你们都在哪里？"

"去学校看演出，"蒂莫西趾高气扬地说，"《罗密欧与朱丽叶》，演出很棒，大大出乎我的预料。"

"但你没有和你妹妹说话？"我问。

"没有，她很忙。想和她搭话的人实在太多了。"

"那你呢，布赖斯？"

"嗯，我说过，我从炸鸡店叫了外卖，回家看了部电影，我已经告诉过你们了。"

"你听见蒂莫西回家的声音了吗？"我问。

"嗯，我听到声音，我想应该是他。晚上十一点左右，我当时正和我女朋友通电话。她得了偏头痛，所以我才会留在这边过夜。我听见开门声，所以知道蒂莫西回来了。"

“你回家时布赖斯的门关着吗？你怎么知道他在家？”我问蒂莫西。

“我能听见他说话，估计是在打电话。”

“好吧，回到罗莎琳德身上。你们的关系一向很好吗？”我又问蒂莫西。

“她是我们唯一的妹妹啊，我们都很疼她。”

“小时候呢？你们关系好吗？”

“当然好啦。”布赖斯说。

“很好，她脾气很好。”蒂莫西也说。

“脾气好所以你们才会拍她脱衣服的照片？”我亮出了底牌。

他们又是气急败坏地清嗓子，又是结结巴巴地不知所云，最后两人一脸狐疑地皱起眉。

“我不记得有这回事啊，”布赖斯说，“可能只是小孩子胡闹吧。”

“那是她的主意，”蒂莫西说，“她要我们给她拍照，她经常让我们干那些事。”

“这么说，是她怂恿你们拍的咯？”我问。

“那绝对是她自愿的。”布赖斯说。

“我不知道现在说这些还有什么意义，但她确实知道。她喜欢被人关注，喜欢成为众人瞩目的焦点，”蒂莫西说，“而且她很善于操纵别人。”

“你也觉得你们的妹妹很会操纵人吗？”我问布赖斯。

他耸耸肩：“大多时候，只要是她想要的东西就没有得不到的。这样说行吗？”

“我想回家了，”蒂莫西说，“你打算起诉我们什么吗？”

“我也要走了，”布赖斯大声说，“现在把这些陈年旧事都翻出来没有任何意义。”

12 月 29 日，星期二，早上 6:55

桑尼湖边的停车场上空空荡荡的。连日暑热，到今天总算有了一丝清凉的感觉。天空厚厚的云层似乎已经吸饱了雨水。我坐在车里，望着湖面。车里安安静静，湖面水波不兴，仿佛有人按下了暂停键。目光向下，我几乎就相信那是一片溜冰场了。在熹微的晨光里，水变成了银色。我知道罗莎琳德是死后才被抛进水中的，可我依然想象着她在水中挣扎求生的情景，她黑色的眼眸一定充满了恐惧和绝望。在我的想象中，她惊恐万分，因为她知道自己快要死了。

一辆摩托车风驰电掣地从高速公路上驶过，发出惊天动地的马达声。我拿着装有速溶咖啡的热水瓶，信步朝湖边走去。草叶上挂着晶莹的露珠，小鸟叽叽喳喳地叫着，在路边的灌木丛里兴奋地跳来跳去。我的四肢仿佛被拉长，感觉软绵绵的，像柳条一样，它们终于摆脱了酷热的包围。氤氲的红日好似一颗朦胧的火球从地平线上探出脑袋，伺机发起反扑。我喝了口温热的咖啡，下巴处溅了几滴。

“妈的！”我气愤地骂道，但心里却想着菲利克斯。他好大的胆子！

擦去咖啡，我走过安静的游乐场，绕过孤独的瞭望塔，来到湖岸陡然向小路弯曲的地方。岸边的树木枝繁叶茂，但多半为桉树，零星枝条低垂下来触及水面。将小路与水隔开的是一道歪歪扭扭的低矮围栏，夜间很容易和周围的绿树及大地融为一体，彼此难辨。以前我们经常在午饭期间偷偷溜到这里抽烟。我们矗立在码头尽头的露台上，老师只要一出现，我们总能第一时间发觉。我忽然有种想要抽烟的冲动，我差点笑出了声，心想不知何时才能彻底戒掉烟瘾。于是我又喝了口咖啡，继续向前走去。我很清楚罗莎琳德的尸体被发现的地方就是我的目的地，因此并不着急。

天空传来阵阵雷声，我抬起头，远处绿地旁的一排建筑上，黑洞洞的窗口像眼睛一样注视着我。要是住在那些房子里的人当天夜里看到了什么情景该多好啊。在这个小镇上，谁都不可能独自出门却不被其他人看见的。所以我才觉得不可思议，湖边那么多的住户，当天夜里竟然没有一个人走到他们的阳台上，看见罗莎琳德和袭击她的凶手。只有一个睡眼惺忪的莫伊拉·福斯——哭闹的婴儿和阳台上成排的口水巾都挡住了她的眼睛——她只听到了一些动静，可她提供的线索实在有太多不明之处了。

在康纳·马什两周前发现罗莎琳德尸体的地方，如今多了一片乱石。距石头几米开外，一束束鲜花堆成了一座不规则的金字塔，花丛里有湿漉漉的泰迪熊和被水浸透了的信封。我在临时祭坛旁蹲下。从前，这里是个无人问津甚至没有人会留意的地方。谁也不会在这里驻足停留，欣赏远处的湖面，比这里风景更美的地方实在太多了。

又是一阵隆隆之声，我享受着拂面的习习凉风，暴风雨越来越近了。我多希望自己有呼风唤雨的能力，让大雨把我里里外外冲刷一遍，好彻底净化我的灵魂。

我喝光了咖啡，吐吐舌头，拧紧瓶盖。我心不在焉地把保温瓶在两手之间传来传去，脑子里却不停地思索着。罗莎琳德当天夜里是因为什么要来湖边的呢？有人强迫她吗？可又如何能强迫呢？勒索信？也许有人发现了她不为人知的或者足以摧毁她声誉的秘密？没有人看到，也没有人听到任何暗示她被绑架的消息。难道她是被引到湖边的？可引她来的又是什么呢？金钱？毒品？可这些理由又都解释不通。当然，除了我的怀疑，她也很可能是遭受了陌生人的袭击，可那仍然无法解释她为什么半夜三更的一个人独自来到湖边。况且，凶手的做法带有明显的个人色彩，这一点我和菲利克斯从一开始就感觉到了。诸多因素都说明随机作案的可能性并不大。

也许是从意图强奸演变成了杀人。我遇到过此类案子，凶手因为无法实施强奸而恼羞成怒，结果做出极端暴力行为。或者凶手在侵犯她时过度惊慌，失手杀人？我不由打了个冷战，脑子里顿时闪现出凶手侵犯她依旧温热的尸体的情景。我想到了她的哥哥们。蒂莫西有没有可能垂涎妹妹的美色？从而跟踪她到这里来？

我从一堆吊唁礼物中抽出一张卡片，那上面画着一只白鸽和一个花环。因为潮湿，卡片的边缘已经翻卷。我的脑海中忽然闪现出一幕幕罗莎琳德最后时刻的情景，可是一切看起来都不正常。这是一段没有情节可言的随意蒙太奇。一颗迷路的小水滴直接飞进了我的眼睛，我眨巴几次，试图将它赶出眼眶。身后的小路上传来轻柔的车轮声，我大吃一惊，头发几乎都竖了起来。我急忙转过身，虽然依旧在眨着眼睛。

罗德尼·梅森正从自行车座上翻身下来，一只脚踩着脚蹬，另一只脚悬空，让车子缓缓滑行直至停下。

“嘿。”他望着我身后的圣坛，喉咙里蠕动了几下。

“罗德尼，你来这儿干什么？”

他把单车停在一棵树旁：“不知道，莫名其妙就来了。也许我就是想来看看出事的地方，表达下哀思。”

他小心地踩着石头向这边走来，眼睛望着远处的露台，而我则目不转睛地盯着他。

随即他闭上眼睛说：“我从没来过这里。因为我哥哥、妈妈不喜欢这里。”

他脚上的鞋已经很旧，外套的袖口也磨出了窟窿。我不知道这是潮流，还是他真的生活拮据。梅森家确实不怎么富裕。

“你之前来过这里吗？”

他扭头看着我：“你这是捉弄人的问题吗？”

“不是。”

“好吧。”

他向我走来，我迅速站起身，后退几步来到路上。

“上周我和几个同学来过，”他耸耸肩，看到地上的鲜花和玩具时，惊讶地眨了几下眼睛，“一些女生说这样做有好处。”

“有好处吗？”

“不知道。我甚至不清楚这所谓的好处究竟是对谁而言，反正她又不可能活过来。”

雷声再度响起，罗德尼抬头望了望天：“今天没那么热反倒让人觉得奇怪，我都习惯热天气了。”

“我有同感。”我的视线一秒钟也不愿离开他。他的脸和雅各布如此相像，他们眼睛的颜色几乎一模一样。

“你还想他吗？”他问我。

一道闪电划破长空，紧接着，豆大的雨点噼里啪啦地砸落下来，转眼变成了倾盆大雨。我们呆立在原地，对视了片刻，随后我说："快，到这边来！"他跟着我跑上小路，此时原来的尘土已经化为泥泞。雨水劈头盖脸地淋下来，而我毫不躲闪，迎着雨向前走。这感觉很惬意舒服。我的双腿坚定而有力。罗德尼就跟在身后，我们的脚步渐渐归于同样的节奏。我按下车钥匙，示意他到副驾驶座。

我们几乎同时从两边钻进了车子，而且全都浑身湿透，气喘吁吁。停车场上依旧没有别的车子。下这么大的雨，恐怕不会有人再到这里来了。关上车门，噪音仿佛也被隔绝在外，我们犹如躲进了一个鼓里。罗德尼掀起T恤下摆擦眼睛上的水，因而露出了紧绷的腹部，稀疏的几根深色体毛消失在腰带下面。他注意到了我在看他。

"打开空调怎么样？"我手忙脚乱地拿起钥匙，启动电源，当风扇开始运转，凉风徐徐吹进车内时，我松了口气，仿佛我和他之间凭空多了层屏障。我忽然有种时光倒流的感觉：我又回到了十八岁，我有我深爱的雅各布和整个美丽的世界。我胸口闷得慌，耳朵里嘈杂一片。

"天哪，雨可真大。"罗德尼望着模糊的车窗外面。闪电照亮了天际，地上的树像不停招手求救的布娃娃。

"我从来都没有忘记过他。"我说。

他靠在头枕上，转脸看着我，随后重重地叹了口气说："嗯，我想他，又不想他。想的次数少了，但想得却深了。就像现在，我能感觉到我在想他。你明白我的意思吗？"

"明白。我和你一样的感觉。"

"你在工作中应该见过很多丑恶的事情吧，我想那肯定锻炼了你的承受力。"

我也像他那样靠在头枕上，向他扭过头："差不多吧，这很难比较。我不知道要是不干这一行会是什么样子，我现在的样子就得益于这份工作。"

他点点头，双手在腿上扭来扭去。我想起上次见面时他也是这样，"你现在在工作吗？你到这儿来的目的也是为了工作吧？"他问。

"一旦手里有了案子，你所做的一切就都是工作了。因为你的心里时刻想着案子，根本无暇他顾。”

他似乎在琢磨我的话：“我想你说得有道理。”

“你妈妈为什么不让你到这里来？”

“不知道。她好像觉得我哥哥做的事有可能会传染或者别的，所以她不希望我靠近这个地方。我也不知道为什么我们没有搬走，可能是因为没钱吧。”

我喉咙里像堵了块石头。当年，罗德尼似乎从来没有引起过我的注意。一个身穿哥哥旧衣服的瘦小男孩的画面一幕幕闪现在我眼前。在追思会上，他就坐在他妈妈旁边，瞪着眼睛，一脸迷茫，周围是一群和他哥哥年龄相仿的伤心哭泣的年轻人。

“我以前挺喜欢你去我们家的。”

我笑了笑：“嗯，我也喜欢去。那是很久以前的事了，那时我和你现在差不多大。”

“你现在有孩子了，对吗？我见过你们。”

我忽然心跳加速：“你见过？”

“是啊，有时候碰巧嘛，”他不自然地咧嘴笑笑，“放心，我没有跟踪过你。”

大雨如注，我连湖都看不见了。雨水冲刷着挡风玻璃，零星水珠呈之字形滑向玻璃底部。

“有孩子应该挺好的，有人可以照顾。”他的双手局促不安地在腿上动来动去，但他看上去并不紧张，他的语调平静而沉着。淋湿的黑头发打着卷儿，睫毛粘在了一起，就像涂过睫毛膏。

我点点头，把空调风速开大了些：“是。我都快想不起来从前的样子了。没有他的时候。”

“雅各布很疼我，你也知道他比我大很多。”

喉咙里的石头越变越大，我不得不加倍用力才能把空气吸进肺里：“对不起，罗德尼。你一定吓坏了吧？我都忘了你有多小，那时我脑子全乱了。”

“没关系。他死之前说你们分手了，他很伤心。我想他大概就是因为这个自杀的。”

回想起我写过的那封信，每一个字母都模仿罗莎琳德的笔迹漂亮地打个弯：“这个，我就不知道了。能做出那样的举动，别人是很难猜透他脑子里到底想些什么的，况且已经过去了那么久。”

“你知道吗，我和她说过我哥哥。”他说。

我瞥了他一眼，心想这一切疑团会不会此时此刻就在我的车子里全部解开：“你都说过什么？”我尽量按捺着心底的波澜。

车子里的空气仿佛变得稀薄，湿气开始从衣服里渗透出来。此刻我多想躺在家里舒适的床上睡大觉，当然，如果能用什么药物让我不省人事就最好了。树林后面的高速公路上，不时有车灯一晃而过。我和罗德尼仿佛置身于整个世界之外，这感觉既真实又不真实。

“什么都说，”罗德尼平静地说，“她喜欢和我聊天。是她亲口说的。”

“赖安老师说她喜欢和你聊天？”我进一步确认说。

“对。”

“那你们都聊些什么？”我问。

他耸耸肩，仿佛又再度年轻起来：“什么都聊，雅各布、她的家庭，还有我即将毕业的事。”

“完成学业对你来说重要吗？”

“她对我倒是寄予厚望，她觉得我在戏剧方面很有前途。”

“你也打算搬到昆士兰州[①]吗？”我问。

他歪起脑袋，一脸困惑地问：“什么？”

“昆士兰。”我不动声色地重复一遍，“明年你打算搬去那里吗？”

“什么呀？当然不啊。”我们的目光没有接触，但即便对视我也看不出他有没有撒谎。

“赖安老师打算明年搬到那里，所以我在想你会不会和她一起去。”

他的脸微微一红：“不，不，这件事我毫不知情。我已经考上大学了，不过我准备通过网络函授的方式学习。”

---

① 昆士兰州为澳大利亚六个州之一，首府为布里斯班。

“这岂不是意味着你的学习可以不受地点限制？”

他垂头丧气地看了我一眼：“我想是吧。我想继续留在报刊店工作，好攒点钱。”

“也就是说你可以离开这里？这难道不是史密森每一个年轻人都梦寐以求的吗？离开这里？”

“是啊，我总算有这个机会了。可是妈妈让我很为难，她……她的身体不是太稳定。”

“她需要你。”

他耸耸肩：“我想是吧。”

砸在引擎盖上的雨点稀疏了些。我有种紧迫感，生怕雨忽然停了，好不容易营造出来的谈话环境只能无果而终：“罗德尼，那天夜里是你和她在这里吗？你们约在这里见面，但是出了点问题？你们吵架了吗？”

“没有的事。”他气愤地连连摇头。

“你得跟我们说实话。我知道你们私下里见面，有人看见过你们在一起。我想帮你，罗德尼。”

我把伊兹·梅洛尔看到的事安在他身上，希望能以此诱使他开口说话。我想象着他低头认罪，想象着菲利克斯不得不服气的表情，心里五味杂陈。

罗德尼一把抓住我的手，拉到他的胸前，另一只手也按在上面。

“罗德尼！”一阵过电的感觉从手臂窜至我的胸口。他又把我的手拉到他嘴边，对着它咕哝一番。他的呼吸喷在我的皮肤上，痒痒的，很舒服，我不由得希望这一刻能持续下去。

“我很在乎她，非常在乎，但我们之间什么事也没有。我从来没有在学校之外的地方和她见过面，她也不会同意。我绝对不会做伤害她的事，我发誓，”他轻轻松开我的手，“现在我每天都处在半睡半醒的状态，你明白吗？我不知道怎么打发这么多的时间，感觉就像——”他擦了一下眼睛，“——现在好像每一天都比过去延长了许多，我不知道该干什么。我怀念能和她聊天的日子。”

他看上去无助极了，像只黑眼睛的小狗。我真想抱住他，就像早晨抱住刚刚睡醒的本那样。这时罗德尼忽然再次抓住我的手，且动作变得急促不安。他的手指把我的手紧紧地包在中央，我应该把手抽回来，告诉他这样做不对，可我脑子里乱糟糟的，心里腾起一股奇怪的渴望。我看见一道白光，一辆小汽车驶进了停车场，我趁机猛地挣脱了他的手。

雨停了，世界焕然一新，生机勃勃。

“你的单车。”我说。

他看着另一辆车，点点头。随即打开车门，把兜帽罩在头上。他靠在车门上，轻轻地对我说：“我没有伤害过她，我永远都不会做出那种事。”说完他转身向湖边跑去，只留下车门沉闷的回声撞击着我的思绪。他很快便消失在树后面。我靠在座椅上，双手插进头发，又搓了搓脸。松开双手的同时，我不由自主地哽咽起来。我拼命咬住嘴唇，用鼻子深吸一口气，再从嘴巴里缓缓呼出。颤抖的身体渐渐冷静，心却苦念着菲利克斯。我想抱住本，想回到过去，和雅各布平心静气地谈一谈，想阻止自己送出那封信。

一个六十来岁的老头从车里下来，把一根绳子拴在狗脖子上。狗抖抖身上的毛，欣喜若狂地在水洼里撒起了欢儿。老头好奇地看看我，礼貌地点点头，走开了。他的狗欢快地转了几个圈，终究被他连拖带哄地牵上了小径。他大概以为罗德尼是我的男朋友，而我们刚刚吵了嘴。

罗德尼走后，车里感觉空荡了许多。我想继续待在他身边，一起沉浸在痛苦里。我发动引擎，但仍静静地坐在那里，试着什么都不想，直到心跳和雨刮器变成同一个节奏，大脑依旧一片空白。

第 7 章

12 月 29 日，星期二，下午 3:34

我曾经有过这种体验。就像被关进一间漆黑的密室，只能用手去摸索门的位置。但在黑暗中摸来摸去，往往忘记了自己摸过的地方。现在的我就像个空心人。

没有商量，没有讨论，我和菲利克斯把罗莎琳德的案子一分为二：像切苹果一样。嫌疑人，未完成的任务全部平均分配。我负责继续调查赖安家，他负责学校的老师。尼克尔森归我，学生归他，但罗德尼除外。

“今天早上我和罗德尼·梅森谈过了，”在琼斯召集的非正式例会上，我说。开会的人现在只剩下我、菲利克斯、马修斯和金斯顿，“他承认自己对赖安老师有感觉。”

“感觉，”琼斯不屑地说，仿佛这是可以想象的最差的结果，“听起来似乎有门，你有什么看法，伍德斯托克？这种感觉是相互的吗？”

我回想起罗德尼抓住我的手时的情景，还有他坦然的目光。我想起雅各布抱着我，将我丢在我的床上，狠狠地挠我的痒痒，用无数个吻覆盖我的全身。我笑个不停，直到脸都疼了起来。我记得灵魂深处的某个角落还埋藏着一个痴情少女心满意足的平静，而疲惫却早已渗透到我的四肢。

“他说他们从来没有超越过界线，但他们的关系的确非一般的亲密。我愿意相信他的话。可伊兹的证词同样摆在那里，我觉得我们可以申请做一个 DNA 测试，看看他和罗莎琳德腹中的胎儿是否有关系。”

“如果孩子真是他的呢？”

“那就好办了，局长。到时候我们就有证据证明他撒了谎，看他还有什么话说。”随后我又连忙补充了一句：“我们同时也在调查蒂莫西·赖安。他也没有十分可靠的不在场证明，但我们也没有发现证明他当晚去过其他地方的迹象。还有对约翰·尼克尔森的调查也不能放松。整体来看，我们面临的僵局依然没有打破。”

菲利克斯眯起眼睛看着我。

“那就继续努力，”琼斯看上去有些焦虑，他毫无必要地清了清嗓子，“好了，各位，可以散了。”

我在厨房里煮咖啡，咖啡壶嘶嘶冒着气，噪音搅动着静悄悄的警局。前台电话不时响一阵子。我听见肯尼在要求对方说慢一点好让他听明白，他的声音像小男生一样开了叉。我走回自己的桌子，太阳穴处紧绷绷的，头痛似乎又要找上门来。天花板上的吊扇吱吱呀呀地转着，桌上的文件偶尔掀起一角，发出沙沙之声，像是在与电扇上下呼应。空调依旧没有修好，凌乱的办公桌上处处可见用过的一次性咖啡杯。陈腐的烟味混合着男人身上的体味，在连日的暑气中反复发酵，整个大厅充斥着说不清道不明的奇怪气息。

我静静地站了片刻，目不转睛地盯着写字板。罗莎琳德的脸巨大醒目，被一群犯罪现场照和尸检照片簇拥着围在中间。因为刚刚吃过苹果，入口的咖啡变了味，但我还是硬着头皮喝下去。慢慢地，我一件一件取下了写字板上的所有东西——地图、照片、电话记录、便利贴。我看着椅子上的一堆材料，捡出一些最近的便利贴，又从头拼出了一条时间线。

我从 1980 年赖安家搬到史密森镇开始，接着是 1987 年奥利维亚·赖安与约翰·尼克尔森的婚外情，罗莎琳德的出生，奥利维亚的去世，赖安集团火箭式蓬勃发展的生意。1997 年乔治与莱拉结婚。2005 年 11 月罗莎琳德开始与雅各布交往，或许更早，12 月雅各布自杀，当年罗德尼才七岁。后来罗莎琳德离开史密森，在外地学习，随后开始在城里生活，并在一所规模很大的中学教书，再后来就传出了她与学生的绯闻。2011 年她返回史密森，住进高速公路旁那栋寒酸的农舍里。2012 年她进入史密森中学任教，由于对戏剧情有独钟，不惜与人争执也要把校园剧搬上舞台。2015 年 10 月在爸爸的生日上与哥哥闹了点矛盾，同一个月她申请到布里斯班任教。11 月，伊兹·梅洛尔声称看到罗莎琳德和罗德尼·梅森在学校亲吻。12 月 11 日，星期五，她的话剧成功实现了首场演出，同一天晚上罗莎琳德遇害。调查开始几天后，我收到玫瑰花，并被警告不要插手这个案子。一周后本被绑架，这是又一次警告。约翰·尼克尔森坦白地说他一直都相信罗莎琳德是他的亲生女儿。

我动了动脚趾，挨个儿把膝盖搬到胸口处，好拉伸僵硬的双腿。此时我再次抬头欣赏着重置之后的写字板。

难道雅各布也和罗莎琳德的死有关？或者这只是因为两人之间的关系而产生的一个诱人的想法？罗莎与他交往的事我没有告诉过任何人，他们的秘密我一直守口如瓶，现在也不想旧事重提。我想象着把发生在多年以前的往事全部翻出来，心里不由一阵恐慌。

罗莎琳德死后，谁从经济上受益最大？最为直接的是她的哥哥们。但对另一些人来说，杀害罗莎琳德或许能阻止某些见不得光的秘密重见天日。也许是孩子的父亲不希望她留住孩子，更不希望她告诉任何人自己就是孩子的父亲。难道杀害她就是为了除掉孩子并让她永远闭嘴？或者她是不是被牵扯进了更为严重的事情，某些至今我们仍然未曾想到的事情？

零零碎碎的线索摆在我面前，却苦于拼不出一个完整的蓝图。我盯着那些纸条和照片蹙眉沉思，妄图找出它们之间的联系，直到最后我眼睛里只剩下被困在中央的罗莎琳德的脸庞，她泰然自若地面对着周围仍然毫无头绪的一片混沌。

12 月 30 日，星期三，上午 11:17

“我需要和你谈谈。”

我努力分辨着电话中的声音："罗德尼？是你吗？"

"是我，我们能见个面吗？"

"你稍等。"

菲利克斯从他的办公桌前望着我。他的头发今天看起来有点不一样，仔细一瞧原来是忘了涂发胶。我起身朝警局另一头走去。"好了，"我溜进一间空的问询室，"你有什么事，罗德尼？"

罗德尼的声音听起来好像在哭，或者刚刚哭过："我只想和你谈谈，你能和我见个面吗？"

"可以，可以。呃，要我去接你吗？"

"嗯，好。哦，不，那不行。要不我们还在湖边见面？"

我忽然隐隐觉得有些不安："罗德尼，我觉得那儿不合适。你愿意来警察局吗？"我想象着陪他走过米黄色走廊的情景，立刻又希望他拒绝我的建议。

"不，"他斩钉截铁地说，"要不去我家附近小公园旁的那个披萨店怎么样？白天那里基本没人。你知道地方吗？"

"嗯，我知道。"

挂断电话，我走出警局来到我的车前。经过滑板公园时，我望着跳台的基座不寒而栗——滑上顶峰需要多大的勇气啊。

我悄无声息地溜进雅间，在罗德尼对面坐下。看得出来他很紧张。切丽披萨店白天生意冷清，一名看样子弱不禁风的男子在柜台后面机械地摆弄着披萨面团，整个店里除了我们，就只有一个顾客。那是个干瘪瘦弱的老太太，正独自一人对付一大杯玛格丽塔。不管是店员还是顾客，两个人我都不认识。我留心观察着通向店里的路，确保没有记者尾随而至。我的反跟踪技能派上了用场。

过了许久，一个面目十分陌生、顶多也就十三岁的女孩子过来要我们点单。罗德尼头也不抬，径直点了份奶昔。我瞥了几眼红酒单，可最后也叫了份奶昔。

女服务员消失在厨房之后，我低下头，试图捕捉他的目光：“你没事吧，罗德尼？你有什么事要见我？”

他搓着手：“不知道，我就是想和你谈谈。”

“谈什么？”

他看看电扇，又扫了一眼门口，一副六神无主、战战兢兢的模样，好像在害怕什么。

“罗德尼？”

“我只是找不到人说话，我喜欢和你说话。”

我胸口暖烘烘的，竟有些莫名的感动，可我立即警告自己，当心。“我也喜欢和你说话。”我说。

“我想也许是我太孤独了。最近在准备重演话剧，我很乐意重演，可没有了她，感觉很不一样。”

“我能理解。”

“我想应该没有人会真的在乎。每个人都在议论明年的事，以及离开史密森的打算，可我做不到。”

“你真心爱她，对不对，罗德尼？”

他的下颌仿佛僵住了，每动一下都格外吃力。他用一双很受伤的眼睛看着我说：“她理解我，她懂我。”

我想起罗德尼再过两周就十八岁的事。如果我现在采集他的 DNA 样本并在一月中旬进行鉴定，那么我就不需要征求唐娜的同意，而且我还能自行决定是否提交他的样本。

“你知道吗，罗德尼？”我温和地说，“外面有很多你的闲话，到处都有人在议论你们两个，但只要做一个 DNA 测试，我就能让大部分人闭上嘴巴。”

“DNA 测试？”他重复道。

“对，”我用吸管搅动着奶昔上的泡泡，“我们已经收集了一些证据，只要我们能拿到你的 DNA 样本，很可能就会帮你彻底洗脱嫌疑。”

他鼓起腮帮，过了一会儿才说：“好，需要多长时间？”

"采集你的 DNA 样本并不耽误时间，我们现在就可以完成。我包里有工具，你只需拿棉棒在嘴巴里擦一擦就能取样。测试需要几周时间，但我觉得不会有什么问题。"

"好吧，我同意。"他的语气很平淡，让我很难猜出他心里究竟在想什么。

他并没有问我提到的证据指什么。我没有说过胎儿的事，即便孩子是他的，他也完全有可能毫不知情。我不由得想到我失去的那个孩子，如果没有那场意外，胎儿现在应该已经有八周了。我一直避免做出这样的决定，可有些事就是躲都躲不掉。我努力挤出一丝微笑，把工具递给了罗德尼。

"把这个塞进嘴里腮帮的位置搅一搅就行了。"

罗德尼接过工具，掏出一根棉棒，在口腔壁上刮了刮，随后放进了样本收集袋。

"谢谢你，罗德尼。"我说着接过样本。我心里说不出的高兴，我几乎已经看见棉棒头上不计其数的细胞，它们包含着我正孜孜以求的答案。

当　年

我把信纸对折，小心翼翼地塞进信封。他的名字就写在信封的正面，潦草的笔迹使那些字母看起来像等待被唱出的音符。我把信封夹在笔记本的首页，而后塞进书包。再过一个小时天就亮了。

我绕了一大圈才来到雅各布的家。稀疏的街灯为我照亮了路，因为雨后初晴，地上冒着氤氲的蒸汽。我寄希望于雅各布第一个起床。他经常闲逛到很晚，看电视，然后又早早醒来。有那么一会儿，我心慌得难以自持。我怕他会在罗莎琳德的家里过夜，但唐娜显然不会允许他那么做。还好我在他家前门旁边看到了他的单车，他的运动鞋与罗德尼的并排放在一起。

我把单车靠在信箱旁边的篱笆上，从包里掏出信，向他家的房子走去。我注视着窗玻璃中的自己，晨曦中，玻璃像镜子一样清晰可鉴。

我没有给自己留下反悔的机会，径直把信封从门缝下塞了进去。

12 月 30 日，星期三，下午 5:18

我提前把本从爸爸家接了出来。和爸爸吻别时，本紧紧地搂着我的脖子，我把他在座位上安顿好便驾车离开。我不知道要去哪儿，但我不想回家。今天下午，斯科特答应帮一个邻居重新栽篱笆。我们还没有讨论是否把本送回云山日托中心的事，但从直觉上说，现在还不是时候，也许以后都不会再送回那里。总之目前一切尚无定论。

沿着公路的曲线，我随心所欲地拐过一个又一个路口街角。我没有停下来的意思，也没有想到比漫无目的地瞎转悠更值得做的事。

本在后面踢了踢我的座椅。

“嘿，亲爱的，别闹。”

“我想吃吐司。”

“宝贝儿，现在没有吐司吃哦，我没办法在车上给你做吐司啊。”

本连续踢了几脚车门作为回应。

“本，听话。这样吧，我们停下来买点水果，我知道前面有个地方。”

我们经过几个小牧场，太阳斜射在地面上，人行道看起来就像一道道激光束。愁眉苦脸的奶牛注视着我们，它们忧郁的眼神暂时吸引了本的注意，他暂时不再踢我的座椅了。我把车停在一个路边小摊旁，买了一小箱草莓和一袋蓝莓。

“莓果！”他伸出一只手说。

“别急，别急。我们到前面停车。”

在一处停车点，我把车停在了一棵巨大桉树的树荫里。停车场边上摆着一些桌椅，但我哄着本来到了大山向外伸出的部分，这里地势更高，恰好有一片业已褪色的绿地，而且从此处可以眺望无垠的田野。天空犹如蓝色的大海，大地是它柔软的沙滩。眼前的景色美得令人赞叹，我已经好多年没有来到这里了。史密森周围倒有不少天然的奇观，山谷中到处是绿宝石般的草甸，蕨类植物好似异国的老虎，花朵全部开出罕见宝石的颜色。这里空气更加清新，我们已经处在笼罩着小镇的薄雾之上，处在所有想要把我拖下去的流言的旋涡之上。目光扫过眼前的景色，我忽然震住。当然，我不可能从这里揪出凶手。但俯视整个史密森让我对破案有了更多的信心。这么小的一个镇，就算有什么秘密又能隐藏多久呢？我看到了大片的卡林公司的厂房，星星点点的民居，写生般纵横交错的公路，还有桑尼湖、瞭望塔。抓住凶手能有多难？然而一旦我回到那乐高般成排的房子和熟悉的店铺中间，一切感觉都那么近，但又远得遥不可及。我想，罗德尼就在下面的某个地方吧，不知道他在干什么。为演出排练？或者在湖边，黯然望着湖水，独自怀念罗莎？我把视线收回到本身上，他正眼望前方，津津有味地吃着蓝莓。他的嘴唇上已经多了一圈红酒色的蓝莓渍。

“圣诞过得愉快吗，本？”

他点点头，却没有停下吃的动作。

“那就好。”我挪到他身边的荫凉里，蹬掉鞋子和袜子。我捏掉脚趾缝里的碎絮，扳着脚趾前后扭了扭才把它们插进干燥的土中。

“嘿，本，也许我们很快就能度假去了，高兴吗？”

他使劲地点点头，兴奋地叫道：“小猪佩奇要去度假咯。”

“真棒！”我说，“我也觉得度假一定会很有意思。”

“和爸爸一起吗？”

仿佛兜头挨了一棍子。我心里想的是和菲利克斯带着本逃往某个温暖舒适的小屋，或者暴风雨中的海滨别墅。总之远离这没完没了的酷热和喧嚣的世界。荒唐！他有妻子，还有三个正处在花季的女儿呢，更何况他如今甚至连话都不愿和我多说。我们生活在一起？那只能是异想天开、白日做梦。

“好啊，爸爸也会去的。”我说。

“我喜欢度假。”

“好，也许我们可以去冷一点的地方。那样才美呢，你说是吧？”

“有雪的地方吗？”

“呃，可能没那么冷。”

巴黎、英国、温哥华，所有我向往已久却一直没去过的地方。妈妈曾经给我讲过滑雪的事：完全信任自己双脚的感觉，飞翔的感觉。我看着本，想象着他渺小的身体冲下山坡。想象着所有他将来会做的事，离史密森远远的。我忽然哽住，接着一下子跳起来，在草上擦着脚底板。

“瞧你，你就像个小吸血鬼。”我从包里掏出几片湿巾，擦了擦他嘴巴上的果汁。他蠕动着身体，叫着跑开了。

装蓝莓的袋子很快就空空如也，草莓也只剩下一堆绿色的梗。我们起身去散步。遍地野花引起了本的兴趣。我们摘了很多，还有欧洲蕨，攥成一大束。

“你瞧！”我用扎头绳捆住花束，“多漂亮啊，本。我们应该带回家去，插进花瓶里，你说好不好？”

“我想把它送给爸爸。”

我用手遮住太阳，但似乎无济于事。

“好主意，他一定会喜欢的。”

知了的合唱又升级了，尖厉的噪音能穿透空气和一切。我把本抱到车上，沿着熟悉的弯弯曲曲的山路向史密森驶去。

12 月 31 日，星期四，上午 8:24

坎迪的文章把所有细节都摆在了公众面前：本何时被绑架，又何时在我们家后院中被找到。绑架者被描述成一个自称是本的外婆的中年女性。她甚至还引用了玛德琳的原话并提到了一个能够证明绑架案与罗莎琳德·赖安谋杀案紧密相关的证据。

我怒不可遏，急赤白脸地冲进了琼斯的办公室。

“这是怎么回事？”我把报纸摔在他的桌上。

他抬头看了我一眼，使我立刻明白他早已得到了消息。

我念着报纸上的话：“‘我们都该问自己一个问题，伍德斯托克侦探是否还有资格继续调查这个案子。鉴于她的家人受到如此明确的威胁，我们有理由相信她在侦破过程中已经不可能保持客观公正。’这什么意思？局里有人泄密吗？”

琼斯向后推开椅子，站起身。他的样子疲惫而又衰老，衬衫上的一处污渍从外套里面显露出来。

口袋里的手机突然响起，我懒得看。斯科特、爸爸、梅根姑妈，每个人都想问我这是怎么回事，每个人都想指责我：我怎么能让这种事发生在自己儿子身上？

“我只想安安静静地查案，但现在看起来是不可能了。”

说完我转身就走，留下琼斯张口结舌。

随后的几个小时，我像团雷雨云盘旋在警局。我本能地攥紧拳头，期间还把一杯外卖咖啡倒在了鞋子上。我真想杀了坎迪，勒住她的脖子，看着她的眼睛暴突出来。但我克制住了自己，没有往她的办公室打电话。坦白说，我对自己可能会说出的话感到害怕。

今天斯科特负责照看本。他要直到一月中旬才上班，工地上的其他人都找地方度假避暑去了，只有我们无处可去。我没有给他打电话，现在我谁都不想面对。

最后，我实在受不了了，就给爸爸回了电话，独自一人在警局后面的公园长凳前烦躁地踱来踱去，耐着性子听他唠叨怎么会出这种事，我为什么要瞒着他。他的声音充满了火药味，我很少见他如此动怒。

“杰玛，你倒是跟我说说，为什么没有告诉我？”

“爸爸，我在调查的是谋杀案。我知道你不理解，可我们是有制度的，我不能什么事都告诉你啊。这样的理由够充分吗？”我忍着哭，“况且我们也不想让你跟着担惊受怕。”

爸爸沉默了一会儿，最后他说：“杰玛，我知道工作对你有多重要，可这关系到我们的本啊，就算你告诉我，会对你们破案有什么影响呢？”

“他不是‘我们的本’，是我的本！”我直接挂掉电话塞进兜里，尽管这远没有一把摔在地上来得解气。冷静，冷静。我看着一只被粘在蜘蛛网上的绿头苍蝇，它不顾一切地想要重获自由，绝望的嗡嗡声响彻我的耳朵，仿佛在无情地拷打我的心。

12 月 31 日，星期四，下午 2:37

我跳上一辆巡逻车，风驰电掣地向高兰驶去。和爸爸的争吵令我心烦意乱，我紧紧握着方向盘，死死地咬着牙关，仿佛只要一松口，眼泪就会像开了闸的洪水倾泻而下。我没有向琼斯报告此行的目的，这显然并非明智之举，但我此刻实在没心情解释。也就是一闪念的工夫，我想起了菲利克斯，不知道他在干什么，但我没有沿着那个思路想下去，我的火气已经够大了，没必要自找麻烦。所以我强迫自己专心开车，眼睛望着前方可靠的地平线，按照我在冥想课上学到的方法深呼吸。一座座围场一闪而过，成群奶牛挤在篱笆桩周围，一排排果树一直绵延到太阳的眼皮底下。

我开了大约一个小时，到达目的地时，我的焦虑有增无减。我理解了自己没有再去上冥想课的原因。

高兰曾是一个富裕的矿业小镇。这里的建筑总能使我不由自主地挺直腰板。我走进露天购物中心，乡下咖啡馆菜单上各式新奇的咖啡名目令我晕头转向。辉煌不再的高兰镇显然不愿坐等被主流社会淘汰的命运。不大的地方挤满了形形色色的年轻人。他们怀揣着辛苦得来的节日红包，争先恐后地要把它们换成各式各样的咖啡因、奶油。密密麻麻的价格标签显然是另外一种价值再现。

罗莎琳德家的垃圾桶和床头柜抽屉里有几张高兰电影院的票根，尽管时间过了很久，但我还是抱着侥幸心理过来问问售票处的工作人员，看他们对她是否还有印象。若真有印象，我就趁机问他们能否想起当时与罗莎琳德同行的人。罗莎琳德到高兰看电影的行为本身就很蹊跷。史密森当地也有电影院，所放电影与这里并无不同，那她何必多花两个小时跑这么远的路来这里看电影呢？高兰确实比史密森大得多，这里的人口在六万左右，对于那些想避开大众视线的人来说，这里还算合适。我原打算派一名军装过来问问，可惜手头一个人都没有。换句话说，反正我也不想在史密森傻待着，出来透透气也好。

电影院售票厅里的工作人员一个比一个年轻，但我推断他们应该在十五岁左右。我一直等他们空闲了才慢慢走过去和他们搭话。我首先亮明自己的侦探身份，然后给他们看了罗莎琳德的照片，问他们是否记得见过她。

“哦，记得，”一个面容特别清秀、扎着马尾辫的卷发小男生说，“这不就是那个被人杀害的女孩子嘛，她以前可是这里的常客。”

一个留着精灵头、宽下巴的女孩子嘴里嚼着口香糖，一边卖票一边对我说：“没错，她是常来，几乎每个周五或周六都来。”

“她一个人来吗？”我问。

“有时候是。”

另一个年轻人从我后面探身过来，我机警地转身躲开，职业性地架起一只胳膊做出防御姿态。

“哇塞！”这个扎辫子的姑娘吃惊地后撤一步，举起双手，笑着说，“帅呆了！不过我只是想看一眼照片而已，”她把几缕头发撩到耳后，再次探身过来，“哦，对，是她。经常来。男生们争着卖票给她呢。”

“你们经理在吗？”我环顾左右说。

扎辫子的姑娘微微一笑说：“我就是经理。”

“哦，那好，”我收起惊讶，“你还记得她有没有和什么人一起来吗？”

“我记得她总是一个人。”

“不，她和一个男的来过几次。”卷发男生说。

我转身面向他：“男的长什么样？”

“不清楚，”他说，“只记得有时候她会买两张票，我在糖果店看见有个男的和她一起。”

“年轻的，还是老的？”

“哦，年轻的，和你差不多年纪。”

“我见过她和一个老男人一起，大概是她的爸爸。”精灵头女生插话说。

我又面向经理，她正往收银抽屉里放零钱。

“你们这里有监控吗？”

“有。”我们同时抬头看了一眼墙角的摄像头，其破旧程度让人不禁怀疑它已经在那里挂了几百年。

“我需要你们过去几个月的监控资料，凡是出现这个女人的视频我们都要查看。”我再次举起罗莎琳德的照片，她安详地注视着我们。

“收到，”扎辫子的女生不伦不类地敬了个礼，“虽然不知道怎么弄，但我想肯定没问题。我这就去。”

“太好了，谢谢你。这是我的名片，如果发现什么请直接和我联系。我的人会仔细检查你们发现的材料。”

“放心。”

糖果店上方的电子板上显示着目前正在上映的影片和场次。我在想要不要转身找那个卷发男生买张票，随便挑个什么黑帮动作片，带上爆米花，然后在黑漆漆的影厅里坐上几个小时。我能在这里看见罗莎琳德的影子：那些仿造的欧式通道是对艺术世界的致敬，这一切正合她的口味。

然而我摇了摇头，冲售票员们挥挥手，他们也热情地回应，随后便走回我的车子。空调要过几分钟才能制冷，我站在车外等着，索性拿出手机查看，依旧没有菲利克斯的消息，但爸爸给我发了一条道歉短信。琼斯怒气冲冲地给我留了言，他首先为坎迪报道的事情向我表示歉意，随后非常严肃地要求我汇报我的去向。

从酷热的环境钻进充满凉意的车里，双眼差点激出泪来。这时我发现大约二十米开外的一辆车里坐着一对男女。引起我注意的是女人火红色的头发，我大吃一惊，立刻缩下身子。原来坐在那辆车里的人竟是约翰·尼克尔森和伊兹·梅洛尔，他们几乎头抵着头，看起来格外亲热。伊兹风情万种，微笑着向尼克尔森仰起脸，后者只一低头，便吻上了她的双唇。

12 月 31 日，星期四，下午 5:42

我去了湖边。原因我也说不清楚。它仿佛突然之间充满了魔力，硬生生地把我拉到了它跟前。我围着湖快速走了一圈，而后又闲庭信步似的慢走一圈。我望着像玻璃一样晶莹闪亮的湖面，祈祷它能为我分开一条路，让我到湖心走一走。身后传来脚步声，湖水中出现一个模糊的倒影，可我身边没有一个人，这里只有我和轻声细语的湖水。

我没有别的要求，只想和菲利克斯说说话。我的身体在渴望他，为此我茶饭不思，夜不安寝。

我应该把尼克尔森和伊兹的事告诉他，然而与此同时，我又留恋这种戒断反应般的与他的疏离，虽然它让我痛苦不堪。再者说了，目前而言，不管我以什么理由提出和他见面，他都会假定为私事，并断然拒绝，为此我几乎气炸了肺。后来我确实给他打了电话，但只是进入了语音信箱，于是我给他留了条口信，说我需要和他谈谈尼克尔森。

我走回警局。年关之际，各类案件陡增，全局上下每个人都处于战备状态。寂静像针一样刺着我的大脑。我全面搜索了一下伊兹·梅洛尔的资料，但并没有发现任何异常。我不禁怀疑，她声称目睹罗莎琳德和一个学生在一起是否出于嫉妒。也许她发现尼克尔森迷恋罗莎，因此在她死后趁机向她泼点脏水？或者她是否在制造烟幕故意误导我们的侦破？不论是哪种情况，尼克尔森曾经信誓旦旦地对我们说他不支持办公室恋情，而伊兹和他的暧昧关系无疑是打在他脸上的一记响亮的耳光。

说不定他们是同谋。演出那天晚上尼克尔森也许去过学校并把罗莎琳德引到了湖边。

这个案子到目前为止就像一潭死水。而作为负责人，我感觉受到了嘲弄。我希望能发生点什么事，好打破这沉寂。

我忽然觉得肚子好饿，便在抽屉里翻找，最后找到了一包被压扁的速溶汤，随即到厨房用开水冲了下。几口热汤下肚，瞬间就变成了汗，脸上立刻有种针刺般的感觉，我把垂到脸前的头发捋至耳后。我坐立不安，气喘吁吁。正当我盯着写字板出神时，肩膀上忽然被人拍了一下。

“老天爷！”我惊得急忙转过身。

菲利克斯也吓了一跳，不由后退一步：“对不起，我看你在这儿站着。我给你打过电话，但你没有接。”

我伸手摸了下口袋，可手机不在。

“哦，可能手机忘车里了，要不就在桌子上……”我轻飘飘地道。他的出现让我有些六神无主。他看上去比平时更严肃，一动不动的，就像一根桩子竖在我面前，而我则尽力挺直了身子。

“你在尼克尔森身上发现了新情况？”他一副公事公办的架势。

“是，我看见……”

“杰玛，你在流血。”菲利克斯的脸色立刻柔和下来，他歪起脑袋看着我的侧脸。

“什么？”

“你脸上有个伤口，跟我来。”

他领着我走进已经停用的卫生间。

我跟在后面，伸手摸了摸脸颊，手指立刻沾上了血。

“你瞧，”菲利克斯指着镜子，我看见自己耳朵前面有片红色的血迹，“怎么弄的？”

“不知道，可能是我自己抓破的吧，我也不记得了。”

“看起来挺严重的，来。”菲利克斯弄湿一张纸巾，替我擦了擦伤口。纸巾瞬间从橙色变成了红色，又变成强烈的棕色，最终露出一道醒目的结痂线。

“没那么糟。”

“杰玛。”菲利克斯靠在卫生间的水池上，拿眼睛打量着我。他在寻找答案，只是我不清楚这答案指什么。

“怎么了？”我又问道。

他怔了怔，随后摇摇头说：“没什么。说说尼克尔森吧，你发现什么了？”

“我今天在高兰看见他了。在电影院，购物中心的那家。”

我不知道菲利克斯有没有奇怪我为什么会去高兰，因为他的表情看不出任何变化。

“他和伊兹·梅洛尔在一起。”

“那个老师？”

“对，我看见他们接吻了。”

菲利克斯缓缓点了点头：“嗯，好，这是个新情况，”他又开手指抓了抓头发，“他说不支持老师之间谈恋爱，这下可打脸了，这个镇上的每个人都两面三刀。”

空气陡然变得尴尬，但菲利克斯好像没有察觉。

“会不会是伊兹绑架了本？”我说，“我们不能排除那个女人戴假发的可能性。”我犹如抓到了一根救命稻草，心里不由一阵激动，同时也为罗德尼没有被牵连其中松了口气，看来他只是一个离现场太近的无辜路人。

菲利克斯叹了口气说：“我不觉得，杰玛。根据目击者的描述，那人年纪要大得多，而伊兹比你还年轻些。”

“哦，拜托，完全有可能是她，她可以化妆的嘛。至少我们有怀疑她的理由。”

“好吧，好吧，”他举起双手表示让步。这时我才意识到自己已经叉开双腿，摆出了格斗的姿势，“我们会调查的。”

“很好。”我满意地说。

卫生间里比外面凉爽许多，这么多天来我第一次感觉自己的思路恢复了清晰。我看着菲利克斯，看着他苍白的皮肤、强壮的轮廓、软趴趴的头发和乌黑的睫毛。

“你到底怎么回事？”

我说出这句话的同时，他也开了口：“杰玛，我很担心你。”

“为什么？”我朝旁边挪了挪。

“我觉得……”他顿住了，仿佛在整理思绪，“我觉得这个案子让你好像变了一个人，可能你自己都没有意识到。”

“是吗？”

“是。承认吧，杰玛。你心里比谁都乱，根本无法正常思考。我并不是说你工作不行，可这么干对你的身体没有好处，”他又把手插进头发，一双疲倦的眼睛注视着我，“我认为现在纠缠我们的事对案子毫无帮助。”

“哦，原来如此。这么说你是为我好，对不对？可怜的杰玛，”怒火已经将我吞噬，我高傲地昂首挺胸，“我不那么认为，我觉得是你厌倦我了，就这么简单。因为我们之间的关系不再像过去那样充满梦幻，因为你看到了现实的生活。你见到了我儿子，见到了我的家，还有斯科特，”虽然语带哽咽之声，但我还是强忍着说了下去，镜子里的那个杰玛似乎朦胧起来，“到底发生什么事了，菲利克斯？是我太认真了吗？是我太咄咄逼人了吗？”

“我不知道，杰玛，我只是……我也说不清楚。我很在乎你，从一开始就很在乎。可我们这样下去会是怎样的结果呢？我看不到我们的未来，你能吗？”

我的身体开始战栗起来，感觉就像掉进了冰窟：“我不知道，”我尖叫道，连我自己都感到惊讶，“我想让你去寻找答案，难道你不明白吗？”

“这不公平，杰玛。我们在这段关系中是平等的，这是我们共同的协议，懂吗？”

“不！”我的声音下降到了危险的高度，“我们没有什么共同的协议，这才是问题所在。正因为这样你才可以说分开就分开，像什么事都没有发生过一样。正因为这样你才能继续和你妻子上床，而对我却没有一丝愧疚和解释。”

“杰玛，别说了。我们得想办法解决问题，我们要——”

“我什么都不需要做！”我朝他转过身，把拳头放在他的胸口，即便此刻我心里对他依旧充满了渴望，“我失去了一个孩子，你知道的，那是你的孩子。我和你不一样，除了你，我没有和任何人上过床，所以我知道那是你的孩子。所以你不要跟我扯什么看不到未来，扯什么想办法解决问题。”

他面无血色，冲我眨着眼睛，仿佛我是个陌生人。

“唉，杰玛，”他捧住我的脑袋，他身上的体香味几乎和我一样，可接着他忽然松手后退，连连摇头，“你为什么没有告诉我？为什么？你的秘密实在太多了，”他双手托着我的下巴，矛盾的眼神似乎在告诉我连他自己都没有想到他会说出下面的话，“我不能一错再错了，杰玛。对不起，我为我做过的所有事向你道歉。”

说完他推开门便走了出去。我注视着镜子中孤零零地站在白色卫生间里的杰玛，她面红耳赤，胸口剧烈起伏，下巴紧绷。她的心在滴血，那里有道崭新的伤疤。

1月1日，星期五，上午8:40

“新年快乐，伍德斯托克，”刚走进警局大门，便迎面遇上了马修斯。“刚刚过去这一年可真够呛，你说是吧？空调到现在都没修好，还有别的一大堆破事。”

“谁说不是呢，感觉跟前年差不多。”我冲他笑笑。自从本被绑架之后，马修斯对我的态度来了个惊天大逆转。

昨天深夜马修斯打电话告诉我说，通过对本遭遇绑架当天的所有监控视频进行排查，他们终于找到了一条和绑架案相关的线索。他们在一处监控中发现了一辆红色的小轿车，和日托中心的格蕾丝描述的一样。车子出现在一家园艺用品批发商店外的山脚下，马修斯认为这是他们目前所掌握的最直接也最有力的线索。司机头发很长，戴着深色眼镜，但车窗上一个模糊的白色小脸表明本就坐在后排。

可惜画面中的车牌号模糊不清。

“我很抱歉没有发现更多的线索，伍德斯托克，”马修斯温和地说，“这微不足道的一点点发现希望能让你稍稍心安些。”

“谢谢你，”我对他说，“但愿这条线索能给我们带来重大发现。”

尽管刚过午夜我就上床睡觉，但这时我依然困倦不堪。我望着散落在悉尼海港大桥上的彩虹和在我身边沉睡的本，抿了口低度伏特加。新年倒计时的那一刻我想起了菲利克斯，他道歉的话语依旧在耳边回响。斯科特和克雷格出去了，凌晨五点醒来时我发现手机上有条信息，说他因为叫不到车决定暂时先睡在克雷格那儿。

抚摸着本的小脑袋，我心想斯科特是否真在克雷格那里。他会不会留宿在了某个女孩子的家，此时我脑子里居然出现了他和别人不堪入目的亲热画面。几个小时之后我依然在纠结自己是否真的在乎。

新年伊始，我决定走一走健康路线。我煮了鸡蛋，倒了杯水，还在里面挤了些新鲜的柠檬汁。我上一次晨跑是什么时候？十月？那一定是暑季之前的事了。可笑的是，我依然认为一顿像样的早餐能弥补长期以来的漫不经心。本有些烦躁，他把汤匙扔在地板上，小脚在下面不停地踢着桌子。

“对不起，”我把本送到爸爸家时对他说，“他睡得挺好的，我也不知道问题出在哪里。”

“他没事，放心吧，杰玛，”爸爸说。自从上次吵架之后他一直小心翼翼的，好像我是个随时可能引爆的定时炸弹。“我们没事，对不对，小家伙？”他亲切地对本说。

本瞪了他一眼，又瞪了瞪我。我把车倒出车道时还在自责对爸爸太过依赖。又剩我独自一人，开车去警局的路上，鸡蛋在肚子里制造出不小的动静，脑海中忽然浮现出妈妈递给我鸡蛋的一幕画面。她笑得多开心啊，因为她在鸡蛋上粘了个小黄球，一根橙色的烟斗通条和一双金鱼眼，使它看起来就像一只怒目而视的小鸡。

正当我走向卫生间时，肯尼叫住了我：“杰玛，有电话找你，是乔治·赖安的一个儿子，他说有急事。”

菲利克斯不小心与我对视了一眼，随即又马上移开了视线。我挺了挺肩膀说：“接到问询室吧。”说完我扭头钻进了一间。我没有开灯，刚背对墙坐下，电话铃就响了起来。

“喂？”

“喂，你好，伍德斯托克女士，不，我是说侦探。对不起，我不知道该怎么称呼你才合适，我是马库斯·赖安。”他客气的声音沿着电话线传过来，使我不由得联想到一支火光摇曳的蜡烛。

“哦，你好，马库斯，”我也尽量温和地说，尽管我的耐心已经接近零，“有什么事吗？”

“嗯，是这样的，我爸爸……他……呃，我们在医院，最近几天他的身体每况愈下，他想和你谈谈。”

“我前几天给他打过电话，他一直没有回电。你知不知道他想谈什么？”

“我想应该和罗莎有关。具体我也不清楚，但看得出来非常重要。问题是，你今天就得过来。医生说他时间不多了，你要抓紧。”

“这么严重了？真遗憾听到这样的消息，马库斯。”

“嗯，最近几周确实很难熬。”

“他在圣母医院？”

“对。”

“我马上过去。”放下电话，内心久久无法平静。我双手扶住面前的桌子，在黑暗中坐了一会儿才走回办公区。

“出什么事了，伍德斯托克？”这通电话显然引起了琼斯的注意。

每个人都抬起了头，我站在黑洞洞的门口，感觉自己渺小得可怜。

“是乔治·赖安，局长。他还在医院，但恐怕来日无多了，他有话想对我说。”

我尽量不看菲利克斯，但心里却期待他能与我同去。

虽然经历了昨天夜里的不愉快，但我想只要我们能够平心静气地谈一谈，多花点时间在一起，我们就一定会有办法弥补最近几周造成的疏远感觉，让一切回复到往日的正常节奏。我们只是需要时间。

我开始收拾东西。我感觉菲利克斯的椅子向后滑了滑。果然，他站了起来。

“我陪你一起去，伍德斯托克，”琼斯三步两步来到门口说，“走吧。”

我扫了一眼有点不知所措的菲利克斯，随即顺从地跟着琼斯出去了。

“这么说，他真的快不行了？”琼斯终于打破沉默问。

“从他儿子马库斯的口气看，是这样。”我回答。

“难道这会是一次临终忏悔？”

琼斯开着车，我的双手倒无所适从起来。

“如果这样案子就破了，我会非常意外。乔治的不在场证明是最有力的。我和麦金农曾经想过他买凶杀人的可能性，他不差钱，可我们想来想去都觉得逻辑不通。显然他确实有块心病，也许他知道些什么。”我说。

“所幸他相信你，干得不错。”

“谢谢。”

琼斯咕哝了一声，突如其来的赞美倒让我猝不及防。

“局长。”我说道。

他忽然语重心长地问我：“你最近怎么样？”他目不转睛地盯着前面的路，我终于明白他此番与我同行的真正目的——谈话。驶过一排高墙般密不透风的桉树，阳光像刀锋一样割在我们身上。

“挺好的。”

“这几周一定很煎熬吧？”

“是。”

“本是个好孩子。”

“我知道。”

“你丈夫也很了不起，他是个正派人。我朋友丹认识他，他们都在建筑行业，说你丈夫人很不错。”

我在座位上动了动，希望这个话题赶快结束：“嗯。”

“俗话怎么说来着，人有时候很容易见树不见林，你明白我的意思吗？”

“明白，局长。”

“你脑子里想的事情太多了，伍德斯托克。孩子，丈夫，案子。”他举起一只手挥了挥，仿佛在明确指出那些围绕在我们身边的疯狂。

“斯科特不是我丈夫。”

“没什么区别。”

从林荫大道中驶出，圣母私立医院便进入了视野。

“是这样的，我觉得你和麦金农不适合继续做搭档了。”

“什么？”

“我打算把你们俩分开。我想让你和马修斯做搭档，菲利克斯·麦金农去和金斯顿做搭档。”

我喉咙一阵阵发紧，真怕自己会不争气地哭起来：“可是，局长……”

“已经定了，伍德斯托克。我的工作是从大局着眼，重新调整也正是为了大局考虑，这样做只会有益无害。你和马修斯的配合会很愉快的，”他笑了笑，“他能从你身上学到不少东西。”

我连吞数口唾沫：“但我和麦金农能办完赖安这个案子吗？”

“可以，伍德斯托克，”琼斯把车开进了医院的停车场。他的身体稳如磐石，只动了动两条胳膊，“我现在只盼着你和麦金农能早点结束赖安这个案子。”

1月1日，星期五，上午9:47

乔治·赖安就像日间电视节目里的元老人物。他身穿深蓝色缎子睡衣裤，壮观地靠在一堆垫子上。我原以为他会承认自己有个邪恶的双胞胎兄弟，或者和家政女工有一腿之类耸人听闻的事。结果看到我们，他挥手示意我们进屋，尽管已经奄奄一息，但他仍保持着与他身份相符的应有的尊严和气度。

这里病房的布局能甩史密森中心医院好几条街。巨大的油画挂在房间远远一头的墙上，光线从宽大的玻璃窗中透进来。与其说是病房，这里倒更像是豪华的酒店房间。

乔治的手上布满了老年斑，在苍白皮肤的映衬下显得格外醒目。最近一周他消瘦不少，眼窝几乎陷进了脸颊里。

“赖安先生你好，我是侦缉总警司肯·琼斯。”进房间之后琼斯首先说。

乔治的身体微微前倾，双眼注视着琼斯，仿佛在确认这是否是他的真名。

“您好，赖安先生。”我说。

他冲我们点头致意，随后朝旁边的椅子上使了个眼色。

我们相继坐下。

他按下床边的一个按钮，在机械部件的嗡嗡声中，床头缓缓升起。“我快不行了。”他有气无力地说。

仪器有节奏的哔哔声仿佛是沉默的倒计时。

“您的癌症……”我尝试着说点什么。

“对，运气好的话还能活几天。”

“手术原本不是很成功吗？”

“很遗憾。也许成功，但现在又出了别的问题。”

“真抱歉，先生。”

“嗯，没关系。我现在想知道我女儿的案子怎么样了。”

“已经有所突破，但有几个方向的调查还在继续。”琼斯不紧不慢地说。

乔治不安地蠕动了一下身体，继而将目光转向我。

“赖安先生，你有什么事想告诉我们吗？”我问。

“是的，”他重重地叹了口气，“我女儿，罗莎，她和别人不一样。我知道每个家长都觉得自己的孩子很特别，但我真的认为她是独一无二的。”

我尽量不去想罗莎有可能不是他亲生女儿的事，强迫自己专心听下去。

“我们关系很好，但我对她和对我儿子们的感觉是完全不同的。也许因为她是个女孩子，或者，也许是因为她的个性。不得不说，她的个性和我的结发妻子奥利维亚很像。她也有很强的控制欲，有时候很难和她沟通，尤其是青春期。”

“青春期的孩子不都是如此吗？”

乔治看着琼斯：“是，我知道，但罗莎不同。她胸中好像始终有一团火，我很难解释清楚，总之她问题不断。学校里那个男朋友，大学里和老师，在悉尼教学时又和学生，甚至和她的哥哥们也不安生。总有各种各样的谎言、匪夷所思的行为，都是些不恰当的事情。她渴望得到他们的关注，而在这方面我很不放心。我给她买了那栋房子，因为我觉得最好的方法就是让他们离得远一点——尤其和她那两个依然住在家里的二哥和三哥。后来她改变了主意，一毕业就离开了史密森。”

他干笑两声，仿佛为了消除这世界的冷漠。随后他又动了动身体，似乎想换个更舒服的姿势，可惜力不从心，试了几番最终放弃了。他太阳穴上的血管轻轻跳动着：“不过，现在都无所谓了。”

“你的儿子们对罗莎琳德是什么态度？”

“我不知道，但从她离开之后他们就很少联系了，除了马库斯。他是个体贴的大哥哥，是他给罗莎打电话让她回来过圣诞节的。我也和她保持着联络，但我们之间的沟通并不愉快。”

“赖安先生，你说你最后一次见到你女儿是在十月份你的生日那天，是真的吗？”

“千真万确。”

“你们全家团聚的机会是不是很少？听起来罗莎琳德似乎并不会特地回来看她的哥哥们。”

“团聚的机会的确很少。我事先就知道那天晚上不会好过，但我还是把他们全都叫了回来，因为我的健康出了问题，我估摸着那将是我最后一次生日。我和他们说了我的财务状况和计划。他们都很吃惊，因为我把相当大的一部分资产都留给了慈善事业。随后蒂莫西提出罗莎琳德没资格和他们均分财产，因为我已经给她买了一栋房子。当然，他不会承认我花钱供他出国，还在其他方面向他和他的兄弟提供经济支持的事。总之他什么都听不进去。我也很明确地表示他的态度让我很不高兴。”

“他威胁她了吗？”琼斯问。

“至少在身体上没有，但他很生气，骂了她，还指责她太霸道。我和马库斯好说歹说才让他平静下来。说实在的，我知道他脾气不好，但他当天的样子我还是第一次见到，所以当他说他去看了罗莎的演出时我才会大为惊讶，但他说那是为了弥补过错。”

“你相信他吗？”我问。

“我信，可后来……”他又欠了欠身，也许因为疼痛，脸抽搐了一下，“昨天晚上孩子们都来看我了，并祝我新年快乐。布赖斯的女朋友阿米莉亚也来了。我们就在病房里吃了些东西，后来我睡着了。住院之后我特别能睡，可能是药物的关系。大概八点半的时候我醒了，病房门开着，但灯关着。起初我以为房间里只有我一个人，但随后我发现蒂莫西和阿米莉亚也在。他们站在靠近门口的地方说话。我不知道布赖斯去哪儿了，他们也没注意到我醒来。我听见他们在说警方问询的事。蒂莫西说一切顺利，让阿米莉亚不要担心。我闭着眼睛，好让他们以为我仍在睡觉。后来屋里没了动静，我以为他们走了，就睁开了眼睛，结果看到他们正在接吻。”

当　年

我的手黏糊糊的，不管擦了多少遍都无济于事。离开雅各布的家，我来到我们家屋后的自然保护区，沿着古旧的土路兜了几个大圈。太阳刚刚开始展示它的威力，我心里七上八下的，不知道他读到那封信没有。

此时我哪里还坐得住，索性去了荣森购物中心，百无聊赖地看几个小孩子在露天美食街上踩滑板。一群鸽子也愤愤不平地站在屋顶上观看，仿佛孩子们挡了它们下来觅食的道。我和福克斯相约着马上在这里见面。他想去看电影，我也认为应该干点什么，免得一直想着雅各布。况且看电影也没什么不好，虽然我没想过要把它当成自己不在场的证明，但说实话，对于年轻人来说，看电影是再自然不过的选择，它不会引起任何人的怀疑。

赖安家的电话号码就写在一张从笔记本中撕下的纸上，装在我的口袋里。我提醒自己上午八点半要打一次电话。我怀疑周末的时候雅各布会早早去她家。我不知道具体如何操作，只记得当学校受到炸弹威胁时，所有人都会被疏散出去。我猜测赖安家的人会离开房子，而且一整天都不会再见到他们，也许更久。我认为乔治·赖安甚至可能会怀疑雅各布和这事有关系，从而禁止罗莎琳德继续和他交往。当然，那要看雅各布读了那封信之后还愿不愿意去见她。

我漫步走进购物中心，从面包店买了一块松饼，但只吃了不到四分之一就丢进了垃圾桶。

时间快到了。

我走向走道后面的付费电话，那里没什么人。

抓起电话，投入硬币，拨打号码。

“喂。”

接电话的是一个声音低沉的男人，我双膝一软，差点瘫倒在地。但我攥起拳头贴在嘴上，用尽可能低沉沙哑的声音说道：“你们家有炸弹，你们最好赶快离开。”

第 8 章

1 月 1 日，星期五，下午 1:02

我把余醉未醒的蒂莫西·赖安拖进问询室，并绕着他故作高深地转了几圈。我根本没把握乔治·赖安提供的信息是否和案子有关，但我从他的眼睛里分明看到了恐惧，这证明蒂莫西完全有可能做出什么出格的事情，他的隐忧让我有理由对他的儿子展开深入的调查。

“蒂莫西，你应该知道这是凶杀案调查。”

“知道。”

“很好，我只是在提醒你这件事的严肃性。杀人是严重犯罪，就算再有钱也不能逃脱法律制裁。而你已经引起了我们的注意，暴力倾向、情绪问题……你的情况并不妙。”

他不忿地盯着我。

“明白吗？好吧，现在请你谈谈你和阿米莉亚·珀森的关系。”

他向后靠去，嘴里吐出一口气：“阿米莉亚是我弟弟的女朋友。”

“嗯，没错，这我已经知道。”我不无讽刺地说。

“其他也没什么好说的了。”

“再想想。”我说。

“我不知道你想要我说什么。”

“我想要你告诉我十二月十一日星期五那天晚上你去了哪里。”

“去学校看演出。我跟你说过。”

“再想想。”

他扬起下巴看着我，随后伸手去拿我放在他面前的水杯。他咕咚咕咚地灌了几口，喉结随着吞咽的动作让人心烦地上下蠕动，最后他说："我和阿米莉亚在一起。"

"在哪儿？"

"在她父母的家里。她打电话说想见我，我对她说我有演出的票。我一点也不喜欢实况演出，但我又很内疚爸爸生日那天伤了罗莎的心，所以想做点什么来弥补我的过失。我对她发火是不应该的，因为她并没有做错什么。爸爸一直都很宠她，他表面上装作一个威严的父亲，可实际上却是豆腐心肠，尤其对罗莎更是百依百顺，这让我很是看不惯。我知道阿米莉亚和布赖斯有约，所以我原本是打算找别人陪我一起去看演出，可后来阿米莉亚说她要假装头疼，推掉和布赖斯的约会。她说只要我过去，就一定不会让我后悔。所以我就把演出的事放在一边找她去了。"

"你和她经常幽会吗？"

"看情况。她在镇上的时间很长，而且很多时候都是一个人，我现在又正好是单身。"

"真行。"

他耸耸肩。

"那你为什么要撒谎？"

"我不能说啊，布赖斯会知道的，尽管他迟早会怀疑。我想反正我已经买过票了，看与不看又有什么要紧的呢？"

"那天上午你们兄弟俩打架就是因为阿米莉亚的事吧？"

"没错，"蒂莫西轻快地说，"他感觉到了不对劲。"

"也许早点说实话更好。"

"这事需要阿米莉亚做决定，"他回答说，"说不说实话跟我关系不大。"

虽然我是外人，没资格说三道四，可他自鸣得意的样子真的恶心到我了。

"嗯，这么说，你从头到尾都只是一个无辜的局外人咯？"

“嘿，我知道这件事不怎么光彩，可他们的关系也不怎么样，我说真的。”他显然要在死不认错的道路上走到底了。

“好吧，好吧，”我没兴趣和他讨论道德问题，“除了阿米莉亚，还有没有其他人可以为你做证？”

他思索了片刻：“我没见过别的人。她九点左右叫了外卖，但是她开的门。不过稍后我付了下载视频的钱，你们可以查我的信用卡。”

1月1日，星期五，晚上9:04

屋里一片死寂，我顿时不安起来。自从本遭遇过绑架，我发现自己对人聊天的声音或机器的噪音非常有好感。寂静，如今在我的词典中就相当于危险。我走进一尘不染的厨房。本的玩具整整齐齐地放在角落。我们的卧室同样整洁干净。梳妆台上，十月份坏掉的地球仪终于修好了。我冲进本的房间，发现他睡得正酣，微微开启的小嘴唇发出轻柔的口哨声。我在后院露台上找到了斯科特，他坐在阳光房的一头喝啤酒，眼睛望着篱笆墙外的远处。

“嘿。”我说。一时间，夜晚的空气仿佛刺骨起来，我也突然有些难为情，就像除了我们还有观众。我知道，接下来我肯定会说些不合时宜的话了。

“嘿，”总觉得他应该叼支烟。他即将爆发的愤怒似乎与香烟的真实可触很匹配，“你又晚了。”他淡淡地说。

“斯科特，我在调查杀人案。”

“嗯，我知道。老是死人真让人讨厌，你说是吧？”

“这话是什么意思？你以为我喜欢这样吗？我喜欢扒拉死人的照片？喜欢面对各种各样的恶棍？”

斯科特冷笑几声，我不知道他也能发出如此令人受不了的声音：“没错，我就是这么想的。”

“随便。”我赌气不再说话，眼睛也望着篱笆以外。多希望我能径直走出后门，一路奔跑，奔跑，直到被树枝划得遍体鳞伤，直到不堪重负的心脏在胸口爆炸，直到跑不动为止。

“随便什么？你知道我没说错，杰玛。还有你知道吗？我完了。”

他把脸埋进双手。那样子很滑稽，一个庞大的泰迪熊拿双手捂着脸，可这并不好笑，因为他是孩子的爸爸，因为我不知道这样的动作对我们的未来意味着什么。

“完了？什么意思？”

“意思是我受够了，受够了我们之间的这种状态。你和我，我们之间已经没有任何美好可言。我们的关系已经破裂，是我纵容你打破的。”

我一头雾水，但却仍然说道：“斯科特，话可不能这么说，难道全是我的责任吗？我知道，我已经快被这桩杀人案搞疯了，可无论如何，这一切很快就会结束。也许我们可以离开这里，带着本？”

他看着我，可又像看着我身后的远处，我差一点就扭过头去看看是否真的有人站在后面。

“杰玛，你就是不明白，是吗？你看不见。问题始终存在，你也从来没有变得不同，而最可恨的是我爱你，但你同样看不见。你到处寻找你想要的东西，可就是不愿在我这里寻找，你以为我不知道吗？”他弓着腰，似乎要哭的样子，可他的身体早已经空了，被我掏空的。

“我爱本啊。”我说，这是我唯一可以肯定的事了。

“是，”他看着我，这世上只有我们两个人能理解彼此对那个小家伙的感情，“我知道你爱本，这是你身上最闪光的地方。我不得不时常提醒自己说，你懂得爱人，本就是证明。可这不够，杰玛，对我来说远远不够，”他把玩着手里的啤酒瓶，“我想要更多的孩子，也许很多很多。我想要一个愿意和我在一起的人，一个愿意陪我的人，我渴望那个人就是你。”他灼热的目光射向我的眼睛，我不由得靠在了墙上。

“但这根本不可能，对吗？”

我用鼻子深吸一口气，又从嘴巴里缓缓吐出。呼吸。思考。

温暖的空气包围着我，猫头鹰在黑暗中鸣叫，飞虫扑打着室外的灯。

“我不知道。”我最终说道。

“是啊，”斯科特一跺脚站了起来，“问题是，杰玛，如今我想要的已经不止如此了。”

1月2日，星期六，上午9:17

仿佛有人按下了暂停键。我环视警局，所有的人和事都静止了片刻，随后才骤然回归了正常。昨天夜里我几乎一宿没睡，我在床上辗转反侧了几个钟头，最后还是下床来到客厅，像洗牌一样把罗莎琳德的卷宗翻来翻去。今晚要去看罗莎琳德的话剧演出，我心里说不出的焦虑。我甚至相信她会从另一个世界向我发出暗示。莫名其妙的兴奋，我理了理头发，努力把精神集中在堆积如山的卷宗上去。一想到明天醒来所有的事依旧悬而未决，我就急得想要抓狂。

琼斯已经向我和马修斯分配了我们搭档后的第一个任务，那是一桩重新浮出水面的悬案。我和马修斯都小心翼翼的，对彼此保持着恰当的礼貌。但我有种感觉，马修斯会竭尽所能与我搞好关系。然而菲利克斯依旧是我难解的心结，它就像一个大洞吸引着我，使我时常担心自己会不由自主地跳进去，再也爬不出来。

下午的非正式例会上，菲利克斯向我们一减再减的专案组成员通报了关于尼克尔森与伊兹暧昧关系的问询结果：“尼克尔森并没有否认自己和伊兹的关系，他说他们最近才开始交往。他本打算告诉我们的，可他又不希望他们的关系被公之于众。眼下这个节骨眼儿上，他不想成为舆论的焦点。”

菲利克斯说尼克尔森并不知道伊兹在学校里看见罗莎琳德和罗德尼的事，倘若知道，他一定不会坐视不管。而关于罗莎与他可能的身世关系，他也只字未向伊兹提过。

“这么说他们的关系是完全正常的咯？他们两个实在没什么相配的地方啊。”琼斯不理解像伊兹那样标致的女人怎么会看上尼克尔森那样一个普普通通的老男人。也许他也想知道尼克尔森身上究竟隐藏着什么秘密。

“我也百思不得其解，但我相信他们确实是最近才开始交往的。”菲利克斯笑着说。

我低头盯着自己的双手：“我想伊兹之所以没有向尼克尔森透露自己看到的情景，唯一的原因是她不想让尼克尔森伤心难过。况且她也不确定那个男生就是罗德尼。也许她认为尼克尔森肯定会想查个水落石出，她知道他有多喜欢罗莎琳德，只是不知道原因罢了。”

“不管怎样这都是一条重要线索，伍德斯托克，”琼斯振奋地说，“我以为真能从这两个人身上找到突破口呢。我觉得还是得盯着那个伊兹，”他对菲利克斯说，“好像能把赖安老师和那孩子绑在一起的只有她一个人。还有别的收获吗？”

“没了，局长，”我说，“今晚我们决定去演出现场，看能不能发现新的线索。关于蒂莫西·赖安我们仍然没有确凿的证据。阿米莉亚·珀森已经证明当天夜里他在她家一直待到了十点四十五分左右，而后他声称自己直接回了家。从目前掌握的信息看，他并没有撒谎。他家里的摄像头显示他的确在十点到十一点之间到了家。在阿米莉亚家他们叫了两份外卖，网络显示阿米莉亚家的 Wi-Fi 下载过色情影片，付费用的是蒂莫西的信用卡。因为他不是直接联网，所以我们无法通过系统追查。他那个被戴了绿帽子的傻弟弟依然声称他听到了哥哥回家的声音，时间在十一点钟前后，当时他正在和阿米莉亚通电话。这个也算属实，蒂莫西离开阿米莉亚的家之后，阿米莉亚就给布赖斯打了电话。我觉得这个蒂莫西确实不是东西，但却很可能不是杀人凶手。”

“简直就像现实版的《我们的日子》[1]。那好吧，看来我们只能静观其变了。我想有些话就不必说了吧，这个案子我最多只能再给你们一个星

---

① 《我们的日子》是 1965 年开播的一部美国日间肥皂剧。

期的时间，到时如果破不了案，我只好把它降级搁置。伍德斯托克，你已经收到那桩悬案的简报；麦金农，明天起我也有新的任务给你。”

“好的，局长。”

“好。今晚你们两个都要去看演出吗？”

我们同时点头。

“八点前在礼堂外碰头？”菲利克斯边问边望向我的眼睛。

“好。”我回答，但没有看他。

当　年

杰玛家没人。内德的车子也不在车道上，雅各布按了几次门铃都无人回应，他只好穿过屋后的灌木丛，打开后门朝院子里张望。杰玛有时会坐在后院，可此时那里空无一人。他有些绝望，他只想找到她，和她说说话，或者抱抱她。他从未有过如此紧迫的感觉。

和罗莎琳德结束之后，雅各布昨天夜里醒来时都感到前所未有的清醒。过去几个月来，他仿佛一直被困在一团看不到边际的迷雾中，如今，迷雾难得消散些许，可随时都有卷土重来的可能，剧烈的头痛每分每秒折磨着他。他要找到杰玛，他要告诉她之前为什么将她推开，是他把事情弄得一团糟，他不知道自己是怎么了。

他脑子里千头万绪，脉搏犹如装了加速器。

他感到疲惫。

难以形容的空虚再度席卷而来。

今天上午他睡着了，这还是头一次。他妈妈又在厨房里打扫，尽管罗德尼还坐在餐桌前吃着麦片粥。她总是没完没了地打扫，擦这里抹那里。她手上早已磨出了茧子。她问他今天干什么，她总想知道他的一举一动。他还没有告诉妈妈他已经和杰玛分手，更没有提过罗莎琳德。一想到要解释那么多他就头疼，他心里已经够乱了。最近他不管做什么都无法专心，活得像行尸走肉。

唯有杰玛，在他心里是个清晰无比的存在。

他去学校，去公园，去购物中心。杰玛没有去汉堡店上班，也不在美食街，总之到处都找不到她。他点着一支烟，靠着一个电话亭席地而坐，背包夹在两腿之间。青色的烟雾钻进肺里又出来，与空气混合，消失得无影无踪。他想着要对她说的话，但他需要抓紧时间，黑夜即将降临。

这时他看到了她。她就那样毫无征兆地突然出现在他的视野中。她双臂搂着福克斯，笑得正欢。雅各布躲到电话亭的另一边偷偷窥视，看到他们挽起手臂，他一时呆若木鸡。她看上去很开心，比她前几周都要开心。福克斯在她头上亲了亲，胳膊依旧搂着她，两人随即双双消失在电影院里。

半小时后，雅各布失魂落魄地回到家，他想不到别的地方可去。

“你没事吧，雅各布？”妈妈在门口伸着脑袋问，她苍白的脸颊憔悴且充满关切，她总是一副忧心忡忡的样子。

“没事。”

她走进来，拘谨地坐在他的床边。

“刚才警察打电话来了，”她说，“他们说学校里出了点事，好像和一个叫罗莎琳德·赖安的女孩有关？听说她家遭到了威胁，而且很严重。他们想找你了解点情况，因为你是她的男朋友，你们昨天吵架了？”

雅各布眨了眨眼睛。他无暇思索这些乱七八糟的事情，他满脑子都是杰玛。

“雅各布？”

“妈妈，我……”

“雅各布，哦，亲爱的，我只是觉得在你想清楚明年要干什么之前，不应该急着找女朋友。我注意到最近杰玛很少来了，我还高兴来着，但你不能转眼就和别的女孩子搅在一起啊，你现在该为你的将来做打算了。”妈妈的语气很坚决。

“我的将来。”他机械地重复道。

“对，你马上就该考大学了。你要尽最大努力给自己选一个好的起点，这至关重要。”

雅各布盯着地毯，灰色的阴影忽明忽暗，纹理忽大忽小，像一颗跳动的心脏。

“你想多了，妈妈。我们之间没什么，只是普通朋友。”

她看了他一眼，递上一张纸：“我知道你和那事没关系，这是警察的电话，你给他们回过去解释一下吧。”

“我会的。”

妈妈出去了，雅各布躺在床上，望着天花板。他发现灯泡周遭有一张孤零零的蜘蛛网。他试着给杰玛打电话，可依旧无人接听。她一定又和福克斯在一起。罗莎琳德家的电话也没有人接，电话里只听到奇怪的咔嗒声。

罗德尼在游戏室里看电视。“嘿。”他头也不抬地说。

“嘿。”雅各布回应。

“你看到那封信了吗？”罗德尼问。

“什么信？”

“我觉得像请柬，很好看的字。我放你桌上了，早上我在厨房里发现的。”

“好的，谢了，”他说着坐下来，陪罗德尼看了几分钟电视，可他脑子里如同有一团乱麻，让他坐立难安。他收拾了些东西，在后门喊道：“妈妈，我出去一下！”

唐娜正在晾衣服，太阳下，她眯着眼睛望过去：“好，亲爱的。你打过那个电话了吗？”

“打过了，”他说，“没什么事。”

“好孩子。”她说。

去往湖边的路走了一半他才发现，他忘记了带罗德尼放在他桌上的那封信，可他现在不能回去。他向排水管道走去，在那里他会感觉安全些。他的颜料装在背包里，连同从家里偷带出来的杜松子酒。他突发奇想要为杰玛画点东西。他一边喝酒一边画，足足画了将近三个小时。他喝着，画着，眼泪止不住地往下流。黑暗再度来袭，压在他的胸口，使他难以呼吸。

他希望管道突然排出一股洪水，冲走一切。他注视着面前的水泥墙，他给杰玛画了一颗硕大的、闪闪发光的钻石，整幅画都是耀眼的白色和银色。可现在已经没用了，他毁了一切。他看不到挽回的机会，只能坐在黑暗中以酒浇愁。杰玛占据了他的整个头脑，然而突然间，他甚至没有勇气再面对她。他绝望地用双手捧住脑袋，但感觉头越来越沉，甚至担心自己再也无法让它抬起。一切都毫无意义了，这样的日子他已经过了好多年。

不知不觉间，他发现自己来到了外面。杜松子酒和管道中的寂静令他昏昏沉沉，如同漂浮在水面上。他就那样悬在地面上，再也感觉不到任何东西。他望着湖面，无法想象明天或后天再次来到这里的情景。无非是一湾静静的湖水，一如既往地——

将他折磨。

他想让所有的烦恼统统消失。

终结的欲望压倒一切。

他抬头望见高塔，内心出奇地平静下来。他知道要怎么做了。

1 月 2 日，星期六，晚上 7:44

我站在学校礼堂门口昏暗的灯光下。引座员们居然全都是典型的二十世纪七十年代打扮，浑身缀满闪闪发亮的装饰片。观众中有许多显然是第二次前来观看，几个人滔滔不绝议论着演出的亮点。我认出了部分面孔：尼克尔森、伊兹、蒂莫西·赖安、几个孩子、店主、其他老师、唐娜·梅森、坎迪·法伊夫。红裙紧紧地包裹着大腿，我拉了拉披巾，盖住裸露的双肩。眼睛里飞进了睫毛膏的碎屑，我使劲眨了眨。

在家的时候，本一直安安静静地看着我打扮，我一反常态的隆重让他目瞪口呆。

“妈妈，你看起来真漂亮。”吻别之时他很认真地说。

“祝你有个愉快的夜晚，”斯科特也上下打量了我一番说，“下周我可能要带本到克雷格和劳拉那儿住几天，”顿了顿，他又补充说，“但走之前我们得谈谈，想出一个合适的计划。”

“咱们明天就谈吧。”我回答，虽然我并不知道自己能说些什么。

包里的手机振动起来，我费了半天劲才从手枪下面把它摸出来。相比之下我还是更习惯衣兜和枪套。

“我是伍德斯托克侦探。”

“嗨，我是卡拉。”

“对不起，谁？”

“卡拉，高兰电影院的，我们上周见过。”

“哦，扎辫子的那个？”

“对，就是我，”她说，“真抱歉这么晚还打电话，我刚下班，新年是电影院最忙的时候。”

“没关系，你从监控视频上发现什么了吗？”

“对，我让技术部的同事把所有文件都打包拷进一个光盘了。他高兴得不行，把自己想象成《犯罪现场调查》里的人了。”

“视频里有我们的受害人吗？”

“有啊，有时候一个人，有时候和一个男的。”

“好，我绝对需要那些文件，你看过脚本吗？”

“看过一部分。”

“和她一起的那个人长什么样子？”

“很年轻，和我差不多大。长得很帅，头发特别漂亮，个子很高。我一个同事说去年他们一起打过篮球，那帅哥好像叫罗德尼。这些对你有用吗？”

“嗯，太有用了，谢谢。”挂掉电话，脑海中立刻浮现出罗德尼的身影。菲利克斯走进几米外的一片月光。明晃晃的引座员摇起小铃铛，挥动手臂示意大家开始入场。

我也加入观众的行列。这时琼斯发来一条短信，说乔治·赖安刚刚离世。

菲利克斯在座位中蠕动身体时，我们的胳膊肘碰在一起。他就像长途汽车上不安分的孩子。我心里还想着罗德尼和罗莎琳德一起看电影的事，但此刻我无能为力，只有耐心地等待演出结束。唯一能让我拿来自我安慰的，是他整场演出期间都会在舞台上，在我的眼前，他逃不掉的。我拉了拉裙子，把头发撩到脑后，免得它们粘到我的唇膏上。

菲利克斯正斜眼看着我。我想我的改变也一定令他眼前一亮吧，可我们之间的默契已经荡然无存，如今的我们就像难以调和的油和水。

“乔治·赖安死了。”我说。

“刚刚？”

“几个小时前。”

“那兄弟几个应该不会来了。”

我们的对话简单正式，我动用了全部的自制力才阻止自己没有一把搂住他的脸吻他。

“我刚才在外面看到蒂莫西了，可能他还不知道吧，或者他不在乎。我觉得他和布赖斯对他们父亲的去世都不会太伤心。”

“真是奇怪的一家子。”菲利克斯说。

音乐响起，灯光熄灭，帷幕缓缓拉开。

“谁说不是呢。”我说。

罗莎琳德为我们奉上了一部想象非凡的杰作。罗德尼和玛姬在舞台上激情四射，他们扮演一对来自悉尼的青年男女，在合唱队的低声旁白中演绎着他们早已注定的苦难命运。凯普莱特[①]家族的父母是受人尊敬的酒评家，为人苛刻、冷漠。蒙塔古[②]家的父亲是个富有的白领罪犯，母亲是高级伴游。平民学校是里奇和他的朋友们哀叹自己毫无前途的中产阶级未来的场所。茉莉的阁楼是她远离令她不胜其烦的社会交际的避难所。原著中经典的阳台一幕被挪到了火车站，舞会被改成了新酒发布会。整部剧看似混

① 凯普莱特是莎士比亚剧本《罗密欧与朱丽叶》中朱丽叶家族的姓。
② 蒙塔古是莎士比亚剧本《罗密欧与朱丽叶》中罗密欧家族的姓。

乱不堪但又天衣无缝，完美得无可挑剔。罗德尼的表演光彩照人，再也看不到羞怯笨拙的影子。与玛姬恰到好处的平和与冷静相比，他显得狂热而勇敢。玛姬的台词凄美动人，如春天的微风；而他的对白则热情奔放，像夏日的阳光。不管怎样，两人全都朝着不可避免的悲剧命运一步步走去。

当不幸的结局终于降临，看着他们双双毙命于鲜血染红的浴缸，我浑身紧张，呼吸困难。就在我激动地正要从座位中站起时，礼堂里突然响起了雷鸣般的掌声。

我压抑的胸口仿佛即将爆炸，我要出去，一秒钟也不想耽搁。我对菲利克斯咕哝了一句“我去下洗手间，待会儿见”，便不顾一切地冲向出口，他甚至没时间做出回应。

我站在礼堂外，双手叉腰，仰望星空。我张大嘴巴，努力把空气吸进肺里，同时收摄心神，抑制着体内狂暴的洪水。

罗德尼对我撒了谎。

他说他们从来没有超出师生的界限，从来没有在学校之外的地方见过面。

一想到有可能是他杀害了罗莎琳德，是他砸烂了她美丽的脸，是他用双手掐住她的脖子，看着她在挣扎中死去，我的心都要碎了。菲利克斯从一开始就怀疑他，也许他是对的。

里面传出演员谢幕的声音，我仿佛能感受到观众起身时座椅的隆隆声，人群蜂拥而出，夹杂着热烈的议论。

我冲向礼堂一侧靠近男更衣室的地方。我能听到激动的呼喊，演员们已经退场。我趴在门口，一股浓郁的男性气息扑面而来。

“嘿！”我喊道。

合唱队里的一个男生看到了我，惊讶地扬起眉毛。

“帮我叫一下罗德尼·梅森，快点。”

他愣了愣，随后点头答应。

我站在门外等候。

罗德尼出现了，汗水与脸上的妆混在一起，明晃晃的。他仍处在兴奋的顶点，看见我，他咧嘴一笑："你觉得好看吗？"

"罗德尼，你对我撒了谎。"

笑容顿时僵在脸上，他不明所以地问："什么？"

"你撒谎。你明明在和她交往，我知道。"

他向我走来，我一度以为他要打我，可突然间他拔腿就跑，转眼便消失在黑夜中。

1月2日，星期六，晚上10:09

鲁比·卡利斯特不易察觉地挺了挺胸。和其他演出者相比，她身上那件纯黑色的戏服格外寒酸，尤其如今演出已经结束，她也从后台的昏暗中走了出来。她掸去翻领上的猫毛，最近几周简直度日如年。再度公开演出无可厚非，但也给他们带来了不小的压力。没有了赖安老师，玛姬·阿彻成了实质上的负责人，对此她没意见，但心里却憋着火。玛姬和赖安老师相比可差远了，这样说应该没人反对。鲁比看着玛姬接受众人的赞美，志得意满的样子活似刚刚赢得了奥斯卡金像奖。她还记得赖安老师的话："鲁比，如果你想在舞台制作领域走得更远，你首先需要学会如何控制自己对明星们的感受，这将是你成功的关键。"

鲁比相信赖安老师。反正现在一切都已结束，她也可以开始把精力放在离开史密森之后的人生上。她在人群中搜寻着爸爸和妈妈的身影。他们是来了的，也许正和某个熟人聊天。

就在鲁比寻找父母的当口，她注意到有个穿红裙子的女人站在男更衣室旁的暗地里。那是正在调查赖安老师案子的女侦探。罗德尼·梅森出现了，他还没有卸妆，也没有换衣服。他们聊了没几句，罗德尼忽然转身就跑，女侦探随即紧追不舍。

真奇怪，鲁比心想。这时她看到了妈妈。

妈妈冲她挥舞着手臂，眼睛睁得大大的，脸上带着不必要的兴奋表情。

鲁比轻轻摆了摆手，开始向她走过去。

就在这时，另一个女人突然冲出人群，朝罗德尼和女侦探消失的方向追去。

1 月 2 日，星期六，晚上 10:11

我追着罗德尼跑向湖边，他就在我前面的黑暗中，可是我看不到他。空气潮热发黏，但我却闻到雨水的气息。我们即将迎来又一场暴风雨。黑暗将我团团围住，我甚至希望它能把我带走，让我永远飘浮在无尽的虚无中。我伸出双臂，从无形的黑暗中挤过。罗德尼的脚步声急促而清晰，从声音判断他仍奔跑在我前面不远的大路上。

“罗德尼！站住！”我气喘吁吁，已经说不出完整的句子。

绕过弯道，湖就在我的左侧，朦胧的月光下我已经能看到波光粼粼的水面。我紧紧地跟着他脚步的节拍，不时躲避着伸到路上的树枝。脚底的石头突然一滚，身体的重心一下子落在左脚踝上，我只觉一阵钻心的疼痛，可我不能停下。罗德尼的影子在前面拐了个弯，继续向右侧跑去。我知道他要去木塔那里，从学校跑出来的那一刻我就猜到了。莫名的恐惧油然而生，似曾相识的感觉几乎将我一分两半。关于雅各布的梦境汹涌而来，我仿佛又看到他摔散的尸体。肚里一阵翻腾，喉咙里酸酸的，我差点吐出来，但我咽了口唾沫，继续奔跑。

“罗德尼！别跑！别跑！”我几乎要哭出来了。可忽然间，跑在前面的人变成了雅各布。穿过一片树林，月亮投下银色的光芒。我一会儿看见雅各布举起石头砸向她的头颅，一会儿又看见罗德尼掐着她的脖子，他眼中的凶光令人不寒而栗。喉咙里发出低沉的一声啜泣，我在这温暖的夜里大口吸着气。“快停下，求你了。”我流泪哀求道。

他的脚已经踩上木塔的基座，随后，楼梯上传来断断续续的脚步声。我不能上去，然而我的右脚已经踏上了第一级阶梯，左脚旋即迈上了第二级。我紧紧地咬着牙，把注意力集中在双腿上，集中在攀登上。我越爬越高，越爬越高。爬上第一层，我向下望了一眼，月亮在湖面上凿出了一条银光大道。就这样定了，我想。显然一切都将在这里结束。

爬上顶层时我放慢速度，手摸着疼痛的肋骨。罗德尼的呼吸告诉我他就处在我身后的角落里。我急忙转身，后退一步面向他。

“罗德尼，求求你了，和我谈谈。”

因为光线的问题，我无法看清他的全脸。他晃了晃脑袋，忽然间又变成了雅各布。他在哭，优美的脸颊上淌满了泪水。“不是我。”他低声说着。

我点点头，试着让呼吸平缓下来，“好，没事。告诉我你都知道些什么，跟我说实话。”

他大口大口喘着粗气，点头说道：“那天夜里我们约好了在这里见面，可等我到这儿的时候她已经死了。”

他是个演员，我提醒自己，我需要假设这是一个精心编排的谎言。

“继续说。”

他在一个极小的范围内踱着步。我听到轻微的哭声，可当我望过去时，他的脸却沉静如水。他揉了揉眼睛。

“这么说那天夜里你确实见她了？”

“是。”

“你们约好见面的？”

“是，我们约好了演出结束后见面，然后去她的住处。她很兴奋，她说她早就知道我一定会大放异彩。我们打算一起庆祝的。”

“那到底出了什么事？”

他退回到阴影中，只有声音从黑暗中飘出来，“我不知道，”短促的哭声响起，“她先走的，我被挡在后面。每个人都想跟我说话，我费了好大劲才脱身。”

“你们约定见面的时间是几点？”我问。

“十点半之前。”

“地点？”

“游乐场旁边的长凳上。”

“你什么时候到的？”

“大概十点四十五分，可她不在那儿。”他又哭了起来。

“你当时什么反应？”

“我给她打电话，可没人接，随后我就在这附近转了转。”

“你有没有想过她可能会改变主意？”

“不知道。起初我没有那种担心，可后来就不知道了。是她约的我。”

“你生她的气吗？”我问。

“不，只是担心，我想见她。”

“好吧，那后来呢？”

他声音颤抖着说：“我走过弯道，爬上了这座塔。我喜欢待在上面，大概在这里我可以静下心来思考吧。后来我决定回去，去杰米家参加派对，或者回家。我沿着湖边走时看见了她。她在水里，靠近湖边的地方，漂着，”他呜咽着，声音中充满了痛苦，“那时她已经死了，有人杀了她。我能看见她头上的血。”

我盯着她沉默片刻，接着问道：“然后呢？你怎么做的？”

他哭得停不下来，一边擦着眼睛一边说：“我不想丢下她。我也不害怕。我……好像一切都不在乎了。我不知道该怎么办。”

我嗓子里好像噎了一团东西：“你有没有碰她？”

“有，”他低声说，“我拉了她的手，还试着把她脸上的头发拨开。我手里有束花，是演出结束后别人送的，我一直抱着想送给她，所以我就把花撒在她身上。她看上去好美。”

“罗德尼。”我温和地叫了他一声，希望他能继续说下去。

“我陪她坐了一会儿，后来……我就走了，把她留在那里。我穿过板球场去杰米家。我不知道还有什么别的地方可去。我不想一个人，但我的样子狼狈至极。我喝了许多酒，和谁都没有说话。”他背靠木板，双手抱着头。

他仍然在哭着。我看不出他是不是装的，这种情感很难控制。

“我爱她，非常爱她。现在我不知道该怎么办了。我也什么都不在乎了。”

我向他走近一步：“罗德尼，我下面要问的问题很重要。你有没有拿走她的东西？比如说衣服？”

他冲我眨了眨眼睛，一脸迷惑地说：“没有，我发誓。我发现她时，她的裙子被拉了上去，就像有人……做过什么，我把它放下去了。”

我可以想象当时的画面：罗德尼发现死去的罗莎琳德，他处在萌芽状态的爱情被埋葬在水中。她望着星空，周围飘满鲜花。会不会太优雅、太牵强？他发现她时人已经死了？记得当年雅各布在沙发上亲吻我时，这个小家伙还趴在枕头上偷笑。可回想起那天早上在车里他摸我的手时的情景。我不敢相信他们是同一个人。

我发现自己对他一点都不了解。

“你为什么不说呢，罗德尼？如果你发现她时她已经死了，为什么不报警呢？”

“因为那样我就不得不解释一切，我们交往的事。她不希望我们的事被任何人知道。我也不想解释为什么我会出现在这里。”

难以形容的疲惫忽然向我袭来，我甚至担心自己的双腿会突然失控瘫软下去：“罗德尼，我需要你跟我回去。到警局把你刚刚说过的话再说一遍，这很重要。很多事情我们需要搞清楚，你能做到吗？”

“我是不是惹上麻烦了？”

我回避了他的问题：“好了，罗德尼，咱们走吧。你知道我们必须这么做。”

我向他走去，可身后忽然传来窸窸窣窣的声音，难道是什么动物？

月光摇曳，桉树在微风中轻轻晃动。是脚步声。我猛地转身。或者难道是罗德尼？我有些晕头转向，恶心。这个地方是我的噩梦。

这里还有别人。

忽然，黑夜在我周围爆炸，眼前出现一片闪烁的星星。我重重地栽倒在地，腰上似乎被什么拉了一把。有人在夺我的包。我的枪！惊慌之余，我疯狂地踢打着双腿，气喘吁吁地朝身后昏暗的角落爬去。我的耳朵边湿乎乎的，仿佛有条小蛇在蜿蜒游走。是血！

“别动！”一个沙哑的声音说。

我感觉到罗德尼摇摇晃晃地来到了我的左边，但因为光线不明，我无法得知他的确切位置。他一定在另一个角落里。

唐娜·梅森跨进月光。她一头短发簇拥着一张小脸。她的前额上布满皱纹，目光冷峻而坚毅。我的枪正晃晃悠悠地端在她的手中，一双圆溜溜的黑眼睛眨也不眨地瞪着我。

“我是不会让你把他带走的。”

“妈妈？”罗德尼喘息着叫道。

她没有理他。

我强忍剧痛，飞快地转动着脑筋：“唐娜，我——”

她打断了我的话：“你不该多管闲事！她该死！”

“妈妈！”罗德尼的声音中多了一丝惊恐。

我把头靠在木墙板上，努力让它直起来：“唐娜，别激动。咱们先下去，下去好好谈谈。”

“不，没什么好谈的！我只要我儿子，”她的下巴夸张地一开一合，“我们要离开这儿，今晚就走，几年前我们就该走的。”

我忽然明白，她就是绑架本的人。她已经失去了理智：“唐娜，出什么事了？告诉我。”

她连连摇头，我隐约看到一张肌肉紧绷的狰狞的脸：“她想抢走我的儿子！她已经抢走过一次！”

“妈妈，你到底干什么了？”罗德尼像一个吓坏了的小孩子。

“闭嘴，罗德尼！”

“唐娜，到底怎么回事？”我一再追问，感觉生命正飞快地从我身上流走。我思索着该怎么办，可脑子里却一片空白。

“她就是不放过我们。先是我的雅各布，现在又是我的宝贝。她是个十足的魔鬼。”

起风了，月光像五彩纸屑撒遍每个角落。

“你发现了她和罗德尼的事。”我说。

唐娜猛地跺了一下脚，我感觉到身下的木板在颤动：“她勾引他，想让他跟她走！她要把他从我身边夺走。”

“好了，好了，告诉我发生了什么事。我知道你去看了演出。”

“演出结束后，我看见她低头看手机，我知道她在等我的儿子给她打电话。我再也无法忍受下去。我看见她离开，跟着她来到了图书馆旁边，我说我要和她谈谈，让她跟我走，否则我就把她干的好事告诉所有人。我说罗德尼有本日记，我要把它拿给警察看。我说我要毁了她。她害怕了、心虚了，因为她知道自己干了见不得人的事。她很在乎她的名声。”

“我们去了湖边，离我的雅各布死去的地方不远。我说什么她都不听，那该死的婊子怎么都不承认自己对雅各布做过的事，还装傻充愣地说她没有给雅各布写过信。可那是我亲眼所见！我读过她的信。她用一张纸就伤透了我儿子的心，害得他想不开。要不是她，我的儿子也不会跳塔自杀，可她死活就是不承认。她说雅各布的死不是她的错，还说是我儿子伤了她的心。”

唐娜发出一声令人毛骨悚然的冷笑：“伤了她的心？真不要脸啊！”

我的心怦怦直跳。我看着她手里的枪，想冲过去夺回来，可我离她太远了，更何况此时我浑身无力。罗德尼像没了魂一样，恍恍惚惚地看着他的妈妈。

“那后来呢？”我轻声问道。

风把树影吹到了她脸上：“她说她爱罗德尼，罗德尼也爱她，想和她在一起。他们想离开史密森开始新的生活。还说只要等到罗德尼十八岁，他们就可以想干什么就干什么了。她的自以为是让我恶心。”

“唐娜，你袭击了她吗？”

唐娜的左手握成一个拳头，脸上凛然的表情瞬间破碎：“她想撇下我溜掉。我推了她一把，她嘲笑我，说我无论如何也拦不住她去见罗德尼。她说罗德尼马上就是成年人了，我只能接受现实。她居然拿我的儿子跟我讲那些狗屁道理，她实在太目中无人了。她从我身边挤了过去，我弯腰捡起一块石头就……就……”唐娜的嗓音沙哑起来，“我没想伤害她，可我知道罗德尼马上就要来了，她大声叫喊，我怕被听见，就又砸了她一下，还掐住了她的脖子。我只想让她安静下来，只要她不叫，我肯定会松手的。”

唐娜一直拿枪指着我，此刻，眼泪像断了线的珠子滑下她瘦削的脸颊：“她要夺走我的一切，我只想让她离我们远远的。”

我的眼皮越来越沉重，我挪了挪身子，努力让自己保持清醒。我没有多少时间了：“唐娜，她倒下之后你还做了别的吗？”

她的下巴在哆嗦，举着枪的双手也在发抖：“我慌了，不知道该怎么办。我想把现场弄成她被人……侵犯的样子，所以我就撕烂了她的裙子，把衣服掀上去，还脱掉了她的内裤。那一切感觉像做梦一样，”她控制不住地哭了起来，“那对她来说都无所谓了。我只想让一切都结束。”枪口依旧对着我，但她扭头看着罗德尼，眼神中充满了恳求。

“是你把她丢到水里的吗？”

“我觉得那样会好一点。反正她已经死了！我想警察也许会认为她是自己撞到脑袋掉进水里淹死的，或者被人强奸。我当时脑子很乱。谁也不知道发生了什么，罗德尼很快也会忘掉她，到时候我们还能安安生生地过日子。”

我的脑子里依然是一团乱麻：“唐娜，你听我说，我可以帮你，还有罗德尼。但我们得离开这儿。我们需要把罗德尼送到一个安全的地方。”

“不！”她疯了似的摇着脑袋，“我不会让你带走我儿子的。”

这一刻我想到了本，顿觉浑身酸软无力。我离昏过去已经不远：“别这样，唐娜。”我用微弱的气息说。

“你会把他从我身边夺走的。”

“唐娜，一条人命已经没了。你还绑架过我的儿子。现在悬崖勒马还来得及。”

唐娜的眼睛里闪过一道光：“我只想让你收手。我以为你会害怕失去孩子，从而放弃查案的事。可你没有！你偏偏咬着她的案子不放，一心只想为她鸣不平。可她的所作所为却没人看在眼里。她勾引我儿子，她是个居心叵测的婊子！”她的声音忽然低落下来，“我从来就没打算伤害你的儿子，从一开始我就准备把他还给你。他很漂亮，和我的孩子们小时候一样。”她伤心得难以自持，枪口垂了下去。罗德尼也沉浸在痛苦之中，他响亮的啜泣与她的哭声混在一起。

我的眼前忽然到处都是笔迹。钢笔尖在幕布一样的黑夜疾走，写出一行行龙飞凤舞的字。那些字忽然飞快地向上移动，越来越快，就像有人一直按着向下的箭头不松手。我想看清那些字都说了些什么。我双手撑住地面，缓缓站起身。世界仿佛在旋转。“唐娜，我……”我走到了忏悔的悬崖边沿，我想向她解释自己年少之时做过的一桩蠢事。可现在说那些又有什么用呢？“你必须得跟我回去。”我说。

“没门儿！”枪口再次对准了我。

“求你了，我们没有别的办法来解决这件事。”我摇摇晃晃地朝她迈出一步。

一声凄厉的呜咽从她的身体中发出。她的鼻孔剧烈地翕张着，手指把枪攥得更紧了。罗德尼大叫着让她住手。

头顶忽然传来奇怪的噪音。不知什么东西从天而降，落在了唐娜的脚下。我使尽全身的力量向她扑去时，她惊得向后退去。枪身在黑暗中闪闪发亮，她的双眼透着冰冷的疯狂。罗德尼也站了起来，再次冲向唐娜时，我看到雅各布就站在他身边。我抱住唐娜瘦骨嶙峋的身体，把她推向一边。枪响了，一声，接着又是一声。我摔倒在地，脑袋重重地撞在塔身的木板上。

耳朵里充满野兽般的哭喊，疼痛猛烈冲击着我的灵魂。

我又听到了另一个声音。

更多的尖叫。

一张像天鹅绒般柔软的脸庞伏在我面前，随即又消失。有人在拖我的身体，抚摸我的额头，说着我似乎听不懂的话。我放任脑袋向后垂去，这时我看见了月亮，天空中有个巨大的发着光的圆圈。叫喊声持续不断，可随后周围的一切都变成了红色，整个世界仿佛在从我眼前慢慢溜走。

我在学校和板球场之间的草坡上缩成一团。我想去湖边，可双腿不听使唤。这里也罢，不失为最好的折中方案。雅各布已经死了将近两周，可我仍然没有适应他不在的世界。每当我想起这件事，周围的一切就开始变得模糊，就像世界是一面渐渐熄掉的电视屏幕，因此我大多时候都尽量不去想它，尽量什么也不做，连感觉都屏蔽在外。这真是一种奇怪的存在，明明活着，却非要活出死了的样子。我摸着身下柔软的草，期盼自己能够睡过去。睡觉，是唯一能够终止痛苦的事情。

有那么一刻，我以为自己就要进入梦乡了，这时我听到沙沙的脚步声。

我不安地猛然抬起头。

“你好。”罗莎琳德·赖安站在离我大概五米远的小路上，我一度以为自己产生了幻觉。她使我联想到一头小鹿，大大的棕色眼睛严肃异常。

我努力回想上一次见她的时候。考试时？和雅各布逛商店时？在他的追思会上？她死在湖里的时候？或者，在我朦胧凌乱的梦里？

“他爱你，你知道吧？”她的话是唯一的声音，除此之外，万籁俱寂。

我不知道我们在哪里，周围的一切都无比陌生。

这是什么地方？

我一动不动地盯着她。

她衰老了许多，悲伤、憔悴，牙齿咬着嘴唇，步履沉重。

我从未见过她如此紧张的样子。

“我希望你知道，我真的很在乎他。”她的头发像瀑布一样垂在肩上。白色的衣裙在微风中轻轻飘动。

我又注视了她片刻，随后才闭上眼睛，翻身到另一侧。

尾声

我悬在光明与黑暗相交的地方。确切地说，我处在昏迷状态。但迷离之际我想到了许多平和安宁的时光。我需要自己做出决定，我依然愿意成为这世界的一分子，我必须选择生。

几乎整整四天后，我苏醒了。当时正值深夜，睁眼首先看到的是医院里各种仪器的微光。护士说斯科特刚刚离开，他从一开始就守在这里，有时候和本，有时候和爸爸。他曾拉着我的手，抚摸我的头，并在我耳畔轻声细语地说一切都会好起来。

靠近窗户的小架子上放了一束要多大有多大的花，那是菲利克斯送的。卡片的意思有两个：道歉和告别。三月份他要调到城里去，届时将举家搬走，远离我。这必定是琼斯的主意。我不知道我们曾经到底拥有过什么，但如今他是我人生故事的一部分了。我需要相信和他在一起的时光并非毫无意义，相反，回忆比我们在一起本身更值得珍藏。也许，他出现在我人生中的意义就在于教我看清自己拥有的一切，也许我对他也是一样。或者，也许他只是利用我。当然，也许这一切要等到将来才会渐渐明了。

唐娜·梅森开枪误伤她自己的儿子六天后，也就是我苏醒两天后，我向琼斯坦白了一切。我对他说，这桩轰动一时的杀人案其实是我多年前犯下的一个错误引起的。他坐在病床旁边的椅子上听得专心致志，偶尔点点头，布满血丝的眼睛一眨不眨地盯着我。

“你那时还是个孩子，伍德斯托克，”这就是他的评论，“我想最好的方法还是忘了它，从此不要再提。毕竟那已经是很久以前的事了。它不会改变我对你的看法，你仍然是我最得力的下属之一。你只是需要一点时间恢复。重新摆正你的位置，回到轨道上来。”

摆正我的位置，回到轨道上来，我心里想着，对，但我首先需要弄清楚我的位置在哪里，我的轨道又通向何方。

我在黑暗中悬浮的时候梦到了雅各布。我看到了他充满稚气的小男生的脸。他双手抚摸我的身体，吻我的嘴。他已经融入我的生命，与我的本质合二为一，并和我的脉搏一起跳动。冻结在男孩与男人之间，他被困在一个奇妙的地方。在那里，他完美无缺；在那里，时间永远不会流逝。与他隔绝使我失去了人生的方向，我的生命里需要他的气息，需要他不时地光顾。我需要他相信，总有一天他会知道自己在我心里的位置。

约翰·尼克尔森是罗莎琳德的父亲。罗莎琳德腹中的孩子是罗德尼的。如果唐娜·梅森所言属实，那么那天晚上她不仅杀死了罗莎琳德，还杀死了她的亲孙子。我永远不会忘记她在高塔上以为自己打死儿子之后所发出的凄惨绝望的哭喊。那声音必将一辈子留存在我的意识中。

罗德尼和我住在同一家医院。唐娜射中了他的腹部，但没有生命之忧。

史密森的议论一分为二：一半民众认为真正的凶手是罗德尼，唐娜是在替他顶罪；另一半则在茶余饭后煞有介事地说唐娜是为了保护她唯一的儿子才杀害了罗莎琳德。枪击事件之后我就再也没有见过唐娜或罗德尼。我做不到。他们已经与我正努力适应的这个世界毫无关系。但我对唐娜的所作所为似乎也恨不起来。她的人生已经失去了光彩。罗德尼可能永远都不会原谅她，我想这样的惩罚已经足够。

“那天夜里，你和我是唯一听到她那些话的人，”坎迪说。她明亮的红唇快速地开合，我竟有些晕眩，“当然，还有罗德尼，”她又打了个响指说。她像一头美洲狮在我病床的床尾走来走去。白色紧身连衣裙使她深色的皮肤也光亮起来：“护犊心切让她丧失了理智，我毫不怀疑是她干的。”

演出当晚，坎迪目睹我离开学校去追罗德尼，又看到唐娜追我们而去，便尾随着她一并来到了高塔处。她手里拿着一块石头躲在楼梯上暗中观察。坎迪听见唐娜袭击我并夺走了我的手枪，她随即发短信报警求援，并打开录音机记录下一切。紧要关头，她把自己的鞋子扔向了唐娜，并把我拖到一边，用她的小外套捂在我的伤口上止血，那时唐娜正抱着她受伤倒地的儿子对着月亮撕心裂肺地哀号。

“我以为你死了。”坎迪轻松地说，但我知道当时她也吓坏了。

不管怎样，她好歹也算救了我一命。

“我得承认，当时我都快吓死了，”她俯身过来说，“我录音机坏掉的事你可不能告诉任何人，这简直是我职业生涯中的奇耻大辱。”

我唯有一笑置之：“我又能光彩到哪儿去呢？”

因为共同见证了一场悲剧，我们两个现在差不多是朋友了。不得不承认，我挺期待她来看我的。虽然她偶尔仍会让我大翻白眼，但她同时也能令我开怀大笑，笑总没坏处。

我身上留下了一处永久性的伤疤。子弹从我的锁骨下方穿透了身体。我流了很多血，但多亏了坎迪，我没有因为失血过多把命丢掉。睡觉时，我用手指轻轻摸索着绷带，盯着病房里堆积如山的鲜花，好多好多玫瑰。

罗莎琳德在我心里依旧是个谜。她是个名副其实的矛盾集合体。如今她只存在于我的记忆里。安娜说她已经十分接近精神病患者。

“一个控制欲极强的女人。”她欢快地说，并在使我的病房变成花房的事业中又添了一笔。我想安娜说得应该没错，我也看到了罗莎琳德的危险。她利用别人，利用之后又一脚踩在地上，再吐上一口，仿佛在寻找什么，但却始终没有找到。她的形象时常出现在我眼前，飘在空中我够不到的地方。我的双眼依旧在关注她，原本只在学校，如今却能寻遍大脑中的各个角落：它们每每搅动记忆的池子，让历历往事浮上水面。

然而坦白地说，我也利用了她。客观地想一想，我们之间的相似之处要远远多于不同之处，而这才是我最恐惧的地方。

塔顶之事过去三周后，我出院回家，重新学着面对生活。日常琐事锻炼了我，使我变得坚强。我自己动手做饭，在阳光下阅读，和本玩耍。我对他的陪伴似乎永远无法满足：他娇小的身体、心形的脸，和那些没完没了的提问。我和斯科特促膝谈了一次，起初谨小慎微，后来就有了信心，我们制订了计划。我继续回去工作——那是我人生的一部分——但这一次将和过去不同，我们会共同面对一切。我发誓不会再对他隐瞒任何事情。我向他吐露了雅各布的秘密，还有罗莎琳德，所有事。

菲利克斯依旧徘徊在我们中间，但我没有再提起他——这是我最后的、也是唯一的秘密。只有时间可以证明我能否一直把他埋藏在我的过去。

枪击发生五周后，我来到雅各布的坟前。夏末甜美的气息在山间浮动。蜜蜂围着墓碑低飞，在新翻的泥土上翩翩起舞，最后落在心仪的花朵上。罗莎琳德葬在山的另一边赖安家的墓地上，与乔治·赖安的墓穴相邻，那附近有座美丽的玫瑰园。我努力不去想她，就像在平静的水面划过一条小船，没有波澜，不留痕迹。我拔掉雅各布墓碑缝隙里的杂草，抚摸着碑面上凿刻的文字，将我精心挑选的一束野花放在碑顶上。

我呼吸着清新的空气，一遍又一遍念他的名字。

我轻轻抚摸着身上的伤疤，回想起他的点点滴滴，回想起他曾是多么爱我。

我坐在坟地旁边柔软的草丛里，在太阳下伸开双腿。两只小麻雀在我脚边跳来跳去，玩着你追我赶的小游戏。最后，它们敏捷地一跃，飞上了广阔的天空。

致　谢

尽管写作是我一个人的事，但《暗黑之湖》能得以成书，我仍要感谢很多人。

感谢汤姆愿意替我照看孩子，使我免去了后顾之忧。

感谢我的早期读者，虽然人数不多，但你们都是最棒的。感谢你们花时间阅读，并慷慨地提供反馈意见。这对我来说意义非凡。我的父母凯文和苏珊也是我的早期读者，他们对我的帮助更为巨大。有意思的是，小时候是他们教我阅读和写作的。我还要感谢他们那么多无私的奉献，包括对本书的校对。

感谢狄恩妮·谢尔顿·柯林斯为我提出有用的写作建议，并在写作中途给了我最为需要的鼓励。

感谢我的经纪人林恩·特兰特，她总是第一时间回复我的电子邮件；感谢她与萨拉·明斯帮我勾勒了故事大纲，为之命名，并拯救了书中的一个角色，使其免于不必要的死亡。

感谢艾伦·昂温出版社的简·帕尔弗里曼、阿里·拉沃、萨拉·贝克、露易丝·柯尼奇、凯特·高兹沃斯和其他所有了不起的朋友，谢谢你们的激情与热心，谢谢你们出色的工作，使我的作品最大限度地接近了完美，也谢谢你们把它介绍给如此众多的读者。

我还要感谢在一次长途飞行中遇到的一位陌生人，她阅读了我手稿的部分章节，给出了令我感到鼓舞的评价，并热心询问我故事后来的结果。她的兴趣给了我极大的写作动力。

感谢纽约，一座很难用语言来形容的伟大城市。我在那里写作了一段时间之后，便毅然决定整本书都要在那里完成。感谢这座城市对我心灵的影响，它给了我恰到好处的顿悟。

写书真是一件荒唐至极的事情，它荒唐得令我难以自拔，因此我想将来若有机会还要再次动笔。